古代美術史研究

三編：書法研究專輯

第 13 冊

近現代古文字學者篆書之研究（中）

姚 吉 聰 著

花木蘭文化事業有限公司

國家圖書館出版品預行編目資料

近現代古文字學者篆書之研究（中）／姚吉聰 著 — 初版 —
新北市：花木蘭文化事業有限公司，2018〔民107〕
目 8+268 面；19×26 公分
（古代美術史研究 三編：第 13 冊）
ISBN 978-986-485-270-3（精裝）
1. 古文字學 2. 篆書
802.08   107001298

ISBN-978-986-485-270-3

9 789864 852703

古代美術史研究
三 編 第十三冊   ISBN：978-986-485-270-3

近現代古文字學者篆書之研究（中）

作　　者　姚吉聰
主　　編　王明蓀
總 編 輯　杜潔祥
副總編輯　楊嘉樂
編　　輯　許郁翎、王筑　美術編輯　陳逸婷
出　　版　花木蘭文化事業有限公司
發 行 人　高小娟
聯絡地址　235 新北市中和區中安街七二號十三樓
　　　　　電話：02-2923-1455／傳真：02-2923-1452
網　　址　http://www.huamulan.tw 信箱 hml 810518@gmail.com
印　　刷　普羅文化出版廣告事業
初　　版　2018 年 3 月
全書字數　458066 字
定　　價　三編 20 冊（精裝）台幣 60,000 元

近現代古文字學者篆書之研究(中)

姚吉聰 著

第四章 現代古文字學者之篆書表現（一）

第一節 郭沫若——器立標準 唯物騁才

　　郭沫若（1892～1978/6/12）四川樂山人，學名開貞，號尚武；又名沫若
〔註1〕，號鼎堂。三四歲能背誦古詩，五歲入塾，十四五歲已熟讀四書、五經、
《左傳》等。1905 年考入嘉定高等小學堂，後就讀於嘉定府中學、四川官立
高等分設中學堂、成都高等分設中學堂、成都高等學校理科等。1913 年考考
入天津陸軍軍醫學校，隔年赴日本，就讀於東京第一高等學校預科班醫科，
1923 年九州帝國大學醫科畢業後回國。〔註2〕留日十年期間，除習醫之外，因
其日、英、德語的造詣非淺，又因個人性好文藝，曾從事不少翻譯工作，也

〔註1〕　「沫若」一名是郭氏 28 歲（1919）留學日本期間（1914～1923），首度於上海《時
　　　　事新報》文藝副刊《學燈》發表新詩時所用的筆名，係合四川沫水與若水二河的
　　　　名稱而成。郭氏一生使用筆名多達三十餘種，其古文字學著作中，惟《甲骨文字
　　　　研究》等少數甲骨著作以「鼎堂」署名刊行，餘均以「沫若」題名。見江淑惠，《郭
　　　　沫若之金石文字學研究》，（臺北：華正書局，1992 年 5 月），頁 6。
〔註2〕　王宇信，《甲骨學通論》，（北京：中國社會科學出版社，1989 年 6 月），頁 341～
　　　　342。

大量創作新詩、小說，並與多位文藝愛好者過從甚密；郭氏回國之後遂由醫學士轉而踏入以文藝創作爲主的文人生涯，並成爲馬克思主義的忠實信徒。1926 年，郭氏先後認識毛澤東、周恩來，隔年加入共產黨，因南昌暴動事件而成爲國民政府的通緝犯，〔註3〕1928 年東渡日本開始以歷史唯物史觀研究中國古代社會，《甲骨文字研究》、《中國古代社會研究》、《兩周金文辭大系圖錄考釋》、《殷周青銅器銘文研究》、《金文叢考》、《卜辭通纂》、《殷契粹編》等一系列在學術史上有重大影響的著作，就是在這一時期完成的。

1949 年後郭沫若歷任政務院副總理兼文化教育委員會主任、中國科學院院長兼哲學社會科學部主任、歷史研究所所長等職。〔註4〕期間以著他在日本期間對考古、古史、古文字學研究的所得爲基礎，大力發展文物考古工作，在全國各省和直轄市成立文物管理委員會及考古工作隊。〔註5〕他才華橫溢，知識淵博，在哲學、社會科學的許多領域，諸如文學藝術、哲學、歷史學、考古學、甲骨金文研究和馬列主義著作、外國文藝作品的翻譯介紹等方面，並主編《中國史稿》、《甲骨文合集》等大型歷史學、甲骨學著作，都有重大貢獻。〔註6〕

一、郭沫若的古文字學成就

東渡日本後，透過友人的指引與幫助，郭氏得以在位於東京小石川區的「東洋文庫」閱覽館藏所有與中國古史、古文字研究相關的書籍，並在一兩個月之內，讀完了庫中所藏的一切甲骨文字和金文的著作，也讀完了王國維的《觀堂集林》，自認對於中國古代的認識算得到了一個比較可以自信的把握。

儘管東洋文庫提供豐富的資料，予郭氏極大的便利，然使郭氏真正能開啓古文字深奧之門徑的，則是中國學者王國維、容庚等人。王國維在甲骨文、金文學上的研究與成果，對郭氏深具啓發作用：在《殷周青銅器銘文研究》的序文裡，郭氏自述王國維的《國朝金文著錄表》、《宋代金文著錄表》、《王氏說文

〔註3〕 江淑惠，《郭沫若之金石文字學研究》，（臺北：華正書局，1992 年 5 月），頁 6～7。

〔註4〕 王宇信，《甲骨學通論》，（北京：中國社會科學出版社，1989 年 6 月），頁 341～342。

〔註5〕 江淑惠，《郭沫若之金石文字學研究》，（臺北：華正書局，1992 年 5 月），頁 9。

〔註6〕 王宇信，《甲骨學通論》，（北京：中國社會科學出版社，1989 年 6 月），頁 341～342。

諧聲譜補》是「余於述作時實未嘗須臾離於左右也」〔註7〕，又如王氏著有〈兩周金石文韻讀〉，他在《殷周青銅銘文研究》書中也有五篇專論銘文韻讀之作，並且認爲韻讀可爲考釋古文字的方法之一，顯然是受王氏啓發而加以推廣其用了。而容庚「根據他研究工作的需要，在力所能及的範圍內，寄給他一些圖書資料及新發現的甲骨文、金文的拓片供他研究。」〔註8〕此外，郭氏也與當時國內外知名學者建立關係，如馬衡、劉節、唐蘭、于省吾、懷履光、福開森、梅原末治、水野清一等。〔註9〕

（一）郭沫若的甲骨學成就

1929 年《甲骨文字研究》完成，1931 年石印出版。該書不僅對甲骨斷片綴合、殘辭互補、缺刻橫畫、分期斷代等方面多有發現，並在通過文字考釋研究商代社會歷史方面，多所創獲。郭沫若考釋文字的方法，基本繼承了羅、王等人由文字審釋到史料考證進而綜合論史的路子，認爲通過王國維以甲骨文字研究爲主對卜辭進行綜合研究的方法，可以確定卜辭的時代性和史實性，從而系統科學地把握商代歷史。

他在《甲骨文字研究》初版的自序中說：「余之研究卜辭，志在探討中國社會之起源，本非拘拘於文字史地之學，然識字乃一切探討之第一步，故於此亦不能不有所注意，且文字乃社會文化之一要徵，於社會之生產狀況與組織關係略有所得，欲進而追求其文化之大凡，尤舍此而莫由。」〔註10〕奠基於此種研究目的，郭氏的研究不再滿足拘泥於甲骨卜辭一字一句的釋讀，而是以唯物史觀爲指導，全面考察商代的社會經濟基礎、上層建築及階級關係，並以此來證明唯物史觀關於人類社會發展的一般規律。他把唯物史觀引入甲骨文字考釋領域，並把近代科學方法引入了甲骨文研究領域。郭沫若甲骨文字考釋中的許多創獲，得益於中、西方歷史的比較和近代西方研究成果啓迪者甚多。〔註11〕比

〔註7〕　郭沫若，《殷周青銅器銘文研究・序》，（北京：科學出版社，2002 年 10 月），頁 8。

〔註8〕　容庚，〈懷念郭沫若同志〉，郭沫若，《郭沫若致容庚書簡》，（北京：文物出版社，2010 年 1 月），序頁。

〔註9〕　王世民，〈郭沫若同志與殷周銅器的考古學研究〉，《考古》1982：6，（北京：科學出版社，1982 年 11 月 25 日），頁 611。

〔註10〕　郭沫若，《甲骨文字研究・序》，（上海：大東書局，1931 年 5 月），序頁。

〔註11〕　王宇信、魏建震，《甲骨學導論》，（北京：中國社會科學出版社，2010 年 6 月），

此書早一年出版的《中國古代社會研究》，依據「人類社會的發展是以經濟基礎的發展為前提；而人類經濟的發展卻依他的工具的發展為前提」的唯物史觀對商代歷史進行研究。〔註12〕二書中提出的具體結論有些還需要進一步研究，但他通過文字之考釋研究商代社會歷史的方法，至今仍被大陸學界奉為圭臬。

（二）郭沫若的金文學成就

1. 彝銘材料的匯集與整理

研究金文，搜輯、選擇拓本是首要步驟，拓本愈精，所據文字的可信度愈高。揚拓彝銘，始於宋代，宋人之於彝銘款識或著拓本，或錄刻本、摹本，而釋字時多據摹寫字形立論，如薛尚功《歷代鐘鼎彝器款識法帖》、呂大臨《考古圖釋文》。就文字筆劃的準確性而言，摹本經過人手描摹，容易失真；考釋銘文，本當以拓本為主，摹本則可為拓本外之參考資料，除非器已失傳，拓本不存，始得據摹本釋字。

參伍比較各著錄之異同、優劣，選擇最佳拓本為據，是郭氏整理銘文拓本、刻本、摹本的態度。從原來的視王國維《宋代金文著錄表》、《國朝金文著錄表》為述作時「未嘗須臾離於左右也」，到經由國內外友人幫助提供各種新發現的甲、金文拓片，並由於身居日本，東洋文庫典藏的各種甲、金文著作盡在其參閱範圍之內，使得郭氏的考釋金文有了匯集資料之功，由《大系・諸家著錄目》羅列宋人著述、清人著述、海外著述凡四十餘種書目，即可知郭氏在材料收輯方面下了極大的工夫。又如1932年，郭氏在東京文求堂書店見到一套石鼓文拓本的照片，寫成〈石鼓文研究〉一文，當時所見之拓本照片即「後勁本」。1936年，郭氏有機緣再見到「先鋒本」、「中權本」，終得以輯全明・安國十鼓齋所藏石鼓文拓本中三種最古的北宋拓本，並對舊作〈石鼓文研究〉加以修改、補充，取「中權」「後勁」兩本存字輯為〈先鋒本奪字補〉；修訂本《石鼓文研究》書中兼有石鼓文三種善本與三拓本所附之題跋，凡各拓本銘文或有殘泐缺損處，郭氏則以三種善本參酌比較，對於損字、缺字多有補訂之功，此書一出，「則石鼓文之精英悉備於斯矣。」郭氏此種廣蒐

頁234～235。

〔註12〕王宇信、魏建震，《甲骨學導論》，（北京：中國社會科學出版社，2010年6月），頁274。

銘拓以求其全、求其善的態度非但爲歷史文物的保存做了不少的貢獻，也爲研究彝銘者樹立了最佳典範。〔註13〕

2. 青銅器斷代方法的建立

郭氏曰：「余治殷周古文，其目的本在研究中國之古代社會。」〔註14〕上古史的研究才是郭氏研治古文字的眞正目的。民初，中國上古史的研究方法約可分爲三類，一是以書本上的考證與傳統思想——也就是乾嘉治學方法結合治古史的，如章炳麟。二是以文獻的考證，結合新出土的甲骨文治古史，始於孫詒讓，而以羅振玉、王國維爲代表。三是以載籍的考據，結合實證主義方法而治古史，胡適爲倡導者。〔註15〕郭氏認爲研究古史，必得由第一手資料做起，而羅振玉、王國維對甲骨文、金文的整理與研究，已爲結合文獻、古銘刻以研治古史的方向奠下基礎，郭氏遂繼續羅、王之成果，結合馬克斯唯物史觀的理論，對大量的甲骨文、金文進行整理研究。所著〈卜辭中的古代社會〉乃全面系統地研究商史；《甲骨文字研究》側重從考釋文字說明商代社會；《卜辭通纂》、《殷契粹編》將卜辭內容分類排比，探索上古社會史，繼王國維之後，在商史的研究、甲骨文字的考釋方面頗有建樹。

他還認爲：「在古代研究上與卜辭有同等價值甚至超過它的，是殷周青銅器的銘文。」〔註16〕郭氏研究兩周史的論著更多，《青銅器銘文研究》、《兩周金文辭大系》、《金文叢考》、《古代銘刻彙考》均屬巨著。金文材料流傳已久，而金石學的發展也比甲骨學淵源久遠，但過去之著錄金文者，多按器分類，同類器依銘文字數的多寡爲先後，造成「於年代國別之既明者猶復加以淆亂，一人之器分載數卷」〔註17〕的情形。年代、國別清楚的銅器體系既被混亂，而年代不

〔註13〕江淑惠，《郭沫若之金石文字學研究》，（臺北：華正書局，1992年5月），頁10～12。

〔註14〕郭沫若，《殷周青銅器銘文研究·序》，（北京：科學出版社，2002年10月），頁7。

〔註15〕逯耀東，〈郭沫若吻了胡適之後〉，《且做神州袖手人》，（臺北：允晨文化，1989年5月1日），頁142。

〔註16〕郭沫若，〈古代研究的自我批判〉，《十批判書》，（北京：人民出版社，1982年9月），頁8。

〔註17〕張政烺，〈郭沫若同志對金文研究的貢獻〉，《考古》1983:1，（北京：科學出版社，1983年1月25日），頁59

明的銅器更多，遂使得銅器年代的考訂更形困難，「因此，自北宋以來，無論僅存於著錄或尚流傳於人間的器物儘管將近萬件，而卻是一團大渾沌。」故而，欲以金文爲研究古史的材料，除了考釋文字外，必須克服銅器斷代的問題。

　　薛尚功《歷代鐘鼎彝器款識法帖》、阮元《積古齋鐘鼎彝器款識》均以朝代區分銅器，其分類並無一定之標準；方濬益《綴遺齋彝器款識》以文字筆勢銅器分期，所論過於籠統；而劉師培、吳其昌等則利用曆法之推算，將銘文之有年月日者皆比附周曆，然未能成功。直到郭氏推出以標準器的制定繫聯各器的時代的方法，銅器斷代始步入一嶄新的階段。在〈青銅器時代〉文中郭氏自述：

> 我是先選定了彝銘中已經自行把年代表明了的作爲標準器或聯絡站，其次就這些彝銘裡面的人名事跡以爲線索，再參證以文辭的體裁，文字的風格，和器物本身的花紋形制，由已知年的標準器便把許多未知年的貫串了起來。其有年月日規定的，就限定範圍內的曆朔考究其合與不合，把這作爲副次的消極條件。我用這個方法編出了我的《兩周金文辭大系》一書，在西周我得到了 162 器，在東周我得到了 161 器，合共 323 器。爲數看來很像有限，但這些器皿多是四五十字以上的長文，有的更長到四五百字，毫不誇張地是爲《周書》或《國語》增加了 323 篇眞正的逸文。這在作爲史料研究上是有很大的價值的。……。一個時代有一個時代的文體，一個時代有一個時代的字體，一個時代有一個時代的器制，一個時代有一個時代的花紋，這些東西差不多是十年一小變，三十年一大變的。〔註18〕

〈毛公鼎之年代〉是郭氏根據器形、銘文體例斷代的典型之作，文中充分地顯示其斷代研究的科學性。《兩周金文辭大系》之副題爲「周代金文辭之歷史系統與地方分類」，完全是郭氏建立銅器史料體系的具體實現。而金文學就在郭氏上承王國維二重證據法，創立銅器斷代之方法，提倡器物形制花紋之系統研究的實踐中，眞正成爲一門專門之學。在成功地創立銅器斷代的方法後，

〔註18〕郭沫若，〈青銅器時代〉，《青銅時代》，（北京：人民出版社，1982 年 9 月），頁 604～605。

《兩周金文辭大系》中的彝銘著錄一反舊式的依器形分類，而是依年代之先後排列，如此則「便於考史，易察古文字體的發展變化」其後之金文學著作無不採用此種體例，故郭氏之於彝銘著錄學，亦有開創之功。〔註19〕

1929 年，郭氏將日譯本《美術考古學發現史》翻譯成中文，在邊讀邊譯的過程中，瞭解到「從主要根據文獻考證對古代文物任意進行漫無標準的解釋，轉變為主要根據文物本身的樣式分析再輔之以文獻考證和銘刻資料」〔註20〕是一種新的科學方法，於是提倡器物之形制紋飾的研究可作為銅器斷代的方法之一。所謂「於銘文探討之外，尚有一事有同等之切要，則為器之花紋、形式之探討，凡同時代之器物，必有相同之形式與花紋，乃普遍適用於古今中外之通例。」1934 年〈彝器形象學試探〉一文作成，將青銅器時代分為四大期：一、濫觴期，大率當於殷商前期；二、勃古期，殷商後期及周初成康昭穆之世；三、開放期，恭懿以後至春秋中葉；四、新式期，春秋中葉至戰國末年。除濫觴期尚無明確智識外，郭氏於勃古、開放、新式各期之器制，紋繢（繪）論述甚詳，並以鐘、鼎為例，「具體說明器物形制的演變情況」，按照器類和年代順序羅列器物圖象，成為兩周銅器的參考圖譜，賦予銅器之器形、紋飾以歷史系統之意義，是極具開創性的學術眼光，銅器器物學由此逐漸發展成為金文學之一支，凡欲論銅器之體系，必得兼及銅器分期。今之論中國銅器分期者，無不在此原則下進行研究。

金文學的內容，包含文字考釋、銘文釋讀（包括語法、成語、官名、賞賜物、人名、地名等課題）、銅器斷代及銅器形制、紋飾學，而郭氏正是首位全面研究金文的學者，他建立了研究之方法，並且結合金文學與古史，使金文成為有系統的史料，其於金文學之貢獻確實是劃時代的。〔註21〕

二、郭沫若的篆書表現

郭沫若的書法被譽為「郭體」，他不僅是一位書家，而且是一位前無古人的學者，其學術研究，歷史、考古、文學、藝術著作，編譯的圖書，在我國

〔註19〕江淑惠，《郭沫若之金石文字學研究》，（臺北：華正書局，1992 年 5 月），頁 12～16。

〔註20〕王世民，〈郭沫若同志與殷周銅器的考古學研究〉，《考古》1982：6，（北京：科學出版社，1982 年 11 月 25 日），頁 611。

〔註21〕江淑惠，《郭沫若之金石文字學研究》，（臺北：華正書局，1992 年 5 月），頁 16～17。

學術史上都有開創之功。其書法成就，才華風骨，與其學養之深醇是分不開的。

郭沫若的書法留傳至今者以楷書行書手稿爲最富，如其考古學著作，尤其是甲骨文、金文著作，古體字甚多，鉛字排印困難，故多手寫小楷；早年習字是從唐人入手，而於顏書功力甚深。喜讀孫過庭《書譜》及包世臣《藝舟雙楫》，領悟用筆之法在於「逆入平出，回鋒轉向」八字。中年研究甲骨文與金文，用功頗深。秦漢而後，歷代書法幾乎無所不觀，故其用筆不拘一格，惟能運用中鋒，似爲其特點。行楷書跡，灑脫豪放，力透紙背，流傳幾遍全國，遠及海外各地。無論在字體、行款、布白、氣韻、鈐章等方面，既師承前人，又不泥守舊法，淋漓大筆，自成一家，稱「郭體」書法，是實至名歸的讚譽。〔註22〕

或許是專注於古文字的研究及政治事業的推展，郭沫若的篆書作品非常稀少，目前所見，只有零星的書名題耑，至於史樹青所謂「郭老在所著《卜辭通纂》中的甲骨文摹本〔註23〕；《殷契粹編·書耑》及《石鼓文研究》中的摹本等，都是最好的書法作品。尤其石鼓文拓本，選用明安國所藏先鋒本，爲安氏十鼓齋中第一本，其摹寫之字更近於原本。」〔註24〕的說法，將摹本視爲書法作品，未免對書法創作等閒視之。摹寫拓本、法帖是書法練習、累積對字型、結構的方法手段之基礎，對書法創作有一定促進與影響，然而卻不等同於書法。

對郭沫若而言，古文字研究只是他研究中國古代社會的手段之一，這樣的基本立場，也決定了他在大量摹寫的過程中，不會以對象的美觀與否，或是說以書法的質爲優先考量，只要能順利辨識出古文字，進而從大方向來解讀、詮釋資料即可。如其《卜辭通纂》中摹寫甲骨全用針筆，僅見字形，亦可知其非

〔註22〕 史樹青，〈學養深醇　氣概雄邁——郭沫若的書法藝術〉，《中國書法 111》，（北京：中國書法雜志社，2002 年 7 月），頁 16～17。

〔註23〕 遍閱《卜辭通纂》所見摹本凡 13 頁，除〈東大 10〉片中癸酉一辭用毛筆摹寫外，其他各片皆用針筆所摹，僅見字形而難見書法筆意，所謂「都是最好的書法作品」不知從何而說。

〔註24〕 史樹青，〈學養深醇　氣概雄邁——郭沫若的書法藝術〉，《中國書法 111》，（北京：中國書法雜志社，2002 年 7 月），頁 17。

以書法角度來看待這些甲骨刻辭了。

　　我們可以先從郭沫若對《石鼓文》的研究及其〈石鼓文七言聯〉來探討他的篆書表現。

　　1932 年，郭沫若在日本東京文求堂書店看到一套拓本的照片，共 42 張，並無題跋。後來才知道這就是《石鼓文》「後勁本」的照片，是三井的兒子借給朋友看，流散在外的。根據這套照片，郭氏寫成《石鼓文研究》一文，1933 年在日本印行，又把照片寄回國內，由馬衡、唐蘭二氏負責印出，當時誤信耳食之言，曾以之為「前茅本」〔註25〕。和這套照片的發現約略同時，上海藝苑真賞社把「中權本」印行，但妄把「權」字磨改為「甲」字，冒充「十鼓齋中甲本」〔註26〕，書後長跋被刪去，以掩其作偽之跡。1936 年，郭氏以劉體智所藏甲骨拓片選出 1595 片編成《殷契粹編》，隔年 5 月印行於日本，其間答應了三井家學術顧問河井仙郎的提議，以他所珍藏安國三種《石鼓文》照片和郭氏手上劉氏甲骨拓片交換借閱，因而得窺「先鋒」、「中權」、「後勁」三本的全豹，據此對舊作《石鼓文研究》進行一番修改和補充，整理完畢後將全部資料寄上海沈尹默，請他設法刊印，然抗戰爆發，遲至 1939/7 才由商務印書館印出。〔註27〕

　　對於《石鼓文》的年代問題，歷代學者或據字體，或據內容，提出多種說法，馬衡〈石鼓為秦刻石考〉後，東周秦人所作說被當今學術界普遍承認。然而究竟作於東周（春秋、戰國）秦國何公或何王之時，則迄今尚無定論。郭沫若《石鼓文研究》先據《元和郡縣誌・天興縣》云：「《石鼓文》在縣南二十里許，石形如鼓，其數有十。」唐天興縣即秦雍縣，石鼓所在地則所謂三畤原也。〈秦本紀〉：「文公十年初為鄜畤」，《正義》引《括地誌》云：「三畤原在岐州雍縣南二十里，〈封禪書〉云秦文公作鄜畤，襄公作西畤，靈公作吳陽上畤，並此原上，因名也」，而石鼓之建立必與三畤之一之建立必有攸關，並從〈而師〉「天子□來，嗣王始□，古（故）我來□」等語，為新王始立之

〔註25〕今所見上海書畫出版社印本即此書，書後有唐蘭 1935/5 及馬衡 1935/12 跋語，皆
　　　　稱「前茅本」。《石鼓文》，（上海：上海書畫出版社，2002 年 12 月），頁 49～66。

〔註26〕前書末另有沈尹默 1939/2/7 跋語，即敘及此事，並訂正「前茅本」實為「後勁本」
　　　　之誤。《石鼓文》，（上海：上海書畫出版社，2002 年 12 月），頁 67～72。

〔註27〕郭沫若，《石鼓文研究》，（北京：科學出版社，2002 年 10 月），頁 8～10。

意，與此關係相合者，僅襄公作西時一事而已；又以爲〈而師〉「□□而師，弓矢孔庶」，乃天子之命辭，而即爾汝字，猶《書‧文侯之命》言「其歸視爾師，寧爾邦，用賚爾秬鬯一卣，彤弓一，彤矢百，盧弓一，盧矢百」也。又其「嗣王始□，古（故）我來□」，尤屬與送平王事若合符契。〔註 28〕因此，他認爲《石鼓文》作於「秦襄公八年，周平王元年即公元前 770 年」。

郭氏的這一意見，得到了不少學者的重視，裘錫圭說：「照《石鼓文》稱天子、嗣王等內容來看，其年代必須合乎兩個條件：一、在當時秦與周應有相當密切的關係。二、當時的周王應該剛剛即位不久。郭沫若主要就是根據這兩點把《石鼓文》的年代定爲襄公八年的。……平心而論，如果撇開字體的時代性不論，郭沫若的襄公說是相當合理的。」〔註 29〕

郭氏還認爲「《石鼓文》詩的形式上每句是四言，遣詞用韻、情調風格都和《詩經》中先後時代的詩相吻合。」〔註 30〕「全詩格調與《詩經》中《秦風》及西周末年之二《雅》甚爲接近。如《大雅》〈車攻〉、〈吉日〉諸詩自來以爲宣王時詩，無異說，舉以《石鼓文》相比較，不僅情調風格甚相類似，即遣辭造句亦有雷同。」〔註 31〕雖說得比較籠統，缺乏實證，缺乏說服力，但通過《詩經》與《石鼓文》在語言方面的詳細比較，可以看到二者在語言諸多方面無不吻合，這可以證明傳世《詩經》雖然會存在一些問題，但基本上是眞實可靠的，由此可以證明《石鼓文》詩就是《詩經》時代的作品。〔註 32〕

然而就新出土考古資料來說，《石鼓文》與〈秦公磬〉、〈秦公簋〉爲同時期所作，絕對年代當在春秋中晚期之際──秦景公時期（前 567～前 537）。裘錫圭說：「關於石鼓文的時代，直到目前還沒有出現一種既能很好照顧到內容，又能很好照顧到其字體的說法。……羅君惕所提出的石鼓所刻之詩是早於刻石時代的作品的想法，卻十分具有啓發性。」〔註 33〕因此，見於石鼓的詩

〔註 28〕郭沫若，《石鼓文研究》，（北京：科學出版社，2002 年 10 月），頁 36～39。

〔註 29〕裘錫圭，〈關於石鼓文的時代問題〉，《傳統文化與現代化》，（國家古籍整理出版規劃小組，1995 年第一期），頁 47。

〔註 30〕郭沫若，《石鼓文研究》，（北京：科學出版社，2002 年 10 月），頁 16。

〔註 31〕郭沫若，《石鼓文研究》，（北京：科學出版社，2002 年 10 月），頁 12～13。

〔註 32〕徐寶貴，《石鼓文整理研究》，（北京：中華書局，2008 年 1 月），頁 626～650。

〔註 33〕裘錫圭，〈關於石鼓文的時代問題〉，《傳統文化與現代化》，（國家古籍整理出版規

原為秦襄公時所作，石鼓上的文字則為秦景公時所寫所刻。〔註34〕內容與字體所呈現的衝突，似乎得到了合理的解決。

在年代問題上，郭氏從詩的內容、語言的研究令人耳目一新，進而對十鼓的次序予以重新排列，其理據為「汧沔第一，此石稱道汧源之美與游魚之樂，刻石渭濱而稱道汧源者，遡始也。汧源乃秦襄公舊都，襄公攻戎救周，蓋自此出師，故首敘其風物之美以起興；靈雨第二，此石追敘初由汧源出發攻戎救周時事；而師第三，此石追敘凱旋時事，中當有天子命辭，惜殘泐無從屬讀；作原第四，此石敘作西時時事，先闢原場，後建祠宇，更起池沼園林以供遊玩，石雖半折，然其全文可想見也；吾水第五，此石敘作時既成，將畋遊以行樂；車工第六，此石敘初出獵時情景；田車第七，此石敘獵之方盛；鑾車第八，此石敘獵之將罷；馬薦第九，此石蓋敘罷獵而歸時途中所遇之情景，由『㪋㪋雉血』一語可以占之也，今石已一字無存，行款之復原尚賴〈顧硯〉，文之前後當尚有缺行也；吳人第十，此石敘獵歸獻祭於時也。」〔註35〕在掌握最新、最全拓本的條件下，他還為《石鼓文》做了復原及考釋的工作。

傳世的石鼓文拓本均經剪裝，原有的行次及字位已失。前人的摹刻及摹寫本〔註36〕雖對石鼓文原文的復原有重要的參考價值，但由於條件所限，還有一些字沒被摹來，郭沫若對《石鼓文》原文的復原方式為：

> 根據安氏二善本進而恢復其原文。二本均經剪裝，行次已失，幸原
> 石尚存，字位多可踪跡；別有《甲秀堂法帖》本及顧氏〈石鼓硯〉，
> 均絕好之參證也。〔註37〕

他以前人未見的「後勁本」、「中權本」兩本安國舊藏北宋拓本為依據，參考石鼓原石的字位，再加上參證明代盧山陳氏所摹刻的宋《甲秀堂法帖・周石鼓文

劃小組，1995年第一期），頁48。

〔註34〕徐寶貴，《石鼓文整理研究》，（北京：中華書局，2008年1月），頁654。

〔註35〕郭沫若，《石鼓文研究》，（北京：科學出版社，2002年10月），頁71～79。

〔註36〕如明陳氏縮刻宋《甲秀堂法帖》本、顧從義〈石鼓硯〉縮刻本、清阮元重刻天一閣本、黃士陵及尹彭壽摹刻本、吳大澂縮寫本、馬敍倫《石鼓文疏記》本等。這些摹刻本及摹寫本對石鼓文原文之復原具有非常重要的參考價值。

〔註37〕郭沫若，《石鼓文研究》，（北京：科學出版社，2002年10月），頁42。

譜》、明顧從義摹刻端石硯〔註38〕而成，茲舉〈汧殹〉摹本（圖 4-1.1a）以證其
成果：

圖 4-1.1a 郭沫若〈汧殹〉摹本

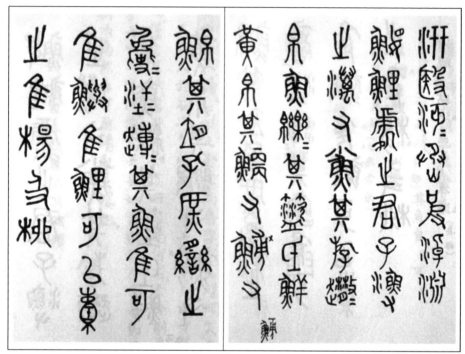

1932 年　約 14×19.5cm

　　從大體上來看，《石鼓文》的章法是有行有列的形式，雖無界格，然各字各
安其位，所占空間亦大小相當，隨著字形的繁複或簡疏而有自然的大小變化，
但從「又」、「以」字來看，雖筆畫特少，在空間上卻仍為滿格的狀態，顯示出
整齊、統一的趨向，可以說是秦記功刻石的先驅。然而在字距與行距的關係上
來說，郭氏摹本字距緊密，與復原拓本的字距寬綽，顯有差異，實況如何，幸
由原石、全拓相參可知：《石鼓文》原文（圖 4-1.1b）字距寬綽，行距疏朗，且
字距較行距略小，單字在畫面上的空間會呈點狀或點塊形狀的漂浮感出現；且
視覺上由上至下的速度感被強化，條理分明。整體看來顯現通篇規矩有序，及

〔註38〕從其所摹字形看，該本乃參合北宋拓本和薛尚功《歷代鐘鼎彝器款識法帖》摹本
　　　　摹刻而成。徐寶貴，《石鼓文整理研究》，（北京：中華書局，2008 年 1 月），頁
　　　　596。

全幅整飭清朗之美。〔註 39〕由此可見郭氏摹本字距處理失當，失於緊迫；徐氏復原本字距寬綽，然行距有欠考慮，失於疏朗。安氏所藏三種北宋拓本業經剪裱，字位有失，上下字距固然頗能忠實，然而行距究須參考原石，否則就將失去其原有的章法布局特色。

圖 4-1.1b　徐寶貴〈汧殹〉復原拓本

單字構成方面，《石鼓文》的文字形體長方、正方、寬扁兼具；左右結構的字，筆畫繁的偏旁形體長，所佔面積較大。筆畫簡單的偏旁形體短，所佔面積較小；結構簡單的字寫得小，結構繁複的字寫得大……皆隨結構的變化而變化。這些都表現出了《石鼓文》的書法存在自然變化的一面。〔註 40〕另外，左右結構的字多呈左低右高之勢；同一字有大有小、有字形上些許的差異，如「其」、「魚」、「隹」、「可」字；同一字所從的同一偏旁，有意寫得一長一短，如「汧」字所從的「开」。「斿」字所從的「𭩴」、「子」，書寫者爲避免雷

〔註39〕李蕭錕，《書法空間藝術》，（臺北：石頭出版社，2005 年 8 月），頁 6～7。

〔註40〕徐寶貴，《石鼓文整理研究》，（北京：中華書局，2008 年 1 月），頁 753。

同，而有意識地改變筆畫、偏旁的形態和位置所這成的變化。這是書寫者對
書寫的文字所作的書法藝術的加工。總的來說，結體疏朗，樸厚雄渾〔註41〕
是其特色。

圖4-1.1c 〈汧殹〉石墨拓及近況

次就筆畫特點而言，《石鼓文》的線條特徵應為藏鋒入筆，中鋒行筆，粗細
均勻圓整，行筆流暢穩健，所謂「婉而通」的篆書特徵。密處線條與相鄰空白
處之對比關係大致相當，使「線條」與「空白」即「物」與「背景」形成二次
元平面上分列成三次元的空間感。〔註42〕

很可惜的是，郭氏的摹本除了在章法上失了行列的分布外，連筆畫的穩定
勻整也不甚介意，隨處可見的楷書起筆、收筆及僅存字形又不精確的描摹，這
些缺失實在不必再文飾。應該說，石鼓文原文的復原工作，郭氏做得最好，但
仍然存在一些令人感到遺憾的地方，他的摹寫不但摹失了石鼓文原有的風格和

〔註41〕何學森，《書法學概要》，（北京：華夏出版社，2004年4月），頁295。

〔註42〕王秀雄，《美術心理學》，（台北：台北市立美術館，1991年11月修訂版），頁138
～145。

特點，而且還摹錯了三十餘字。〔註43〕在擁有最佳參照的情形下，本著其不弱的書法功力，卻有這樣的結果，只能說是他研究古文字僅僅是爲了研究古代社會而服務的必然結果了。再就其正式的《石鼓文》書法作品〈中囿、平原七言聯〉（圖 4-1.2）來看：

聯云：「中囿夕陽花亞若，平原霝雨草蓁其。」〈作原〉：「亞箬其華」，王國維云：「亞箬即『猗儺』，『沃若』之轉。〈衛風〉云『桑之未落，其桑（葉）沃若』，猶〈小雅〉云：『隰桑有阿，其葉有儺』也。『亞箬其華』猶〈檜風〉云『猗儺其華』也，〈小雅〉云『六轡沃若』，沃若亦狀其柔，與亞箬均爲阿儺之轉矣。」〔註44〕「亞箬」是聯綿詞，「箬」一之義，在這個聯綿詞中跟它所從的竹旁是沒有聯繫的，而祇跟它的聲旁有聯繫。此字本應寫作「若」，但石鼓文的書寫者喜歡用結構繁複的字，所以用了「箬」字。這個聯綿詞在古文獻裡，除作「猗儺」外，還作「阿儺」、「阿難」、「猗柅」、「猗犯」、「猗那」、「阿那」、「婀娜」等，是「其華」美盛之貌。〔註45〕「蓁」，石鼓文凡從艸的字，皆從茻作，是典型的秦之大篆。〔註46〕「蓁其」與「亞若」並舉、對稱，言花盛、草茂也。郭氏對詞義的理解深刻，在此巧妙安排二詞，實臻美善。

作品中楷書筆意明顯降低許多，但對篆書筆法掌握還是稍嫌力有未逮，摹本中已經走味的結構在作品中更形散漫。章法上採用對聯式小篆形態排列，字形長方而對稱性的字形並無對稱感。從《石鼓文》原作單字的大小自然，到摹本的略存其彷彿，以至於落實到對聯形式的書法作品，對筆法、章法的要求與轉換，諸多環節的週到才能成就藝術的表現。就語言藝術來說，郭氏成功了，但就書法的表現來說，只能解釋成是充滿眞率而不斤斤於雅正，直抒胸臆而不予掩飾的個性之作。

〔註43〕徐寶貴，《石鼓文整理研究》，（北京：中華書局，2008 年 1 月），頁 460。

〔註44〕王國維，〈明拓《石鼓文》跋〉，《觀堂集林（外二種）》，（石家莊：河北教育出版社，2001 年 11 月），頁 826。

〔註45〕徐寶貴，《石鼓文整理研究》，（北京：中華書局，2008 年 1 月），頁 795。

〔註46〕徐寶貴，《石鼓文整理研究》，（北京：中華書局，2008 年 1 月），頁 778。

圖 4-1.2　郭沫若〈中圉、平原七言聯〉

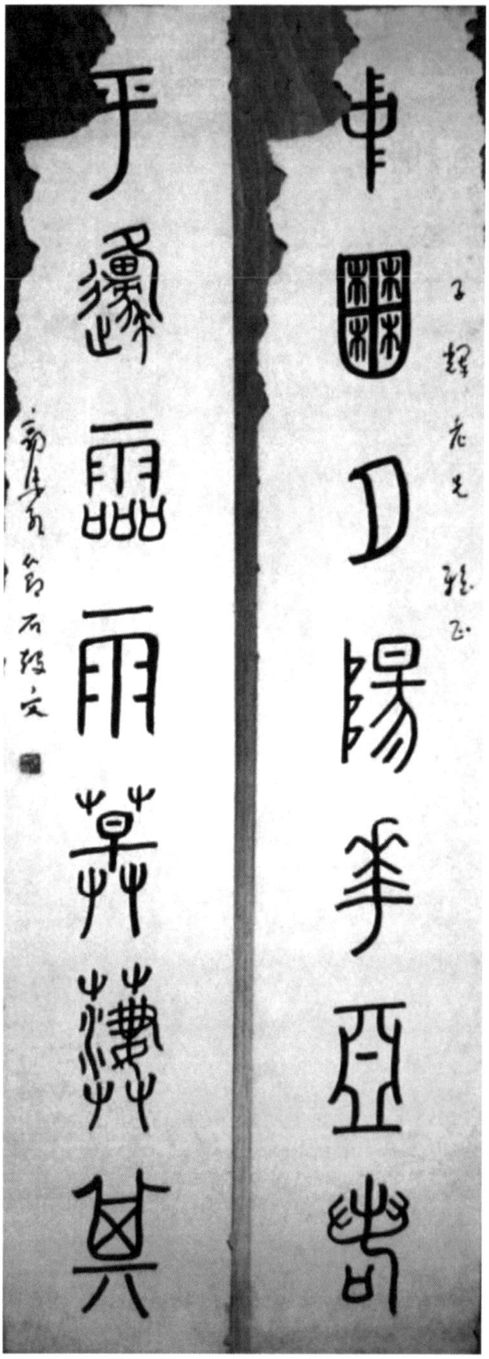 〈中圉、平原七言聯〉	 摹本對照

　　和這種以楷書用筆來寫篆書的，還有 1934 年的〈兩周金文辭大系圖錄書耑〉（圖 4-1.3），此作楷書起筆更不明顯，然而下垂筆畫結束時的頓住緩收仍舊吸引著視覺的注意，這是習慣於楷、行用筆的慣性，而不自覺的出現在古文字的書法表現上。章法上的的井字形分布與字形大小不一的衝突，反映了郭氏一如以往的自信而軼於常軌的思想特質。

　　在用字方面，除了「辭」用小篆字形外，餘皆用金文字形，特別要注意的是「文」字線條交叉所圍起的空間中，或從心，或從心省，或簡而為一點，未見如郭氏作上下兩短弧線者，或以其見多識廣，故想當然耳，然不免貽誤後人，學者自當避蹈此種自我作古之弊。

圖 4-1.3　郭沫若〈兩周金文辭大系圖錄書耑〉

〈兩周金文辭大系圖錄書耑〉　　1934 年　　約 19.1×14.5cm

　　1937 年的〈殷契萃編書耑〉（圖 4-1.4b）和頁扉題字（圖 4-1.4b），都用小
篆的結體及章法來寫，除「殷」略小外，行列整齊，和前面的〈兩周金文辭大
系圖錄書耑〉比較後可以發現，在所寫字型稍大時，郭沫若篆書裡筆畫結束時
的楷書收筆現象就會特別明顯，字形小些時的視覺影響、干擾就越不嚴重；起
筆時逆鋒的幅度太促迫，造成如「萃」字艸頭的重複頓點，未見高明。大小字
的操作，運筆的提按程度會將用筆的熟稔與技巧表現出來，郭氏在篆書的用筆
技巧上，似乎力有未逮。

圖 4-1.4a　郭沫若〈殷契萃編書耑〉
圖 4-1.4b　《殷契萃編》頁扉

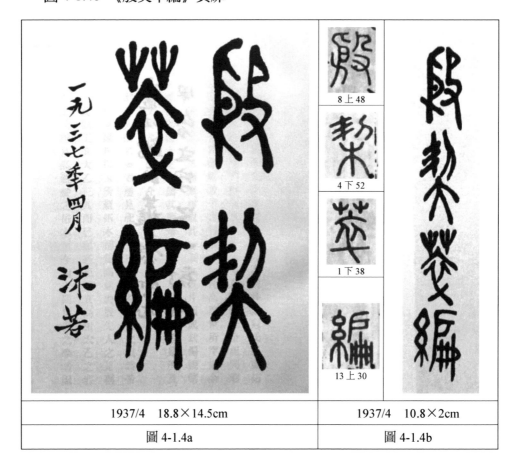

1937/4　18.8×14.5cm	1937/4　10.8×2cm
圖 4-1.4a	圖 4-1.4b

　　用字而言「殷」字「殳」旁、「編」字「扁」旁參合金文偏旁，使整體風格
古意更濃，頁扉題字收筆多有提起尖收處，頗有契刻神韻；「契」應從木，此從
大，係由楷體字直接嫁接，欠缺考究；「萃」字未隨說文錯誤，是可取處。

圖 4-1.5a 郭沫若〈殷周青銅器銘文研究書耑〉

圖 4-1.5b 郭沫若　方框與外擴填實圖

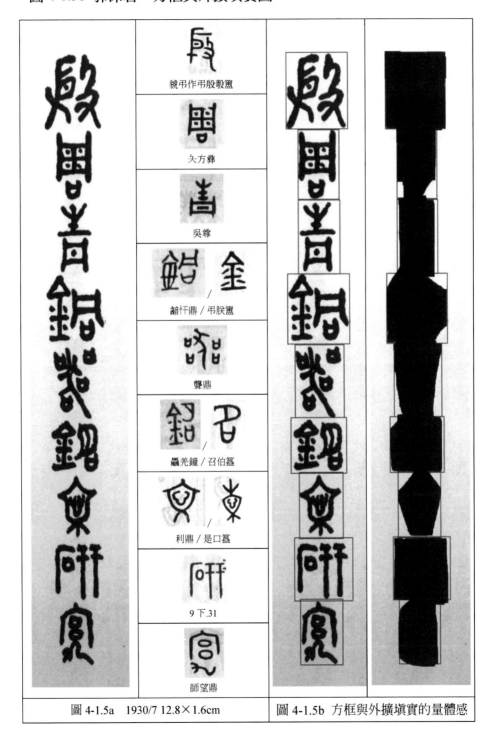

	虢弔作弔殷穀簋
	矢方彝
	吳尊
	舀仟鼎／弔朕簋
	聾鼎
	驫羌鐘／召伯簋
	利鼎／是口簋
	9 下.31
	師望鼎

| 圖 4-1.5a　1930/7 12.8×1.6cm | 圖 4-1.5b 方框與外擴填實的量體感 |

　　1930 年的〈殷周青銅器銘文研究書耑〉（圖 4-1.5a）作單行處理，字距緊密，形成嚴謹一貫的行氣，加以厚實的線條質感，線條與空白的疏密對比適足以凸顯出「圖」的立體感；字形大小的變化自然而不做作，如（圖 4-1.5b）以方框將所占空間格限起來，更容易看出量體的堆疊感，如將各字外廓線內填實，更顯其視覺塊體的豐富變化。

　　這九個字中，「殷」將小篆與金文字形融合，「研」用小篆，「文」將金文中兩種類形的寫法雜揉成新的字形；金文中「夕、月」常通用，但作為偏旁如「銘」中的「名」的夕部分似不應作此。郭氏的以意為之及強烈的主見，又一例也。整體看來用筆、風格搭配得宜，是一件完成度很高的作品。

　　1932 年的〈金文叢考書耑〉（圖 4-1.6a）起筆多為隸書式的蠶頭，收筆或果斷或自然提筆輕收，行筆有屋漏痕式的澀進，唯前二字較平滑、光潔，若能與後二字風格統一，將十分精彩。1952 年的〈金文叢考改編本書耑〉（圖 4-1.6b）多用較輕而細緻的筆觸，間有「金」、「考」末筆作商、周早期肥筆收尾，整體風格有高古之感。郭氏篆書書風多變，惜摹寫功夫不足，往往眼界高而提筆不能相副，是可惜處。

　　就用字而言，「叢」字金文缺，採用小篆字形而參以金文「取」組合，以寫金文風格，是絕佳作法；然作「欉」則難明所以；「文」字內部有從心、心省、點，總之為各式花紋之形，也有不加者，此處之一小短上曲橫則甚解其造字之意味。

圖4-1.6a　郭沫若〈金文叢考書耑〉
圖4-1.6b　郭沫若〈金文叢考改編本書耑〉

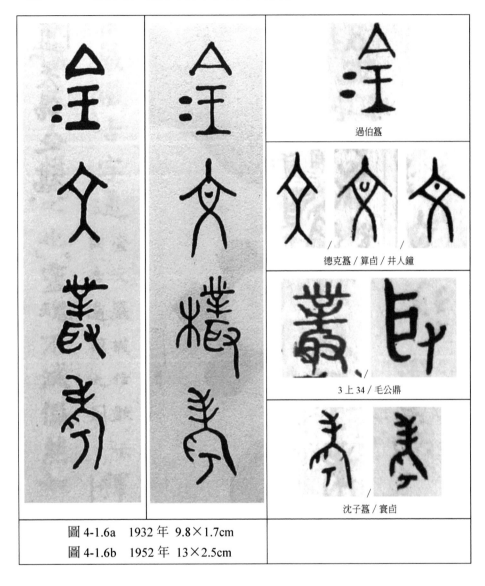

		過伯簋
		德克簋／算卣／井人鐘
		3上34／毛公鼎
		沈子簋／寰卣

圖4-1.6a　1932年　9.8×1.7cm	
圖4-1.6b　1952年　13×2.5cm	

　　1936年〈石鼓文研究書耑〉（圖4-1.7）行氣一貫，字距緊密而不促迫，字形大小變化自然，外廓皆採方形處理而呈扁方、長方不等的積木形堆積，饒有優游自在，隨順應變的情致，「石」、「文」、「研」於古文字中習作長方結字，而此處皆反常為之而不見扞格。用筆方面起筆變化多姿，不拘於一法；收筆時鈍時銳，線條的運行有輕重緩急之別，是相當優異的作品。其後說明文字參合篆、

隸、楷體，亦與主文相映成趣。

圖 4-1.7　郭沫若〈石鼓文研究書耑〉

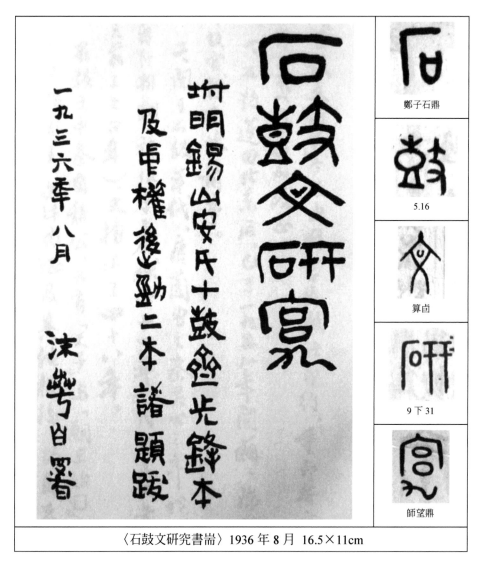

〈石鼓文研究書耑〉1936 年 8 月　16.5×11cm

　　1932 年《金文叢考》頁扉（圖 4-1.8），內容是「大夫去楚，香草美人；公子因秦，說難孤憤。我遘其厄，愧無其文；爰將金玉，自勵堅貞。」首用屈原見讒被貶，仍存孤臣孼子之心，以香草美人喻君王之典故，次以韓非至秦，見繫幽囚，而著篇章之典，以為自己在寧漢分裂後被通緝而流亡日本的困阨，勉勵自己致力於古代文字之研究，來印證自己的唯物史觀。自剖心跡，

不吐不快；言恐致險，故不能直接示人，因以篆書這種人多難識的古文字曲折的吐露衷心的深沉寓託。

圖 4-1.8　郭沫若〈金文叢考頁扉〉

頁扉　1932 年　8.2×5cm	《金文編》等參照文字（出處略）

全詩四言八句，用典妥適而悲壯自許，小字出之，與書扉的篇幅格局能相搭配，章法布局以有行有列，行距大於字距的縱向行氣主導，以整齊、嚴謹為尚，通篇風格以樸拙不飾為高，係用心經營之作。通篇字形之風格以金文為主，金文無者用小篆，或改以金文偏旁組字。較特別的用字如「香」，《說文》云「芳也，從黍從甘」；「黍，從禾，雨省聲。」，甲骨文象散穗之黍形，金文從禾從水會意。〔註47〕郭氏取金文黍形以合《說文》之解字，甚妥。「草、說、孤」用小篆；「囚」作人在井上之形，今已釋為另字；「憤」字甲、金文缺，然

〔註47〕方述鑫等編，《甲骨金文字典》，（成都：巴蜀書社，1993 年 11 月），頁 527。

所作形與《說文》不類，不知何據。「難」字右部「鳥」形金文尚有以意會，郭氏作此形未免失真太多。「將」字，《說文》「將，帥也。從寸，醬〔註48〕省聲。」統帥行伍者，必有法度而後可以主之先之，並居眾上為將，故從寸。又以醬為醫之本字，乃調和眾味者，將為導眾卒伍使協和以戰者，故從醬省聲。〔註49〕而「牂，扶也。從手，爿聲」〔註50〕，平聲之扶將、將順義，此處之「爰將金玉」，應為此字。郭氏寫法「將」則不知所指，亦不可取。「勵」篆作「厲」，段玉裁云：「凡砥厲字作礪，凡勸勉字作勵，惟嚴厲字作厲。」〔註51〕，此取「厂」與金文「萬」組字，亦甚合理且與整體風格無間；「貞」，《說文》「從卜貝，貝以為贄；一曰鼎省聲，京房所說。」郭氏取從卜鼎省聲之說，無視已存在之諸多字形，故作此者雖云合理可通，卻有蛇足之感。

「人們書寫篆體而不講究原來的意義，未免有損於藝術作品的整體完美。」〔註52〕郭沫若篆書作品中大部分的用字都是有所根據，甚至能超越《說文》的誤區，勇於糾繆；惟少數字形誤用或以意為之，則提供我們戒鑑：即使是像郭氏這樣專業的古文字學者，都還會在某些狀況下出錯，從事篆書創作的人，應該用更謙卑與負責的態度來面對古文字，切不可向壁虛造，人云亦云。

對先秦書法的研究，必須從文字學、史學領域擴展到書法藝術領域。這種看法，宋代的著名學者薛尚功在他所撰寫的《歷代鐘鼎彝器款識法帖》中已經提出，此書名為法帖，刻石傳拓，與北宋所刻《淳化閣帖》、《大觀帖》諸帖並傳，知宋人對金文書法的練習已十分重視。〔註53〕郭沫若的治學，是從文字史到歷史的探索，從甲骨文、金文到石鼓文的研究，都能見到完整的第一手的資料，過程中也有親自摹寫的經驗，只是專注的焦點不同，故未能如

〔註48〕《說文》醬字原作無寸之醬，今權以簡體「醬」代之。，《說文解字注》頁758。

〔註49〕段玉裁，《說文解字注》，（臺北：黎明文化事業，1991年8月增訂八版），頁122。

〔註50〕段玉裁，《說文解字注》，（臺北：黎明文化事業，1991年8月增訂八版），頁602。

〔註51〕段玉裁，《說文解字注》，（臺北：黎明文化事業，1991年8月增訂八版），頁451。

〔註52〕王同愈，《小篆疑難字字典》，（上海：上海書畫出版社，1992年4月），出版說明頁3。

〔註53〕史樹青，〈學養深醇　氣概雄邁──郭沫若的書法藝術〉，《中國書法111》，（北京：中國書法雜志社，2002年7月），頁16～17。

董作賓一樣開創出篆書的新境界。雖然，也爲後學指出了識字、學書的一條必經之路；這一路若無苦功，即便天分再高、視界多寬，也只能偶有佳作，無法進入眞正篆書書家的行列中。也只能和他的其他藝術創作一樣，富有大膽的創造精神和鮮明的個人特色。

另外，郭沫若在《殷契粹編·自序》中，接受董作賓〈甲骨文斷代研究例〉五期風格的說法，引申而言：

> 卜辭契於龜甲，其契之精而字之美，每令吾輩數千載後人神往。文字作風且因人因世而異，大抵武丁之世，字多雄渾；帝乙之世，文咸秀麗。細者於方寸之片，刻文數十；壯者其一字之大，徑可運寸。而行之疏密，字之結構，迴環照應，井井有條。固亦間有草率急就者，多見於廩辛康丁之世，然雖潦倒而多姿，且亦自成一格。凡此均非精於其技者絕不能爲。技欲其精，則練之須熟，今世用筆墨者尤然，何況用刀骨耶？

不管契書作風是雄渾或秀麗，草率急就或潦倒多姿，欲自成一格，都要精於其技，要精熟練習，古時如此，於今亦然。又以該書中 1468 片爲例，說：

> 該片原物。當爲牛胛骨，破碎僅存二段，而文字幸能銜接。所刻乃自甲子至癸酉之十個干支，刻而又刻者數行，中僅一行精美整齊，餘則歪刺幾不能成字，然於此歪刺者中，卻間有二三字，與精美整齊者之一行相同，蓋精美整齊者乃善書善刻者之範本，而歪刺不能成字者，乃學書學刻者之摹仿也。刻鵠不成，爲之師範者從旁捉刀助之，故間有二三字合乎規矩。師弟二人藹然相對之態，恍如目前。

如此饒有趣味之發現，可知學習之楷則，從師學習之重要。最後說

> 存世契文，實一代法書，而書之契之者，乃殷世之鍾王顏柳也。

[註 54]

由於郭氏提出鍾、王、顏、柳之說，人們多把甲骨文屬期的書體分爲賓組，相當於商王武丁時期，書體挺拔雄健，類似後世顏眞卿的書風，是甲骨文中之精品；子組，武丁時期的非王卜辭，字體細小，轉折處乾淨有力；出組，相當於

〔註 54〕郭沫若，《殷契粹編·序》，（臺北：大通書局，1971 年 2 月），頁 10～11。

祖庚、祖甲時期，字體大小偏中，行氣整齊，字形端正；何組，相當於廩辛、康丁至武乙、文丁時期，筆道凝練，行氣爽朗，有爛漫之致，可視爲甲骨文中之行楷；黃組，相當於武乙、文丁至帝乙、帝辛時期，字體細小工整，一絲不苟，如鍾繇、王羲之小楷。這是學術界遵照郭氏研究甲骨文書體，對甲骨文分期、斷代提出的標準，爲大家所公認。〔註55〕

雖然郭沫若在篆書技巧方面能知而不能貫徹實行，卻也爲後人指引了一條學習甲骨文的方向，從而可以選擇性之所近或性之所向的書風來學習、發展，也算是郭氏在篆書領域給世人厚贈了。

從總體上來說，郭沫若在書法藝術上創造的業績是不可磨滅的。這主要集中反映在他對漢文字的研究、碑帖的考證和書法的創作等方面。〔註56〕他的漢文字研究的成果與影響已如前述，對碑帖的考證也往往與古文字研究相關，故其篆書的表現也與其學術進境相爲依存。然而郭沫若的博才多學和他那強烈的追求個性意識，使得他在汲取傳統書法養料上，顯得比較匱乏、薄弱。首先，他不太善於用筆，對點畫的構造、線條的造型幾乎都固於一種簡單的模式之中，僅憑概念和習慣來安置。特別是一些草率之作，常常給人留下飄浮的印象，缺乏內在的力度。同時，他按筆入紙的筆致比較輕，寫小字還不太使人感到單薄，而一旦寫大字，則弊病暴露無遺，柴擔、鼠尾似的線條反復出現，令人生厭。筆法單一，缺少變化，很多作品惟見氣勢不見韻味。再者，在郭沫若的美學思想中，「強烈地表現自我」是其核心。當然，這並不一定錯，但過分地強調表現自我，忽視了再現傳統；強調了創造，忽視了繼承，往往會導致基礎不穩，這也是爲什麼他的書法創作比較單一、淺薄的原因所在。第三，長期以來，郭沫若一直被世人尊爲學者和長者而敬仰，加之他那崇高的職位，難免有一種「人貴言重」的傾向，久而久之，也助長了他在學術研究和藝術創作上的驕傲情緒，反映到書法作品中，就容易產生一種「霸氣」。而他在學術研究上不太寬闊的胸襟也影響了他的書風。他的字格局

〔註55〕史樹青，〈學養深醇　氣概雄邁——郭沫若的書法藝術〉，《中國書法111》，（北京：中國書法雜志社，2002年7月），頁16～17。

〔註56〕張偉生，〈試論郭沫若的書法藝術〉，《二十世紀書法研究叢書·品鑒評論篇》，（上海：上海書畫出版社，2008年1月），頁192。

不大，盡管點畫伸展很大，但字的內容量並不大。用筆輕滑而乏沉厚寬綽。這些都是他性格、氣度等情愫在字中的必然反映。

總之，對郭沫若的書法藝術，既不能全盤否定，也不能評價過高，作為一個書法藝術的學者，是當之無愧的；但作為一個書法大家，是尚嫌不夠的。〔註57〕

第二節 容庚——文編岸立 承傳雪堂

容庚（1894～1983）原名肇庚，字希伯，又作希白，號頌齋。1894 年 9 月 5 日生於廣東東莞，1983 年 3 月 6 日在廣州辭世，享年九十歲。畢生著書二十餘種，論文及其它述作近百篇，是我國著名的古文字學家、考古學家和書法篆刻家，又是傑出的書畫鑑賞家和收藏家。

容庚出身於晚清書宦門第，世代皆習舉子之業。高祖廷華，道光辛卯歲貢生；曾祖保民，道光丙午科舉人；祖鶴齡，同治癸亥恩科進士；外祖父鄧蓉鏡，同治十年進士，官翰林院編修；父鄷南，光緒丁酉科拔貢，其為人志氣明決，博聞強記，喜治史學，雅習詞章，藏書萬卷，惜年 37 即謝世。先生十五而孤，直接給他以親炙的是四舅鄧爾疋和從叔容祖椿。鄧爾疋是廣東有名的書法篆刻家，容祖椿工於繪畫。容庚從小就受到長輩學術與藝術的薰陶，這對他一生的治學影響極大。

1913 年，當他還在中學念書的時候，就已經對金石文字產生濃厚的興趣，在研習吳大澂的《說文古籀補》和桂馥的《繆篆分韻》時，即萌發補輯之意。1917 年東莞中學畢業，不復升學，與弟妹「擬共采集篆籀之見存者為《商周秦漢文字》一書：一甲骨文編，二金文編，三石文編，四璽印封泥文編，五泉文編，六專文編，七瓦文編，八匋文編。」〔註58〕共同策劃擬分為甲文、金文、石文、磚文和陶文等八大類，《金文編》就是其中最早完成的稿本。1922 年先生考上北平朝陽大學，路過天津，挾《金文編》稿本謁見了當時著名的考古學家羅振玉，深得羅的賞識，羅說《金文編》正是他自己「欲做而未成

〔註57〕張偉生，〈試論郭沫若的書法藝術〉，《二十世紀書法研究叢書・品鑒評論篇》，（上海：上海書畫出版社，2008 年 1 月），頁 195～196。

〔註58〕容庚，《金文編》，（北京：中華書局，1985 年 7 月），容序，頁 20。

者」，再三叮囑「務竟其成」。並推薦他見北京大學馬衡和沈兼士教授，容氏遂於 1922 年秋進北大研究所國學門當研究生。

1925 年完成《金文編》的撰集工作，1926 年留任北京大學講師，翌年轉入燕京大學任襄教授。就在此時，廣東大學以重金邀聘爲教授，燕大校長司徒雷登爲了表示挽留，也越級擢升他爲教授。容庚鑒於學術研究的條件北方勝於南方，便決意繼續留在燕大，主編《燕京學報》。從 1927 年起，兼任北平古物陳列所鑒定委員，有機會接觸青銅器原物，手自摩挲，辨偽經驗日進，出版《圖錄》多種。1934 年 6 月，容庚與友人發起組織金石學會，後易名爲考古學社，並親任執行委員，編輯出版《考古學社社刊》，對當時的文物考古調查和研究，直接起了推動的作用。1941 年完成了《商周彝器通考》這部劃時代的巨著，由哈佛燕京學社印行。北平淪陷後，因不忍離棄多年積聚的圖書彝器和六個兒女，留在北京大學教書，1946 年接受嶺南大學之聘，任中文系教授兼系主任，主編《嶺南學報》。1952 年院系調整入中山大學，任中文系教授，直至逝世。〔註 59〕

一、容庚的古文字學成就

容庚的學術成就，概括而言，可分爲北方和南方兩個時期。容氏在北方工作的二十餘年，是他在學術上從初露鋒芒到大顯身手的時期。其同鄉好友、著名歷史學家張蔭麟教授曾經精闢地指出：他「少年即醉心於金石之學，壯而彌篤，由文字示及器物，進而及於史跡。」〔註 60〕以下則以古文字學爲中心，評述其古文字學成就。

（一）以金文爲中心的古文字學

容庚是二十世紀中國古文字學的奠基者之一，其研究領域遍及甲骨文和金文，而以金文爲重點，旁及秦漢文字。他先後寫過《甲骨文的發現與研究》（1923）、《甲骨文講義》（1927）、《中國文字形義篇》（1932）、《殷契卜辭》（1933）、《鳥書考》（1934）、《秦始皇刻石考》（1934）、《金文編》（1925）和

〔註 59〕 曾憲通，〈容庚先生的生平和學術貢獻〉，《容庚文集》，（廣州：中山大學出版社，2004 年 11 月），序頁 1～2。

〔註 60〕 曾憲通，〈容庚先生的生平和學術貢獻〉，《容庚文集》，（廣州：中山大學出版社，2004 年 11 月），序頁 2～3。

《金文續編》（1935）等，而以《金文編》爲其成名之作。《金文編》是我國第一部專科性的金文大字典。是書正編共收字頭 1382 字，比增補本《說文古籀補》所收的 1083 個金文字頭，多了 299 字，應該是 1895～1924 這 30 年間新釋之字，其中有一部分實爲容氏所釋。〔註61〕此書編輯體例，有幾點是相當成熟的：分別部居略依許愼《說文解字》；古人造字，初有獨體之文，孳乳而爲合體之字，如各爲格；乍爲作，皆竟稱孳乳爲某，分隸兩部，注明某字重見；古有專字，假借行而專字廢者，用說文附收古籀之例，入假借字下；《說文》所無之字而見於他字書者，有形聲可識者，附於各部之末；圖像文字與形聲不可識者、考釋未盡確者，別爲附錄上、下。〔註62〕由於它充分吸收了吳大澂《說文古籀補》的優點，在內容和體例上都有所創新，是一部取材宏富，摹寫準確，體例精善的大型工具書。王國維稱「其書祖述中丞而補正中丞書處甚多，是能用中丞之法而光大之者」。〔註63〕因而深受學術界的推崇，也成爲古文字研究史上的一個里程碑，並且在 20 世紀中率先開闢了此後影響巨大的「文編」這種工具書的著述體例。〔註64〕半個世紀以來隨著考古的新發現和識字水平的提高，容庚先後對《金文編》作過三次重大的修改和增訂，故此書一直是古文字學者案頭必備之書，幾乎沒有一個研究古文字的人不從這部名著中獲得教益的。歷史證明，《金文編》至今還是一部學術價值和實用價值極高的著作。〔註65〕20 世紀金文之入書法篆刻創作的勃興，固然與乾嘉學術帶動的碑學風氣有關，但《金文編》這一類新式字書的編撰和普及爲創作所提供的方便亦可想而知。

　　《金文續編》共收錄秦器銘文 12 篇，漢器銘文 660 篇，是專門收錄漢代金文的字典。這本書所收銘文超出前代書，且編排科學、得體，又標注出銘文中的通假字，在漢代金文研究史上堪稱里程碑。容庚云：「欲求兩京文字轉變之

〔註61〕趙誠，《二十世紀金文研究述要》，（太原：書海出版社，2003 年 1 月），頁 120。

〔註62〕容庚，《金文編‧凡例》，（臺北：弘道文化事業，1970 年 10 月），頁 1。

〔註63〕容庚，《金文編》，（北京：中華書局，1985 年 7 月），王序，頁 8。

〔註64〕祝帥，〈書法篆刻家的古文字學視野〉，《東方藝術》2016：08，（河南省藝術研究院，2016 年 4 月），頁 125。

〔註65〕曾憲通，〈容庚先生的生平和學術貢獻〉，《容庚文集》，（廣州：中山大學出版社，2004 年 11 月），序頁 3。

跡，未有勝於器物銘者，即欲考鑄銅之官、產銅之地、制器之數、度量衡之制以及當時通行之吉語，皆可求於此。」〔註66〕

（二）以青銅器為重點的考古學

商周青銅器一直是容庚著力研究的重點。他有感於清代金文眞僞雜糅對研究工作帶來的消極影響，開始有選擇地清理傳世青銅器。他一方面著手釐清前代流傳的青銅器圖籍，製〈西清金文眞僞存佚表〉，撰〈宋代吉金書籍述評〉；另一方面，憑著他在古物陳列所積累的辨僞經驗，去僞存精，編製譜錄。先後編印了《寶蘊樓彝器圖錄》（1929）、《秦漢金文錄》（1931）、《頌齋吉金圖錄》（1933）、《武英殿彝器圖錄》（1934）、《海外吉金錄》（1935）、《善齋彝器圖錄》（1936）等，總計達八百多件，都是從眾多的銅器中去僞存眞、去粗存精地逐件篩選出來的。在細心爬梳書面材料和實物資料的基礎上，先生更著手於青銅器整體理論和結構體系的研究，掌握其形制、花紋和銘辭的流變，觀其會通，終於在 1941 年完成了《商周彝器通考》這部開創性的巨著。〔註67〕

《秦漢金文錄》共八卷，1931 年刊印。本書以秦漢器爲主，附收新莽及魏晉器，另附秦、漢金文未收器目，計收漢器共 923 器。凡例中列出各拓本藏家的書目，每卷的卷首有該卷的目錄，按照器名分類依次排列，器名下注明該器的字數、諸家著錄的情況、本書著錄所採用的版本以及雜記、頁數，每卷的最後有器物的名稱及釋文。拓本按原大影印。《秦漢金文錄》是專門著錄漢代金文的著作，其中收錄的漢代金文數量較大，著錄體例較爲科學，是研究漢代金文的重要資料。〔註68〕

《商周彝器通考》由燕京大學哈佛燕京學社出版。這可以說是他的關於商周青銅器的綜合性通論。分上下兩編。上編是通論，詳述青銅器的基本理論與基本知識，分 15 章。下編是分論，將青銅器按用途分爲 4 大類。全書共 30 多萬字，附圖 500 幅，徵引詳博，考據詳備審核，堪稱材料宏富、圖文並茂。這

〔註66〕北京大學中國傳統文化研究中心編，《北京大學百年國學文粹·語言文獻卷》，（北京：北京大學出版社，1998 年月），頁 391。

〔註67〕曾憲通，〈容庚先生的生平和學術貢獻〉，《容庚文集》，（廣州：中山大學出版社，2004 年 11 月），序頁 3～4。

〔註68〕劉夢依，《漢代金文書法研究》，（吉林大學碩士學位論文，2015 年 4 月）頁 31。

是一部對青銅器進行系統的理論闡釋並加以科學分類的著作，是研究青銅器的重要參考書。

其實，如果把《金文編》看作是金文字典的話，那麼《商周彝器通考》一書在本質上更接近於一部「銅器考古學通論」，遠遠沒有達到「金文學術通論」的要求。但是，本書真正的學術地位和學術價值卻是第一個建立了比較完整的銅器考古學的學術體系和研究模式，徹底實現了傳統的古器物學的本質更新和轉變。通過容庚的《金文編》和《商周彝器通考》以及他的幾部圖錄體裁的金文拓本著作，我們看到：容氏試圖對傳統的古器物學進行徹底的革新，並結合現代考古學的最新研究方法，建立一個古老而又現代的銅器考古學學術架構的努力和實踐。〔註69〕

（三）以考訂史實為目的的考據學

商周青銅器可據其形制、花紋大體推斷其年代，而銘文則可以考訂其史實。商代銅器銘文簡樸，一般祇兩三字，最長也不過五十字，故作為研究商代歷史的素材仍以甲骨文為主，而以金文為輔。周代銅器之有銘者已多至數千，銘文也較長，二百字以上的銘文為數不少，百字以上的更多。其內容大率記載作器的緣由，是古代重要史實的記錄。這在當時是歷史的呈現，在今天則是極其珍貴的第一手史料，既可補充史籍的失載，還可訂正其傳抄的訛誤，具有書史的價值。容氏將專贈為記載史實而鑄器的內容分為六類，即祭祀典禮、征伐紀功、賞贈錫命、書約劑、訓誥臣下、稱揚先祖等。

容庚通過文字、器物以考訂史實之事，如1930年代連續發表之〈鳥書考〉及〈再考〉、〈三考〉，考訂它們是春秋戰國時期流行於吳越及楚蔡等地的一種特殊美術字，使這種形體詭異的怪字得到正確地通讀，恢復其歷史的原貌。郭沫若在〈越王鐘考釋〉中說：舊於「戉王」二字釋為「既望」，文例乖戾，因疑其偽；近時容庚始發明其讀，知為越器。又如1942年，斥巨資購買之〈欒書缶〉，缶之蓋及腹頸皆有錯金銘文，共48字。據其考證，銘文中的「欒書」即見於《左傳・成公二年》「將下軍」的欒書；但又指出「秦國字形固近於大篆，而齊、吳、楚與秦尚無大差異，獨欒書缶異體較多，與其它晉器不同。」

〔註69〕劉正，《金文學術史》，（上海：上海世紀出版公司，2014年12月），頁589～590。

故有學者認爲，該缶應是欒書的後人「書也」在楚地所造。這是對此缶形式上具有楚的風格而內容涉及晉事這一矛盾現象所作的一種新的合理的解釋。再如容氏在廣州得一〈陳侯午敦〉，器作半球狀，兩環爲耳，三環爲足，失蓋。銘八行 38 字，銘在器內。考得陳侯午即田和代齊的第二代齊桓公午，同人所作之器有三，色澤相同，殆爲乾隆年間同坑所出，不知何故流入嶺南者。〔註 70〕

（四）甲骨文字學的貢獻

1922 年夏，容庚自粵到津，挾《金文編》稿本謁羅振玉於嘉樂里貽安堂，遂得羅氏推薦，入北大研究所國學門，一面編撰《金文編》，一面鑽研甲骨文，嘗假錄羅氏《殷虛書契考釋》重訂稿，並觀其所藏甲骨。一年後，即成《甲骨文字之發現及其考釋》一文，約萬餘言，刊諸北京大學《國學季刊》（第一卷第四號），這是他早年研究甲骨文，研讀孫詒讓、羅振玉、王國維等人著作後所撰的綜述性文章，旨在強調甲骨文發現之重大意義、介紹已有之研究成果；簡要敘述甲骨文字發現的經過、收藏、刊佈及研究的概況之後，分小學與歷史兩大部分論述當時學術界考釋甲骨文的主要成果，而且是先小學，後史學。此文的論述、介紹，無異於向讀者展示了甲骨文研究的兩個主要方面、兩條主要途徑：即語言文字學的途徑與歷史考古學的途徑。1933 年，朱芳圃抄錄諸家之說，編纂《甲骨學》即分文字編與商史編兩部份。

1929 年，爲燕京大學以千金購得徐坊所藏甲骨 1200 片於德寶齋，於是加以整理，剔除僞片，選拓 874 片，編爲《殷契卜辭》，命其學生瞿潤緡同爲釋文並撰集〈文編〉附於後，凡三冊，於 1933 年由哈佛燕京學社影印行世。卷末所附之〈文編〉實即今之字表，極便讀者檢索與進一步研究，以是書爲首創。在此時期，還悉心指導「不癖金石而癖甲骨」的孫海波，取《殷虛書契》等書八種逐字排比，編纂《甲骨文編》。

1947 年發表《甲骨學概況》於《嶺南學報》（第七卷第二期），是對近五十年甲骨學的一個小結，雖不全面，但提綱挈領，甚爲重要。對此間學者，不僅論其人、衡其文，能實事求是，客觀公正，而且還能從甲骨學史的高度給以恰當的評價。

〔註 70〕 曾憲通，〈容庚先生的生平和學術貢獻〉，《容庚文集》，（廣州：中山大學出版社，
2004 年 11 月），序頁 4～5。

　　容庚從事教育逾一甲子，桃李至多，亦十分注意發現人才，給予指導和提攜。任教燕京大學期間，除瞿潤緡、孫海波外，還有蕭炳實、邵子風、陳鴳明、陳夢家數人，也都是容庚的學生，於甲骨文皆有述作。五十年代初，容庚復與商承祚共事於中山大學，1956 年起，二老還聯名招收並指導過多屆古文字學研究生。如陳煒湛、夏淥、李瑾、唐鈺明、張桂光、陳永正、陳初生等皆在古文字學領域持續研究探索。〔註71〕

二、容庚的篆書表現

　　容庚幼時因認識到「未有不習篆書，不通《說文》，徒攻乎石而能以篆刻自矜者也」〔註72〕，且在提及早年的治印經驗時，有言：「余弱冠從四舅鄧尔疋學治印，規模黟縣黃士陵，士陵皖派之後勁也。竊謂書、畫、篆刻非變不足以傳，而余之資稟鈍不足以言變，遂乃舍去而專治古文字。」〔註73〕雖是自謙之語，卻也印證了篆刻是他走向金石文字研究的入手點。跟隨舅父鄧尔疋習篆、後負岌北上北大研究所國學門就讀研究科的容庚，其學術人生也經歷了由篆刻而文字，由文字而金石的歷程。容庚一生著作等身，除論文、專著外，還編輯了大量的圖錄、字典、講義以及目錄學著作，可謂博涉多優。〔註74〕

　　容庚的篆書由其外舅鄧尔疋發蒙，初學《嶧山碑》，繼而得力銅器文字，結字古雅謹嚴。從羅振玉學習甲骨文後又開始進行甲骨文的書寫，時間大致在 20 年代。他本身的書法功底就很好，小篆－金文－甲骨文的習篆路子又幾乎與羅振玉一般無二。

　　其甲骨文書法可以未記年之〈爲學有獲之齋額〉〔註75〕（圖 4-2.1）爲例。《說文》：「隻鳥一枚也。」卜辭隻字象以手捕鳥，用爲獲得之獲；〔註76〕故卜

〔註71〕陳煒湛，〈容庚先生與甲骨文研究──爲紀念容庚先生百年誕辰而作〉，《甲骨文論集》，（上海：上海古籍出版社，2003 年 12 月），頁 236～241。

〔註72〕容庚，〈雕蟲小言〉，《小說月報》1919 年 10 卷第 3、4 期。

〔註73〕容庚，《甲骨集古詩聯·序》，（臺北：商務印書館，1970 年 12 月），未標頁碼。

〔註74〕祝帥，〈書法篆刻家的古文字學視野〉，《東方藝術》2016：08，（河南省藝術研究院，2016 年 4 月），頁 122。

〔註75〕北京保利秋季拍賣會 20161205，http://auction.artron.net/paimai-art5096542337/201702 28 檢索。

〔註76〕中國社會科學院考古研究所編，《甲骨文編》，（北京：中華書局，1965 年 9 月），

辭以「隻」爲「獲」。「齊」、「齋」古通用；其他字亦皆有所據。觀其書法，前二字「爲」、「學」爲一組，用筆較輕，線條細瘦，有甲骨契刻的細勁，但線條起止多呈匀稱，不求銛利之刀鋒趣味，「爲」字中象頭之轉與身軀之折略則顯突兀；後四字一組用筆較重，用小篆線條而呈瘦勁，且折筆、轉筆交互爲用，接角處方圓交融、線條有細緻的提按變化。前二字規規於契刻之味，後四字很快的融入所擅長的小篆、金文筆法，此中之快速轉換，可以窺知其所專擅不在表現契刻刀味之風格表現。

圖 4-2.1　容庚〈為學有獲之齋額〉

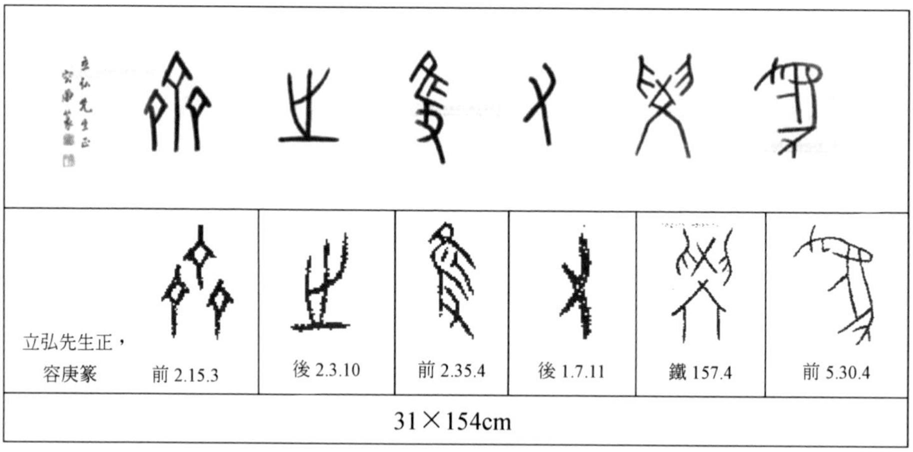

立弘先生正，容庚篆	前 2.15.3	後 2.3.10	前 2.35.4	後 1.7.11	鐵 157.4	前 5.30.4
31×154cm						

容庚在 1949 年之後遠離了甲骨文書法，以金文爲主。這當然與他學術研究的專攻、興趣、心得相表裡。王國維《金文編・序》中說他專攻金文，並想補吳大澂的書，是要補吳的《說文古籀補》，成果便是容庚的成名作《金文編》（貽安堂 1925 年出版）。此書爲繼吳大澂之後的第一部金文大字典，是古文字研究者必備的工具書之一。容庚雖以《金文編》享譽，但他於書畫金石皆有精擅，鑑定尤具隻眼。所著《叢帖目》、《歷代名畫著錄》、《頌齋書畫小記》足見其鑑賞之功。羅振玉之學問，容庚能傳其大半。〔註77〕簡要地說，容庚的書作端莊清雋，是羅振玉一路的繼承者。〔註78〕

頁 172。

〔註77〕姜棟，《20 世紀大陸地區甲骨文書法實踐狀況研究》，（北京：首都師範大學碩士學位論文，2006 年 5 月），頁 36。

〔註78〕姜棟，《20 世紀大陸地區甲骨文書法實踐狀況研究》，（北京：首都師範大學碩士學

　　初版《金文編》1925 年問世之後甚得各界好評，原因主要有四（1）《金文編》是首創，對金文研究起著推動作用，使金文文字學成爲了一門獨立的學科。（2）選擇精審，編排嚴謹，於闕疑之法「用之爲尤嚴」，可信程度高。（3）字體摹寫，一律按照原形大小，精微入神，可用做範本。（4）博采眾說，擇善而從，於《說文》不僅有所訂正還有所增補。所以此書出版不久，一方面成了學習、研究金文的字典，另一方面也成了學習書法、篆刻的字帖，深受各界歡迎。〔註79〕1939 年第二版《金文編》在香港出版，共列字頭 1804 個，較初版增加了 422 個，14 年間大量新見到的銅器銘文和有關論著，與大批著名古文字學者的相互研討，成就了本書的經典地位；也基本反映了當時金文研究的蓬勃發展與研究成果。〔註80〕

　　容庚的《金文編》對金文書法的意義非常重大，如前述，本書爲社會大眾提供了選擇精審、編排嚴謹，摹寫精確且易於查索的金文字形工具書；同時還博采眾說，補訂《說文》，具有學術上的價值，茲以書中「學」字爲例（圖 4-2.2），首字下先從金文「學」不從攴，補充《說文》「學」作「斅」的不足，接著依時代先後依次排列諸字。〈盂鼎〉字殘蝕缺甚多，皆一一排除而恢復原貌；〈師𧢇簋〉字清晰，而其左秀右枯之態從而不避；〈靜簋〉字重出而有取捨；〈令鼎〉字上下符懸隔如爲二字；〈者汈鐘〉漶漫不清而以其理解復原之，然因當時拓本所限，似有差池；末列從攴之〈沈子簋〉字，其字在器腹邊緣而鏽掩，各字各種狀況，皆能一一排除而存其眞貌、摹寫精確。若非如此，後學者或書家面對不熟悉之原拓點畫、字形，往往遲疑而不敢下筆；或因理解錯誤而致訛謬，因此，此書之嘉惠書壇，其功至偉；對金文書法正確字形提供，提昇金文書法的學科地位之功，不可磨滅。

　　《金文編》的一再校訂，是他青銅器研究的學術成果，透過對實物、拓本的精心觀察、經由文字的反覆摹寫所呈現的具體成果，自然也使他對金文字形熟諳於心。加上自幼的篆書基礎，又從羅振玉處得其眞傳，其篆書成就非同一般。

位論文，2006 年 5 月），頁 37。

〔註79〕趙誠，《二十世紀金文研究述要》，（太原：書海出版社，2003 年 1 月），頁 121。

〔註80〕趙誠，《二十世紀金文研究述要》，（太原：書海出版社，2003 年 1 月），頁 123～124。

圖 4-2.2　容庚《金文編》學字例

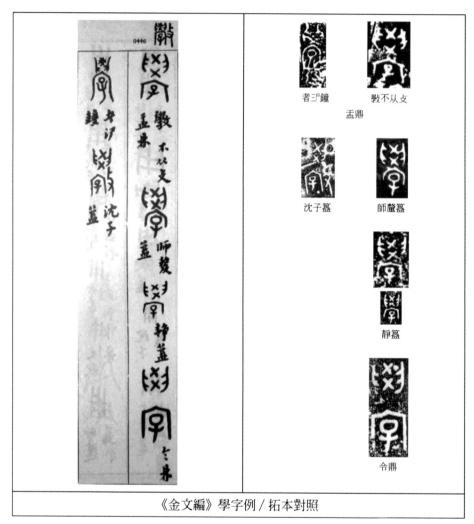

《金文編》學字例／拓本對照

　　1925 年所作〈有文、無車七言聯〉（圖 4-2.3a）係書似莊嚴〔註81〕者，其文曰：「有文有史亦足樂，無車無魚歸乎來。」「足」、「車」、「乎」三處平仄不諧，或因文意、用典而犧牲故也。上聯云優游文史之中自有其樂，下聯用《戰國策》

〔註81〕莊嚴（1899～1980），字尚嚴，號慕陵，又號六一翁、迂翁，1924 年北京大學哲學系畢業。後進清宮善後委員會做清點故宮文物的工作，1933 年負責文物南邊押運，抗戰時守護大批文物隨政府播遷，後又帶家眷從大陸護送故宮古器物到臺灣，在台中任故宮古物館館長，外雙溪故宮博物院落成改任博物院副院長，1969 年離休，於 1980 年在臺灣去世。

馮諼客孟嘗君典故，與上聯合觀，頗有對安貧樂道的挪揄與守志不逾的堅持。
更妙的是此聯早見於 1921 年乃師所集《殷虛文字楹帖》（圖 4-2.3b），此處容庚
僅取其聯之文句而不採已集成之甲骨文字；逕集金文以書之，隱有不為人後與
自作主宰的豪情。

圖 4-2.3a　容庚〈有文、無車七言聯〉〔註82〕
圖 4-2.3b　羅振玉〈有文、無車七言聯〉

| 容庚〈有文、無車七言聯〉1925/10 | 羅聯 | 容庚《金文編》／吳大澂《說文古籀補》字對照 |

〔註82〕本作品圖取自 http://wangchangzhengb.blog.163.com/blog/static/169442316201302420
21198/20170218 檢索。

此聯用字亦甚堪玩味，所有字皆見於《金文編》，然造型頗有差異，如「有」、「史」、「無」、「樂」反而較類似吳大澂《說文古籀補》中所摹錄字、「魚」字用《石鼓文》字，亦與吳書相近；字字都有根據，卻也在書法風格的統調要求中有所調整。《金文編》的摹寫是更勝於《說文古籀補》的，但書法的書寫顯然不能只是摹寫的再現，需要將原字放大且統一在相同風格中，容氏此作的思考顯然有吳大澂－羅振玉一脈的影響在。

此作的起收筆、線條起止是均勻而速度均等的，以短直線條爲主調，所以接角處雖看似以圓轉爲主，卻因彎曲的弧度不足而有方折的剛硬感，因此沉穩有餘而婉轉不足；又因界格制約、對聯的整齊要求，顯現出一種樸拙若愚的生稚感。

1931 年 4 至 8 月，容庚與顧頡剛〔註83〕、洪煨蓮〔註84〕、吳文藻〔註85〕、鄭德坤〔註86〕、林悅明等人作冀豫魯三省之考古考察。〔註87〕6 月，受顧頡剛之託以金文書其自徹聯（圖 4-2.4）：「好大喜功終爲怨府，貪多務得那有閒時。」

顧氏深知學海浩瀚，因此極其珍惜時間；爲了充分利用有涯之生以獲得盡可能多的無涯之知，他無論做什麼事，一著手，就有計劃，而且是最大最好的計畫，於是永不能有滿足之時，而事情亦永永做不完（1928/2，與王伯祥信）。這給他帶來苦惱，也給他帶來欣慰。他認爲「一個人有了志願，固然是一件很痛苦的事，因爲決不能使事實與志願符合；但也是一件很快樂的事，因爲事實有一分的接近志願時，就有兩分的高興」、「能有計劃，則一個人的生命永遠是充實的，不會因外界的誘惑而變志，也不會因外界的摧殘而灰心了。」（1932/3，

〔註83〕 顧頡剛（1893/5/8～1980/12/25），原名誦坤，字銘堅，江蘇蘇州人，歷史學家、民俗學家，中央研究院院士。古史辨派代表人物，也是中國歷史地理學和民俗學的開創者之一。

〔註84〕 洪煨蓮（1893/10/27～1980/12/22），原名業，字鹿岑，譜名正繼，號煨蓮，英文學名 William。福建侯官（今閩侯）人。著名歷史學家，在美國去世，終年 87 歲。

〔註85〕 吳文藻（1901/4/12～1985/9/24），江蘇江陰人，著名社會學家、人類學家、民族學家。妻冰心。

〔註86〕 鄭德坤（1907/5/6～2001/4/6）著名考古學家。生於福建廈門的鼓浪嶼，畢業於燕京大學。先後執教於廈門大學、華西協和大學、劍橋大學、香港中文大學。

〔註87〕 容庚，〈頌齋自訂年譜〉，曾憲通編，《容庚文集》，（廣州：中山大學出版社，2004年 11 月），頁 663。

與譚其驤信）。他所訂的一個個計畫，正是他一生為之奮鬥的目標，寄託著他全部的希望，也耗盡了他全部的精力與時間。〔註88〕這的確是顧頡剛為學態度的優長與自箴之言，聯語前後，互為因果，深富哲理。

圖 4-2.4　容庚〈好大、貪多八言聯〉

		貪 6 下 20	蚌 羋伯簋
二 散盤	大 師望鼎	大 毛公鼎	頡 邵鐘
丨 散盤	襐 13 下 51	喜 叔姀簋	劉 散盤
朱 頌壺	是 虢叔鐘	场 13 下 50	又 曾子仲宣鼎
介 靜簋	彬 6 下 44	宀 頌鼎	比 毛公鼎
刃 鄧伯氏鼎	多 毛公鼎	象 曾伯陭鼎	山 南彊鉦
宀 說文古文	晶 趩鐘	瑴 10 下 43	自 散盤
甫 賢簋	吉 古文 7 上 2	府 9 下 11	微 8 上 11
〈好大、貪多八言聯〉1931/6			

〈好大、貪多八言聯〉中用字金文 9 字、小篆 5 字，用小篆者且以金文

〔註88〕顧潮、顧洪，〈懷念我們的父親顧頡剛〉，2017/2/27 檢索 http://www.mj.org.cn/mzzz/2011/01/2011-05/09/content_50250.htm?authkey=moqp92

偏旁書之，故整體而言是金文書法風格。起筆偶有停駐，呈圓、尖、頓等異態；線條勻整婉轉中有提按輕重的細微變化；收筆多齊而含藏不露；結構偏小篆之修長，字距緊密，而「爲」、「怨」、「務」、「那」四字重心略有欹側，形成搖動的行氣。雖然章法平鋪直敘，樸實無華，但並非一覽無餘缺乏韻致，而是蒼茫蘊藉，耐人尋味。〔註89〕款字亦集金文、小篆，且金文密度更高，與原字形更爲接近，合用的小篆字亦以金文各偏旁組構，結字隨各字繁簡自然產生輕重變化，精彩程度更勝主文，這也反映了他摹寫功力深厚，在原寸及偏小字形上更爲其所擅長。

1973 年初夏作〈臨師遽簋軸〉（圖 4-2.5），〈師遽簋〉係西周恭王時器。西周恭王時，「篆引」成爲金文書法的唯一式樣，某些舊式的肥筆已被改造成裝飾性的圓點，其他偶有存留，也幾如鳳毛麟角。在這整齊劃一的新秩序當中，佳作觸目皆是，品味之餘又很容易把它們忘記。這表明，大篆書法也像禮樂文化一樣，它只要求整體，忽略個性，典範美最初的意義也是如此。進而可以確認，中國書法審美的自覺發生在西周大篆正體上面，就是因爲它與政治、倫理密切呼應，體現著統一意志，以及由此產生的社會向心力。所以，大篆的楷模，是天下共同的楷模，是王者之風，化及天下的楷模。〔註90〕〈師遽簋〉銘文在等距等速等粗細的篆引線條中保留多處肥筆，形成視覺移動上的留駐，字形的大小錯落及各字重心的欹側引導著行氣的自然搖曳，意態橫生。

容庚臨此銘文用了羅振玉以來行列整齊的章法，更進一步的將大小不同的字壓縮在同樣的空間裡，達到了他想追求的整齊肅穆；然而也犧牲了銘文本身在秩序感要求下仍有相當的自由、個性抒發的素樸。取捨之間，或不能以得失論。線條是中和而溫雅的、字形結構是謹守而無逾的、章法是絕對秩序的、個性是捨棄無存的，似乎可以見到身處文化大革命風暴中的知識分子，在面對毫無理性的無情摧折之下，對猶能提筆作字已是深感萬幸，哪裡還有表現自己的格性空間？只能在書法裡寄託渴想，而對整體秩序的恢復作隱微的希冀。詩言志、書爲心畫，興、觀、群、怨，文人之事很明白也很不明白。

〔註89〕王志，《民國篆書研究》，（南京：南京師範大學碩士學位論文，2011 年 5 月），頁 31。

〔註90〕叢文俊，《中國書法史‧先秦、秦代卷》，（南京：江蘇教育出版社，2002 年 6 月），頁 200。

圖 4-2.5　容庚〈臨師遽簋軸〉／〈師遽簋〉拓片

1973 初夏　98×34cm	〈師遽簋〉拓片　高 15.5cm

　　毛澤東喜歡讀《後漢書》裡的〈黃瓊傳〉、〈李固傳〉，首先是因為這兩個主人公正直敢言的形象。1965 年，毛澤東把這兩個傳推薦給劉少奇、周恩來、鄧小平、彭眞、陳毅等黨和政府的主要領導人閱讀，他們都在百忙中閱讀了。許多高級幹部聽說後，也都跟風找來看。1966 年文革前夕，毛澤東給江青的信中也用了李固遺黃瓊書「嶢嶢者易折，皎皎者易汙。陽春白雪，和者蓋寡。盛名之下，其實難副。」的話，毛澤東用這幾句話明確表達了，即使文革的發動是嶢嶢者的「折」，皎皎者的「汙」，是盛名之下的不自量，也再所不惜的決然。只是，文革的慘酷證明了毛的「折」與「汙」，而動亂的十年，付出

代價的是全體的中國人。

這幾句話本是黃瓊正在猶豫是否出仕時，李固從兩個方面來啟發開導他：一方面批判了當時名士的孤傲，另一方面針對當時名士專靠聲名而其實不符，以致容易被人攻擊的缺點，對黃瓊進行了規勸告誡。後來黃瓊做官後，經常上疏規勸順帝，所提批評和建議，多被採納。順帝死後，黃瓊不畏專權的外戚梁冀的勢力，在眾人附和桓帝擬褒崇梁冀的想法時，他堅決反對，舉出前漢蕭何、霍光等功臣為例，認為「賞必當功，爵不越位」，從而使桓帝接受了這個意見。臨死前，黃瓊還上書直諫，指出桓帝「即位以來，未有勝政。諸梁秉權，豎宦充朝」，這些人作威作福，使皇帝耳目閉塞，規勸桓帝須時時清醒明察。黃瓊的名實相副，才是我們該學習的。

1973 年文革仍然如火如荼，雖然因中日復交而使書法有復甦的跡象，但知識分子們如容庚在動輒得咎中，除了臨些銅器銘文，最無害的選擇是挑些毛主席詩詞與魯迅詩詞及老一輩革命家如周恩來、朱德、陳毅、葉劍英的詩抄，或是偶然也有抄錄古詩詞與中日交流雙方的古詩。〔註91〕〈後漢書黃瓊傳軸〉（圖4-2.6）正是這種心境下的產物。

此段話語中「嶢嶢者易折」或作「易缺」；「曒」為「皎」之古字。此作用字依然以金文為主，且與所選字形結構極為相像，三個「者」字精心選用不同造型，有如摹出者；金文無者合用小篆、籀文，如「嶢」、「缺」、「曒」、「汙」、「副」等，並將其中形符改易為金文形態以形成金文書風。行列整齊，字距與行距均甚大，很有疏朗感，單字在畫面上的空間有呈點狀或點塊形狀的漂浮感，有種疏朗通暢之美。雖是八十歲老人，仍是筆筆不懈，線條也保持穩定的均勻力度，從飛白的出現也體現了快慢節奏變化，人書俱老，近於樸真了。

〔註91〕https://kknews.cc/culture/k83o3mr.html，20170313 檢索。

圖 4-2.6　容庚〈後漢書黃瓊傳軸〉

虢季氏盤	王仲嬀簠	9 下 8
國差繪	曲父丁爵	矢方彝
歸父盤	師反簋	趞曹鼎
4 下 44	矢方彝	5 下 21
說文籀文	寰盤	7 下 58
	毛公鼎	兮甲盤
	曾伯簠	毛公鼎
	召伯簋	11 上 2 29
	秦公簋	虢季子白盤
	番生簋	蔡侯殘鐘

〈好大、貪多八言聯〉1973/9　114×42cm

　　同樣的內容，在 1979/3 月蝕夜商承祚的〈李固致黃瓊書〉（圖 4-2.7）金
文作品中也出現了，同樣的金文、小篆合用，諸多相似的字形，以及同樣的
筆法、章法、創作理念，我們發現這兩個同受羅振玉器重的門徒在篆書表現
上的一致性。由羅振玉所撰〈答人問學篆書〉，對歷代篆書形成、發展、變化，
以及近人習篆得失、個人習篆心得的詳細敘述，我們可以了解他們對篆書共
同的理解：

圖 4-2.7　商承祚〈李固致黃瓊書〉

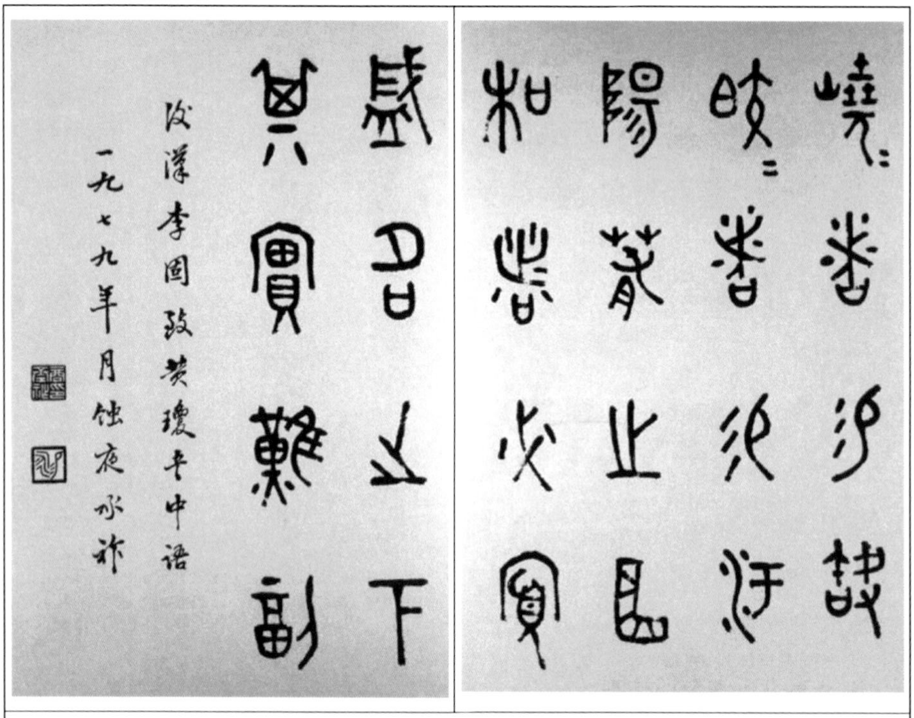

〈李固致黃瓊書〉1979/3/13

大約篆書可分爲三時期：古文一也；秦漢魏晉二也；唐宋三也。古
　　文以古彝器款識及貞卜文字爲一類，而岐陽獵碣附之；秦漢以吉金
　　款識及碑額爲一類，而新出之魏石經直接兩京；唐以後則李少溫、
　　二徐、夢英爲一類，而元之趙文敏又直接李、徐之傳。

羅氏以其生逢文物出土運會之際，把篆書從甲骨到唐宋的發展分爲三個階段：
古文、秦漢魏晉與唐宋，各階段又有代表性作品及書家傳承。繼而論用筆結字

的特色：

> 若以書勢而言，則可分結字及用筆爲兩大端。古文結字疏密一任其
> 天然，長短大小，不必整齊，以短筆直筆取勢，故淳古。秦漢間人
> 則筆勢漸長，結字漸整。至少溫二徐，益趨勻稱，古法大變。其所
> 異大端則在筆法，古文及秦漢人筆法不異，古文有折無轉。如作一
> 方□，乃合四筆而成；及秦漢人則仍用古法，但略參以圓轉暗折；
> 至少溫以後，則悉變古法，全爲圓轉，其作方圓，以兩筆成之。篆
> 書自漢人始變，三古之法爲寬和；至唐益爲紆徐；宋以後古法殆絕。

彝器款識及貞卜文字結字任其天然，長短大小有自然的疏密效果，故有淳古之
味，越到後來則從短筆直筆見往長而勻稱趨勢發展；而其變化關鍵在於筆法的
折到轉，線條的短到長的變化，在視覺效果上從淳古、寬和，再至唐的紆徐，
甚而古法漓滅、篆書呈現衰落的局面。直至有清方有轉機：

> 鄧完白用漢法，去古甚遠，近百年間，吳清卿中丞始倡復古，蓋得
> 力於金文，然斯相眞面目，尚未能窺見。近發現龜甲文字及秦虎符，
> 然後於三古及相斯篆法乃益明，此近十年間古代學術新發明之一。
>
> 〔註92〕

鄧石如用漢隸法寫小篆，在羅氏眼中是去古甚遠的；吳大澂得力於金文，仍未
及見古初；欲明三古及斯相篆法，須得結合新發現之甲骨文字等古文字資料，
才能從中領悟篆書的眞面目。羅氏對李斯極盡推崇，並以李斯篆法爲三古之眞
傳、代表，在他自己的作品中如實呈現，也啓悟了眾多後學，當然也包括嫡傳
的商承祚、容庚等人。不管是小篆線條的起訖一致，均勻的字距與縱勢伸展的
章法運用，或是金文的渾勁凝鍊，短曲線的節奏與強調縱向行氣，都是以「古
法」爲核心的不同場域表現。

　　倘若單純以文字學學術成就來衡量，容庚、商承祚在整個二十世紀文字
學史上並非最爲顯赫。然而，當我們把視角和立場從文字學轉向書法學，特
別是古文字研究與書法篆刻創作的學術互動來看，二人與眾不同的意義就顯
現了出來。兩位學者都與書法篆刻有著不解之緣，他們二人都有篆書、篆刻

〔註92〕羅振玉，〈答人問學篆書〉，《羅雪堂先生全集・續編》，（臺北：文華出版公司，1968
　　　年12月），頁1791～1792。

創作實踐，甚至可以說正是由書法篆刻轉入金石學、文字學研究，因篆書、篆刻創作而產生了金石文字研究之需要。時至今日，如果書法篆刻領域的學者能夠在容、商等前輩學者業已取得的成就的基礎上繼續有所推進的話，未嘗不可看作是書法篆刻研究自身學科化建設中最根本、最核心的部分。﹝註93﹞

第三節　董作賓——科學考古　鑿破鴻蒙

　　董作賓（1895～1963），字彥堂，又作雁堂，別署平廬，清光緒二十一年二月二十四日（1895/3/20）生於河南省南陽縣，1963/11/23 日卒於臺灣省臺北市，是一位在甲骨學上有重要貢獻的學者。

　　董氏出生在一個商人家庭，幼讀私塾， 1915 年春考入南陽縣立師範講習所，次年多以第一名畢業。1918 年春赴開封，考入河南育才館（培養縣政府工作人員的學校），1919 年多畢業，畢業後留在開封與友人一起辦報。

　　1921 年多董氏赴北京求深造，次年在北京大學作旁聽生。1923 年至 1924 年在北京大學研究所國學門作研究生，兼任國學門歌謠研究會的刊物《歌謠周刊》的編校。1925 年至 1927 年先後任福建協和大學國文系教授、中州大學文學院講師、北京大學研究所國學門幹事、中山大學副教授等職。1927 年下半年任職於中山大學時，與傅斯年相識。傅氏是為中央研究院籌建歷史語言研究所的主要人物，對董氏的學術生涯有重要影響。

　　1928 年春史語所籌備處在廣州成立，聘請當時因母病回南陽的董氏為通信員。8 月董氏赴安陽小屯，為籌備處調查殷墟甲骨出土情況。10 月史語所正式成立，聘董氏為編輯員。同月，由董氏主持在小屯進行試掘，獲有字甲骨八百餘片及其他器物多種，是為史語所第一次殷墟發掘。1932 年史語所改聘董氏為研究員。從 1928 年 10 月至 1937 年 6 月，史語所共進行殷墟發掘十五次，由於抗日戰爭的爆發，這項考古工作方被迫中止。他是第一、五、九三次發掘的主持人，第二、三、四、六、七等次發掘的參加者，並受中央古物保管委員會委託，監察第十一、十三兩次發掘。此外，他還參加過城子崖的發掘工作（1930），主持過滕縣的發掘工作（1933），並調查過登封的周公

────────────────

﹝註93﹞祝帥，〈書法篆刻家的古文字學視野〉，《東方藝術》2016：08，（河南省藝術研究院，2016 年 4 月），頁 130。

測影臺古蹟（1936）。董氏在史語所成立至抗日戰爭爆發這一時期中的主要學術工作，是整埋、研究史語所發掘所得的殷墟甲骨，他的甲骨文斷代學說就是在這一整理研究過程中形成的。1933 年董作賓發表著名的《甲骨文斷代研究例》一文，奠定了他在甲骨學界的地位。

抗戰期間，董氏隨史語所內遷，大部分時間生活在昆明和四川南溪。抗戰勝利後，在 1946 年冬回到南京。1944 年至 1946 年，他曾代理史語所所長職務。董氏在抗戰期間的主要學術工作，是根據甲骨文資料研究殷代年曆。其研究成果《殷曆譜》由董氏手寫成清稿付石印，出版於 1945 年。

1947 年至 1948 年，董氏應美國芝加哥大學之聘，任中國考古學客座教授，講授甲骨、金文等課程。1948 年底返國。是年，被選爲中央研究院院士。他所編的著錄第一至九次殷墟發掘所獲甲骨文的《殷虛文字甲編》以及著錄第十三至十五次殷墟發掘所獲甲骨文的《殷虛文字乙編》的上輯，也都於是年出版（《乙編》中輯於 1949 年出版，下輯於 1953 年在臺北出版。《甲編》早在 1936 年就已編成付印，由於戰爭的影響，拖延到十餘年後才得以出版。）《甲編》、《乙編》二書共著錄甲骨一萬三千餘片，史語所發掘所獲有字甲骨絕大多數已包括在內。

1949 年，董氏隨史語所遷至臺北市，除任史語所研究員外，還被聘爲臺灣大學教授。1951 年至 1955 年 8 月，任史語所所長，同時仍兼臺灣大學教授。1955 年 8 月赴香港，任香港大學東方文化研究院研究員，以後又在香港大學、崇基書院、新亞書院、珠海書院等校任歷史學或甲骨鐘鼎文教授。1958 年秋返臺，仍任臺灣大學教授和史語所研究員。1963 年 11 月 23 日病逝於臺灣大學附屬醫院。

董氏治學的晚期致力於古史年曆的研究，所著《中國年曆總譜》1959 年由香港大學出版。赴臺後比較重要的著述，還有《西周年曆譜》（1952，載《史語所集刊》二十三本下冊）、《甲骨學五十年》（1955，後由嚴一萍擴編爲《甲骨學六十年》）等。此外，他還創辦了《大陸雜誌》和《中國文字》兩種學術刊物。

董作賓所著單篇文章亦多，內容涉及甲骨學、古文字學、殷商文化與歷史、古史年曆與曆法、民俗與歌謠、古代藝術以及語言學等很多方面。其文集有 1962 年世界書局出版的《董作賓學術論著》和 1963 年藝文印書館出版的《平廬文存》。董氏卒後，弟子嚴一萍搜集其著述，編成《董作賓先生全集》，

由其所辦的藝文印書館於 1978 年出版。全書共十二冊,董氏的專著和絕大部分文章都已收錄在內。〔註 94〕

一、董作賓的古文字學成就

（一）對殷墟科學發掘的推動

從 1928 年 10 月到 1937 年 6 月,中央研究院歷史語言研究所對殷墟進行了大規模的發掘,前後達十五次之多。殷墟發掘取得了豐碩的成果,近代考古學方法隨著殷墟發掘也被引入甲骨學研究領域,甲骨著錄、甲骨文的分期斷代和商史研究取得重大突破,甲骨學從傳統金石學領域,被納入了歷史考古學領域,並成為一門分支學科,使甲骨學研究進入發展時期。〔註 95〕

董作賓在北京大學研究所國學門初時,是致力於歌謠研究的,和學考古的莊嚴過從甚密,亟思奮進的董作賓提出同往安陽發掘甲骨的構想,在小學訓詁文字一無根基之下,他說「為今之計,只有佔先,一面發掘,一面讀書,一面研究……有了新材料,就有新問題,這問題就逼著你非讀金文小學和細心細考,自然會有新局面,新結論……舊路已為人家佔滿,不另闢新天下那有咱們年輕人出頭之日?」〔註 96〕於是中央研究院歷史語言研究所在廣州成立伊始,傅斯年便派董作賓等人到安陽進行大規模的發掘工作。且果如董氏所言有新材料就有新問題,然後細心考索,蔚為大家。

1929 年,第三次發掘出土著名的「大龜四版」及牛頭刻辭、鹿頭刻辭各一,1931 年,董作賓在王國維以商王世系和稱謂判定甲骨文時代的基礎上,及「大龜四版」的啓示,提出貞人斷代的學說,後年,進而在《甲骨文斷代研究例》中將甲骨分為五期十項標準〔註 97〕。此說一出,使一向被人們視為混沌一片的

〔註 94〕袁錫圭,〈董作賓〉,《袁錫圭學術文集·三》,（上海:復旦大學出版社,2012 年 6月）,頁 487〜489。

〔註 95〕王宇信、魏建震,《甲骨學導論》,（北京:中國社會科學出版社,2010 年 6 月）,頁 29。

〔註 96〕莊尚嚴,〈彥老從事甲骨文研究之始〉,《董作賓先生逝世三周年紀念集》,（臺北:藝文印書館,1966 年 11 月）,頁 23。

〔註 97〕十項標準為:世系、稱謂、貞人、坑位、方國、人物、事類、文法、字形、書體。見董作賓,《甲骨文斷代研究例》,《董作賓先生全集甲編》,（台北:藝文印書館,

十多萬片甲骨文資料，從此鴻蒙鑿破，可謂劃時代的進步。〔註98〕

前九次發掘所獲甲骨 6513 片。1948 年 4 月，董作賓從中選出 3942 片，其中字甲 2467 片，字骨 1399 片，以拓片形式出版《殷虛文字甲編》，此後又出版了文字考釋專著《殷虛文字甲編考釋》。第十三次至第十五次發掘所獲有字甲骨 18405 片，1948 至 1953 年間由董作賓編輯出版《殷虛文字乙編》，著錄所出甲骨中的 9105 片。本書基本以拓片爲主，少數朱書者影印。

其中第十三次有著名的 YH127 坑甲骨 17096 片，從少量甲骨上發現的用墨或朱書寫的文辭，可以知道商代已有書寫用的毛筆和顏料。有些龜甲上發現用刀刻劃卜兆的現象。另有不少刻辭被塗朱或塗墨，說明甲骨刻辭不僅紀事，而且還有追求美觀或表達某種宗教觀念的作用。此坑中的「改制背甲」是一種新例，是將背甲從中間鋸開，兩端削磨成近圓形，中間穿孔。此坑大量整龜的出現，使學者得以確知「甲橋刻辭」所在位置並窺破其秘密。坑中一件特大龜甲，產於馬來半島，另有大批龜甲記錄了甲骨的貢納情況，這對於研究商代甲骨的來源具有重要意義。值得注意的是，此坑大量甲骨中只有 8 版卜骨，結合「大龜四版」和「大龜七版」的出土情況，可知殷人是甲、骨分埋的。從 YH127 坑未經擾動，這麼多甲骨集中存在一起，並有一個管理甲骨者的遺骸，推知這坑甲骨「是有意埋藏」的。〔註99〕

中央研究院的 15 次發掘和河南省圖書館的 2 次發掘，出土大量甲骨文資料和豐富的現象，而且由於近代田野考古方法的引入，甲骨學研究的面貌煥然一新。在分期斷代、文字考釋、甲骨文例、商史研究等各方面取得巨大的進步和成就，〔註100〕推動了甲骨學研究的加速發展，首倡而主其事，並多次參與其中的董作賓實居功厥偉。

1977 年 11 月），頁 364。

〔註98〕朱順龍、何立民《中國古文字學基礎》，（上海：上海社會科學院，2004 年 12 月），頁 76。

〔註99〕董作賓，《殷虛文字乙編·序》，（中央研究院歷史與研研究所，1948 年 10 月），序頁 3。

〔註100〕王宇信、魏建震，《甲骨學導論》，（北京：中國社會科學出版社，2010 年 6 月），頁 37。

（二）對甲骨文例發凡啟例的貢獻

刻辭在甲骨上的刻寫部位（即分布情況）及行款（即左行、右行，或向左、右轉行），是有一定規律的，這就是甲骨文例。甲骨文就其性質類別而言，又可分為卜辭和非卜辭，卜辭通常以一定的公文格式在甲骨上契刻下占卜事類，非卜辭則又可細分為與占卜有關的記事刻辭、與占卜無關的特殊記事刻辭和一般性記事刻辭、表譜刻辭、習刻等。〔註101〕研究甲骨文例，需要對卜辭與非卜辭分別進行研究。最早研究甲骨文例者為胡光煒，然而其《甲骨文例》分類雖詳盡，但不別常例與例外，又綱目不清，對甲骨文的解讀上無實質意義。〔註102〕

1929 年，在《安陽發掘報告》第一冊董作賓發表的〈商代龜卜之推測〉，其中「文例」一節專論卜辭文例。董作賓論述其研究卜辭龜甲文例的方法說：「余曩蓄志拚集龜版，使成完全之腹甲，以覘其文字之體例。今既不可能，乃就龜板中之可以認其部位者，凡七十，分別排比，以求其例，其結果乃發現商人書契文辭之公例，蓋如此研究之價值，實不減於拚成完全龜版也。」其具體方法，是將整個「龜版分為九部」分，再將殘破龜甲依「縫、兆、緣、理」之故定其部位，並進一步「取其同部位者排比之，其結果則同部者其刻辭之例皆同」。〔註103〕董作賓依據龜甲所在的部位推斷其文例的方法，即所謂「定位」法，〔註104〕對研究龜甲文例意義重大。龜甲文大多很碎小，定位法可使我們明確卜辭所在位置及行款走向，從而很好地解讀其內容。其後不久，大龜四版的出土和其後 YH127 坑大批完整龜甲的發現，都證明了董氏結論的

〔註101〕王宇信、楊升南主編，《甲骨學一百年》，（北京:社會科學文獻出版社，1999 年 9 月），頁 239。

〔註102〕王宇信、楊升南主編，《甲骨學一百年》，（北京:社會科學文獻出版社，1999 年 9 月），頁 83。

〔註103〕董作賓，〈商代龜卜之推測〉，《安陽發掘報告》第一冊，（國立中央研究院歷史語言研究所，1929 年 12 月），頁 111～112。

〔註104〕「董作賓整理甲骨很投入，他為了了解甲骨的符性，依據動物學原裡，買來新的牛胛骨和新的龜殼，使之與出土的甲骨文片子一一對照，按骨縫和質板的紋絡，找出規律。經過常年的對比研究，他能夠做到拿起一片殘存的甲骨文碎片、拓片或寫本等，就知道它在完整骨片上的位置。」見王學春，〈豫籍甲骨學專家董作賓〉，《開封大學學報，1995 年第一期》，頁 25。

正確性。

1936 年，董作賓又發表了《骨文例》，專門對骨卜之法、鑽鑿形態及其有關卜辭文例進行了考察。「取現世之牛肩胛骨，左右各一版，依其形狀，以爲斷定卜用骨板左右及其部位之標准」。「取前三次發掘所得之材料，計摹錄骨版二百十一件，卜辭四百八十九例」，從而基本論定了獸骨上卜辭的文例。〔註 105〕其後，嚴一萍對董作賓提出的卜辭行文格式又有具體論證，他根據《殷墟文字丙編》及《甲骨綴合新編》的材料，整理出胛骨行文形式 56 式，龜文行文形式 34 式。〔註 106〕可謂集前人之大成。

掌握甲骨卜辭文例是研究卜辭的基礎，董作賓的實事求是，啓例發凡，確實對甲骨文研究貢獻良多。

（三）甲骨文斷代研究的開拓

甲骨文發現後，學者們對其所屬的時代進行了探索，王國維將其時代確定爲殷商晚年盤庚至帝乙之物。1929 年，董作賓發表〈新獲卜辭寫本後記〉，並在 1930 年發表了〈甲骨文研究的擴大〉等，兩文關於甲骨文斷代的思考，已經涉及科學出土甲骨文的坑位、文體、書法等方面。1931 年，董作賓撰〈大龜四版考釋〉，提出貞人說，並提出坑層、同出器物、貞卜事類、所祀帝王、貞人、文體、用字、書法等八項斷代標准，分期理論已初具規模。

1933 年，董作賓發表《甲骨文斷代研究例》，提出甲骨斷代十項標準，即 1、世系：就是商人祖先的世次。世次就是位次，包括直系及旁系，由此可知商先王之間的遠近親屬關係。世系定了，然後才能劃分卜辭時期。羅振玉考釋出 25 個商王名，王國維糾正了《史記·殷本記》中兩處商王世次的錯誤，其後郭沫若、吳其昌等在世系研究方面不斷有所創獲。而除了男性先祖外，還有女性祖先世系，董作賓首先發現「周祭」制度，陳夢家、島邦男、徐進雄、常玉芝等續作系統研究，目前這種祭制已經基本清楚，並能列出殷代先王、先妣世系圖了。〔註 107〕2、稱謂：「殷人祭祀，於近親屬的稱謂，一以致

〔註 105〕王宇信、魏建震，《甲骨學導論》，（北京：中國社會科學出版社，2010 年 6 月），頁 84。

〔註 106〕嚴一萍，《甲骨學》，（板橋：藝文印書館，1991 年 1 月），頁 983～1085。

〔註 107〕王宇信、魏建震，《甲骨學導論》，（北京：中國社會科學出版社，2010 年 6 月），

祭之時王爲主，兄稱兄某，父稱父某，母稱母某，祖父、祖母以上，則稱祖某、妣某；輩次較遠則稱名諡；如此以主祭之王本身關係定稱謂，秩然有序，絲毫不紊。由各種稱謂，定此卜辭應在某王時代，這是斷代研究的絕好標準。」
〔註 108〕甲骨文多是在位的王命令史官爲其卜問（或王親自卜問）的，既然史官代表時王卜問或記事，自然卜辭中對所祭祖先的稱謂，當以時王與其關係的親疏、遠近而定。據此，就可以在商世系表中將這個占卜的時王所處時期清楚地推斷出來。3、貞人：是商王朝代表商王占卜並記事的史官，他們都是商代的高級知識分子，不同的貞人供職於不同的商王。貞人的時代，首先是根據甲骨上的稱謂決定的。根據稱謂判斷出部分貞人的年代後，再根據他與其他貞人的同版關系，將其他貞人定爲與此貞人爲同一時代，這就是所謂「貞人同版」，再把根據「共版」關係的這些時代確定的貞人與其他的不明時代的貞人系連起來，這些不明時代貞人的時代也就可以確定了。以上世系、稱謂、貞人，三位一體，是甲骨文分期斷代的基礎。也有學者稱三者爲分期斷代的「第一標準」，依據第一標準，我們就可以定出時代明確的標準甲骨片。這些標準片包括沒有貞人而由稱謂決定時代的甲骨，還包括較多的由貞人可定時代的甲骨。再通過對這些標準甲骨片的整理和歸納，就可以派生出其他的各項標準。可以說，這些已是分期斷代的「第二標準」了。而「第二標準」對大量不具稱謂和貞人的甲骨分期斷代，卻是經常使用並行之有效的。4、坑位：是指甲骨出土地區。不過只能起一定的旁證作用。5、方國：是甲骨文中所記與商王朝各各個時期發生關係的諸「方」，它們對商王朝時服時叛。以方國作爲甲骨斷代的依據是「殷代武功極盛的時代，要推武丁，所以在武丁的時代，所征伐的方國特別的多，其次各時期與各國的關係也都有不同。」6、人物：是甲骨卜辭中出現的史官、諸侯、臣屬等人名。7、事類：是占卜的事情。諸如祭祀、征伐、卜旬、卜夕、田游等等，每個不同時期也有自己不同的風尚和特定的內容。8、文法：是卜辭的語法、常用語及文例。各期卜辭有各自的特色。9、字形：學者根據「第一標準」確定了標準片之後，便發現相同的一

頁 132～133。

〔註108〕董作賓，《甲骨文斷代研究例》，《董作賓先生全集甲編》，（台北：藝文印書館，1977年 11 月），頁 376。

些常用字，在各期之間又有所不同。幾乎每一片甲骨上都要出現的「干支」字，在甲骨文中最富有時代的變化，因而也成爲分期斷代中較爲常用的重要手段。還有一些常用字如「王」、「貞」、「侑」等等，其時代變化也較明顯。

10、書體：就是甲骨文的書寫作風。由於時代和貞人不同，不同時期甲骨文字的書風總的來說也是不相同的。從各時期文字書法的不同上，可以看出殷代二百餘年間文風的盛衰。〔註109〕4 至 10 項是根據「第一標準」確定的卜辭中歸納出的輔助辦法。以此十項標准爲依據，將殷墟甲骨文劃分爲五個時期。

　　1953 年胡厚宣將董氏之三、四期合併；1956 年，陳夢家分武丁至帝辛九王一王一期，不管如何分法都存在許多問題，分期越細，越帶有主觀成分。〔註110〕也因此，1959 年開始編集的《甲骨文合集》採用的是通行的五期分類法，可見董氏之說並未完全過時。

　　高明說：「字形與書法是判斷甲骨文時代的很好標準。一方面是由於文字本身隨著時代的進展不斷的在演變；另一方面亦因當時負責書寫的史官人數有限，每個時代的書法和筆跡特徵比較明顯，容易辨別。而且利用字形、書法判斷甲骨文時代既簡便又準確，無論全辭或殘辭，也無論有無其他條件，僅據字形和書法亦可大抵判斷出時代來。尤其是了解一些卜辭常用字的形體演變和書法特點，對辨別卜辭時代就更有時代價值。」〔註111〕然而，時代書風究竟還是各個貞人們風格的展現，因此若從書法的角度來看，以典型貞人爲分類的方式更能反映甲骨文書法的衍嬗之跡。最近李學勤、彭裕商提出九組（後來又重新分作十組）兩系的新說，採用考古學的方法，先分類後斷代，〔註112〕頗能針對貞人與契刻者的組合劃分。因此在秋子《中國上古書法史》（2000）開始將董作賓的五期結合十組說來分析甲書書體的演進；叢文俊《中國書法史先秦・秦代卷》（2002）則以「賓組」、「歷組」、「無名組」爲代表的

〔註109〕十項標準的説明見王宇信、魏建震，《甲骨學導論》，（北京：中國社會科學出版社，2010 年 6 月），頁 132〜148。

〔註110〕高明，《中國古文字學通論》，（北京：北京大學出版社，1996 年 6 月），頁 257〜258。

〔註111〕高明，《中國古文字學通論》，（北京：北京大學出版社，1996 年 6 月），頁 266。

〔註112〕朱順龍、何立民，《中國古文字學基礎》，（上海：上海社會科學院，2004 年 12 月），頁 96。

大字作品和以「出組」、「何組」、「黃組」為代表的小字作品貫串五期的始終。從兩系風格之明顯延續性來看，它們應該分別屬於兩個世代傳承的占人集團〔註113〕，此說可謂一大進步。兩系九組之演進關係如下：

（村北）師組→師賓間組→賓組→出組→何組→黃組

　　　　　│　　　　　　　　　　　　↑

　→ 師歷間組→歷組→無名組→無名黃間類─〔註114〕

現試將五期九組的重要內容歸併如下表（表4-3.1）：

表4-3.1 甲骨文五期九組資料表

期別	帝　王	時間	主要貞人	作風〔註115〕	分組之書風特色〔註116〕
第一期	盤庚、小辛、小乙、武丁。（二代四王）	西元前1398～1281	韋、永、賓、午、師、子〔註117〕	雄偉。	武丁時代號稱中興，甲骨書法亦屬開創性的時代。 師組：書體複雜，為現存甲骨書法共源〔註118〕。 賓組：大者徑逾半寸，結字挺拔雄健，氣勢威嚴，佈局開闊，曠野奔放，為甲骨文開立氣魄雄健的格調與書風。 子組：書體細小，轉折處乾淨有力。

〔註113〕叢文俊，《中國書法史先秦·秦代卷》，（南京：江蘇教育出版社，2002年6月），頁154。

〔註114〕王宇信、楊升南，《甲骨學一百年》，（北京：社會科學文獻出版社，1999年9月）頁180。

〔註115〕董作賓，《甲骨文斷代研究例》，《董作賓先生全集甲編》，（台北：藝文印書館，1977年11月），頁461～464。

〔註116〕秋子，《中國上古書法史》，（北京：北京商務印書館，2004年3月挖改重印），頁92～97。

〔註117〕午、師、子三組乃胡厚宣由董作賓之第四期提到第一期的盤庚、小辛、小乙時代；李學勤主張是帝乙時代的後宮卜辭；陳夢家定為武丁晚期。學者多傾向陳說。見高明，《中國古文字學通論》，（北京：北京大學出版社，1996年6月），頁261。

〔註118〕叢文俊，《中國書法史先秦·秦代卷》，（南京：江蘇教育出版社，2002年6月），頁154。

第二期	祖庚、祖甲。（一代二王）	西元前1280～1241	歷、旅、大、行、即、出	謹飭。	書風一脫武丁雄烈，明顯趨向工整秀麗與靜穆溫潤。 歷組：筆道如賓組，更為質樸方古，行氣輕鬆自然。 出組：結字大小適中，行款整齊，字的結構嚴整；用刀規範，筆劃的照應很有條理；書體工整凝重，秀麗溫和。
第三期	廩辛、康丁。（一代二王）	西元前1240～1227	何、狄	頹靡。	以武丁時期的雄渾粗獷摻以草率急就，出現了行款不齊以至屢見顛倒訛誤、似趨散亂的面貌。但因書刻者不同，故也有像何組筆道凝練，行氣爽朗，頗具浪漫之致的作品。
第四期	武乙、文丁。（二代二王）	西元前1226～1210	多不署名	勁峭。	融合前幾期各體書風，前期大字風格多樣且顯示出森嚴峻整、銳氣迫人之氣勢；小字娟娟有致，玲瓏多姿。 後期逐步回歸嚴整、肅穆，顯得縝密勁挺，勁峭淩雄，與何組風格相當。
第五期	帝乙、帝辛。（二代二王）	西元前1209～1112	黃、派、立	嚴整。	書體趨向完美化。結構明顯趨於嚴整化和縝密化。 無名組：結體圓潤，氣息恬淡。 黃組：用筆纖細勻稱，法度森嚴，端莊而富有力感。

　　《甲骨文斷代研究例》的發表，是甲骨學形成的標誌，甲骨學研究從此進入了一個全新的階段。

二、董作賓的篆書表現

　　早期介入甲骨文書法的一些人都是些學貫古今的飽學之士，又深究甲骨學，所以一旦介入甲骨文書法，便能深諳其旨，如董作賓便是其中主要的人物之一。〔註119〕甲骨學泰斗董作賓不但在殷商考古學、甲骨學、歷史學等方面成就卓著，在甲骨文書法方面也做出了突出貢獻。他開闢了甲骨文書法新的審美

〔註119〕張道森，〈從美術角度看董作賓的甲骨文書法〉，《董作賓與甲骨學研究》，（開封：河南大學出版社，2003年10月），頁184。

區域，他的甲骨文書法以他淵博的學養以及對殷商文化的深入直接關聯，他的甲骨文書法能直接體現殷商文化的精神內涵，形神兼備與古人相通相融，他為甲骨文造型及形式美感的表達探索出了「一條科學的路子」。〔註120〕

　　董作賓的篆書書法始終與其甲骨學研究相結合，他與甲骨文發生關聯，最早是 1918 年春，赴開封，入育才館，從時經訓（志畬）受商簡，〔註121〕由他講授河南地志課程中，得知安陽出土有甲骨文字。〔註122〕1921 年入北京大學作旁聽生，初學甲骨文字。〔註123〕曾盡一年之力，徧讀沈兼士、錢玄同兩先生所授各年級之文字學，課餘影摹《殷虛書契前編》甲骨拓本。〔註124〕其自纂《影譜》中記錄了 1922 年「以油紙影寫甲骨文字拓本」的三紙，共四件摹本（圖4-3.1）。這樣的起點行為，為他往後的甲骨文書法造詣，奠定了無比深厚的基礎。

　　所謂「影寫」，即是「橅」、「摹」，是書法學習中最基本、最常用的方式。黃伯思《東觀餘論》云：「世人多不曉臨摹之別，臨謂以紙在古帖旁，觀其形勢而學之，若臨淵之臨，故謂之臨。摹謂以薄紙覆古帖上，隨其細大而拓之，若摹畫之摹，故謂之摹。」〔註125〕姜夔《續書譜》云：「臨書易失古人位置，而多得古人筆意，摹書易得古人位置，而多失古人筆意。臨書易進，摹書易忘，經意與不經意也。夫臨摹之際，毫髮失真，則神情頓異，所貴詳謹。」〔註126〕初學書法，從摹帖入手，可有事半功倍之效。摹帖易於把握筆形結構，但又易於使初學者產生對字帖的依賴性。「察之貴精，擬之貴似」是為要訣。即應明辨

〔註120〕張道森，〈從美術角度看董作賓的甲骨文書法〉，《董作賓與甲骨學研究》，（開封：河南大學出版社，2003 年 10 月），頁 181。

〔註121〕董作賓，《平廬影譜》，（西安：三秦出版社，2009 年 8 月），頁 5。

〔註122〕石璋如，〈甲骨學者董作賓先生〉，《董作賓先生全集乙編》，（台北：藝文印書館，1977 年 11 月），頁 1145。

〔註123〕董作賓，《平廬影譜》，（西安：三秦出版社，2009 年 8 月），頁 5～6。

〔註124〕石璋如，〈甲骨學者董作賓先生〉，《董作賓先生全集乙編》，（台北：藝文印書館，1977 年 11 月），頁 1145。

〔註125〕黃伯思，《東觀餘論》，《歷代書法論文選續編》，（上海：上海書畫出版社，1993 年 8 月），頁 83。

〔註126〕姜夔，《續書譜》，《歷代書法論文選》，（上海：上海書畫出版社，1979 年 10 月），頁 390。

點畫形態，深悟其運筆之法，精看細察，點畫無誤。否則，察之不精，徒加繪
描，則愈求似而愈不似。其次，要注意點畫的穿插位置，做到手摹其形而心究
其理，心手並用，才能盡快掌握字的間架結構，並諳熟一點一畫的起止、轉折、
藏露等技巧。按部就班，摹之精熟，即可易摹爲臨，更進一層。亦可雙法齊攻，
交錯並用。〔註127〕

圖 4-3.1　董作賓〈影寫甲骨文字拓本〉／《前編》7.31.4、7.32.2

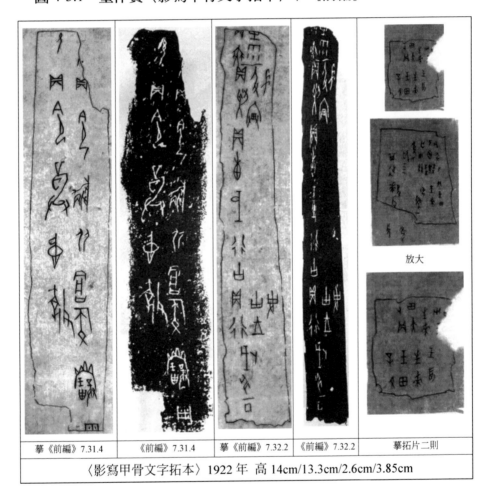

摹《前編》7.31.4	《前編》7.31.4	摹《前編》7.32.2	《前編》7.32.2	摹拓片二則
〈影寫甲骨文字拓本〉1922 年　高 14cm/13.3cm/2.6cm/3.85cm				

　　取董作賓所摹《前編》7.31.4、《前編》7.32.2 與原拓對照，前一片文字較
不清晰，字口破損處較多，摹寫之時，必得判斷筆畫之虛實，或需暫停動作，
查書後再續，若遇罕用或闕疑之字，可能只好以意考索，自作古人。然而就

〔註127〕陶明君，《中國書論辭典》，（長沙：湖南美術出版社，2001 年 10 月），頁 350。

字與章法之位置而言，則能輕易掌握，多識字形。最重要的是，他一向用毛筆來摹寫原片拓本，初時必是艱辛備嘗，但當其累積一定經驗後，落筆角度與提按輕重的拿捏熟悉之後，施之於書法創作，精采定然可期。董氏的摹寫最可貴處，在於他仔細觀察原拓筆畫起止的細微動作，等於是觀察殷人契刻用刀的角度、方向，並用毛筆完成之。在摹本中我們可以看到他的忠實再現拓本幾微之處，也難免有如前一片首行第四字之「刊」符誤作「凡」符；後片右下角「史」字中間豎畫有開叉而未摹出的情況，但這是他初學乍入的階段，難免未達「察之貴精，擬之貴似」的境界。另二小片未標出處，字極細小，卻能筆筆清晰再現，務實之精神，絕非用針筆摹寫者可比。

據石璋如先生回憶：

> 董先生即用玻璃紙朦在拓片上，先勾出輪廓，再與原版甲骨對照著摹寫其上的卜辭。董先生認為研究甲骨摹寫是一件很重要的工作，對著原版甲骨摹寫一遍，才會有更深一層的認識。董先生能精於甲骨文書法，這個摹寫的工作的確又給他一個訓練的機會。各種不同的字體，給他分期斷代的工作，也有莫大幫助，後來在《殷曆譜》舉出許多摹本，也都是在昆明時代打下的基礎［註128］

玻璃紙較諸油紙透明度較高，在工具上已得其便利，先描出輪廓，為的是可以在分辨不清字跡時，取下玻璃紙直接觀察原版上的甲骨文字，這樣方能「察之貴精，擬之貴似」。這只是他初期借取拓片來摹寫的階段，受限於材料的周全，過程中必然有比較大的難度，同時也從中思索對於拓印甲骨片子，如何達到最完美程度的方法。在親自參與甲骨發掘，得以親炙甲骨原件後，他說：

> 拓印一事，《鐵雲藏龜》用拓本，《書契菁華》用照片，《殷虛卜辭》用摹寫。這三種方法，各有所短長。拓本，自然清晰者為多，但有時卻一蹋糊塗，讀者異常煩苦；照片，可以見甲或骨的形制，文字卻有時不能清晰；惟有摹寫可補二者的缺憾，因為倘有去不下的土銹，和一坑一窪的剝蝕，於摹寫時都可以設法彷彿認出；卜兆的形

〔註128〕石璋如，〈董彥堂先生在昆明〉，《董作賓先生逝世三周年紀念集》，（板橋：藝文印書館，1966 年 11 月），頁 75。

狀，也可依樣描繪；又摹寫時倘能影罩拓本，比勘原版爲之，更使他逼肖逼眞。關於拓印，我們覺得最好是兼及於照片、拓本、摹寫，採取這「三位一體」的辦法。其次，以拓本爲主，原物重要的兼用照相，字跡不清的並及摹寫。〔註129〕

爲將發掘的甲骨文字提供給研究的學人最大的方便，他主張用「照相」、「摹寫」、「傳拓」拓印甲骨片子。而摹寫時「影罩拓本，比勘原版爲之」，正是董作賓親筆摹寫拓片，進而取得甲骨文書法神貌的關鍵工夫。而這種「三位一體」辦法，也持續影響著往後的科學著錄。

　　爲了準確地複製、記錄甲骨文，長期不懈的摹寫鍛煉了觀察能力和表現能力，也使他對甲骨文從感性認識，過渡、發展到理性認識，從而達到一個很高的層次。董作賓對於甲骨文刻寫線條粗細的變化更加地注重，往往起筆粗，收筆卻很細，在面目上很接近甲骨文原貌。起、收筆皆尖銳，無疑是在模擬甲骨鍥刻情狀。他對線條變化的追求比柳詒徵更加明顯，較葉玉森而言，似乎兩人的趣尚相似，但所處時代和條件不同，董做得更加深入了。〔註130〕

　　姜夔又說：「唯初學書者不得不摹，亦以節度其手，易於成就。皆須是古人名筆，置之几案，懸之座右，朝夕諦觀，思其用筆之理，然後可以摹臨。其次雙鉤蠟本，須精意摹拓，乃不失位置之美耳。」〔註131〕

　　據石璋如回憶：

董先生喜歡寫甲骨文對聯，民國二十年前後，便有相當興趣，殷墟第五次發掘的時候（民國20年秋），我曾借讀過他的殷虛文字對聯集，不過在那個時候寫的東西並不多。到了龍頭村之後（1938/8～1940），每於公餘之暇，借寫甲骨文對聯以娛樂，並臨摹殷墟文字菁華成條山、橫擘等。因爲在初書階段，興趣極高，便常常把寫好的東西送給來訪的朋友，後來能成爲甲骨文書法名家，就是在龍頭村

〔註129〕董作賓，〈甲骨文研究的擴大〉，《安楊發掘報告・第二期》，（北平：中央研究院歷史語言研究所，1930年12月），頁412。

〔註130〕姜棟，〈從形到意：二十世紀甲骨文書法實踐讜論〉，《東方藝術》2007年16期，（鄭州：河南省藝術研究院，2007年8月16日），頁80。

〔註131〕姜夔，《續書譜》，《歷代書法論文選》，（上海：上海書畫出版社，1979年10月），頁390。

時代奠下的好根基。〔註132〕

對於掌握甲骨文字藝術的風格，他體會最為深刻，曾說：

> 談到作風，便應該摩挲原版，才可以欣賞到書寫與契刻的藝術，不
> 得已看影片，其次拓本。摹寫之本，只能存其形態，已失去原作品
> 的本來面目了。〔註133〕

在「一面發掘，一面讀書，一面研究……有了新材料，就有新問題，這問題就
逼著你非讀金文小學和細心細考，自然會有新局面，新結論……」的緊湊、挑
戰中，董作賓以摹寫工作自任，促進了他對甲骨文字形體的深刻觀察、領悟，
為往後斷代研究的各種原則奠定基礎；在書法上，也因這些充足而完密的基本
功夫，再轉化為藝術層次的佳作。

1942 年冬，政府舉辦第三次全國美術展覽會，董氏以史語所提供出土甲骨
五十件參展，並提出自己〈摹殷虛書契菁華軸〉和〈甲骨文字集聯〉（圖 4-3.2）
兩件作品。〔註134〕前者圖片不清，暫不討論；後者可見其研究之暇的篆書表現，
文字內容是「網羅中外古今藝林珍品，合集東西南北美學天才。」為了對聯的
格式要求，此作將原本字形大小不一甲骨文字重作安排而劃一大小，成為如同
小篆一般的長方形結構，各單字本身的對稱性也加強到極致，雖然失去了甲骨
文字順勢隨時的自然樸實，卻多了工整、嚴謹、精緻的人文化成之意。綜合文
辭與作品的堂皇，也能與展覽會的功能性有相得益彰的展現。

整體字形結構和用筆已經是在大量摹寫後的成果的具體表露，單字結構安
排合理，重心也能調整至穩妥的中正，連接後使得行氣一貫。用筆上已經將甲
骨文契刻時下刀的重力和方向的特色，轉化為書法上的鋒穎的藏露、提按的輕
重節奏，在以直線、轉角接筆的基調下，間有曲線、圓緩婉轉的映襯出現，不
失其甲骨文書法的前題。

〔註132〕石璋如，〈董彥堂先生在昆明〉，《董作賓先生逝世三周年紀念集》，（板橋：藝文印
書館，1966 年 11 月），頁 73。

〔註133〕董作賓《甲骨文斷代研究例》，《董作賓先生全集甲編》，（板橋：藝文印書館，1977
年 11 月），頁 461。

〔註134〕董作賓，〈致傅斯年函〉，李宗焜編，《鑿破鴻蒙——紀念董作賓逝世五十周年》，（臺
北：中央研究院歷史語言研所，2013 年 10 月），頁 101。

圖 4-3.2 董作賓〈甲骨文字集聯〉

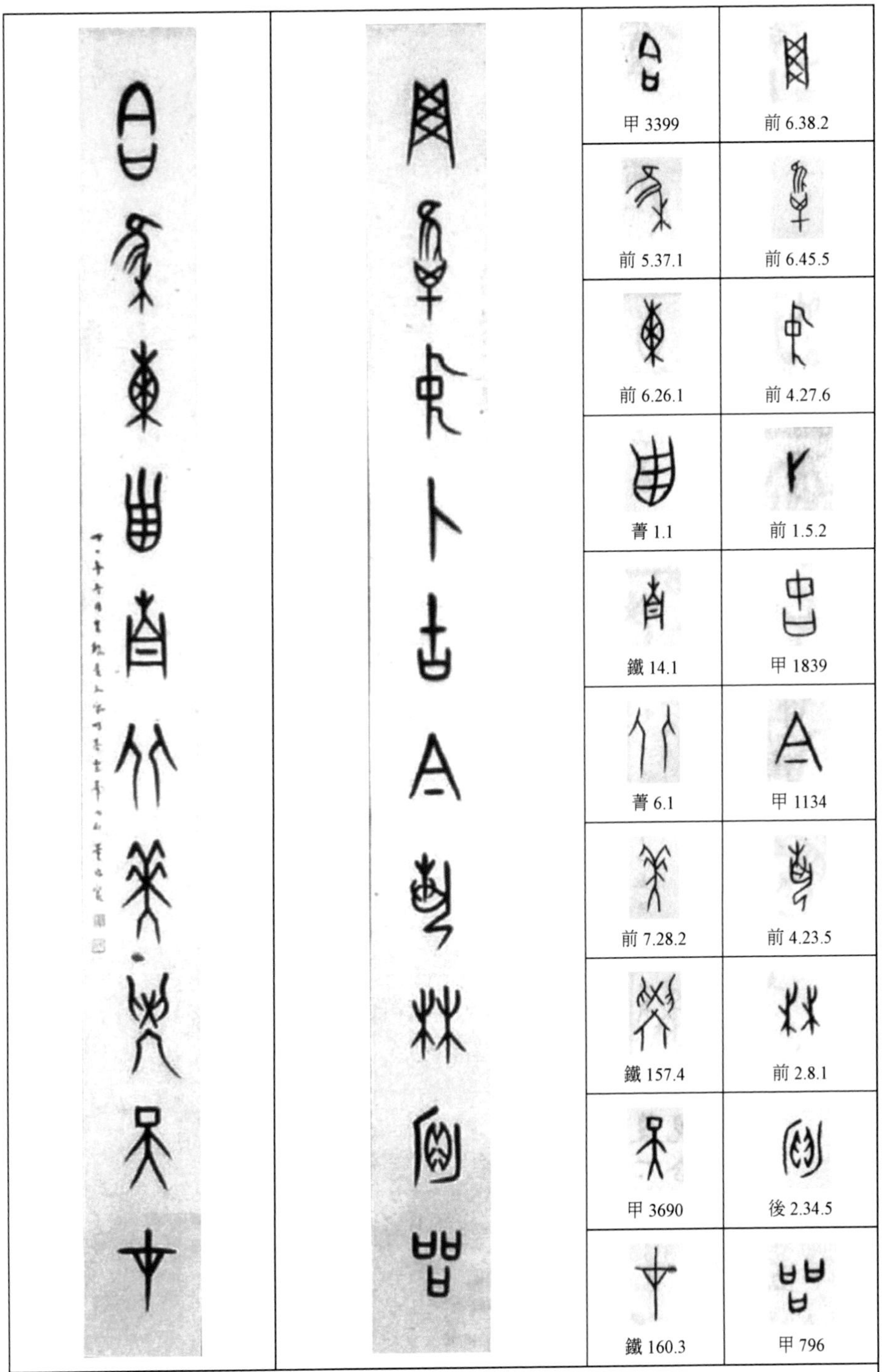

甲 3399	前 6.38.2
前 5.37.1	前 6.45.5
前 6.26.1	前 4.27.6
菁 1.1	前 1.5.2
鐵 14.1	甲 1839
菁 6.1	甲 1134
前 7.28.2	前 4.23.5
鐵 157.4	前 2.8.1
甲 3690	後 2.34.5
鐵 160.3	甲 796

〈甲骨文字集聯〉1942 冬

用字上面，「羅」，羅振玉以爲：「說文从网从維；卜辭从隹在畢中，畢與网同篆書，增維於意轉晦。又古羅、離爲一字……」〔註135〕，董氏從之；「古」用金文字形，雖無扞格，略嫌未安；「珍」，從羅振玉說解「从勹貝，乃珍字也。篆文从玉，此从貝，古者从玉之字或从貝，如許書玩亦作貦，是其例也。勹貝爲珍乃會意……」〔註136〕，是皆有根據而用之者。對於甲骨文書法的用字問題，他曾說：

> 書法只是美術品之一，不能夠用學術立場，加以限制。現在甲骨可識的字，雖有一千五百字，可是不絕對可靠的還不少。即如可靠，古今用法不同，有些字須借用「初文」，有些字又須利用「假借」，有些字須只從「一家之言」。譬如「禮」字只用豐的一半。「物」字現在知道它是黎。「塵」字，早已知道它是牡。「海」字僅從葉玉森之說。若嚴格地加以指摘，便使書家們不敢下筆了。〔註137〕

甲骨文字能識者少，欲應用於書法創作，自有其難度，倘以學術立場之嚴密，則眞有難爲者。作品中「羅」《甲骨文編》釋爲「疑離之初文」、「珍」收於附錄中，〔註138〕即是從「一家之言」者；「埶」爲「藝」之初文；「在」、「才」通用，諸如此類，無有充足的文字學基礎和參考書籍，即使有說可從也是無所措其手足的。董氏以其甲骨文書法參展全國美術展覽會，除了以自己的創作模式解決用字的問題外，最重要的是標示著甲骨文書法正式進入國家認可之列。往後的董作賓，也一直是這個領域參與者與推動者。

另外，史語所所提供的各式出土文物，除了學術考古之外，也是美術史的重要證物；而甲骨上的文字，更是書法史上的重大拓展。董氏說：從殷墟出土的遺蹟遺物中，可以知道商代人是如何的愛好藝術，宮室的建築，車馬的裝飾，飲食起居的用具，無不講求左右「對稱」的美，銅器石器骨陶蚌製

〔註135〕羅振玉，《增訂殷墟書契考釋》，（板橋：藝文印書館，1981年3月），卷中，葉49。

〔註136〕羅振玉，《增訂殷墟書契考釋》，（板橋：藝文印書館，1981年3月），卷中，葉41。

〔註137〕董作賓，〈甲骨文書法〉，李雪山主編，《董作賓與甲骨學研究續編》，（北京：中國社會科學出版社，2007年12月），頁216。本文係1956/8/28於香港大學東方文化研究院發表之演說稿。

〔註138〕中國社會科學院考古研究所編，《甲骨文編》，（北京：中華書局，1965年9月），頁543、768。

的器物上，無不雕刻著精細的圖案式花紋。甲和骨，占卜時左右「對稱」，同時使用；文字也求對稱，因而書法有正寫反寫，文例有左行右行，這完全為了「對稱」的美，並不是寫字可以隨隨便便的。書法的美，雖然經過雕刻，但寫同刻出於一手，仍可以看出來商代名史每個人的書法和作風。〔註139〕經過研究，他把甲骨文字分為五期：

> 第一期以武丁時為代表，這時期的名書家是穀、韋、賓、亘、爭、永等許多位，書法以雄偉豪放為宗，一變「對稱」的美為「錯綜」的美，好做大字，正足以象徵當時的中興氣象，小字的卜辭，也寫得道茂瑰麗。第二期以祖甲為例，有名的書家如行、旅、大、即等人，書法一律是謹飭的，工整而有規律的，這足以代表祖甲的革新庶政，勵精圖治。第三期的人才就差多了，在康丁時，只有彭、宁、巽、狄諸人，勉強供應卜辭的書契，夠不上說寫的美。第四期，武乙好田獵，卜辭多勁峭生動，有力挽頹風之勢，文武丁銳意復古，一切摹仿武丁，在書法上的表現，有阜、取等十餘人所寫的方筆圓筆大小肥瘦各體，或峭拔渾勁或豐潤圓和，或意圖宏放而魄力難副，或故為纖細而婀娜作態，較之武丁名史作品，終不可同日而語。第五期帝辛時黃、泳諸史，書法又趨於工整秀麗，謹飭嚴肅，如祖甲時。總之，從甲骨文字中欣賞殷人書法之美，只有武丁時各位名史最有功夫，最能顯示各個不同的作風，而充分地表現出古篆文書寫的美，譬如在密茂中有疏宕，渾厚中有輕靈，對稱中有錯綜，奔放中有約束。〔註140〕

這裡牽涉到時代書風、個人風格的交互作用，也提出他心之所向的武丁時的幾位名史的書寫之美，有「在密茂中有疏宕，渾厚中有輕靈，對稱中有錯綜，奔放中有約束。」等風格，驗之於他的甲骨文書作，若合符節。

　　董氏曾言：「我因為研究甲骨學已三十餘年，起初是喜歡用玻璃紙摹寫借

〔註139〕董作賓，〈漫談中國文字書法的美〉，《董作賓先生全集乙編》，（台北：藝文印書館，1977 年 11 月），頁 740。

〔註140〕董作賓，〈漫談中國文字書法的美〉，《董作賓先生全集乙編》，（台北：藝文印書館，1977 年 11 月），頁 740～741。

來的拓本，摹寫日久，寫出來能夠得其形似。因此朋友們要我寫字，我也樂得借他人之紙，作自己練習。」〔註141〕；實則，董作賓曾認真摹寫過數萬片甲骨卜辭，發表在《中國文字》上的〈殷虛文字乙編摹寫本示例〉就是在 1938/8～1940 之間摹寫的一部份。〔註142〕另外，石璋如還談到，董作賓甲骨文書法之所以能達到別人無法達到的境地，其原因還在於董先生又精於篆刻〔註143〕。商代卜骨刻辭除個別書寫無刻之外，都是用刀在骨上刻出來的。這就給甲骨文的風格帶來了特殊的藝術味道。刀刻出來的字有爽利勁健，結體瘦硬，率意精謹，渾樸古拙的風格。由於刀刻的原因，甲骨文字結體以直筆為主，圓曲相和，別有精神意趣。董作賓先生既精於篆刻，對這點更易心得體會，所以其甲骨文書法也更易與古人相通。〔註144〕

在充份的文字學先備知識、紮實的原片觀察與摹寫，美術、篆刻的藝術涵養還有傑出研究成果的支撐下，董作賓在甲骨文書法上取得優異的表現。除了巨量的摹寫，董氏還常以整版、全辭的方式對卜辭予以臨寫，通常還是原片的放大形式。如 1949 年秋的〈臨武丁時卜骨一版〉（圖 4-3.3）：

乍看作品，便有朱、墨二色鮮明且文字風格有對比的印象，這在一般書法作品中是不太出現的。因此他在落款中就說明：「武丁時卜骨一版，正反兩面皆有文字，筆畫中塗飾硃墨，相映鮮麗。」原來，作品的布局、分色是照著原版卜骨而設，而這塊收錄於《殷虛文字甲編》3339 號的骨版正反兩面都有卜辭，

〔註141〕董作賓，〈甲骨文書法〉，李雪山主編，《董作賓與甲骨學研究續編》，（北京：中國社會科學出版社，2007 年 12 月），頁 216。

〔註142〕石璋如，〈董彥堂先生在昆明〉，《董作賓先生逝世三周年紀念集》，（板橋：藝文印書館，1966 年 11 月），頁 75。

〔註143〕勞榦也說：「彥堂先生幼年，曾一度學刻字，再轉為刻圖章，因此對篆文早就很熟悉，這對於學甲骨文是很有幫助的。彥堂先生曾經告訴我，他鑒定甲骨真偽的一種方法，是從原來刻時的刀法看，而這種心得，就是從刻字的刀法中悟到的。他寫的甲骨文是名滿天下的，他的寫法有深遠的功力，一般朋友是學不到的。這也是他在刻圖章上樹立的基礎，他不常刻圖章，可是刻出來都十分好。」見勞榦，〈董彥堂先生逝世三周年的懷念〉，《董作賓先生逝世三周年紀念集》，（板橋：藝文印書館，1966 年 11 月），頁 18。

〔註144〕張道森，〈從美術角度看董作賓的甲骨文書法〉，《董作賓與甲骨學研究》，（開封：河南大學出版社，2003 年 10 月），頁 185。

且由兩個貞人分別占卜、塗上兩種顏色各自完成，若只看拓片，實不知其所以然。

圖 4-3.3　董作賓〈臨武丁時卜骨一版〉／甲 3339、3340

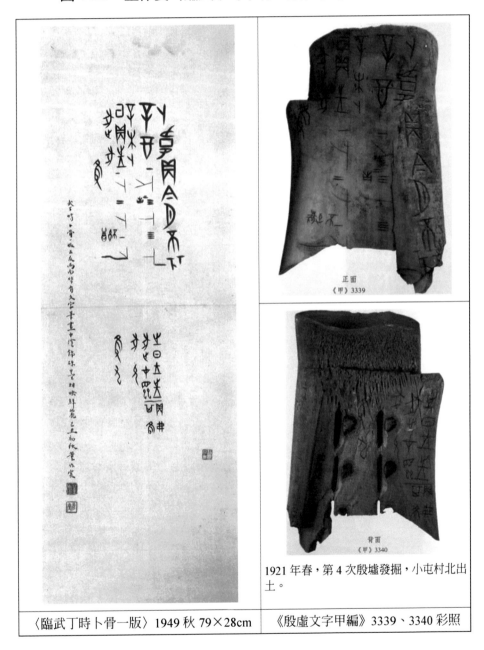

| 〈臨武丁時卜骨一版〉1949 秋 79×28cm | 《殷虛文字甲編》3339、3340 彩照 |

1921 年春，第 4 次殷墟發掘，小屯村北出土。

董氏曾說：「這是我們親手挖掘出來的兩萬四千片甲骨文字中，我最欣賞

的一塊骨版。這雖然只是殘餘的牛肩胛骨的上半，但是骨質堅緻作牙黃色，一部分接近銅器處浸染了碧綠，用乾布略加擦摩，便覺光滑閃耀，晶瑩如玉，古色古香，的確可愛。尤其重要的是在骨臼、骨面、骨背，三處都刻有文字，又是武丁盛世之物，契刻以後，塗以硃墨，色彩鮮明，實在可以做早期骨版上的卜辭代表。因此，我就嘗試用硃墨摹寫出來，送給朋友們共同欣賞。」〔註145〕拜科技發達，資料刊布精美之賜，見彩照如見原版，我們也可以如同董作賓直接觀賞這備受珍愛骨版、文字了。

對於甲骨資料的刊布，董作賓以其實務經驗和前瞻的識見，曾提出「照相、摹寫、傳拓」〔註146〕這「三位一體」的辦法，現在我們正受惠於此。從照片的方法，可以觀察到「韋書皆填朱砂，亘書皆填墨，骨版也黃潤光滑，與朱墨炯彩」的卜骨形制；可以藉由拓片清晰的觀察契刻文字所蘊藏的書法之美；還可經由摹本中摹者的理解，將不清楚或剝蝕的部份分別清楚。再度驗證了董先生刊布理念的優越性。在此，也很容易的分辨出了韋和亘二個貞人的不同辭條、塗色、契刻風格。

這件卜骨的背面有四組鑽鑿的痕跡：當王室掌管占卜的史臣收到進貢的牛骨時，會先在骨臼上記錄「某日某人送來幾包」，然後落名簽收。之後史官們會在骨板背面，量好部位，每骨分兩行，加以鑽鑿。鑽為圓形，作為灼骨見兆之用；鑿為棗核形，使中間成為一條縱的深溝，這是使正面容易破一道直紋，與鑽搭配，占卜時正面必破裂成為一個卜字形狀，以橫裂紋來定吉凶，這是較原始卜法更進步的「計畫占卜」。〔註147〕

正面的第一行：辛酉卜，韋貞：「今夕不其雨？」這一件事情卜問了四次，第一卜在右上方，有卜兆記數字「一」，附「上吉」二字。第二卜在左行中間，有記數「二」，附有「不午朱」〔註148〕三字，意皆為不模糊的「吉兆」。三卜在

〔註145〕董作賓，〈殷墟出土一塊武丁逐豕骨版的研究〉，《大陸雜誌》八卷六期，（臺北：大陸雜誌社，1954 年 3 月 31 日），頁 166。

〔註146〕董作賓，〈殷虛文字乙編摹寫本示例〉，《董作賓先生全集乙編》第七冊，（板橋：藝文印書館，1977 年 11 月）頁 1。

〔註147〕董作賓，〈殷墟出土一塊武丁逐豕骨版的研究〉，《大陸雜誌》八卷六期，（臺北：大陸雜誌社，1954 年 3 月 31 日），頁 166。

〔註148〕此處「不午朱」與下頁「不跀躓」係同一詞，因研究的推進而有不同解讀。

右行中間，記數「三」，四卜在下方，記數「四」。照例，卜辭皆問正反兩面，此問「不其雨」，必有另辭問肯定的「今夕其雨」的，惜已殘缺。這組卜辭乃史臣韋所書契，筆畫豐潤，記述記兆諸字皆然，又在契刻後塗上朱紅，色彩豔麗，極為美觀。

此時六個鑽鑿已灼用了四個，上有兩個未用，於是就以左上一兆卜正面，第二行卜辭：辛未卜，亘貞：往逐豕，隻？記數「一」字；第三行卜辭所問的是反面，「貞弗其隻」。因為辛酉日已在正面刻了許多字，所以將此四字刻在骨的背面，和正面卜兆相應的地方；第四行是記事文字，因為下面四字昨天已刻上了，所以加上一小橫畫，以為區別界限，內容是「之日王往逐在鼺豕，允隻九。」這一組文字，是史臣亘所親寫親刻，刻了之後，又一一塗上了黑墨。黑紅映照，顯示出出這是兩位太史的興致和作風，各自不同。亘的字秀勁纖麗，別有意趣。〔註149〕

光是骨板上塗硃、墨文字及卜數等問題就已經如此繁雜，寫為書法作品能充份理解的人終究不多了。這件書法作品，是送給臺靜農的。書法的酬酢，大致分成主動分享與被動請索二種，如譚旦冏所說：

> 彥老和我，有三十年的過從，一向是「淡如水」的交往……。我平生不乞求人家的一書一畫，但彥老的書寶卻不待他人乞求；……因此，在「卻之不恭」的原則下，我也保存了不少他的甲骨文墨寶。還有他刻的名章。這些都不是我向他乞求的，完全是他自動和不徵求同意的贈與。

> 彥老常常作至深夜，我們都勸他「何必自苦乃耳」，他卻反以為樂。對於文債或是應酬文字，他是「有求必應」的，既不「拒人於千里之外」，也不拖延時日。他的身心，就為了「有求必應」的關係，衰弱得比別人較快較早。〔註150〕

前者是他對知心好友，學問同道的親切平易態度，後者只能解釋為為推廣甲

〔註149〕董作賓，〈殷墟出土一塊武丁逐豕骨版的研究〉，《大陸雜誌》八卷六期，（臺北：大陸雜誌社，1954 年 3 月 31 日），頁 167。

〔註150〕譚旦冏，〈「樂道自歛‧簡易平夷」永遠懷念彥老〉，《董作賓先生逝世三周年紀念集》，（板橋：藝文印書館，1966 年 11 月），頁 45～46。

骨文書法所做的服務。此作壓腳有「靜農所藏」章，更見二老相交情誼深重，所謂「感惠徇知」之作，因而作品所選臨之骨版因而流露出的訊息就更值探究了：

> （此）為第一期的卜辭，這一版章的筆法，是可以代表本期書體雄健宏偉的一例，亘的書法也有他的特點，字畫雖細，卻甚精勁；記卜兆的數字，也可以看出亘、韋，兩人書體的不同，左行之二，右行之一、三、四，上吉皆韋書；左行之兩一字，不踟躕字，皆亘書。亘，韋均為武丁時的史官，可確定此版為武丁時物。兩個史官的書體各別，於此顯然可見。又此版填有朱墨，凡韋書皆填朱砂，亘書皆填墨，骨版也黃潤光滑，與朱墨炯彩，殊為美觀。〔註151〕

董作賓因為大量精細摹寫的工作，累積了對各個時期、不同貞人契刻、書風上不同的體悟，進而摸索出對甲骨斷代分期的十項標準中第十項「書風」。本片即是他最欣賞的武丁時期（第一期）卜辭，且引以為《甲骨文斷代研究例》中第一期雄偉書風的例證。除了說明韋的筆法，是可以代表本期書體雄健宏偉的一例，亘的書法也有他的特點，字畫雖細，卻甚精勁，為了讓讀者可以多所參證，他還告訴我們第一期大字在哪些書裡最有得看：

> 第一期大字的代表作品，收輯最多者為《殷虛書契前編》卷七，及《殷虛書契菁華》一至八葉。如果你仔細欣賞過一遍，你就可以相信殷高宗的幾位史官他們的筆力是如何的雄健？如何的宏偉？〔註152〕

孤證不舉，而見多自能了然於心。對於初學者來說，從文字書體作風上看，第一期與第五期的區別一望可知。但第一期與第四期就較難區分了，如仔細體會，也還是容易判別的。這就是第一期「文」，字秀麗、規整；第四期「野」，粗獷恣肆。第一期與第二期也容易區別，即第一期文字多雄偉、豪放；第二期文字多拘謹而細小。第二期與第五期在文字規整、細小方面有某些相似之處，但第

〔註151〕董作賓，〈甲骨文斷代研究例〉，《董作賓先生全集甲編》，（台北：藝文印書館，1977年11月），頁461。

〔註152〕董作賓，《甲骨文斷代研究例》，《董作賓先生全集甲編》，（台北：藝文印書館，1977年11月），頁461。

二期文字刻劃下刀多顯得輕細、秀麗，而第五期則顯得下刀較粗重、圓潤，有某些壓抑感而不如二期輕快。〔註153〕如此等等，須仔細體會，雖不能像董氏那樣體會深刻，卻也能理解他絕非輕易的得出五期分法的結論。

圖 4-3.3a 甲 3339、3340 拓片

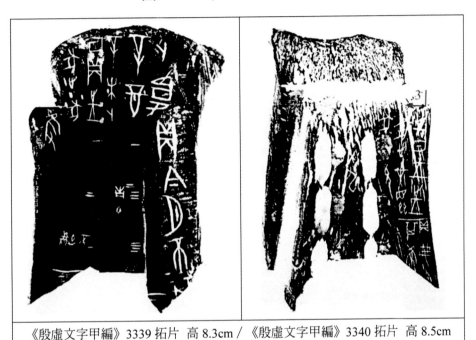

《殷虛文字甲編》3339 拓片 高 8.3cm ／《殷虛文字甲編》3340 拓片 高 8.5cm

　　當董作賓選定了這塊有名骨版來作為臨寫對象時，就已經在章法、布局上有所限定。以書法家對不同書風的敏感度來看待原作，進而以自己的理解來詮釋，然後用自己的書法語言來表達。從拓片（圖 4-3.3a）來看，韋的契刻（書風）短短兩行，卻感到行氣在順應骨版圓曲及卜兆裂紋閃避中，「辛」字末豎畫帶著「酉」字往左下微傾；「卜」的豎畫引導向左下，使「韋」的重心傾斜，然後在「貞」字決然挺立，「今」右偏，「夕」回正，「不其」又微往右下逸出的偏移擺動現象。而筆畫線條的厚實、輕重的對比，方折與圓轉的共存，在雙刀契刻下充分顯現筆寫的彈性特徵，給人一種從容不經意的自在又自信的感覺。總體說來的確是較為雄健宏偉。而亘書細而精勁，一以貫之到背面驗辭，單刀刻

〔註153〕王宇信、魏建震，《甲骨學導論》，（北京：中國社會科學出版社，2010 年 6 月），頁 140。

成，方筆爲主，卻能在「獲」的右下垂線條流露婉轉之態，使刀如使筆，峭瘦中不失流麗；行氣較爲一貫，作風謹嚴。這兩個同爲武丁時的史官，個性及作風有極大分別，在用字習慣上，如此版兩人的「貞」字，鼎耳各有不同，都可以在斷代分期上產生作用。

從整體觀察中，我們發現：商代甲骨文已經顯示出比較熟練的書寫技巧，點畫平直，單字結構勻稱，排列整齊，風格統一。〔註154〕不過甲骨文由於單字尚未完全形成獨立的、內部聯繫緊密的個體；單字獨立的強固觀念尚未形成，必然影響到書寫時的整體感。〔註155〕從章法構成的角度來看，由於漢字有結構組合性極強的特點，再由於甲骨文以水平和垂直點線爲主，垂向軸線幾乎成爲一切甲骨文字的基調——垂向行軸線的這種單純性、明確性使它對連續有著更爲苛刻的要求，它對平行偏移的單字軸線極爲敏感並產生排拒作用。〔註156〕然而在貞章的契刻上，軸線圖〔註157〕（行氣）卻在某些地方位移、斷裂，如前述

〔註154〕邱振中，《書法的形態與闡釋》，（北京：中國人民大學出版社，2005年6月），頁96。
〔註155〕邱振中，《書法的形態與闡釋》，（北京：中國人民大學出版社，2005年6月），頁98。
〔註156〕邱振中，《書法的形態與闡釋》，（北京：中國人民大學出版社，2005年6月），頁96～97。
〔註157〕在隨意書寫的任何一個漢字上，都可以作出這樣一條直線：它的位置表示這個字傾側的方向，同時把這個字分成感覺上份量相等的兩個部份，我們把這樣作出的直線稱爲「單字軸線」。每個字的軸線確定了這個字在作品中的位置和趨向。如果在一件書法作品上作出所有單字的軸線，便得到這件作品的軸線圖。把作品與軸線圖進行比較，可以發現，作品連貫性強的地方，軸線總在兩字之間相交或平行；連貫性差的方軸線在兩字之間無交點，也不平行。推其原因，在於人們具有下意識地迅速感受物體或圖形重心及趨向的能力，而單字軸線實質上便相當於圖形重心的趨向線。軸線在二字之間重合或相交時，觀賞者的感覺順勢而下，承接貼切而自然，即使二字距離較遠，點畫各自獨立，仍然能夠保持密切的內在聯繫；相鄰單字軸線相互平行，反映了觀賞時感覺得復觀和呼應，相鄰各字也能保持很好的連貫性；二字軸線既不相交又不平行時，對運動趨向的感覺在這裡中斷，感覺經過短暫的停頓、搜索、漂移，再順著另一條線索繼續前行——軸線圖上這時出現斷點，這種斷點如果安排得當，無疑對調整作品的節奏大有好處，但安排不當或斷點過多，感覺被頻頻打斷，作品顯得支離破碎。軸線圖簡略而形象地反映了書法作品各組線條之間的內在聯繫，人們可以據此方便地判斷一件作品在聯貫性方面的得失。從來難以言說的「行氣」，清晰的展現在人們眼前。另外每組線條的

「卜韋」二字軸線傾斜，與「辛酉」一組同感左傾，「貞」字回正，「今」偏離，「夕不其」一貫，在行氣上有四個斷點；單字承接上或許不夠妥貼，但各字之間、各部分之間卻明顯存在一種良好的承續關係。這些單字的特殊承接稱為「奇異連接」。以上下字的承接關聯分成以下幾種類形：

甲 1、偏旁代替單字：以下字偏旁代替全字而承接上字軸線。

甲 2、部分代替整體：以下字起始部分代替全字而承接上字軸線。

甲類兩種表現出在承接時，不是以單字整體來承接的狀態，但若從偏旁或起始部份與上字的聯結來看，又顯得甚為緊密。

乙 1、下字首畫起端位於上字中點。

乙 2、下字首畫起端位於上字邊線處。

乙類兩種在承接時，也不是以單字整體來承接，而是以下字的初始筆畫來考量。這是當時不成熟的對稱、勻整觀念的反映。

商代所有甲骨文和青銅器銘文的作者，都在頑強地、認真地追求著章法上的工整。儘管由於對工整的把握還不夠成熟，但動機十分清晰。換句話說，在這個時期書寫者的心理中，存在著一個單純而頑強的意願（「主導意向」），不管他們的技術手段如何不同，風格有何區別，都總能發現這種意願決定性的影響。〔註158〕這一時期，人們對整齊的單純然而頑強的追求，使「奇異連接」與別處的正常吻接，與甲骨文點畫的整飾、簡潔，形成統一的整體。〔註159〕這與明末王鐸作品中的主動營造且控制出色的「奇異連接」雖然是不同意向，卻同樣都能調整作品節奏，營造不同的章法效果。

在出土甲骨研究的需要上，董作賓曾在 1933 年 4 月的〈帚矛說──骨臼刻辭研究〉中摹寫過此版（圖 4-3.3b），與拓本比對行氣布局相當忠實，貞人韋飽滿、雄建的契刻風格十分特出；而貞人亘的瘦峭卻沒有刻意表現。《甲骨文斷代

趨向也引導人們的感覺按一定的方向運動，從而對審美感受產生重大影響，揭示了作品內在的節奏和韻律。邱振中，《書法的形態與闡釋》，（北京：中國人民大學出版社，2005 年 6 月），頁 93～96。

〔註158〕邱振中，《書法的形態與闡釋》，（北京：中國人民大學出版社，2005 年 6 月），頁101。

〔註159〕邱振中，《書法的形態與闡釋》，（北京：中國人民大學出版社，2005 年 6 月），頁100。

研究例》觀察之所得並沒有落實在摹寫上，應該是研究的重點不同所致，其時
著重在骨臼刻辭內容的排比對照，共摹舉 95 例 123 版，無暇作細緻之摹寫。和
1954 年 4 月〈骨臼刻辭再考〉中所摹（圖 4-3.3c）相比，精細程度截然不同，
如圖，貞人亘刻辭的細勁就和貞人韋的雄偉迥殊，甚至連鑽鑿形態、卜兆走向
都詳細描繪，何以故？〈再考〉文中專用此版用作牛胛骨製作之例，連同正反
面皆摹出，其他皆僅舉骨臼也。儘管兩次摹寫有著重點的不同，但董作賓對貞
人韋刻辭行氣構成的觀察卻沒有改變，且在作品臨寫中繼續呈現，這就不只是
單純的臨摹，而是有意為之了。

圖 4-3.3b　董作賓摹《殷虛文字甲編》3339、3340

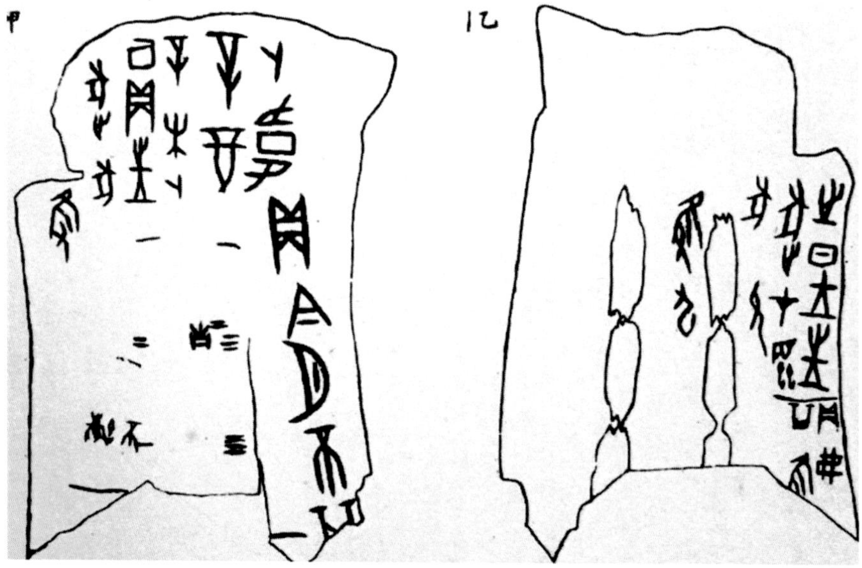

《殷虛文字甲編》　1933/4

圖4-3.3c　董作賓摹《殷虛文字甲編》3339、3340

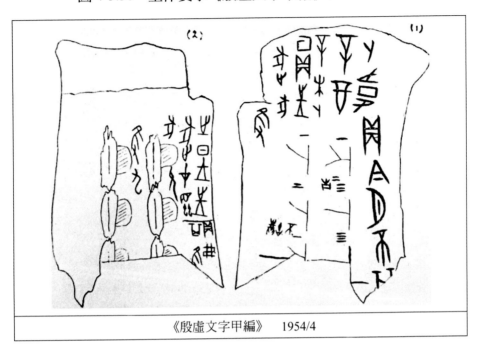

《殷虛文字甲編》　1954/4

　　進入作品中，硃筆寫卜韋辭，筆畫起止皆如同契刻之下刀呈露尖之狀，起筆略重而鈍，收筆稍輕而銳，接筆處皆仔細揣摹貞人下刀順序；卜亘刻辭亦然，只是用筆較輕、字形較小。卜韋與卜亘二人除顏色外，以筆畫的輕重、字形的大小來區隔；各字皆拉正，「韋」字尤其明顯；在行氣上，左行第一行「辛酉」、記數的「一、三、四」分為兩段和「卜韋」、「貞今夕」、「不其」分成三段，造成初時緊密，而越後面越偏出而節奏變化豐富的「奇異連接」效果，特別是與同版的貞人亘刻辭相對照，不難發現二人作風的不同。一般說摹寫易傳原拓之真貌；臨寫則能得其神，當摹寫也慢慢加入對契刻深切體會時，臨寫也就更能表現作者對原帖的發現。我們還可以看到董氏臨寫此版的其他兩件作品（圖4-3.3d、e）：

　　這兩件作品中，單看貞韋刻辭，都強調行氣的中斷與節奏的轉變，顯然是有意識的將在甲骨文裡行氣中斷的發現，自覺的展現在現代書法作品中。雖然沒有如王鐸行草書中還有「二重軸線吻接」〔註160〕（仔細看「韋」字，若不調

────────────

〔註160〕邱振中，《書法的形態與闡釋》，（北京：中國人民大學出版社，2005年6月），頁121。

正，也已隱然透露出這種現象），但是從殷商貞人對章法工整的追求過程中無意間展現出的「奇異連接」，到書法史上歷代書法家對章法從工整轉變爲追求行氣構成的豐富變化，以至於王鐸「奇異連接」的靈活應用、「二重軸線」連綴的出現，董作賓爲了古文字學研究而摹、臨原版甲骨刻辭的發現與自覺運用，堪稱學術研究介入藝術創作的極致典範。

圖 4-3.3d-e 董作賓〈臨武丁逐豕骨版〉

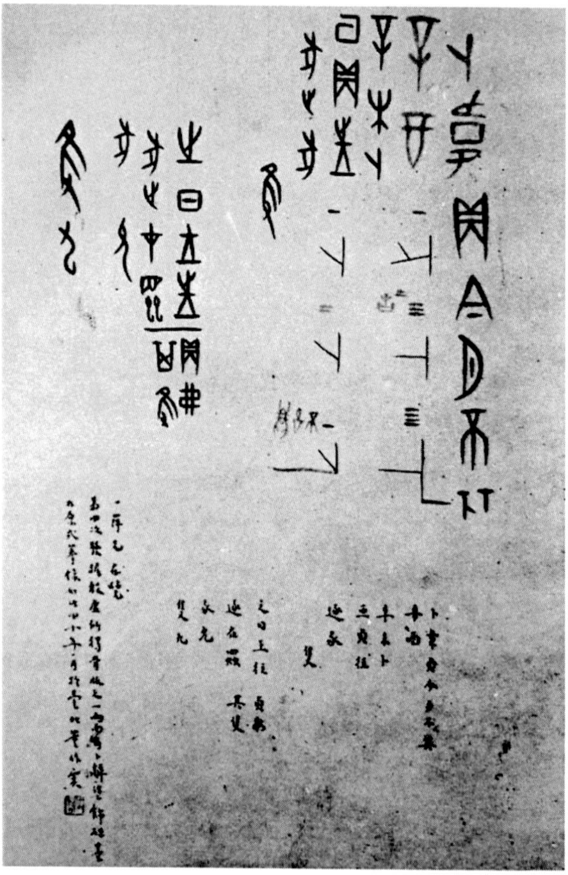

圖 4-3.3d（局部）1951/1	圖 4-3.3e（局部）

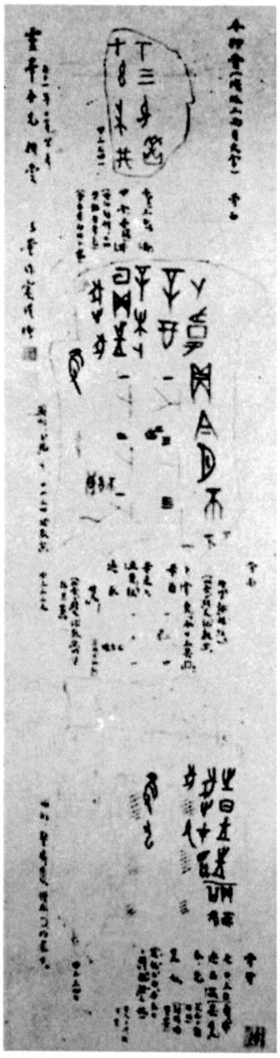

關於臨書，再舉 1951 初春的〈甲骨文卜辭四則〉（圖 4-3.4）爲例：本件作品三行條幅，乍看應該是單純臨摹卜辭，落款云「辛卯初春橅前編卜辭四則……」循文找片，知此四則卜辭分屬兩拓本，分別是《前編》2.5.7 與《前編》4.47.7，且第一則卜辭所屬拓片上緣斷開，似有缺字；而第二三四則卜辭

所在拓片下緣亦破損，殘存二字，似屬另辭。董作賓此作很顯然是將這兩片
分置的拓片綴合後臨寫的。

圖 4-3.4a 董作賓〈甲骨文卜辭四則〉／前 2.5.7、4.47.7

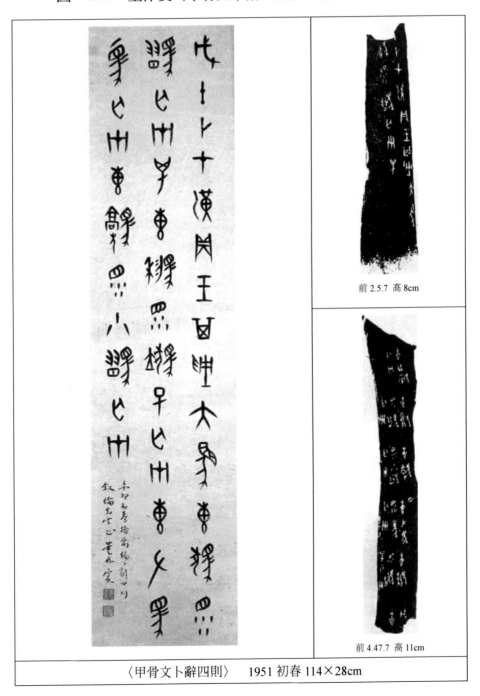

前 2.5.7 高 8cm

前 4.47.7 高 11cm

〈甲骨文卜辭四則〉 1951 初春 114×28cm

圖 4-3.4b　嚴一萍〈甲骨綴合新編〉380 拓片、摹本

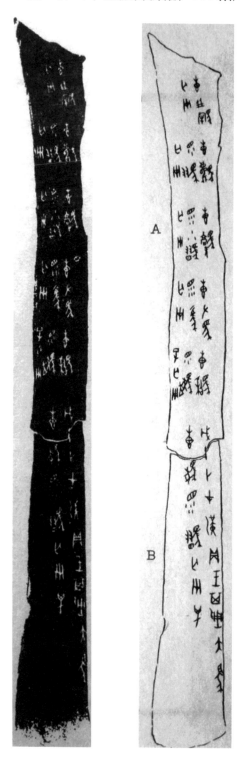

　　由於甲骨在占卜之前經過攻治手續。而且反面也要經過鑽鑿燒灼，所以非常容易破碎。此外，地下深埋的三千多年時光，地層的壓力和水的浸漬，使甲骨還在「埋藏時期」就已破損很多。發掘時的翻動，也不斷使甲骨斷裂。出土後在輾轉流傳過程中，也不斷使一塊變成數塊。而在著錄時，墨拓不當也極易使甲骨破碎。不寧唯是，甲骨在古董商手中幾經轉賣、傳拓並數易其主，本為一版的殘碎甲骨不免身首異處，分屬於不同的藏家。其幸而仍歸於一家收藏者，往往因經攪亂，而不復綴合歸復原狀。所以一家收藏，而著錄於一書者，仍散見於異頁；其一坑所出分在各家者，雖經著錄，而一片已分為數部。甲骨文經過綴合復原的處理，才能找出各辭之間的相互關係，恢復當時的卜法、文例，窺見卜辭的完整記載，從而成為我們認識商代社會的重要史料。

　　1917 年，王國維綴合了《戩》1.10 與《後》8.14 兩片，發現報乙在報丙、報丁之前，糾正了《史記・殷本記》中的錯誤；1933 年，董作賓在劉體智善齋的藏骨中，找到了一片與之綴合，證明了示癸之下為大乙，修正了王國維在《戩壽堂所藏殷虛文字考釋》中以大乙為太祖的誤解。除了商先公先王世系外，在商史研究的其他方面，甲骨綴合也往往能提供解決重要問題的新材料，如 1933 年明義士綴合六片碎骨獲「天邑商」史料；1954 年嚴一萍綴合 5 片碎甲獲月食材料；1957 年李學勤綴合《庫》中二片討論商人卜選日名問題等。因此，有許多學者專門從事甲骨綴合工作，並出版綴合甲骨的專著。1939 年，曾毅公出版《甲骨叕存》，收錄綴合 75 版；1950 年，曾毅公又出版《甲骨綴合編》，綴合甲骨 496 版，各版基本按一定的事類編次，每版下注明所綴各片出自著錄書的卷、頁及號數。1955 年《殷虛文字綴合》收郭若愚、曾毅公、李學勤綴合者 482 版；張秉權根據原骨對《乙編》進行綴合，共綴 632 版，收入《殷虛文字丙編》，並作有考釋，為甲骨學和史研究提供了大量重要而完整的資料。〔註161〕

　　關於甲骨的綴合與文例的探討，董作賓在《安陽發掘報告》第一期發表的〈商代龜卜之推測〉，其中「書契・文例」一節，就有深刻體認，他說「余曩蓄志拼集龜板，使成完全之腹甲，以覘其文字之體例。」〔註162〕綴合復原是一項

<hr>

〔註161〕王宇信、魏建震，《甲骨學導論》，（北京：中國社會科學出版社，2010 年 6 月），頁 182〜183。

〔註162〕董作賓，〈商代龜卜之推測〉，《安陽發掘報告》第一冊，（國立中央研究院歷史語

較爲複雜，而且是學術性極強的工作。在綴合時，首先要求學者有廣博的甲骨學知識：不僅要熟記龜甲（腹甲、背甲）、肩胛骨（左骨、右骨）的各部位及正、反的特點和龜、骨的區別，還要能依據拓本（或摹本）準確地判斷其在龜（或骨）上的所在部位。〔註163〕董作賓依據龜甲所在的部位推斷其文例的方法，即所謂「定位」法，不僅對研究龜甲文例意義重大，也形成甲骨綴合最基本的準備工作，後世學者所謂「類聚」法「……必憑分期斷代、拓片性質（腹甲、左右背甲、左右胛骨）、卜辭事類等分置之；一俟積聚有成，施於綴合，必獲事半功倍之效。」及先確定欲綴素材之部位的「部位之比勘」〔註164〕而且還要熟悉甲骨的整治以及卜法、文例、行款，卜辭與卜兆、兆序的關係等等。

綴合之後的甲骨，內容的完整性加強，對文例的考察、歸納也就更有助益。上列二拓片經綴合後，如《甲骨綴合新編》380 所示，也就能釋讀出其中內容。除了龜卜的文例，1936 年，董作賓又發表了〈骨文例〉，專門對骨卜之法、鑽鑿形態及其有關卜辭文例進行了考察。「取現世之牛肩胛骨，左右各一版，依其形狀，以爲斷定卜用骨板左右及其部位之標準」、「取前三次發掘所得之材料，計摹錄骨版 211 件，卜辭 489 例」〔註165〕，從而基本論定了獸骨上卜辭的文例。其內容大概爲：「凡完全之胛骨，無論左右，緣近邊兩行之刻辭，在左方，皆爲下行而左，間有下行及左行者。在右方，皆爲下行而右，亦間有下行及右行者。左胛骨中部如有刻辭，則下行而右；右胛骨中部如有刻辭，則下行而左，但亦有下行而右者。」〔註166〕

牛肩胛骨上所刻的卜辭，多在正面。而刻辭最多的部分，多在左肩胛骨之右（即外緣），和右肩胛骨之左（即外緣）。這是因爲左、右肩胛骨的外緣

言研究所，1929 年 12 月），頁 111。

〔註163〕王宇信、魏建震，《甲骨學導論》，（北京：中國社會科學出版社，2010 年 6 月），頁 185。

〔註164〕王宇信、魏建震，《甲骨學導論》，（北京：中國社會科學出版社，2010 年 6 月），頁 185。

〔註165〕董作賓，〈骨文例〉，《董作賓先生全集甲編》，（板橋：藝文印書館，1977 年 11 月），頁 913。

〔註166〕董作賓，〈骨文例〉，《董作賓先生全集甲編》，（板橋：藝文印書館，1977 年 11 月），頁 919。

部分較其他部分爲厚，並且骨質堅韌，所以占卜次數較多，因此刻辭也較多，約占全版刻辭的十分之七、八。而左肩胛骨之內緣（左側）和右肩胛骨之內緣，上部較厚而下部骨質較鬆而薄，因而上部刻辭較多，而下部刻辭較少，約占全版刻辭的十分之二、三。而胛骨中部因更薄和骨質疏鬆，往往不用於占卜，故一般刻辭較少，約占十分之一、二。肩胛骨上部近骨臼處的兩條刻辭，第一辭自上而下，自內向外右行；第二辭自上而下，自內向外左行。如其〈臨武丁時卜骨一版〉，多條卜辭在甲骨上的具體分布，也有一定的規律。牛胛骨上的每一條卜辭的排列，無論左緣還是右緣，都很規整。多條卜辭自下而上，排列有序。也有不同卜辭先由外緣處自下而上，再由內緣處自上而下排列的。另有內容完全不同的卜辭交錯刻在一起，胡厚宣稱之爲「獸骨相間刻辭例」的。〔註167〕

　　綴合後的《新編》380 卜辭六則，由下而上排列。故董作賓此作品的行文才是如此的順序。原片各則卜辭皆右行，順著卜骨上的空間大致呈有行無列的章法，行氣上的奇異連接在〈前編〉2.5.7 片中有清楚的展現；線條細緻而勁力內含。此作品有行無列，行距略大於字距，行的縱列感覺清晰，橫列的單字安排大小錯落，長短隨字形、筆畫之繁簡而變化，筆畫的起、收筆對刀刻的揣摩已經十分熟練、到位，重起尖收，視其筆順猶見手其刀落的揮運之情。文中有「馬」的偏旁獨多，造型各異，形象生動，寫法皆忠於原片，僅於首行第五字本作「馬」而依摹本作「馬」的失誤。可以由此一見原生甲骨文書法的精采結字、構造。而董作賓結合學問與書法的熱情，毫無保留的展現在作品之中。

　　除了大字的臨寫甲骨作品，董作賓的小字臨書功力更爲驚人，然而能看懂門道的不多，因爲他這類作品往往是學問與書法密切結合的。如〈武丁日譜扇面〉（圖 4-3.5），一開始，只見到許多甲骨文字依照扇面的格式做長短而規律的排列，只看畫面構成，行氣直下，看似整齊嚴謹，其實又參差錯綜，字形大小隨著各字的繁簡而適當的伸縮，細看各個單字的結構、用筆也都熟稔而果斷，通篇是雅緻而溫潤的書卷氣息。

〔註167〕王宇信、魏建震，《甲骨學導論》，（北京：中國社會科學出版社，2010 年 6 月），
　　　　頁 88～90。

圖 4-3.5 董作賓〈武丁日譜成扇〉

〈武丁日譜成扇〉　　1949/5　　30×48cm

　　只是，不知文意，或是說不過是抄錄幾條卜辭，在書、文相發的意義上不免欠缺；所幸者，董作賓也留了伏筆在款文裡：

　　　　靜農吾兄雅屬。卅八年五月寫武丁日譜卜辭二版于臺北

有了這個線索，這件作品的深度與義意才能彰顯出來。本成扇係寫歸入武丁二十八年七月至二十九年一月的二牛胛骨版共六條卜辭。今將所據甲骨拓片及其摹本同列而對照之，以見其摹、寫之異同，與做學問和書法創作的關聯性。

　　這是應臺靜農 [註168] 先生之請而作，兩人在大時代中的顛沛流離、離鄉至臺的心境、學問研究的成就，都可謂相當，也只有是相當，才會有臨「〈武丁日譜〉卜辭二版」的內容出現，同樣是「感惠徇知」之作。

　　〈武丁日譜〉是董作賓《殷曆譜》十譜 [註169] 裡日譜的其中一部份，而《殷曆譜》是應用「斷代研究」更進一步的方法，試作甲骨文字分期分類分派研究之書。目的是藉卜辭中有關天文曆法之紀錄，以解決殷周年代之問題；揭示用

〔註168〕臺靜農（1902～1990），安徽霍邱人。曾任臺大中文系主任。1922 年與董作賓同在北京大學中文系旁聽。1924 年正式進入北京大學研究所國學門為研究生，與董作賓、莊嚴為莫逆之交，渡海來臺後更為終生知己。1946 年 10 月抵達臺北，隔年入住溫州街日式平房，取名「歇腳庵」，原無久居之意；1982 年改名「龍坡丈室」。

〔註169〕《殷曆譜》共分十譜，分別為：年曆譜、祀譜、交食譜、日至譜、閏譜、朔譜、月譜、旬譜、日譜、夕譜。見董作賓，《殷曆譜》，（臺北：中央研究院歷史語言研究所，1992 年 9 月二版）。

新方法研究甲骨文字之結果，以供學者參考。〔註170〕

　　根據《殷曆譜》之〈日譜〉載：

　　日譜之作，所以試爲「斷代研究」更進一步之新方案也。

　　所謂新方案者，不外兩種原則，六種方法。其一，即分期：《斷代研
　　究例》時僅分爲粗略之五期，十餘年來，更可據其他標準，辨析各
　　王之卜辭，如本編〈祀譜〉之別祖甲、帝乙、帝辛，〈交食譜〉之別
　　小辛、小乙、武丁是，故精細之分期，爲整理工作之第一步也。其
　　二，即復原：現存甲骨殘版，同出於一地，如未毀滅，自當有破鏡
　　重圓之一日，吾人倘能作精密之分期，則復原亦屬易事，……爲預
　　須作準備之功夫，即甲與骨實物之認識，及甲骨上卜詞文例之熟悉
　　也。〔註171〕

「斷代研究」的新方案有兩種原則：分期與復原。預備工夫是對甲與骨實物之
認識，及甲骨上卜詞文例之熟悉。此扇所書六條卜辭，在卜骨上右行、左行兼
具，可粗窺骨文之文例，並見董氏對甲骨實物的瞭如指掌。又說：

　　六種方法，爲研究卜辭史料所必用，用之，則可使斷骨殘甲，得其
　　聯絡，而化爲殷代重要之史實。一、同文異版。殷人貞卜一事不止
　　一次，少者二三卜，多者乃至五六卜，而以十卜爲限。郭沫若所謂
　　「殘辭互足」之例也。二、同版異文。凡甲骨之刻辭，在同一之版
　　者，其貞卜記載之時期必不遠，多則一年之內，少則一月之內。三、
　　同事異日。一事而一日數卜、數記者，如同文異版。四、同日異事。
　　干支六十而一周，同在一版，同一干支之日所卜，未必在六十日之
　　後，故干支同者，可斷定其爲同日。同日而卜兩事，均可以類相及，
　　連續穿插，各成一組也。五、面背相承。骨面或甲面之卜辭，往往
　　因地位之限制而繼續刻之於甲骨之背者，此例甚多，有此認識，則
　　卜辭篇章益見完具矣。六、正反兩貞。卜事每有問及正反兩方面者，

〔註170〕董作賓，《殷曆譜》，（臺北：中央研究院歷史語言研究所，1992年9月二版），自
　　　　序，葉1。

〔註171〕董作賓，《殷曆譜》，（臺北：中央研究院歷史語言研究所，1992年9月二版），卷
　　　　九，葉1。

此其定例。凡同日同事而所貞有正面反面之不同，辭雖不在同版，

亦可互相聯繫。

「以上六法，爲整理卜辭者所應注意。惟分期必須認眞，復原必須盡力，然後日月可以聯繫，事類得其貫通，同版以證時期之近，重文以補彼此之闕，更以人名地名爲之線索，如綴百衲之衣，如穿九曲之珠，規矩粗備，運用之妙，在於人爲。」〔註172〕董作賓將《斷代研究例》作更細密的發展，所據者，堅實之出土甲骨資料，及反復推求出之原則方法。

在〈武丁日譜〉中，除了排出武丁 28 年 7 月到 32 年 12 月的日譜外，還有運用方法說明、卜辭摹本對照，可以說是《殷曆譜》具體而微的呈現，從中可見許多研究甲骨學所必需的基本知識，無怪乎張秉權說「《殷曆譜》不但是一部年代學上的鉅著，而且是一部深入淺出的甲骨學導論」〔註173〕

扇面所臨卜辭二版，分別是《殷契粹編》1043、《殷虛書契菁華》1，其中的六條卜辭，根據〈武丁日譜〉所排，時間在武丁 28 年 8 月 3 日到 29 年 1 月 13 日。《粹編》1043 中四辭選臨二辭；《菁華》1 中四辭全臨，但癸巳一辭未全錄。

首先，就所根據的摹本與拓本的情況來看，《殷契粹編》1043 卜辭（圖4-3.5a），除了「采」、「雨」因字形較大，略有雙刀刻畫痕跡外，全係單刀刻就，刻畫細勁果斷，刀痕的重入而輕出的輕重經仔細觀察，顯而易見。摹本則展現了董作賓觀察甲骨上墨跡之體會，不以完全的形似爲要求，多了寫的趣味，筆畫的重而輕，深得契刻神韻。經過長期觀察、摹寫的訓練，可以說是寫出董作賓認爲甲骨文是「先寫後刻」的情況中還沒有契刻之前的墨跡味道。雖然《殷曆譜》序所說：「隨手編錄，且編且寫」、「卜辭釋文，多屬隨筆寫出，未加深考」〔註174〕是編寫時的實況，卻也是展現了他認爲「甲骨文是先寫後刻」的心得實踐。

〔註172〕董作賓，《殷曆譜》，（臺北：中央研究院歷史語言研究所，1992 年 9 月二版），卷九，葉 1～2。

〔註173〕張秉權，〈董彥堂先生對甲骨學上的貢獻〉，《董作賓先生逝世三周年紀念集》，（板橋：藝文印書館，1966 年 11 月），頁 63。

〔註174〕董作賓，《殷曆譜》，（臺北：中央研究院歷史語言研究所，1992 年 9 月二版），自序葉 2。

圖 4-3.5a 董作賓摹《殷契粹編》1043／粹 1043 片拓本

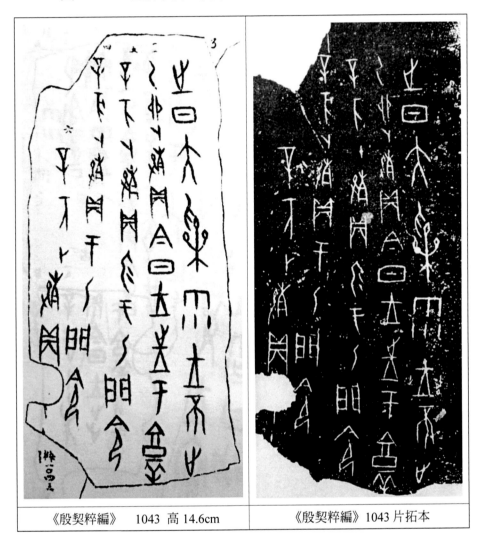

| 《殷契粹編》 1043 高 14.6cm | 《殷契粹編》1043 片拓本 |

　　《殷虛書契菁華》1 版（圖 4-3.5b）有四條卜辭，契刻的現象呈現多元，貞人都是「㱿」〔註175〕，刻辭風格卻有明顯的差異，由此可引出董氏主張「貞人是書寫者」說法的得商榷。癸酉、癸未二條係雙刀刻成，前者刻畫厚實、緊密，後者清瘦、疏朗，共同特徵都是方折線條為主，不全然是以手寫墨跡的圓轉為準，但深具書寫的韻律。癸巳條上 2／3 與下 1／3 明顯有輕重之別，似乎不是照著行文順序，而是分上中下三部分完成，越到下方越顯細瘦，頗值探究。

〔註175〕貞人「㱿」原字無下部心符，饒宗頤謂即愨字，故文中作此。

己卯條線條有不穩定的浮動之態，「俎」字歪斜，尤爲突兀。摹本除了各條整體用筆輕重有別外，很大程度的表現了手寫的墨跡特徵。癸巳條上中下三部分的輕重則全予忽略，使得整片卜辭反而渾然一體。

圖 4-3.5b　董作賓摹《殷虛書契菁華》1／菁1 拓片

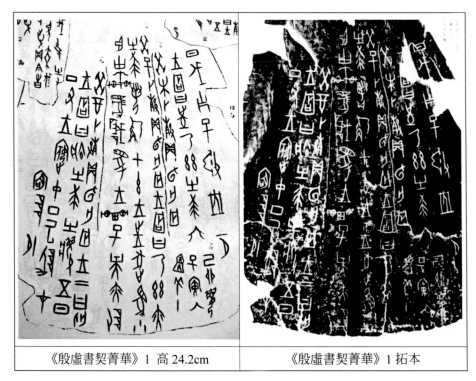

| 《殷虛書契菁華》1 高 24.2cm | 《殷虛書契菁華》1 拓本 |

再就扇面書法表現與摹本對照（圖 4-3.5c、d）：所錄卜辭基本上照〈武丁日譜〉順序，只有前兩辭顛倒。受限於扇面的表現形式，此中單行七字，雙行二字，羅列於扇形空間中，但字的大小仍隨文字的繁簡而有所伸縮，採用有行無列的章法，單字線條與摹本略同，而更顯秀雅。字形大小與原字相當，正與他平常摹寫拓本字形略同，字的結構幾乎與摹本完全一致，可見其平時用功之堅實；章法上爲適應扇面而加大字距與行距，使得畫面更顯疏朗與雍容。從日常學問之事轉化爲書法表現，相當得心應手。此二版卜辭皆爲董作賓在五期分法中的第一期，貞人爲「㱿」，所謂作風「雄偉」者，董氏採用了癸酉條茂密的結字，並稍加以規整，傳達出武丁時期中興氣象的大器與偉壯的氣魄。

圖 4-3.5c　董作賓扇面 3 辭局部

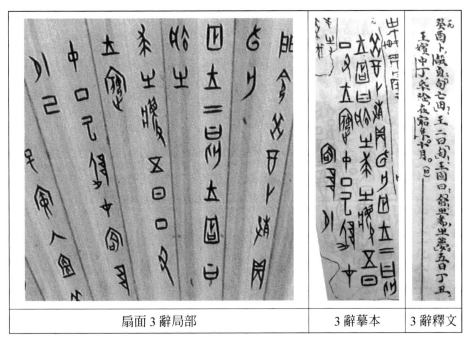

| 扇面 3 辭局部 | 3 辭摹本 | 3 辭釋文 |

圖 4-3.5d　董作賓扇面 5 辭局部

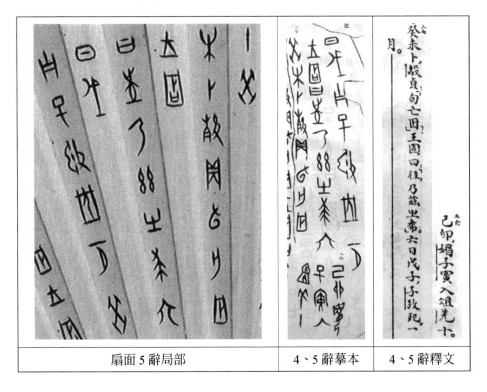

| 扇面 5 辭局部 | 4、5 辭摹本 | 4、5 辭釋文 |

「他（董作賓）很欣賞武丁卜辭的雄偉，帝乙卜辭的嚴整。」〔註176〕所以他寫甲骨文最喜歡武丁時期的風格，殷商武丁時期（前 1238～前 1180 甲骨文第一期）。武丁與商湯、盤庚被譽爲商代最有作爲的三王，武丁文治武功卓著，也把甲骨文字的書風帶向了一個宏放、雄強、壯麗的時期。「結密得體，鐫刻剛勁有力，多用單刀側鋒和曲畫，筆勢婉轉，好書大字，錯落有致，赫赫精神。亦作肥筆，凜凜英姿，且多塗朱墨，骨版煌煌瑰麗。」〔註177〕

據董作賓自己的統計，僅〈武丁日譜〉所附摹本，就有 237 版，刻辭共 514 條之多，成譜時間在 1938～1940 年間，都表現出先書後刻前書寫的神韻，還有許多缺損卜辭的擬補，可以代表他這個時期摹寫的水準。在繁複的研究中細密的功夫，厚積而薄發，與同道摯友分享學術的創獲與歷程，是學、問相發的優異作品。

董先生寫甲骨文字送人，一方面是結翰墨緣，一方面也有宣揚甲骨文之意。因爲他在他寫的甲骨文字的旁邊，時常註出釋文，這樣，想學的人，就有一個方便的方法。〔註178〕

1955 仲夏的〈小學、上壽八言聯〉（圖 4-3.6）：「小學分五百四十目，上壽得一萬八千年。」本聯取自丁仁《商卜文集聯》，最爲巧妙的是將其中「五百」、「四十」、「一萬」、「八千」作合文之處理，在形式上成了六言聯。前二個皆見諸甲骨；「一萬」則用「三萬（ ）」於萬尾處加三橫示之之例仿之，令人會心讚嘆；「八千」則將「八」符下移，亦頗具慧心。「小」、「目」、「壽」一改丁氏用字較不精確之弊，並避免了丁仁將甲骨文字寫得有如美術字般的程式化，改以董作賓融和契刻與筆書的線條，起筆略重，有如下刀時的重壓入刀；收筆自然提起，如出刀之收尖，因此輕重分明，還有如「壽」字長曲線條的婉轉蜿蜒、豐富的提按變化，「萬」字蠍尾的折筆轉絞，使得節奏自然如歌；又隨著字形結構分間布白、線條短長頓挫長引，盈滿著溫文秀雅之風，

〔註176〕張秉權，〈董彥堂先生對甲骨學上的貢獻〉，《董作賓先生逝世三周年紀念集》，（板橋：藝文印書館，1966 年 11 月），頁 75。

〔註177〕董玉京，《甲骨文書法藝術》，（鄭州：大象出版社，1999 年 4 月），頁 4。

〔註178〕王方宇，〈記董作賓先生〉，《中原文獻》21 卷 1 期，（臺北：中原文獻雜誌社，1989 年 1 月 1 日），頁 71。

也展示了熟諳古文字造型規律才能有的運用自如。

圖 4-3.6　董作賓〈小學、上壽八言聯〉

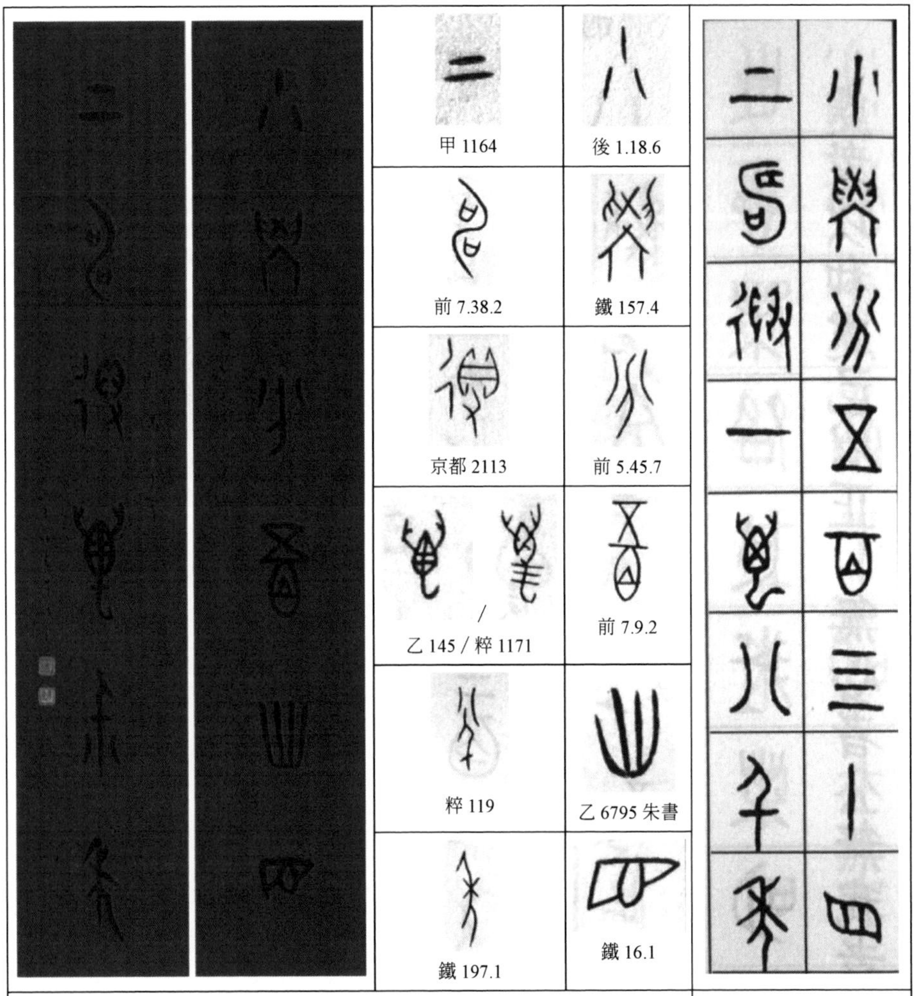

	甲 1164	後 1.18.6
	前 7.38.2	鐵 157.4
	京都 2113	前 5.45.7
	乙 145 / 粹 1171	前 7.9.2
	粹 119	乙 6795 朱書
	鐵 197.1	鐵 16.1

〈小學、上壽八言聯〉1955 仲夏　90×18cm　　丁仁集聯 55

　　董作賓對於既有的集聯、詩文如羅振玉、丁仁、簡經綸等所集概不排斥，且能不一味因襲，並改正錯誤；除了楷書釋文之列爲必要，又多能在落款中註明出處，不掠美前人，因此一經擇選入於書法，推波助瀾，頓成名句。然此類書籍成集已久，久未見有新製者，頗不以爲足。終於在 1950 年 1 月底，汪怡〔註179〕根

〔註179〕 汪怡（1878/1/6～1960/7/10），字一庵，亦作怡安，原籍浙江杭州，生於湖州。
　　　　 1919/8 刊行《中國新式速記術》，後經七次修訂，名《汪怡速記學》。1924 年出

據董作賓所提供之甲骨文字撰成集聯 182 聯，集詩 91 首，集詞 77 首，又北曲小令 6 首成《集契集》。文字深鍊而氣味淡薄，於是集中詩詞，時見於彥堂所寫甲骨。惜全集迄未以甲骨寫成，而《集契集》原稿與董作賓集字於他病故後散佚，不知去向。周折再三，現在可見的《集契集》的書寫版本有三：歐陽可亮書《集契集》全本（1976）、石叔明書《集契集》詞曲選本（1977/5）、嚴一萍書《集契集》詩詞曲選本（1978/10）。〔註180〕

　　1961/11/10，知交臺靜農的母親樊太夫人壽辰，董作賓與夫人熊海平聯名祝嘏作〈臺老伯母壽詞〉（圖 4-3.7），為使詩意更貼近時空現狀，爰將《集契集》中五言壽詞其中二首「風光南國好，君自樂長春；多壽復多福，雞豚佐酒尊。」與「風光無盡好，令德集高門；彝鼎自多福，嘉祥一室春。」重新集成「南國風光好，令德集高門；多福復多壽，嘉祥一室春。」之「俚詞」以賀；同時也符合了「集詩」平仄對仗的問題，可云巧妙之至。款中另記「古曆辛丑歲十月初三日丁未」，則更顯董氏對曆學的專精與本色。

　　本作以硃墨書寫，並界以朱絲欄，喜氣洋洋，在形式與文詞同時生發祝壽的內涵，允為合作。硃墨作書由來以久，董氏親見甲骨之塗硃、墨筆之書寫，確信殷代即有此舉，前述〈臨武丁時卜骨一版〉業已交代清楚，「文字筆畫中塗飾硃墨，相映鮮麗」，此品更進一步施作於非臨摹作品中，自是創舉。用筆、線條的輕重、節奏已臻化境，溫潤之中還可透出刀鋒銛利，有行無列中仍可規範井然，說他是商朝貞人穿越到現代來以筆為刀也不為過。

版《國語發音學》，除在北平師大任教外，尚在北京師範、中國大學、民國大學等校講課，先後應安徽、山東、浙江、河南、天津、上海等教育廳局之聘，為國語講習所講課。1949/8 出版《國音字典》。另有《詩詞曲稿》一冊、臺灣竹枝詞一卷、《攢春詞》一卷、《注香詞》一卷、《珠塵玉屑詞》三卷，皆係稿本。《詩牌新編》一冊、《詞名索引》二卷、《曲名索引》一卷、《十韻今讀》等。參〈汪怡先生傳略〉，《國史館現藏民國人物傳記史料彙編第二十七輯》，（新店：國史館，2004 年 2 月），頁 166～167。

〔註180〕見拙撰〈《集契集》二三事〉。文中另論及張菀玲，〈董作賓先生的甲骨文書法試論——兼探《集契集》一書〉文將嚴一萍臨寫本誤為董作賓所書之非。

圖 4-3.7　董作賓〈臺老伯母壽詞〉

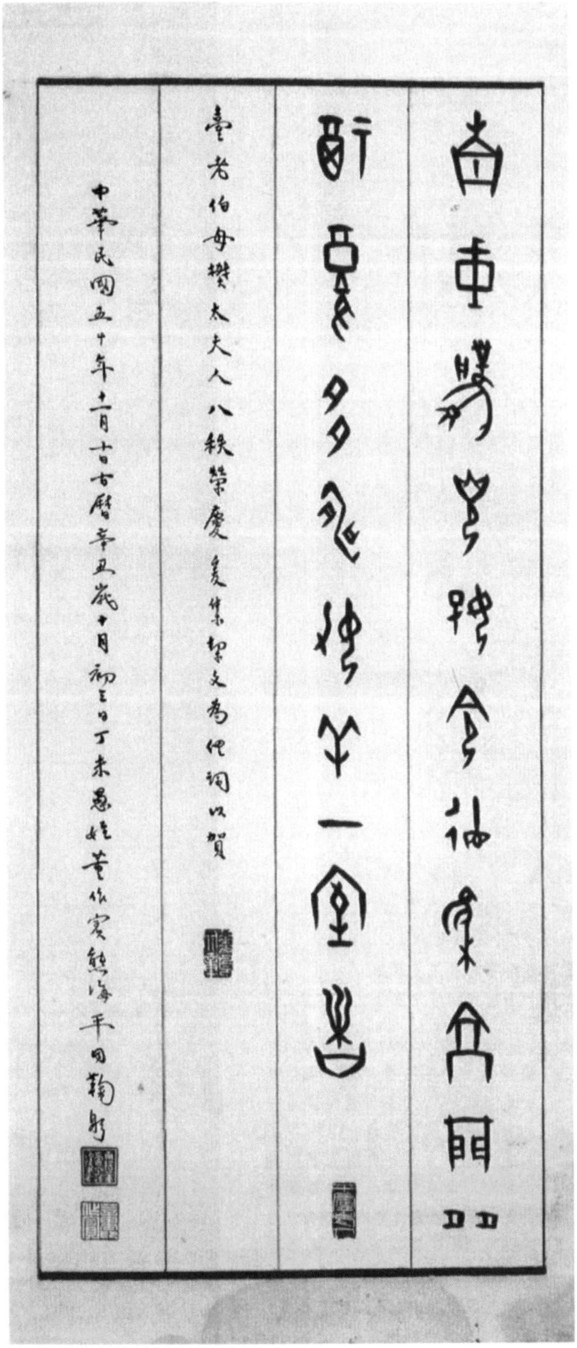

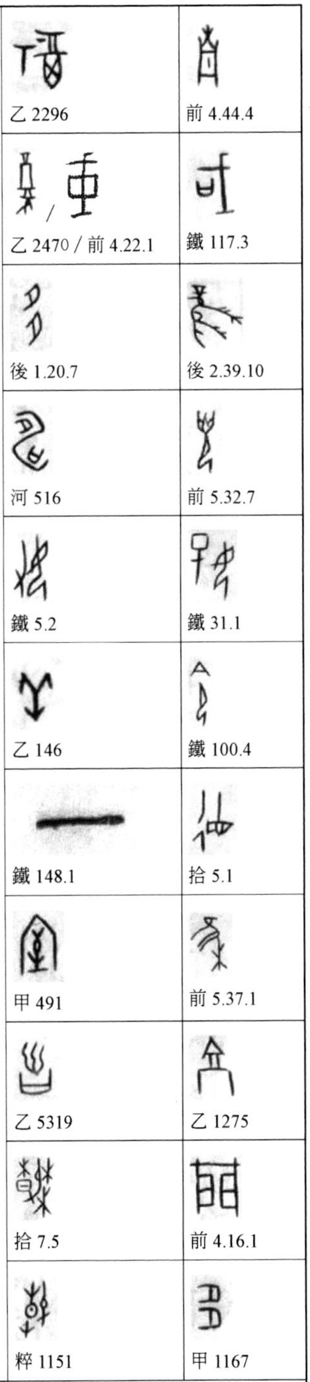

〈臺老伯母壽詞〉1961/11/10 80×35cm

　　民國之後，能有極大熱情並投以大量精力於甲骨文書法創作者，羅振玉之外，要以董作賓為最。由於研究的需要，董氏對甲骨文曾做了大量的摹寫工作。他的摹寫方法正是書法中的勾填法，儘管摹寫目的更多的是為了準確地複製、記錄甲骨文，這樣長期不懈的摹寫，客觀上使董作賓對甲骨文從感性認識過渡、發展到理性認識，從而達到了較高的藝術境界。他曾目睹殷人硃筆未刻的龜版，主張甲骨文要寫出墨書的味道。雖然字的收筆仍尖露成懸針狀，但起筆調鋒逆入，渾厚飽滿，骨力內斂。所以，董作賓的甲骨文溫厚雅致、盎然古趣，宛似貞人之作。在他留下的甲骨文書法中有不少就是對甲骨文的忠實臨寫，不僅在字形上，在佈局上亦是。也是由於這個原因，他的甲骨文書法在面目上很接近甲骨文原貌，起、收筆皆尖銳，無疑是在模擬甲骨先書後刻之情狀。因此「其書字形、勢態均把握得十分相像，但因摹寫字形所囿而缺少書法藝術的運筆節奏感及用墨的濃淡乾濕變化，顯得規整有餘，神韻不足。」〔註181〕可謂美中不足。然而在董作賓書寫的甲骨文楹聯中，這種模擬鍥刻的痕跡變得弱化了，代之以書寫意味筆致，秀潤典雅，深得卜文神韻。他的甲骨文書法多為第一期卜辭的風格，並吸收了卜辭中朱書、墨書的豐厚風格，寫得質樸無華、真力彌漫、清潤健朗，字體整肅俊俏，形態變化自然，婀娜多姿，瀟灑飄逸。〔註182〕

　　具體分析董作賓的甲骨文書法的審美特性，可以從以下四個方面介入：整體氣韻、章法布局、結體構造、筆法刀味。

　　1. 整體氣韻：董作賓的甲骨文書法最高境界所在，即與古人共融共通的精神。這種神韻主要體現在整體效果方面。他多用甲骨文字寫楹聯，而楹聯又必須要求有裝飾美，若使甲骨文透出神態的大小不一、錯綜多變的風貌，不得不加以整理，但董作賓能從字的結體運筆以及對字的藝術處理中，使甲骨文字之精神都得到了突出顯露。在他仿原版寫的一些字，更顯得雅正肅穆，更能把古代甲骨之神突出出來，表現了一種真正的有文化品味的雅和書法審美的意念衝動。字的率真、古樸、稚拙、神態，沒有浮華鋪張，沒有刻意偽飾，而輻射出了一種淡然、淳厚情懷。從他的甲骨文書法中能看到他在致力還原歷史的真實形態，致力顯示殷人的生命意識。他的甲骨字除了真巧還透露著愚拙，有著真

〔註181〕徐利明，《中國書法風格史》，（北京：人民美術出版社，2009 年 1 月），頁 337。

〔註182〕王志，《民國篆書研究》，（南京師範大學碩士學位論文，2011 年 5 月），頁 12。

與美的統一，有著崇高古樸的審美價值。

2. 章法布局：董作賓的甲骨文書法章法既有獨具的匠心，又有仿古的摹版樣式，他把握住了甲骨卜辭中的眞諦。甲骨文由於字的大小不一、反正隨用、方圓多變等特點造成章法、構圖上錯落變化的大幅度動勢，初一看去似是漫不經心、隨意安排，並有參差落拓之感，仔細品味，尤其是仿刻之時，你會體會到它的眞正曼妙美意，它有著古人寬博精嚴的審美構成意識，有著天然與匠心的獨運設計。大小變化、合體、正反都是經過認眞或駕輕就熟中經營的，其章法美跌宕而詭秘，活脫而湧動，令後人贊歎不已。尤其是董氏書寫的武丁時期的字，章法、字法更是縱橫捭闔、撩人眼目，縱中有斂、變中有度，屈伸得體，滿懷恢宏之氣。董作賓甲骨文書法能隨形造章，或隨章結體，顯示了他對甲骨文書法的眞正領會。他的楹聯有對稱的章式，著意體現了龜甲卜辭本來對稱的特點，他仿骨版式書法卻追尋了甲骨特殊的章法美。

3. 結體構造：甲骨文字結構變化出入很大，有方有圓，有橫有豎，大小不一，變化多端。董作賓寫甲骨文書法不像有些人寫的甲骨文字，帶有鐘鼎文字或篆書的方正與裝飾味，而是盡力體現甲骨文字本來的結體特徵。甲骨文的結體特點不是一般人能諳悉個中體味的，它的象形性、多變性很難把握，弄不好寫字就成了畫字了，尤其是把字寫成整篇時，字的結體變化更不好處理。甲骨文的每一個字在處於整篇時，往往隨機多變，大小偃仰，反正變體，結體時常處於變化運動之中，這種字體神采一般書家是很難把握的。董作賓卻能屈伸自如、取勢縱逸、高低欹正，既造形又攝貌，既有貌又有神，奇險的字，能使其穩定，平穩之字，又超常態能使其應變，能很好地體現甲骨文字結體逍遙奔逸的風格。從董作賓的甲骨文書法中隨便抽取一個字，都能領略其結體的率眞雅氣與精到嫻熟。或以物定形，或以意定形。俱能依情變態、依勢變體。筆畫多而不亂，少而不散，可大可小，可形可意，均不失甲骨文字千變萬化、和諧相處之風姿。

4. 筆法刀味：由於甲骨文字結體的方圓雜和、曲直相交形成甲骨文書法的多種變化，又由於甲骨文是用刀刻出來的，又有剛健堅挺的筆勢，這種字用毛筆在紙上書寫是很難體現其精神面貌的。董作賓的甲骨文書法頗能體現甲骨文這種依墨書而刻的筆書風味和刀筆特徵。他寫的甲骨文字橫豎剛挺、

圓曲有骨，落筆出筆皆露而不藏，筆畫行筆力走中鋒，輕淺利爽，重深有度，伸展自如，逶迤放達，利用點線輕巧地組織了筆法的俊俏之勢及變化之態。董氏的甲骨文運筆看似輕爽，但極有法度，出鋒雖尖而不飄，方筆雖挺而不枯，曲筆雖柔而有骨。這些用筆非一日之功也，這是一種獨立的筆法，是獨有的筆法之美。〔註183〕

臺靜農說：「彥堂先生要不是從事於學術而從事藝術，那他在藝術上的貢獻，也會同他在學術上的一樣崇高。雖然他沒有專力於藝術，他的篆刻和書法的成就，也是不容忽視的。這不過是他業餘的玩藝，卻可以看出他對於藝術的喜好，以及他的天才與修養。他刻印的興趣，早在兒童時期就發生了，《平廬印存》自序中說：「常夢得多印石，極良，喜出望外，醒則又懊喪無端，其嗜之深如此。」《平廬印存》中所收僅 88 方，卻表現了許多面目，兼有六國鈢漢印以至吳昌碩的風格；文字則由甲骨文以至大、小篆。尤為難得者，能入於古而不泥於古，時出新意而與古印精神無不契合。由於他是古文字學家，學養深厚，才能一出手便不平凡。〔註184〕承襲甲骨文朱墨書風格的董作賓先生，筆意取鐘鼎氣韻，落筆粗重，收筆處細輕，行筆從容，書風典雅清麗，其甲骨積學豐厚，又大量摹寫甲骨原文，多自集詩聯，深得卜文神韻之三味。馬國權先生評其卜文書作為：「董作賓後出，所作取甲骨中墨書豐厚風格一體，另一番體貌。」〔註185〕

孔子云：「知之者不如好之者，好之者不如樂之者。」董作賓先生對甲骨文書法不僅是「知之」、「好之」而已，是達到「樂之」境界的真正大師。

第四節　鮑鼎——小校碁成　貞諒廉隅

鮑鼎（1898～1973/8/30），字扶九，號默庵，1898 年生於鎮江一個書香望族。五世祖鮑皋（別號海門）是清代乾嘉年間鎮江詩壇領袖。曾祖鮑淩秋、祖

〔註183〕張道森，〈從美術角度看董作賓的甲骨文書法〉，《董作賓與甲骨學研究》，（開封：河南大學出版社，2003 年 10 月），頁 186～189。

〔註184〕臺靜農，〈平廬的篆刻與書法〉，《董作賓先生逝世三周年紀念集》，（板橋：藝文印書館，1966 年 11 月），頁 27。

〔註185〕陳石，《潘主蘭甲骨文書法·序》，（福州：福建美術出版社，2002 年 7 月），序頁 1。

父鮑仲銘、生父鮑恩喧、嗣父鮑浚卿都是舉人或秀才。鮑鼎從小就受到很好的文化薰陶和教養，雖遭受了 9 歲喪父，10 歲喪嗣母，12 歲又失嗣父之苦難，但由於生母張似馨（鎮江名畫家張鑒的侄孫女）的教導，學業並無荒廢。

　　鮑鼎是著名的金石文字學家，兼擅詩文書法，且妙解棋道，曾為《國弈初刊》作序。〔註 186〕他是柳詒徵的表弟，並從之問學，天資聰明，除了能傳鮑家祖傳的詩文之學，善詩能文外，又精研文字、音韻、考證之學，繼承父業，在家收學生，教館為生。〔註 187〕1921 年時為王國維的《國朝金文著錄表》續作《補遺》。此後 20 年創作力旺盛，成果最為豐閎，著編各類作品約有 20 餘種。主要有《張夕庵先生年譜》、《目錄學小史》、《金文略例》、《鐵雲藏龜釋文》、《鐵雲藏龜之餘釋文》等等。〔註 188〕除此外他還為劉體智編《小校經閣金文拓本》，為當時收集金文拓片最多的巨著。據孫金石言鮑鼎還善於對甲骨片進行鑒偽。〔註 189〕

　　鮑鼎後來歷任上海大夏大學〔註 190〕，無錫國學專修學校等文字學、音韻學教授，成材甚眾，著名甲骨文專家金祖同即為其高足之一。課餘進行學術研究，發表專著及論文很多。1937 年抗戰軍興，不少品格低下的人變節附逆；1940 年，有友人廣西陳某，出任汪偽南京中央大學〔註 191〕校長，邀其出任文學系主任，一日三電，促誘兼加。鮑氏誓志與漢奸畫地絕交，雖失業寄食親友，困苦異常，然大節終不屈。1960 年以冤案自上海遷回鎮江居住（卒後平反），其間

〔註 186〕姜棟，《20 世紀大陸地區甲骨文書法實踐狀況研究》，（北京：首都師範大學碩士學位論文，2006 年 5 月），頁 39。

〔註 187〕柳曾符，〈甲骨文專家鮑鼎〉，《柳曾符書學論文集》，（臺北：華正書局，1995 年 6 月），頁 234。

〔註 188〕李植，〈鎮江人與甲骨文研究〉，《鎮江日報》，1999 年 8 月 10 日第 7 版

〔註 189〕孫金石，〈鮑鼎生平及其著作〉，《鎮江日報》，2003 年 12 月 12 日 B3 版

〔註 190〕大夏大學（The Great China University）是由 1924 年因學潮從廈門大學脫離出來的部分師生在上海發起建立的一所綜合性私立大學。「大廈」即「廈大」之顛倒，後來取「光大華夏」之意定名大夏大學。抗戰期間曾西遷貴陽，與復旦大學合併為中國歷史上第一所聯合大學，光復後遷回上海。1951 年 10 月，在原校址與光華大學相關合併後成立華東師範大學。

〔註 191〕1940 年 3 月，汪精衛受日軍扶植，在南京成立國民政府（史稱「（汪）偽國民政府」），汪政權教育部長趙正平建議在南京恢復「國立中央大學」以培養人才。

仍潛心述作，積稿盈尺，視早年更爲精進，惜在動亂中全部遺失。其時並爲紹宗藏書樓編寫書目二冊，親手繕寫，中間以牆圯傷腿不輟，以底於成，此稿至今尚存藏書樓，這也是他對鎭江文化事業最後的貢獻了。

鮑氏於 1973 年 8 月在鎭江逝世，終年 76 歲。以甥孫金振爲嗣，傳其學，金振未娶，1992 年，年 71 亦卒，遂絕。〔註 192〕另有《善齋吉金錄》、《說文詁林簡編》等。〔註 193〕

一、鮑鼎的古文字學成就

1928 年，鮑鼎應羅振玉之弟羅振常的邀請，到上海蟬隱廬當編輯。自 1903 年劉鶚的《鐵雲藏龜》出版以來，以書中沒有釋文，不便初學。鮑氏便用工楷在每頁加書釋文，1931 年以《鐵雲藏龜釋文》（圖 4-4.1）再版，此時年方 32 歲。其書法魏碑、張猛龍及程哲墓志，於此書中可見一斑。

圖 4-4.1　鮑鼎〈鐵雲藏龜〉釋文

《鐵雲藏龜釋文》局部 4.5×9.5cm

在上海，又助葉玉森收集《殷虛書契前編集釋》材料，商訂義例，出力甚多。又應廬江劉體智之請，以其家藏銅器爲基礎，編輯《小校經閣金文拓本》。金文存世的種類共有多少，向來沒有完整的統計，自從 1914 年國學大師海寧王

〔註 192〕柳曾符，〈甲骨文專家鮑鼎〉，《柳曾符書學論文集》，（臺北：華正書局，1995 年 6 月），頁 236～238。

〔註 193〕孫洵，《民國書法史》，（南京：江蘇教育出版社，1998 年 9 月），頁 184。

國維作《國朝金文著錄表》，加以統計，才知共有 4292 種。到 1921 年，鮑鼎 24 歲，又繼王國維續著《國朝金文著錄表補遺》及《王氏原本奪漏諸器表》二書，增加到 7143 種。可見鮑鼎在青年時代對金文已有全面的研究。1935 年《小校經閣金文拓本》十八巨冊出版，共收錄拓片四千餘片，洋洋大觀，迄今為止，仍是私人收集金文拓片最多的巨著，為研究金文及古文字學者必不可少的重要參考書，在國際上亦有很大的影響。〔註194〕

　　鮑鼎的釋文和考辨都具有很高水準，不僅對前人的著作起到補遺的作用，還糾正了不少前人敘述中的差錯。如《敀匡考古錄》是清人鐘襄的學術著作。鐘襄中年早逝，沒有來得及成書，他的友人焦循費了很大力氣收集了他的散稿，輯成此書。鮑鼎看過此書後認為：此書存在著不少誤處，必須應該加以糾正。他根據羅振常提供的抄本和徐乃昌收藏的刊本，加以比勘，撰成了《敀匡考古錄校勘記》。上海古籍出版社在《續四庫全書・子部・雜家》收錄鐘襄《敀匡考古錄》時，也同時收入了鮑鼎的《校勘記》。

　　吳大澂的《愙齋集古錄》是清末重要的金文著錄，但由於在吳氏身後才出版，未經吳氏終審，亦存在不少問題，如吳氏有收藏而本書漏取、器名定得不當、釋名錯誤、同一器的器身與蓋誤分兩處等，鮑鼎考辨出來後都作了補入和改正，著有《愙齋集古錄校勘記》。

　　他在《春秋國民考釋》的自序中說，他為春秋時期的國民考釋姓氏時，引用了許多金石學方面的成果，依據了大量的金石文字，又參照了《說文解字》中的解釋，從中選擇正確的說法，對其中不準確的解釋，他在經過仔細的考證和辨識後，又提出了自己的看法，不敢盲從。如對「蔡」字的考辨，他發現在契文和金文中，皆有祭字，沒有蔡字，他在對鼎文進行仔細的考辨後，得出祭字就是蔡字古文的結論。為了考辨的嚴謹，他又按《音韻大傳》《春秋繁露》諸書的說法，對此字進行詳證，做到有理有據，令人信服。

　　他在〈九州釋名〉中諸條目的考辨，也引用了大量的旁證材料。在對冀、青、徐、揚、荊、豫、梁、兗、雍州等多地的古地名解釋時，除了引用《爾雅》、《呂氏春秋》諸書本文獻資料來說明外，也引用了鼎器上記載的文字進行考述，

〔註194〕柳曾符，〈甲骨文專家鮑鼎〉，《柳曾符書學論文集》，（臺北：華正書局，1995 年 6月），頁 236。

力求廣徵博取，以增加釋名的可信度。

　　他在處理《矢彝考釋》一書的出版事務時，不是簡單的抄錄，也是邊錄邊研究，撰寫了大量的心得，最終形成了自己的〈矢彝考釋質疑〉書稿。〈矢彝〉是河南的一個商人帶到上海來的，這個商人來到當時收藏拓片有名氣的猗文閣請閣主陳承修辨識，因此，鮑鼎也見到了此器，初始時由於編輯書目的事忙，也沒有過多的在意。後來，羅振玉對此器進行考釋後寫了釋文，由其弟羅振常交給鮑鼎書寫文稿，準備影印出版。在書寫過程中，鮑鼎對〈矢彝〉進行了認眞的研究，他並沒有因爲羅振玉是名家，對金石學研究有很深的造詣，就不假思索地完成抄寫，而是在羅稿的基礎上又查考了大量的金石類文獻和歷史書籍，逐條進行辨識，發現其中的問題立刻做新的辨釋。〔註195〕

　　鮑鼎在研究金石學方面很重視精益求精，有一種常人少有的刻苦精神，持之以恆，鍥而不捨。這不僅表現在他對自己的研究物件上注意下工夫，對其他甚至是名人的研究也不盲從，勇於表達個人獨到的見解。

二、鮑鼎的篆書表現

　　鮑氏歷任無錫國學專修館上海分校、大夏大學、正風文學院教授。課餘常與學生談論古文字學知識。論書取境甚高，以爲書法通乎文化之消長，不屑於點畫結構。鮑氏小楷學《程哲墓志》，隸書學《張遷》。他寫甲骨文亦不同他人，善於借用甲骨卜辭的結體，輮以金文氣派而變化之，整幅作品有一派清剛宏博的氣象。他改變了甲骨文線條古樸瘦勁，代之以清挺玉箸的金文筆意出之，並使結構外擴趨於方整，充分表現出我寫我字的創作目的，與羅振玉有異曲同工之趣。〔註196〕

　　〈摹甲骨文〉（圖 4-4.2）摹寫其弟子金祖同所編《殷契遺珠》〔註197〕中著

〔註195〕徐蘇，〈鮑鼎及其古文字研究〉，《金山網 www.jsw.com.cn》，發佈時間：2014-04-08
　　　　10:29

〔註196〕孫洵，《民國書法史》，（南京：江蘇教育出版社，1998 年 9 月），頁 171～172。

〔註197〕金祖同（1914～1955）著。1939 年 5 月上海中法文化出版委員會出版，編爲孔德
　　　　圖書館叢書第一種，線裝三冊。又，1974 年臺灣藝文印書館重印。全書著錄甲骨
　　　　1459 片。上冊（1～706 號）收河井荃廬氏藏 337 片、中村不折氏藏 283 片、堂野
　　　　前種松氏藏 86 片，下冊（707～1459 號）收中島蠔叟氏藏 127 片、田中救堂氏藏

錄之日本中村不折氏所藏二拓片，共四則卜辭，為書似林似春〔註198〕者。

圖 4-4.2　鮑鼎〈橅甲骨文〉／《殷契遺珠》341、393

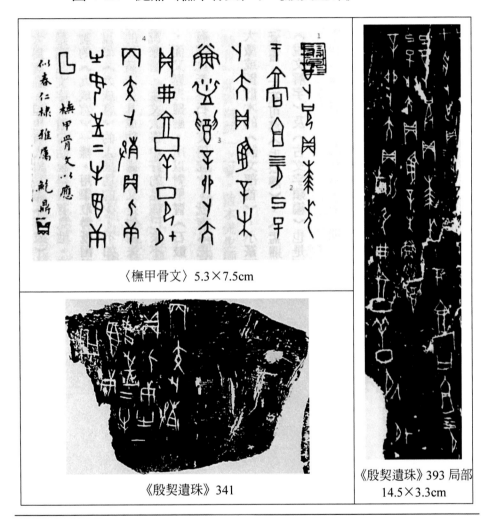

〈橅甲骨文〉5.3×7.5cm

《殷契遺珠》341

《殷契遺珠》393 局部
14.5×3.3cm

202 片、三井源右衛門氏藏 424 片。前有郭沫若、羅振玉及作者序各一篇。發凡
一冊（即釋文），本書拓本為日本六家所藏甲骨之精品，除三井氏拓本外，其餘五
家都是金氏在日本所手拓者，全書拓本清晰，書中著錄的卜辭，按卜事歸類，其
次序：卜祭、卜牲、田遊、風雨、受年、征伐、卜旬、卜夕、卜王、卜疾、雜卜、
干支。各類卜辭以五期書體先後排列。

〔註198〕林似春（1917～1996），原名暄，字似春，以字行。浙江寧波慈溪人。歷任中國硬
筆書法家協會會員，上海市書法家協會會員，是大陸地區較早出版鋼筆書法字帖
的書法家，先後出版了《雷鋒日記鋼筆字帖》、《小學生鋼筆字帖》等深受讀者歡
迎的鋼筆書法字帖。

　　原拓四則卜辭皆右行，刻畫細勁，有密而速的節奏感，第1、3則下部各有數字忽然而大，甚爲隨興。鮑氏所書，介於摹與臨之間，稍有如葉玉森等早期甲骨書家慣常的規制化風格，將各字作整飭之處理，然就章法言，其行氣略有欹側，已能擺脫羅振玉等臨寫時有行無列然近乎整齊列隊的狀況，各字字形大致如原拓之有大小的變化。用筆細勁，幾乎有折無轉，甚得甲骨契刻之妙。第三則「貞」下缺摹二字；第四則中「貞」、「女」等常用字與原形有異，似有意爲之者。因對字形結構了然於胸，因此能將原拓爽利之風如實呈現，通篇看來，已將四則卜辭書法融會於自己的統一風格中，誠屬難能。

　　〈十室、三人七言聯〉（圖4-4.3a）亦爲書似林似春者。此聯採自《集殷虛文字楹帖》中高德馨所集七言聯「十室之邑疇好學，三人同行我得師」（圖4-4.3b）。高氏集聯成於1925年，「二十世紀初葉，由於各種條件的局限，人們對於甲骨文字的辨識，不可能完全正確，我們必須正識這一客觀現實。根據現有的研究成果對早期釋讀中不夠準確以至錯誤的部分進行校訂，以便使用《集殷墟文字楹帖》時，能有所遵循。」〔註199〕在姚孝遂主持下，對其中的釋字錯誤、摹形之失、甲金文混用、合文現象、釋文有誤、原書顛倒〔註200〕等作出改正。此聯涉其中誤區二處，一是「邑」字，上部方形與下部人跽坐形須分離，不能相連，乃摹形不夠精確。一爲「師」字甲骨文作「𠂤鐵100.4」形，帖中「𠂤」爲金文形，是將金文用作甲骨字形者。

　　此聯是集契文，但書法乍看是鐘鼎金文渾靜古拙的風格，其中「室」、「之」、「疇」、「同」之口、「得」之左手符中原來方折處幾乎改採圓轉曲線，再加上「師」字已採金文形，故圓轉處特多；而且線條厚實飽滿，渾似澆鑄，甲骨文之鋒銳線條僅在「好」、「學」字中稍有彷彿，若非甲骨字構形特徵俱在，眞將以金文書法視之。再就字形外廓來看，甲骨文字多爲長方形結構，《楹帖》所集亦如此，本作各字如「室」、「之」、「好」、「同」趨短而寬，甚至有到正方形者，其他各字雖稍長，但比例多未達甲骨文常有的「黃金比例」，因此總體看來略顯滯頓、拖沓，較無節奏分明的動感。其實商代甲骨文和金文同時存在，只是載體、書

〔註199〕姚孝遂，〈《集殷墟文字楹帖》校記〉，《集殷墟文字楹帖》，（長春：吉林大學出版社，1985年3月），頁121。

〔註200〕此六類失錯，爲筆者歸納該書中之校正而得。

刻工序的不同而有風格的差異，以鮑鼎對金文與甲骨文的厚實學養，對此必有深刻的理解，對這件作品，我們可以視為是鮑氏對甲金文合參書寫的一種嘗試。效果的優長與否另當別論，但就「商代篆書」的角度來看，應該是一大開拓。

圖 4-4.3a　鮑鼎〈十室、三人七言聯〉

圖 4-4.3b　羅振玉《楹帖》〈十室、三人七言聯〉

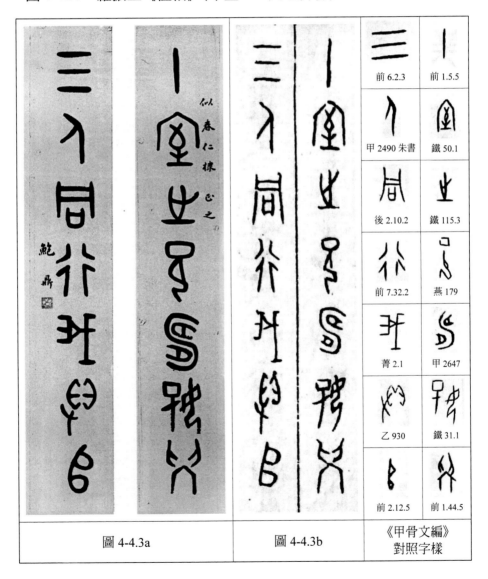

圖 4-4.3a	圖 4-4.3b	《甲骨文編》對照字樣

以今所見作品來看，鮑鼎的甲骨文書寫並無特別突出之處，他對於金文的渾勁古拙借鑒很多，字形略顯鬆散，線條肉而少骨，力度和筆意相對嫌弱。

〔註201〕他的書寫或許說明了學者和書家在取法和旨趣上的一些差異。

第五節　唐蘭——博洽論理　契學奇峰

　　唐蘭（1901～1979），曾用名景蘭、佩蘭，號立庵（又作立厂、立盦），浙江嘉興人，是中國現代著名的文字學家、金石學家和歷史學家。

　　唐蘭早年曾入商業學校，後改學中醫。1920 年，考入唐文治創辦的江蘇無錫國學專修館，由是發憤治小學，漸及群經。由於他對清代學者孫詒讓的學識至爲欽佩，服膺孫氏考字的偏旁分析法，故其考釋古文字，亦擅從分析偏旁入手，重理據，戒臆斷，精密過於前人。他曾對羅振玉的甲骨文考釋屢有訂正，頗得羅氏賞識。經羅振玉引見，唐蘭於 1922 年初謁王國維於滬上，請益學問，大獲王氏稱許。1923 年，王國維在給商承祚《殷虛文字類編》作序時云「今世弱冠治古文字學者，余所見得四人焉：嘉興唐立庵友蘭、……，立庵孤學，於書無所不窺，嘗據古書、古器以校《說文解字》。」〔註202〕1924 年，由羅振玉引薦，赴天津設館於周學熙宅中，課周氏二子以文字訓詁之學。1929 年至 1930 年，唐蘭在天津主編《將來》月刊及《商報·文學周刊》，重理考證之學。1931 年，應金毓黻之邀，赴瀋陽任東北年鑑處總修校，繼任遼寧省教育廳編輯，並協助金毓黻編纂《東北叢書》；同年應高亨之邀，任東北大學中文系講師，講授《尚書》。九一八事變後遷居至北平，1932 年至 1937 年先後任教於燕京大學、北京大學、北京師範大學、輔仁大學和中國大學，講授《尚書》、甲骨金文、古籍新證等課程，其間，他於 1934 年當選爲北平著名學術團體「考古學社」執行委員會委員，並於 1936 年受聘爲故宮博物院金石鑒定委員會專門委員，學術聲名漸起，成爲當時研治甲骨文金文的代表人物之一。1938 年，因抗戰爆發，北平淪陷，唐蘭輾轉至昆明入西南聯大執教，歷任中文系副教授、教授等職，並兼任北京大學文科研究所導師，講授六國銅器、古文字學、《說文解字》、《爾雅》、《戰國策》及唐宋詩詞等課程。

〔註201〕姜棟，《20 世紀大陸地區甲骨文書法實踐狀況研究》，（北京：首都師範大學碩士學位論文，2006 年 5 月），頁 40。

〔註202〕王國維，〈殷虛文字類編序〉，《殷虛文字類編》，（臺北：文史哲出版社，1979 年 10 月），頁 3。

抗戰勝利後，唐蘭續任北京大學教授並隨校返回北平，1947年起代理北京大學中文系主任。1951年他應故宮博物院之聘兼任設計員，1952年正式調入故宮博物院工作，先後擔任設計員、研究員、學術委員會主任、陳列部主任、美術史部主任、副院長等職，並兼任中國科學院歷史研究所學術委員、北京史學會理事、全國政協委員等社會職務。1979年1月11日在北京病逝。〔註203〕

一、唐蘭的古文字學研究

在古文字學領域，唐蘭主要致力於金文、甲骨文及文字學理論。

（一）唐蘭的甲骨學成就

甲骨文研究是唐蘭堪與其金文研究相媲美甚或過之的另一個重要領域。他著有《殷墟文字記》和《天壤閣甲骨文存》、《殷墟文字綜述》（未發表），還有〈獲白兕考〉、〈關於尾右甲卜辭〉、〈卜辭時代的文學和卜辭文字〉、〈釋四方之名〉、〈卜辭彝銘字多側書〉、〈在甲骨金文中所見的一種已經遺失的中國古代文字〉、〈殷墟文字二記〉等多篇論文。〔註204〕

隨著甲骨文考釋工作的逐步深入，學者們開始對甲骨文字考釋的理論與方法進行探索，1934年，唐蘭發表《殷虛文字記》；1935年，又出版《古文字學導論》；另有《卜辭時代的文字和卜辭文學》、《天壤閣甲骨文存》、《中國文字學》等著作。在唐蘭發表的一系列甲骨文考釋著作中，不僅考釋出100多個甲骨文字，還總結出一套甲骨文字考釋的理論與方法。

《殷墟文字記》寫於1934年，為北京大學講義，石印本，收入甲骨文字考釋論文33篇。他在該書序中說：「余治古文字學，始民國八年（1919），最服膺孫君仲容之術，凡釋一字，必析其偏旁，稽其歷史，務得其真……，十數年來，略能通貫其條例。」在該書中，唐蘭充分運用了偏旁分析法，把凡屬同偏旁的字彙列在一起，分別加以考釋。由於方法正確，該書考釋的文字，大多比較可信。

《天壤閣甲骨文存》於1939年由輔仁大學墨拓石印，線裝圖版、考釋各一冊出版。前有自序，後附檢字，著錄甲骨共108片。甲片主要依據王懿榮

〔註203〕韓軍，《唐蘭的金文研究》，（山東大學博士學位論文，2009年3月），頁8～9。

〔註204〕婁博，《唐蘭之甲骨文研究》，（河北師範大學碩士學位論文，2006年5月），頁2。

舊藏拓本，與著錄出版的《殷墟書契續編》重 16 片，《殷契佚存》重七片。
在這兩部書中共考釋甲骨文字一百多個。關於考釋文字，他總結和突破了前
人的成果，把孫詒讓提出的偏旁分析法，繼續發揚光大，取得了很大的成就。
同時還釋讀了甲骨中的兒、秋等難認字，在文字的釋讀和研究方法等方面也
頗有收獲。〔註 205〕書前檢字有 251 字，以自然分類法次之，初現其甲骨文自
然分類法面貌端倪。早在《古文字學導論》下編〈應用古文字學〉中就有〈古
文字學的分類——自然分類法和古文字字彙的編輯〉一章，這種分類方法，
突破了《說文》「始一終亥」不合理的體系，而是根據古文字自身構形特點對
漢字進行分類排比所作的探索。近世日本學者島邦男的《殷墟卜辭綜類》（1967
年）、吉林大學的《殷墟甲骨刻辭摹釋總集》（1988 年）、《殷墟甲骨刻辭類纂》
（1989 年）、李宗焜的《甲骨文字編》（2012 年）等甲骨文工具書，顯然都受
到了唐蘭發明的這種分類法的啓發和影響。〔註 206〕

　　唐蘭考釋甲骨文，特別重視理論與方法的探索，在《天壤閣甲骨文存考
釋》序中，他總結自己考釋甲骨文字所取得的成果：「余於卜辭文字，致力最
久，所釋倍於前人」，並總結自己研究古文字學的經驗說：「三十以後，始悟
分類，由甲骨及商代彝銘，推見文字發生由於圖畫，乃追溯原始，明其構造，
蒐集歷史，通其變化，遂作《導論》，粗立條理。」唐蘭考釋甲骨文，特別重
視字形研究，他在《古文字學導論》中說：「文字的形體的研究，是應該成爲
獨立的科學的。」〔註 207〕，「認清字形，是學者最須注意的，假如形體筆畫，
沒有弄清楚，一切研究，便無從下手。認清字形的方法，首先要知道，文字
的變化雖繁，但都有規律可尋。」〔註 208〕，而「由甲骨、彝器、匋、印等文
字的巨量的發現……我們從較古的材料裡，推測文字的起源，我們對於文字
的構成，可以建立新的、完善的理論，用以代替陳舊的六書說。」〔註 209〕在

〔註 205〕朱順龍、何立民，《中國古文字學基礎》，（上海：上海社會科學院出版社，2004
　　　　年 12 月），頁 77。

〔註 206〕劉雨，〈唐蘭先生的治學之路〉，《故宮博物院院刊 181》2015：5，（北京：故宮博
　　　　物院，2015 年 9 月），頁 143。

〔註 207〕唐蘭，《古文字學導論》，（濟南：齊魯書社，1981 年 1 月），頁 135。

〔註 208〕唐蘭，《古文字學導論》，（濟南：齊魯書社，1981 年 1 月），頁 161。

〔註 209〕唐蘭，《古文字學導論》，（濟南：齊魯書社，1981 年 1 月），頁 136～137。

深入研究的基礎上，唐蘭提出「象形、象意、形聲」三書說以代替傳統的古文字構成六書說，根據自己考釋古文字的經驗和古文字學理論，唐氏提出考釋古文字的四種方法：

1、對照法或比較法。研究古文字，可以就現代文字與古文字之間的差異進行對照，比較其嬗變軌跡，「《說文解字》一書，就是這兩者中間的連鎖」〔註210〕。擴而大之，不只限於小篆與六國古文之間，對照的範圍可包括甲骨金文等各種古文字材料。

2、推勘法。唐蘭解釋這種方法說：「有許多文字是不認識的，但因尋繹文意的結果，就可以認識了。雖然，由這種方法認得的文字，不一定可信，但至少這種方法可以幫助我們去找出認識的途徑。」〔註211〕

3、偏旁分析法。就是把已認識的古文字，分析成多個單體──偏旁，再把每一個單體的各種不同的形式集合起來，研究它們的變化；對於不認識的字，也把它分成若干單體，再合起來釋讀這一字。〔註212〕偏旁分析法，許慎在《說文解字》中常用此法，孫詒讓運用此法開始研究甲骨文，唐蘭把這一方法理論化、精密化。

4、歷史考證法。文字在不斷地演變，我們研究文字，必須研究它的發生和演變。「偏旁分析法研究橫的部分，歷史考證法研究縱的部分，這兩種方法是古文字研究裡的最重要部分。」〔註213〕「偏旁分析利於研究固定的型式，而流動型式非考證歷史不可。」〔註214〕，使用這種方法，「須切戒杜撰，我們得搜集材料，找求證據，歸納出許多公例。」〔註215〕其中包括：一、圖形文字的研究；二、字形演變的規律；三、字形通轉的規律；四、字形的混淆和錯誤；五、文字的改革和淘汰；六、每個字的歷史的系列。認爲認識古文字時，除了字形的研究外，還需要從「字義的解釋」、「字音的探索」兩方面著手。〔註216〕

〔註210〕唐蘭，《古文字學導論》，（濟南：齊魯書社，1981 年 1 月），頁 165。

〔註211〕唐蘭，《古文字學導論》，（濟南：齊魯書社，1981 年 1 月），頁 170。

〔註212〕唐蘭，《古文字學導論》，（濟南：齊魯書社，1981 年 1 月），頁 179。

〔註213〕唐蘭，《古文字學導論》，（濟南：齊魯書社，1981 年 1 月），頁 198。

〔註214〕唐蘭，《古文字學導論》，（濟南：齊魯書社，1981 年 1 月），頁 201。

〔註215〕唐蘭，《古文字學導論》，（濟南：齊魯書社，1981 年 1 月），頁 198。

〔註216〕朱順龍、何立民，《中國古文字學基礎》，（上海：上海社會科學院出版社，2004

唐蘭成功地運用古代文獻資料來研究甲骨文，將二者進行比較，使古代文獻資料和甲骨文字相互印證；考釋時常常把甲骨文與金文、小篆等多種古文字相對照，這也體現出他的文字發展觀。利用自己所總結的方法對一些疑難字做出精闢的考釋，從而形成其考釋之成就與特點。〔註217〕

（二）唐蘭的金文學成就

在金文研究上，他著有〈壽縣所出銅器考略〉、〈虢季子白盤的製作時代和歷史價值〉、〈西周銅器斷代中的「康宮」問題〉、〈西周時代最早的一件銅器利簋銘文解釋〉、〈論周昭王時代的青銅器銘刻〉等數十篇高水準論文，對出土重要青銅器的銘文考釋和斷代作出了卓越貢獻。此外，他對石鼓文、馬王堆漢墓帛書、遣冊竹簡、大汶口陶符等方面也有深入研究和精闢見解。〔註218〕

青銅器時代的斷定，有相對年代和絕對年代之別，相應形成兩種不同的斷代方法，一是標準器斷代法，一是曆朔斷代法。系統的標準器斷代法為郭沫若首創，郭寶鈞在《商周銅器群綜合研究》做了新的拓展研究。而曆朔斷代法，主要是用於銘文具有年、月、月相、記日干支等曆日要素齊備的青銅器，求其所屬王世具體的王年。亦即建立在西周列王年代體系之上可用公元紀年表示的年代。唐蘭圍繞「康宮」問題，發表〈作冊令尊及作冊令方彝銘文考釋〉一文，支持羅、王的觀點，他不只稱「周公宮」為周公之廟，「康宮」為康王之廟，還對京宮、康宮作了新的發揮。認為京宮祭祀太王、王季、文王、成王，於康宮康王以下諸王，然後按照「昭穆」之法依次命名，昭王名為昭，其廟即康昭宮，穆王曰穆，其廟名為康穆宮。共王更為昭，則懿王為穆，依次類推，則至周幽王宗周滅亡，康宮更祀九世，因稱「康宮為其總名，而昭穆以下各為宮附麗於康宮也」。對此，郭沫若持有不同意見。此後陳夢家在《西周銅器斷代》系列論文中，支持郭沫若的「康宮非康王之廟」說。針對郭、陳二氏的不同觀點，唐蘭先後寫了〈西周銅器斷代中的「康宮」問題〉、〈論周昭王時代的青銅器銘刻〉

年 12 月），頁 82。

〔註217〕婁博，《唐蘭之甲骨文研究》，（河北師範大學碩士學位論文，2006 年 5 月），頁 7 〜11。

〔註218〕婁博，《唐蘭之甲骨文研究》，（河北師範大學碩士學位論文，2006 年 5 月），頁 1 〜2。

兩文，進一步申論康宮即康王之廟的論點，主張「銅器上有了康宮的記載就一定在康王之後」，並依此作爲西周銅器的標尺，把〈令方彝〉、〈令簋〉以及相關的數十件銅器定爲昭王之物。又指出〈令方彝〉中的周公是第二代周公，「周公子明保」則是周公旦的孫子，令簋中的「王姜」爲昭王之后，伐楚爲昭王南征之事等。這些結論都是其康宮說的申論，把郭氏的觀點大都推翻。自此以後，學術界多從唐蘭之說。〔註219〕

　　唐蘭的治學創新還在於對石鼓文的研究與考證，他能借百家之長，提出自己的觀點。唐杜甫、韋應物、韓愈作《石鼓歌》以後，始顯於世，其刻石年代，幾朝大家都有考證，據唐張懷瓘、韓愈等人考證爲周文王時物，韋應物以爲周宣王時物，宋程大昌等以爲周成王時物，金馬定國以爲西魏大統十一年（545）刻，清俞正燮以爲北魏眞君七年（446）刻。清震鈞以爲秦文公時物，馬衡以爲秦穆公時物，郭沫若以爲秦襄公時物，而唐蘭則考爲秦獻公十一年（前374）刻，其〈石鼓年代考〉詳細對石鼓文的體例、內容、次序及其文學史、文學發展史、書法史作了精闢的考證與分析，這一論斷的發表在學術界引起了很大的關注與討論。

（三）唐蘭的古文字學理論成就

　　唐蘭依靠自己在文字學領域的深厚學養，在《古文字學導論》與《中國文字學》兩部著作中，第一次提出了古文字學研究的完整理論。

　　《導論》全書分上下兩編，上編主要是從古文字學的立場去研究文字學，計分爲「古文字學的範圍和其歷史」、「文字的起源和其演變」兩大部分：第一部分首先論述古文字和近代文字的區別，其次是對古文字的分類發表新的見解。作者著眼於時代的區分與地域的劃別，將已發現的方文字分爲四系：一、殷商系文字；二、兩周系文字（止於春秋末）；三、六國系文字；四、秦系文字。並據此探尋各時代文字演變之軌跡。對於古文字材料的發現和搜集，作者亦有詳細描述，還述及秦代以前到清代以後的著錄研究，最後，針對古文字學的萌芽及發展做了總結。第二部分：區分文字之演變爲三期：由繪畫到象形文字的完成是原始期；由象意文字的興起到完成是上古期；由形聲字

〔註219〕朱順龍、何立民，《中國古文字學基礎》，（上海：上海社會科學院出版社，2004年12月），頁105。

的興起到完成是近古期。並分別對象形字、象意字以及形聲字的相關問題進行論述，且徵引諸多例證加以說明；又對三期文字的分類提出己見，部分內容與傳統文字學者的說法不同。〔註220〕

下編則闡明了研究古文字學的方法和規則，計有「爲什麼要研究古文字和怎樣去研究它」、「一個古文字學者應當研究的基本學科」、「古文字的搜集和整理」、「怎樣去認鑽古文字」、「研究古文字的戒律」、「應用古文字學」等六大部分。作者認爲，古文字學者應當具備的學科知識有：一、文字學；二、古器物銘學。除此之外，作者認爲研究古文字的學者尚需辨別眞僞，並自已動手搜集材料，且依經驗加以整理。亦簡單介紹如何認識古文字，以及辨識古文字所用的方法（見前）。並以自己研究古文字的心得，提出研究古文字有六條戒律必須注意：一、戒硬充內行（指不要妄想以極短的時間變成一位全知全能的專家）；二、戒廢棄根本（指文字學與古器物銘學的基礎）；三、戒任意猜測（指須有精確的根據，不可依據主觀的猜測）；四、戒苟且浮躁（有些人拿住問題就要明白，因爲不能完全明白，便不惜穿鑿附會，久而久之則越學越糊塗）；五、戒偏守固執（有些人研究問題得到一些新見解，卻守住不再容納別說，因而阻礙學問的進步）；六、戒駁雜糾纏（有些人用一種方法，不能徹底，有時精密有時疏闊，這是駁雜；有些人缺乏系統知識，研究一個問題時，連自已也沒有明了，這是糾纏）。

《中國文字學》分爲「前論」、「文字的發生」、「文字的構成」、「文字的演化」、「文字的變革」等五大部分。

「前論」部分略述中國文字學的內涵、中國文字學與語言學的差別；認爲中國文字學的範圍僅指文字形體，而聲韻學研究字音是屬於語音學，訓詁學研究字義是屬於語義學，二者應爲語言學的一部分。書中對於文字學的新領域——古文字以及中國文字學的發展也作了簡要的概論。

「文字的發生」部分針對中國文字起源的傳說加以辨明，分別討論中國文字不起於結繩、八卦；再由「書」、「契」的意義結合考古材料，論證「最初的文字是書契，書是由圖刪來的，契是由記號來的」。還從文獻數據配合地下發掘

〔註220〕朱順龍、何立民，《中國古文字學基礎》，（上海：上海社會科學院出版社，2004年12月），頁81～82。

的器物文字，論說文字的發生必在夏代之前。

第三部分先對六書說加以批判，認爲「許氏給予六書的界說過於簡單，而不能確定所舉的例，每一條又只有兩個字，所以後來人的解釋就人各一詞」。作者在書中又對指事、會意、轉注等項目論述許愼的解說或例字，並提出象形、象意、形聲三書說，認爲三書足以涵蓋一切中國文字。接看又說明古今文字構成的過程有：分化、引申、假借、孳乳、轉注、踵益等六項，作者將其名爲「六技」。同時繼續討論形聲文字、記號文字與拼音文字的相關問題。

「文字的演化」分爲六節，依序探究「演化」的意義，繪畫、鍥刻、書寫、印刷等記錄語言的方式，以及字形的行款形式、結構筆劃等課題。並分文字的演變有趨簡、好繁、尙同、別異、致用、觀美、創新、復古等現象。

最後一章「文字的變革」，從古文字、大篆、小篆、八體、六書、雜體篆，敍述到隸書、楷書、草書，乃至於簡體字與新漢字——注音字、拼音字、新形聲字、新漢字等，並對各時期書體的特色與問題作了描述。

《中國文字學》確立了中國文字學的名義和研究對象、明確了中國語言文字在世界上的地位，解決了中國文字起源的問題，提出新的「三書說」。由此體現唐蘭的文字學理論新的進展。〔註221〕

唐蘭治學六十載，不難發現其學術旨趣和貢獻主要集中在對新出實物文獻資料的解讀和闡發上，而這一過程的首要工作就是對新出文獻資料進行文字學層面上的解讀。由於唐蘭善於將批判性思維和創新性重構相結合，使得在當時學者中，唯有唐蘭能在古文字學理論研究中突破兩千年來傳統《說文》學羈絆，在上世紀30年代就建立起科學古文字學的基本理論框架，使古文字學走向科學化和現代化。因爲唐蘭面對各種新出文獻資料，尤其是先秦古文字資料時，具有科學正確的古文字學的知識背景作爲支撐，所以在考釋古文字和釋讀卜辭銘文等古文獻時就能常常精密過於前人。〔註222〕

二、唐蘭的篆書表現

唐蘭自幼天資聰明，好學上進，課外自學的必修課是臨帖習字和讀書，

〔註221〕朱順龍、何立民，《中國古文字學基礎》，（上海：上海社會科學院出版社，2004年12月），頁83～84。

〔註222〕韓軍，《唐蘭的金文研究》，（山東大學博士學位論文，2009年3月），頁12。

十多歲時，已從臨習《多寶塔碑》爲主轉向臨習《石鼓文》《張遷碑》等，同時，由此及彼，注重閱讀中國古文學、古代史學等書籍。小學畢業前，他的房間牆上貼有三尺白宣橫幅，上書「立志宜高大，用功宜篤實」〔註223〕。由此可見，唐蘭從小受到的期許與自己的志向已十分遠大。〔註224〕他酷愛書法，但不以書法家自居。抗戰勝利後，他創作了很多書法作品，並在昆明舉辦了一次個人書法展覽，展品從甲骨文、到篆隸行楷，各種書體、各種尺幅都有。他的字不拘一格，興之所至，揮灑自如，雖不以功力見勝，卻自有其意趣和強烈的個人風格而受人稱道。他的書法是學者字，文氣充沛，將深邃的學養融入書法中，是一般書法家所不能到的境界。〔註225〕

　　唐蘭的篆書作品多與其學術研究相關，不論是爲自己的研究成果題寫書眉，或是正式的作品，都可以看到他學問與書法相發無間的聯繫。如其完成於1934年，受孫詒讓偏旁分析法啓發的《殷虛文字記》中的書眉（圖4-5.1），先就用字來看，「殷」、「字」金文有之；「文」見甲骨；「虛」，段玉裁曰：「虛本謂大丘，大則空曠，故引申之爲空虛，如魯少皥之虛、衛顓頊之虛、陳太皥之虛、鄭祝融之虛，皆本帝都，故謂之虛。」〔註226〕，「記」亦見於《說文》小篆。我們看到這五個字時代的跨度上至殷商下至秦漢；爲構成一有機整體，必須在大跨度用字的限制中取得統一的風格。唐氏以鐵線篆線條婉通爲主筆、加入甲骨文契刻尖利收尾的表現、殷周時期金文特有的肥筆現象。在接角的搭筆處重新起筆，以爲方折之勁；筆畫交接處黏結過渡處使之緩慢而線條交融；直線則果斷，曲線則婉轉。最終構成一整體高古而秀勁的風調，與其殷虛文字考釋的研究成果互爲表裡，可見其對文字形義的熟稔、文字時代風格、書風表現的掌握能力；且字小而精緻如此，足見其摹古之有素。

〔註223〕此作係唐蘭在毓秀小學念書時，校長范古農（1881～1951）所贈；1912年，唐蘭又入范氏所辦嘉興乙種商業學校就讀，唐蘭一生非常感念他。

〔註224〕http://www.kaogu.cn/cn/kaoguyuandi/kaogusuibi/2013/1025/35223.html，20170312檢索。

〔註225〕陳立言，〈唐蘭先生的昆明情緣〉，《先生之風：西南聯大教授群像》，（臺北：秀威資訊科技，2009年8月），頁58。

〔註226〕段玉裁，《說文解字注》，（臺北：黎明文化事業，1991年8月增訂八版），頁390。

圖 4-5.1　唐蘭〈殷墟文字記書眉〉

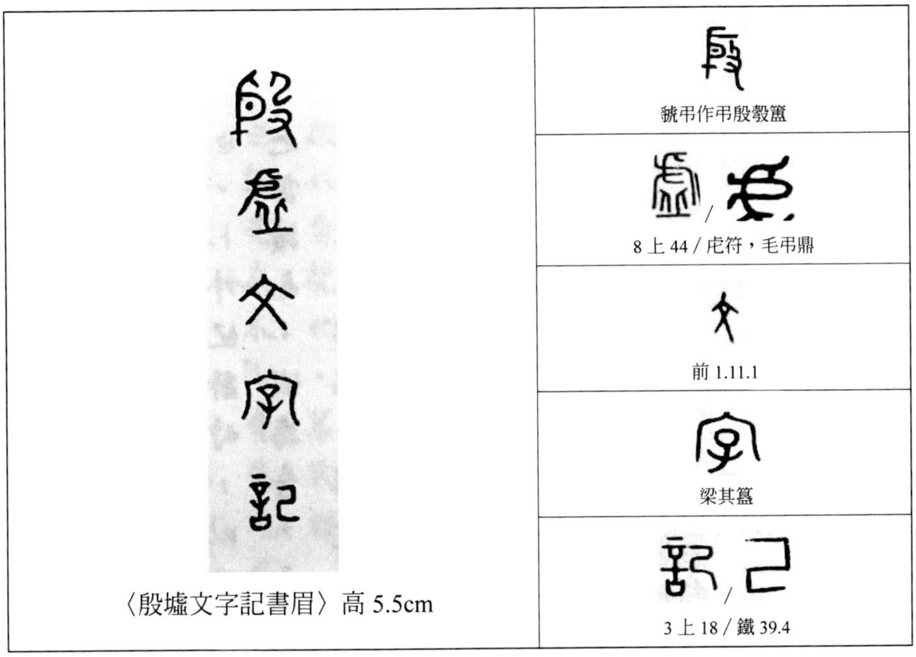

〈殷墟文字記書眉〉高 5.5cm

虢弔作弔殷穀簋

8 上 44 / 虎符，毛弔鼎

前 1.11.1

梁其簋

3 上 18 / 鐵 39.4

　　1935 年，唐蘭完成其開創性的古文字學理論著作《古文字學導論》，全書手寫石印，可見其深厚的小字書法功力。其書眉（圖 4-5.2）部分，以甲骨文風格在書中五處〔註227〕分列，字形結構相同而輕重各異，儼然是甲骨文書風、分期的試驗或心得。「古」前四式用甲骨，後用〈盂鼎〉字以增調整輕重平衡；「文」、「學」皆據甲骨，甲骨用字比例已至半數，因此決定了書眉的風格趨向；「導」與「道」古通用，此處採〈貉子卣〉中字形，以其年代較早（西周康王時），字形較近於商也；「字」見金文（末式），而以甲骨之偏旁組字而無違和感；「論」較後起，依《說文》從言侖聲之造字原理以甲骨、金文偏旁組字。故此未見甲骨之三字亦以甲骨面貌出現了。

　　各字的結字樣貌既定，接著就是表現形式的不同，五式皆字距緊密，有強烈的下貫之氣，給人邏輯理論周密而明快的印象；各組中線條不同程度的展現了甲骨文之契刻感，厚度不一卻又都有勁力內含，分別有中實、清雅、飽滿的樣貌。這同樣內容的五式作品，只有線條表現不同這一變項控制在唐氏手中，也都照著他的設定分別完成了書風的變化，其人之古文字學研究以理論見長、

〔註227〕此五處分別為上、下編之目錄、編首處；1936 改訂版書首，然改訂本因故未竟。

強調論證的合理性、著重批判性思維，從而縝密的建構學術體系的治學之道，在這些書眉作品中也能見其彷彿。

圖4-5.2　唐蘭〈古文字學導論書眉〉

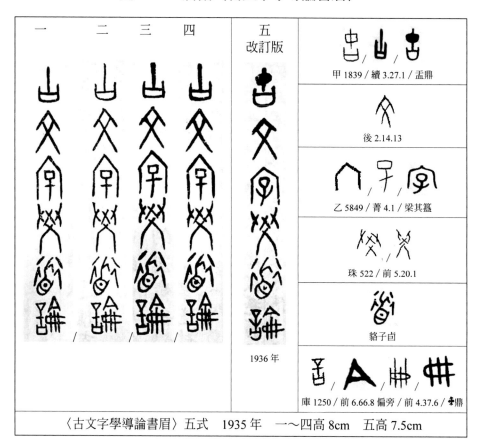

〈古文字學導論書眉〉五式　1935年　一～四高8cm　五高7.5cm

有謂唐蘭之篆書乃出於漢篆者，實可以1943年冬的〈新量銘橫幅〉（圖4-5.3）見之。

〈新量銘〉銘辭八十一字，內容大要試說如下：「黃帝初祖，德帀于虞；虞帝始祖，德帀于新」：莽自述其世系之所出也。《漢書‧王莽傳》：「居攝三年（8A.D.）十一月甲子，改元為初始元年。戊辰，下書曰：『予以不德，託于皇初祖考黃帝之後，皇始祖考虞帝之苗裔。』」是莽以黃帝為初祖，虞帝為始祖也。帀，周也，偏也。新為莽有天下之號。「歲在大梁，龍集戊辰」：歲，歲星也。龍，蒼龍，即太歲也。初始元年，太歲在戊辰。大梁，其星次也。「戊辰直定，天命有民」：定，建除之次也，定日也。〈戊辰詔書〉：「以戊辰直定，

御王冠，即天子眞位。」。「據土德，受正號即眞，改正建丑，長壽隆崇」：〈戊辰詔書〉：「神明詔告，屬予以天下兆民也。」莽自謂以土繼火，據土德，色尚黃。正號，謂定號曰新也。即眞，謂由攝位而即眞天子位也。丑，十二月。謂以初始元年十二月癸酉朔爲始建國元年正月朔也，故是年僅得十有一月。「同律度量衡，稽當前人」：謂齊壹律度量衡，考合於前人也。《漢書‧律曆志》：「徵天下通知鐘律者百餘人，使羲和劉歆典領條奏。」故新嘉量世傳爲劉歆銅斛。「龍在己巳，歲次實沈。初班天下，萬國永遵，子子孫孫，亨傳億年」：始建國元年太歲在己巳，歲星次於實沈。是年頒度量衡於天下。亨即享，古本一字。〔註228〕

圖 4-5.3　唐蘭〈新量銘〉／〈新量銘〉拓本

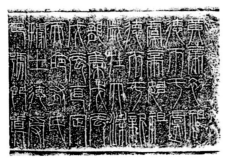

〈新量銘橫幅〉1943 年冬

〈新量銘〉器高 25.7 公寸，腹深 23 公寸。左右 31.8 公寸。
銘文 81 字，刻款。〔註229〕刻款高約器之半。

〔註228〕馬衡，〈隋書律曆志十五等尺〉，《凡將齋金石叢稿》，（北京：中華書局，1977 年10 月），頁 142～143。

〔註229〕商承祚，《十二家吉金圖》，（臺北：大通書局，1976 年 2 月），頁 464。

此銘有行有列，具有行行獨立，字字分明的特質。而整體觀照則顯現一種通篇規矩有序，及全幅整飭清朗之美。又行距與字距相等，單字面積加大，行與列的空間被壓縮得極為狹窄，甚至相連依靠，整體的墨線分布與留白空間均等，則視覺的空間感便會切換成全幅整塊整體的量感和堅實感，像現代公寓的架構櫛比鱗次，有一種壯嚴和肅穆感。〔註230〕

唐氏此作將此器文字係「刻銘」的「刀味」表現得淋漓盡致，其線條的爽利、接角處的方折密合也重現刻工之技藝，更可見他駕御線條的功力，若無長久的秦篆鍛鍊與天賦絕不能到此。章法、行列一一如原器原拓，理性至上而不摻一絲自我；猶如其面對出土器物的忠實其真貌、讓證據說話的實證精神，雖云「筆禿手僵，略取形似而已」，完全可以感受一個嚴謹的古文字學者作研究時的戒慎與虔敬。

1945 年 5 月 4 日西南聯大北歸前夕，建〈國立西南聯合大學紀念碑〉，公舉北大、清華、南開三校馮友蘭等五名教授撰寫碑文，唐氏為與書者之一，執筆書寫碑陰篆額「國立西南聯合大學抗戰以來從軍學生題名」〔註231〕，表彰熱血青年在讀書、報國之中不悔的抉擇。

此〈西南聯大紀念碑碑陰篆額〉（圖 4-5.4）以大小篆合用的方式書寫，表現出大氣磅礡的偉卓風姿。線條主要是飽滿厚實的，黑線大於白地的構字（此因為拓本，故黑白相反），使各「字」本身從背景中引拉出來，形成一種空間的安定感；章法上則有行有列，單字面積的加大使字距、行距皆被壓縮得極為狹窄，甚至相連依靠，視覺上變成全幅整塊的量感與堅實感，形成莊嚴、肅穆的感受。起、收筆儘管有方、圓、尖之變，終歸於厚、滿、穩之態；拋下各字的結字特徵與表現，律以樸實整飭的共性與歸趨。遠觀是一渾然充盈的整體，近觀是 16 個血肉飽滿、姿態各異的有機構成，猶如懷抱熱血的青年們，雖來處各異，所向不同，卻共同為國家的存亡而忘身沙場，而這只是所有在抗戰中的堅毅與忍辱負重的千萬億中華兒女的一個縮影而已。直令人有「是氣所磅礡，凜烈萬古存；當其貫日月，生死安足論」之想。以書法來傳達對這些優秀的學子的敬意與感佩，唐蘭此作所透露的，恐不僅止於此。

〔註230〕李蕭錕，《書法空間藝術》，（臺北：石頭出版社，2005 年 8 月），頁 6。

〔註231〕劉雨，〈唐蘭先生的治學之路〉，《故宮博物院院刊 181》2015：5，（北京：故宮博物院，2015 年 9 月），頁 155。

圖 4-5.4　唐蘭〈西南聯大紀念碑碑陰篆額〉

8 上 43	頌鼎	6 下 11
鄘右軍戈	3 下 41	頌鼎
靜簋	12 上 52	國差𦉜
6 下 4	12 下 38	齊侯壺
9 上 3	14 下 31	12 上 16
2 上 17	5 下 32	召伯簋

〈西南聯大紀念碑碑陰篆額〉　　1945/5

　　唐蘭對古文字資料的掌握與敏銳的旁通能力，在 1965 年所書魯迅〈橫眉、俯首七言聯〉（圖 4-5.5）可得到會心的證明。聯曰：「橫眉冷對千夫指，俯首甘爲孺子牛。」款中自識「孺字需旁採自〈碧落碑〉〔註232〕，與商金象形文正合，初唐人多見古文奇字，當有所本。」；「需」，〈父辛鼎〉作「𠂤」，與唐氏所據〈碧落碑〉「𣲎」之「需」旁構字相近，〈孟簋〉作「𩅦」，可以理解爲人在雨中之形，則與《說文》「遇雨不進止𩂖也」〔註233〕意有所會，唐氏

〔註232〕〈碧落碑〉在山西新絳縣城內龍興寺。小篆俊秀，書寫特異，筆法工整，佈局嚴峻，後人難以認讀，爲我國書法史上的珍品。爲唐高宗咸亨元年（670），高祖李淵第 11 子韓王元嘉的兒子李訓、李誼、李譔、李諶爲其亡母房氏祈福而立。文爲篆體，共 21 行，每行 32 字，除去空闕，實有 630 個字，全稱〈李訓等爲亡父母造大道尊像〉。

〔註233〕段玉裁，《說文解字注》，（臺北：黎明文化事業，1991 年 8 月增訂八版），頁 580。

見多識廣，取商代及以下之「需」旁和金文「子」符融會而組合書之；金文中雖有「黃」作「橫」之例，然此處爲避免認讀誤會，故從說文而以金文形符組字；「冷」字中「仌」逕作二短橫，蓋亦不致生誤也；《說文》：「頫，低頭也。」「俛頫或從人免」〔註234〕，是今之「俯仰」應作「俛仰」也。「免，從〇從人，據魏《三字石經》免古文作 $\hat{\mathsf{n}}$ ，篆文作 $\hat{\mathsf{n}}$ 知之，《說文》奪去，段玉裁訂入兔部非是。」〔註235〕其他字多從金文、甲骨；未之見者以《說文》結字原理取用古文字偏旁組字，故應視之爲金文對聯。

　　本聯用筆較爲疏放，起筆或逆或露，縱宕不拘；收筆多有提速而放逸尖辣者。節奏明快，時出飛白；接角與筆畫相接黏處意到爲止，有間架不穩的樣貌；結字的外廓豐富多變，除篆書必然的長方形外，「冷」的三角形，「對」的梯形，「指」、「俛」、「夫」故意擺成上大下小的倒梯形，「孺」的左低右高，打破對聯格式的齊整，以不對稱爲對稱，字字都充滿個性。故而整體看來瀟灑不羈，頗有豪氣，大有睥睨天下而縱肆不群的況味。以此種書法表現來顯豁魯迅文詞之意境，讓書、文相發，文人學者的創作思索，顯然是以文學的內涵表現爲重的，這種重視書寫內容意涵，直接與詩文對話的能力，反應出唐氏的自我定位與價值取向，這才是學者書法最可貴的部分。

〔註234〕段玉裁，《說文解字注》，（臺北：黎明文化事業，1991 年 8 月增訂八版）頁 424。
〔註235〕容庚，《金文編》，（臺北：弘道文化事業，1970 年 10 月），頁 456。

圖 4-5.5 唐蘭〈橫眉、俯首七言聯〉〔註 236〕

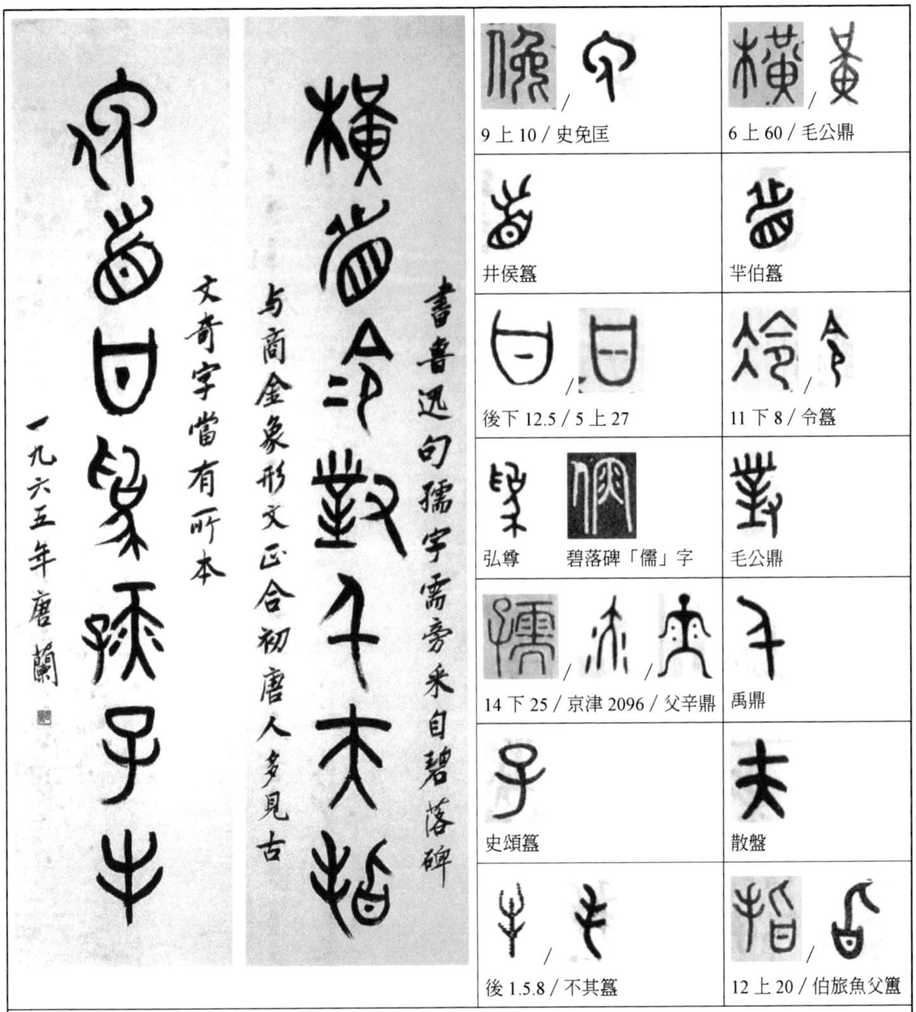
書魯迅句孺字需旁采自碧落碑
与商金象形文正合初唐人多見古
文奇字當有所本
一九六五年唐蘭
9 上 10 / 史免匡
6 上 60 / 毛公鼎
井侯簋
芈伯簋
後下 12.5 / 5 上 27
11 下 8 / 令簋
弘尊
碧落碑「儒」字
毛公鼎
14 下 25 / 京津 2096 / 父辛鼎
禹鼎
史頌簋
散盤
後 1.5.8 / 不其簋
12 上 20 / 伯旅魚父簠

〈橫眉、俯首七言聯〉　130×33cm

抗戰勝利後，中共與日本外交關係直到 1972/9/29 才正常化。然而書法交流先行，1958 年，以日本著名的書法家豐道春海爲團長的日本書道代表團首次訪華。1973 年起，「全日本書道聯盟」每年都派日本書法家代表團訪問中國，〔註 237〕當年 11 月，日本書道代表團訪問中國的北京、西安、洛陽、上海、

〔註 236〕http://shufa.pku.edu.cn/?c=show&m=view&id=125，20170312 檢索。

〔註 237〕https://read01.com/7R2j8L.html，20170313 檢索。

蘇州、杭州、廣州，分別拜會了趙樸初、關山月、陳叔亮、唐蘭、徐之謙、邵宇、婁師白（北京）、王个簃、顧廷龍（上海）、謝孝思、費新我、張辛稼（江蘇）、沙孟海、陸維釗、吳茀之（浙江）、商承祚、麥華三、秦咢生（廣東）……。這幾乎就是一份當時中國書法界名流的大名單。同年，上海博物館又率先舉辦了規模宏大的「中國古代書法作品展覽」；隔年初毛澤東以懷素〈自敘帖〉影本作爲國禮贈予日本外相。〔註 238〕仍在文革風暴中的書法家們獲得暫喘口氣的機會，書法藝術的復甦透出端倪。

與唐蘭同是專家級別的書法名家，但又是仍在鬥爭中的對象的，還有本論文中提及的商承祚、容庚、顧廷龍等，其悲欣交集又臨深履薄的心境，局外人想到都會感到極大衝擊。本〈海內存知己軸〉（圖 4-5.6）正是日本書道家流團至北京時，唐蘭所書贈該團者。

圖 4-5.6　唐蘭〈海內存知己軸〉

<table>
<tr><td rowspan="5">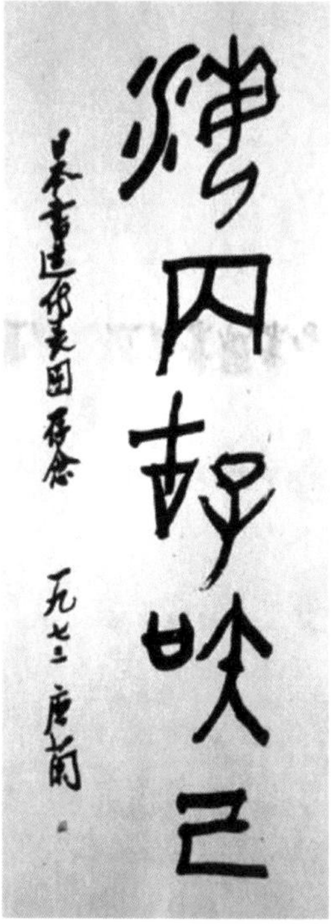
</td><td>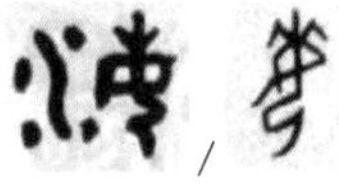
小臣逋簋 / 甲 599</td></tr>
<tr><td>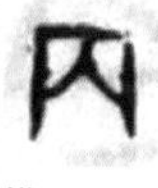
鐵 153.3</td></tr>
<tr><td>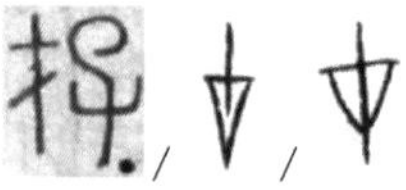
14 下 26 / 佚 612 / 前 7.18.3</td></tr>
<tr><td>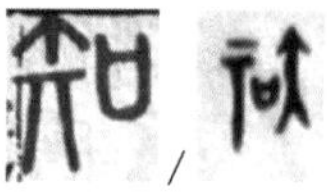
5 下 25 / 前 5.17.3</td></tr>
<tr><td>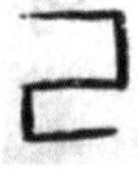
鐵 39.4</td></tr>
<tr><td colspan="2">〈海內存知己軸〉　1973 年</td></tr>
</table>

〔註 238〕https://kknews.cc/culture/k83o3mr.html，20170313 檢索。

　　整體來看，這是一件甲骨文書法。無論是線條的短而勁，入木三分的雄健筆力，且曲線多作折線，形成頓挫的節奏感；接角線條重起而不密接的直角（內、己），銳角（存之才符）樣式，彷彿見到甲骨契刻時為求快速而先橫後豎的一貫作業場景；字形外廓呈多變的幾何形；行氣軸線的偏移錯位等都是對甲骨原刻細密觀察的成果。就用字來看，「存」字依小篆，段玉裁曰：「大徐本作才聲，小徐本作在聲，依韻會所引正。楚金注曰：在亦存也，會意。」〔註239〕；「知、智音義皆同，故二字多通用。」〔註240〕其他字不論是直接用甲骨或是以偏旁組字，都能有合理的依據。字裡行間充分展現了唐蘭對甲骨文章法、字法、筆法的深刻積累與掌握，而能化為強而有力、氣勢磅礡、一夫當關而不亢不卑的交流作品，也顯示出知識份子雖在窮厄亦不改其志的氣節。

　　與此作時間相當，內容更為周備的，是同取自王勃〈送杜少甫之任蜀州〉：「城闕輔三秦，風煙望五津；與君離別意，同是宦遊人。海內存知己，天涯若比鄰；無為在歧路，兒女共沾巾。」中名句的〈王勃詩句軸〉（圖 4-5.7）。此聯採取長方形且往左下引伸的構字方式，故在用字上和前作的重複字略有異動，如「海」之「每」符取能往左下延伸的「博」形；「內」取尖形外廓使之往上伸展；「存」之「才」符亦取能往左下引者；「知」之「矢」符亦見往左下伸長之筆。不重複的五字中「涯」的「水」符取「同篆」的翻轉形，使與「厂」符同時具有左下延伸趨勢；「若」、「比」、「鄰」的末筆趨向亦皆同然。「涯」、「鄰」未見於甲、金文，取小篆結字而以甲骨筆法書之。幾乎所有單字的結字都有因往左下的動勢而使重心偏右上的欹側傾向；卻巧妙的運用部分字形的左高右低獲致險絕的視覺平衡。用筆輕重分明、提按節奏強烈；線條以方折為主，間以和緩弧度的曲線且不惜以滯澀之筆、細捷之出鋒營造不絕如縷餘韻（如海、鄰二字末筆）；整體構思精巧，卻又有明快決斷的爽利，可以說是隨性之所至，卻又能表現出一整套能相搭配的整體思維，能如此從心所欲而不於矩，與其學術成就根柢且大成於研究理論之貫徹、平素積累之功、邏輯思考之密是渾然一體的。

〔註239〕段玉裁，《說文解字注》，（臺北：黎明文化事業，1991 年 8 月增訂八版），頁 750。

〔註240〕段玉裁，《說文解字注》，（臺北：黎明文化事業，1991 年 8 月增訂八版），頁 138、230。

圖 4-5.7 唐蘭〈王勃詩句軸〉〔註 241〕

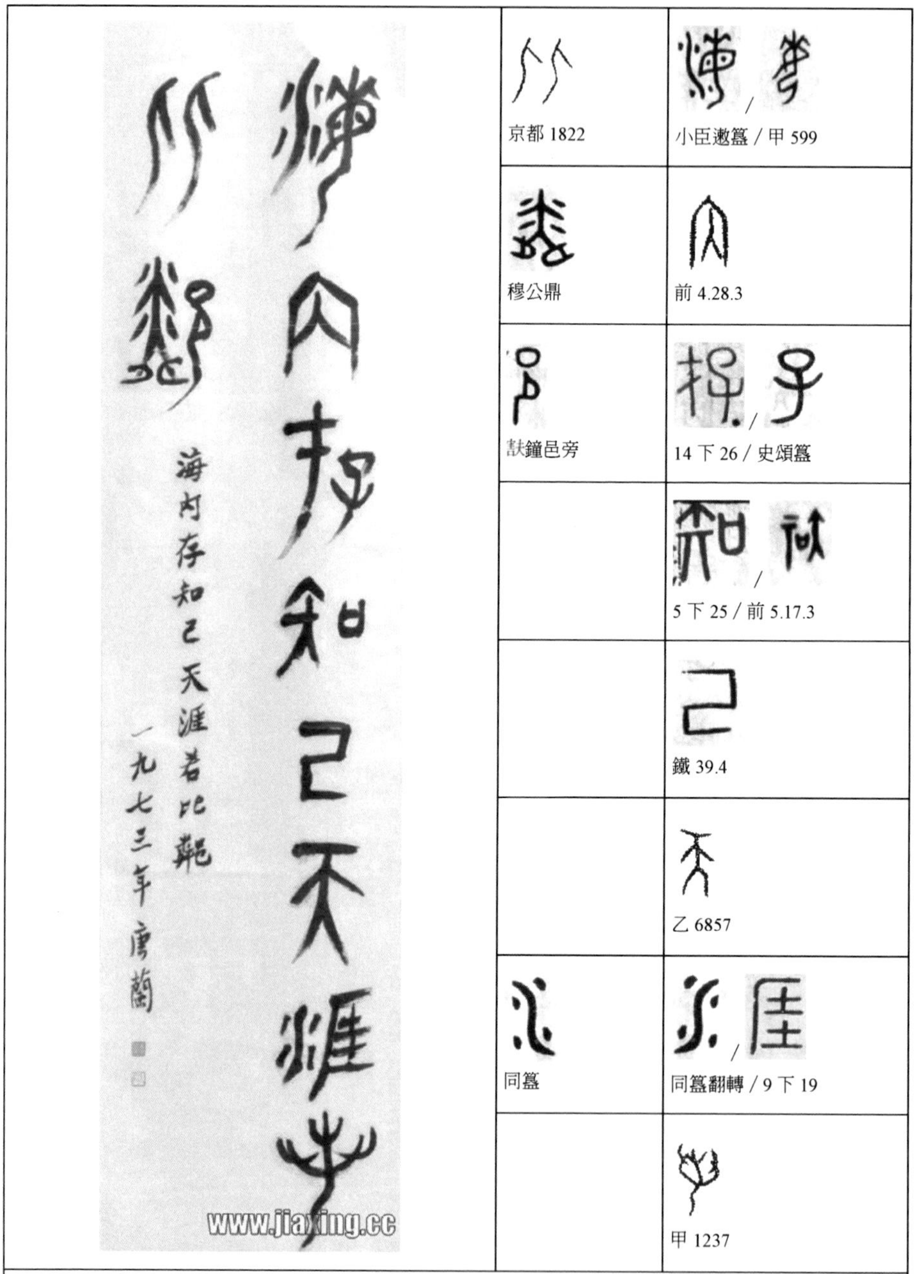
海內存知己天涯若比鄰
一九七三年 唐蘭
www.jiaxing.cc
京都 1822
小臣𧺆簋 / 甲 599
穆公鼎
前 4.28.3
𪢤鐘邑旁
14 下 26 / 史頌簋
5 下 25 / 前 5.17.3
鐵 39.4
乙 6857
同簋
同簋翻轉 / 9 下 19
甲 1237

〈王勃詩句軸〉1973 年

〔註 241〕http://www.jiaxing.cc/uploads/2014/allimg/140715/1-140G5093513T7.jpg，20170312 檢索。

1978 年 4 月，作爲文物外交的「出土文物展覽」第一次至香港，唐蘭隨團與當地文化界進行學術交流。據其公子唐益年回憶，唐蘭在港時就病了，「回北京後，腦梗就犯了。一年後，突然就去了。」〔註 242〕在病中，唐蘭爲王獻唐先生遺著題寫〈平樂印廬稽古文字〉書耑（圖 4-5.8），此書後以王氏另一齋號「那羅延室」爲名，即如此，卻爲世人保存了唐氏少見的且最後的篆書作品。

圖 4-5.8　唐蘭〈平樂印廬稽古文字〉

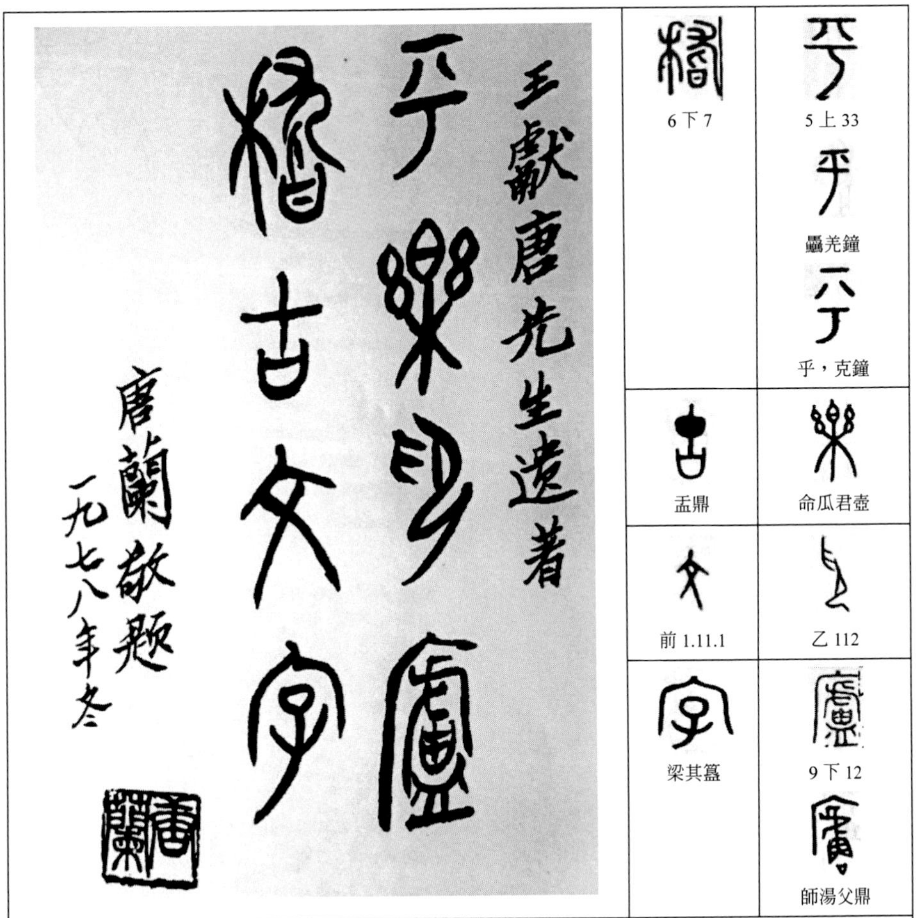

〈平樂印廬稽古文字〉1978 年冬

先就用字來看，此八字除「稽」字外皆可見於甲骨、金文，故取《說文》

〔註 242〕http://www.jiaxing.cc/Article/jiahemingshi/2014/0G5214520142145_3.html，20170315 檢索。

字形而配合通篇書風；金文中「平」與「乎」字或有相混，致《說文》字形亦不正確。《說文》凡從「亏」字，古文必作「于」形，故「平」字之豎畫須突上去，唐蘭此處所寫有誤；「廬」字數見於鐘鼎，或爲易於認讀而採《說文》之形；其他字則各有依據。

此作起收筆間透露出許多刻劃的刀刻痕跡，且將下刀的輕重融入毛筆書寫的血肉中，尙能展現筆墨的趣味。線條雖未能勻淨，結字的重心亦有歪斜現象，卻也見得在力不從心之餘，向王獻唐致敬的堅毅、執著毫無短少。《那羅延室稽古文字》涉及符印爲多，從一印一器，考其遺文，說其制度、典章，徵引甲骨、金文、鈢文、貨幣文、封泥文字，印證《說文》及載籍，一字一句皆詳考周全，而所考器物之各方面委屈詳盡。風中殘燭的病中身，仍提起心力爲同代學者題寫書名的唐蘭，還能顧及該書的研究方向而施以相應的書風，著實令人動容。

唐蘭的學術研究在對新出土文獻資料上貢獻良多，成果豐碩，並突破《說文》學的羈絆，建立了古文字學理論的基本框架，使之科學化和現代化，可以說是現代古文字學的奠基人。而作爲其從小的喜好，在書法方面結合其文字的研究，著實展現了學問與藝道的共榮並進，書雖小道，可觀其人矣。

第六節　戴君仁──舊書新法　宿儒人師

戴君仁（1901～1978），字靜山，筆名童壽，浙江鄞縣人。清光緒二十七年八月十六日生於縣之東鄉大堰頭祖居。家世力田。父杏柏公諱廷諤，清末以拔貢朝考一等，分發河南省知縣；入民國，先後歷任湯陰、武安、湛、沁源各縣縣長；所在皆有惠政，民愛戴其德。先生因隨父宦，在開封入小學，嗣入汲縣中學，以才華早粲，又飫庭訓，中學未卒業，即跳級考入北京大學文預科，旋升本科中國文學系，受教於沈兼士、吳瞿安、黃晦聞、張孟劬之門。於是淹貫經史，游衍文辭，諸先生因其卓犖，皆加儁賞。沈兼士尤深許之，因從治小學訓詁。十二年自北大畢業，受聘於天津南開中學爲教師，兼授大學部國文，始撰〈轉注說〉〔註243〕，時年二十四。

〔註243〕1926 年，仍任南開中學教員、南開大學兼任講師。撰〈轉注說〉，刊載於南中週刊及國立中山大學語言歷史學研究所週刊一卷五號。見阮廷瑜，〈戴靜山先生年譜〉，《戴靜山先生全集》，（臺北：戴顧志鵷，1970 年 9 月），附錄年譜頁 3。

　　二十一年，專任浙大講師。身處亂世，漂如轉蓬，卻仍撰成《中國文字構造論》一書出版。〔註244〕二十三年，許壽裳長北平大學女子文理學院，聘戴氏為文史系教授，兼院長祕書，乃辭浙大北上。二十六年，抗日軍興，北平淪陷，以夫人臥疾，不及走，乃杜門不出者經年。時北平各大學多遷內地，唯輔仁大學以西人創辦故，暫為學者傳薪之所。二十七年，沈兼士任輔仁大學文學院院長，召其出，遂任教該校女生部，講授聲韻學，並任中文、歷史二系國文課。此間，有詩云：「奈何困厄來，中年值喪亂，陷城蟄六載，暗吞淚可鹽。」可以想見其因憤慨異族侵華，心情憂傷沈重難言。

　　三十三年，因友人李季谷籌辦魯蘇皖豫邊區學院於河南，首邀戴氏來助，遂間關南行。既至河南，而中原戰事日亟，乃赴陝西城固，執教國立西北大學，講授文學、聲韻訓詁之學。迄抗戰勝利，又隨校遷西安。直至三十六年七月，始辭西北大學教職，而應臺灣省立師範學院（即國立臺灣師範大學之前身）之聘，攜眷來臺。

　　三十七年，轉應國立臺灣大學聘，為中國文學系教授。自是講學臺灣，蓋三十年，不無播遷，以終其身。此間均以臺大教席為主，旁及東海、輔仁、東吳諸大學。四十四年，臺中東海大學成立，校長曾約農先生敦請借聘二年，為籌創中文系。四十六年，臺大休假，又續為東海大學禮聘為客座教授一年。五十二年，輔仁大學在臺復校，亦請借聘主持中文系務一年。除此四年之外，在臺歲月，均全力貢獻於臺灣大學中文系。六十年。依例退休，仍為博士生導師，兼授研究所課程；輔仁、東吳大學亦特禮聘為講座研究教授。故其晚年，每有三校弟子日侍門庭，而其亦諄諄教誨不倦。

　　五十八年時，曾罹患心臟病，體氣漸弱。六十五六年夏秋，又以代謝病及腎炎先後入院治療。差愈，復背上尿袋，繼續講學不輟，且豪邁自謂：「我乃似佩劍教書。」夫人屢勸阻之，仍不肯止。六十七年十一月十日，猝中風，即不能言；延至十二月九日，終以心臟衰竭，病逝於臺北榮民總醫院，享年七十有八。〔註245〕

〔註244〕《中國文字構造論》一書撰成於 1931 年 7 月，並修訂〈轉注說〉附入，1934 年由世界書局出版。見阮廷瑜，〈戴靜山先生年譜〉，《戴靜山先生全集》，（臺北：戴顧志鵷，1970 年 9 月），附錄年譜頁 4。

〔註245〕楊承祖，〈戴先生事略〉，《戴靜山先生全集》，（臺北：戴顧志鵷，1970 年 9 月），

綜觀其一生，任教中學凡四所，大學凡十所。抗戰期間，北至平津，西至陝西，南至浙杭，皆有教績；戰後旅臺，桃李門生更是遍及臺大、師大、東海、輔仁、東吳各校。則其自二十四歲始任教席，至七十八歲終，凡五十四年來，幾無一日不為學生傳道、授業、解惑，並指導論文寫作。其「教不厭、誨不倦」之教學精神，殆如源泉滾滾，不捨晝夜，堪為當代「老師宿儒」之典範。

一、戴君仁的古文字學成就

戴君仁於學，考證、辭章、義理兼治。初治訓詁小學；後居杭州、北平，日遊馬一浮、熊十力先生之門，以問天道性命之學，於是沈潛涵泳，所詣乃益深遠。學界咸稱其崇六經而尊孔孟，法程朱而篤踐行；徵實於考據，歸本於義理。其講學上庠，初以文字、聲韻、訓詁為主，並授詩文古辭。晚乃講「經學史」、「宋元明儒學案」及「古文討論」諸課，蓋憂世支離，恐學者迷其方，特以傳示文化之大統為心。畢生著述，老而不倦。所著有《中國文字構造論》、《談易》、《閻毛古文尚書公案》、《春秋辨例》、《梅園論學集》、《梅園論學續集》、《梅園論學三集》、《梅園雜著》、《梅園詩存》、《梅園外篇》，合為「梅園十種」。總題《戴靜山先生全集》。

戴氏嘗自述其學思歷程云：「我在大學讀書時，愛好文字學，畢業後在各大學教書，也喜歡講些文字學方面的知識。來到臺灣，在臺大還是教文字學和訓詁學。……文字學可算是我的謀生工具，是我養身的食糧。而我用來作精神食糧的，卻是另一種學問，就是為現代人不大喜歡的理學。」晚年講授「宋元明儒學案」〔註246〕，亦皆出自心之所安，雖未嘗崖岸自高，而義理有得於心，自是鞭辟入裡，高人一等。其門生皆謂老師解經之語，句句鏗鏘，生動警策，有如暮鼓晨鐘，深喚人心儆醒向上。〔註247〕

戴君仁自 1934 年到北平大學女子文理學院後，開始擔任文字學課程，歷

事略頁 1～3。

〔註246〕戴君仁，《梅園論學集・自序》，《戴靜山先生全集》，（臺北：戴顧志鵷，1970 年 9 月），頁 605。

〔註247〕林麗眞，〈戴君仁先生傳〉http://www.cl.ntu.edu.tw/people/bio.php?PID=128#personal_writing，台大中文系網站，2015/11/24 檢索。以上戴先生資料由楊、林二先生文組接而成，特識之。

輔仁、西北等大學，[註248] 至 1962 年台灣大學文字學課程由李孝定接授，將近三十年的時間，啓迪後學，影響深遠。茲將其有關於古文字學之論文整理如下（表 4-6.1）：[註249]

表 4-6.1 戴君仁古文字學論文表

論　　文	發表時間	刊　　物
〈轉注說〉	1926	《國立中山大學語言歷史學研究所週刊》1 卷 5 號
〈蓂曆解〉	1940/12	《輔仁學誌》9 卷 2 期
〈石鼓的時代文辭及其字體〉	1951/10	《大陸雜誌》5 卷 7 期
〈吉氏六書〉	1955/9	《學術季刊》4 卷 1 期
〈部分代全體的象形〉	1961/8	《台大文史哲學報》10 期
〈累增字〉	1962/9	《台大文史哲學報》11 期
〈重論石鼓的時代〉	1963/4	《大陸雜誌》26 卷 7 期
〈同形異字〉	1963/9	《台大文史哲學報》12 期
〈釋史〉	1963/9	《台大文史哲學報》12 期
〈釋夏　釋桀　釋己〉	1964/9	《中國文字》13
〈跋權量銘〉	1964/12	《中國文字》14
〈說祃〉	1966/9	《中國文字》21
〈讀石鼓文作原篇〉	1967/3	《中國文字》23
〈再論作原石〉	1971/12	《中國文字》42

其中〈吉氏六書〉係介紹與比較、參研美國芝加哥大學教授吉爾伯（I.J.Gelb）所著的《文字學》（A study of Writing 1951 出版），書中把語符分為六類，自言與中國六書相當而作。戴氏以為新鮮的他山之石可以攻錯，遠古的先民造字理有同然，然而不同系統的文字欲一以貫之，則不免托大矣。其他如對《石鼓文》的研究，多參考郭沫若說法而有所補充、進益；釋古文字皆由《說文》上溯各家說法並以甲骨、金文、載籍資料來論證，完全是新一代古文字學者的當行本色。

〔註248〕戴君仁，《梅園論學集·自序》，《戴靜山先生全集》，（臺北：戴顧志鵷，1970 年 9月），頁 605。

〔註249〕阮廷瑜，〈戴靜山先生年譜〉，《戴靜山先生全集》，（臺北：戴顧志鵷，1970 年 9月），附錄年譜頁 6～26；並從全集各文補入。

　　1932年戴氏《中國文字構造論》一書出版，1976年台北世界書局重印此書，此書可謂其於文字學史上的創新之作。自序言：「自從班固說六書是造字之本，後代研究文字學的人都認六書是構造文字的法則；雖然有一部分人說是四體二用，可是總不及說六書都是造字之本的理由充足。但是這六種法則並不是先定好了，再依了來造字的，乃是就已成的文字歸納出這六種方法。這六種名目所統的文字不但後人意見很有衝突，便是古人意見也自不同。」在分類每有衝突的情形下，戴君仁設想，「六書的名目本是後定的，我現在援例重定，似不能責我狂妄。於是我就推求文字形體如何表構的方法，改定為書中若干名目。」如此還能解決「中國字難認難記，而且假借很多，意義很不正確。」的情況；補救「把漢字廢去，採純音符法，改用注音符號來拼標準語，以期言文合一」〔註250〕這種難以實行的困境。他在《中國文字構造論》以形表法、義表法、形義兼表法、取音法來代替傳統六書說，茲據其書說解、舉例列表如下（表4-6.2）：

表4-6.2　戴君仁《中國文字構造論》舊書新法對照解說表

表　法	分　項　解　說	舉　例	與六書對應
形表法 （以形象表出之造字法）	實象形表法 表專實之象者	日、人、馬	象形
	變象形表法 變易實象形表，而仍為實象形表者	尸、烏、虍	象形
	虛象形表法 表虛泛之象者	丨、回、八	指事
	借象形表法 借專實之形以表抽象之義者	大、交、高	指事
	符號指表法 以符號指示形象者	本、刃、亦	指事
	合象形表法 會合兩個以上不同之形象者	果、涉、釆、只、尹	象形、指事、會意
	重象形表法 重合兩個以上同樣之形象者	林、晶、鬥	象形、會意

〔註250〕戴君仁，《中國文字構造論・自序》，《戴靜山先生全集（一）》，（臺北：戴顧志鵷，1970年9月），頁1～4。

義表法 （以意義表構文字之造字法）	合體義表法 合二字以上之意義，以表製一字者	古、沓、內	會意
	重體義表法 重二個以上同樣之字，以其意義表製一字者	毳、赫、祘、誩、垚	會意
	變體義表法 變易他字之形體成一字，取意義以表現者	亻、旡、乚	指事
形義兼表法 （會合二個以上之體以造字，其體有形表者、有義表者）	著義符以定實形者	畾、磬、蠱	象形、指事、會意
	所合之體有形有義，合成後亦如一整個形象，蓋以義符替代形象，亦由形表法變來者	祭、爨、乎	
	所合之體有形有義，而其體分立，非能如第二類字，可視作整個之形象者	帶、京、晝	
取音法 （取聲音以表製文字之方法）	聲義兼表法 以聲音及意義構製文字之方法	鯉、藻、竊、橐、攀、髦	形聲、轉注
	聲形兼表法 以形象及音符合成爲文字者	江、牽、寶	象形、形聲
	聲形義兼表法 以聲、形、義三者合製一字者	能、詹、曾	不確定
	借代法 以不造字爲造字之法也。即假借。	朋、容與、專、諸、不律	假借

以形表法、義表法、形義兼表法、取音法來概括漢字，超脫於傳統六書之外，解決各字歸屬問題還有六書說解、舉例的誤闕與限制，是非常有意義的嘗試。

二、戴君仁的篆書表現

　　從前面的介紹中，我們知道戴君仁對石鼓文的文辭、字體、時代有相當深入的研究，對〈作原〉石更見細心觀察。從 1952 年〈石鼓的時代文辭及其字體〉中先肯定馬衡的秦刻石說，進而認爲要推測石鼓之時代，「最好還是從石鼓所在地著眼」，「石鼓出土，在唐天興縣南二十里許，唐天興縣即秦雍城。爲什麼會在雍城呢？因爲雍城是秦的國都。」，「石鼓的建立，是在雍城置都的年限以內的。秦本紀說德公元年，初居雍城，而至孝公十二年，徙都咸陽。石鼓之立，應是從德公至孝公之間。秦本紀的記載，至繆公而始詳，足證這時文化已相當高，合有這樣的詩出現。」〔註251〕認同石鼓文是秦繆公時的說法，但是懷疑石

〔註251〕戴君仁，〈石鼓的時代文辭及其字體〉，《戴靜山先生全集》，（臺北：戴顧志鵷，1970

鼓是專爲記獵之作。到 1963 年〈重論石鼓的時代〉，提前 20 多年至秦德公元年，認爲鼓文辭非專記獵而爲讚美新都的，〈而師〉石有「天子□來，嗣王始□，古我來□」句，郭沫若如此斷句，然細看拓本，第三句來下無字，故此句當讀爲「□古我來」。以〈秦本紀〉「德公元年初居雍城大鄭宮」、〈周本紀〉「五年，釐王崩，子惠王閬立」合看，當是新天子初即位的一年，剛剛和秦遷雍城相合。且就歷史而言，自襄公以兵送周平王東遷，受封爲諸侯、賜以岐西之地，文公伐戎，收周餘民而實有其地，感戴周室，至德公時態度未變，鼓文中兩提天子，並祝「天子永寧」，正是親周時期之證。〔註 252〕可知石鼓文不僅有文字學的價值，還可證歷史文獻的正確。

圖 4-6.1 戴君仁〈作原〉摹本／〈作原〉近況墨拓

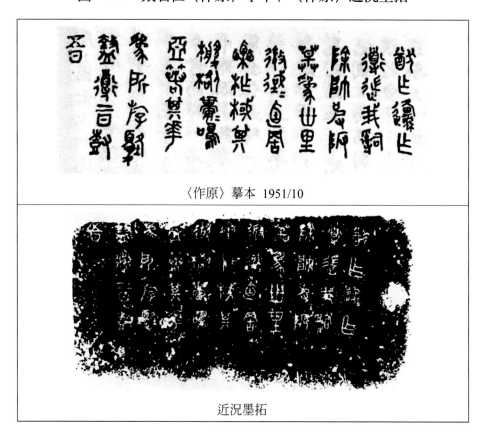

〈作原〉摹本 1951/10

近況墨拓

年 9 月），頁 1819。

〔註252〕戴君仁，〈重論石鼓的時代〉，《戴靜山先生全集》，（臺北：戴顧志鵷，1970 年 9 月），頁 758～762。

石鼓「初不見稱於前世，至唐，人始盛稱之」〔註253〕而後虞、褚、歐陽共稱妙墨，杜詩、韓歌大加頌揚，卻仍不免暴置荒郊，至818年，鄭餘慶任鳳翔尹，始將石鼓遷徙到鳳翔孔子廟，然已亡其一矣。〔註254〕〈作原〉石曾一度亡失，後來雖尋著了，可是已被磨作臼形。梅聖俞詩說：「傳至我朝一鼓亡，九鼓缺剝文失行，近人偶見安碓牀，亡鼓作臼剞中央。心喜遺篆猶在旁、以臼易臼庸何傷？以石補空恐舂梁，神物會合居一方。」這就是王厚之說：「本朝司馬池知鳳翔，復輦至府學之門廡下，而亡其一。皇祐四年，向傳師搜訪而足之」一段事。傳師發現這石的時候，上部已被磨去，所以用石補上，以防擣舂，可是向氏所補的石，不知何時又被剔去了，至今這個石鼓，仍然是作臼形。〔註255〕此石因唐代亡失並見磨而成臼，故環刻其上之詩每行僅存四字，失去上端三字，全詩斷續不成文。

戴氏曾以郭沫若之復原（圖 4-6.1a），參羅振玉寫本（圖 4-6.1b）而錄其文。羅氏寫本界格分明，筆畫中實而勁挺，頗傳原韻；郭氏摹本以意摹寫，線條不穩定，失卻石鼓文原味。戴君仁摹本（圖 4-6.1）格式上與郭氏略同，更忠實呈現原石上右低左高的情況，而用字多採羅氏，如圖中「阪」、「微」即是；線質厚實，頗有吳昌碩用筆意趣。

1962 的〈壽毛子水軸〉（圖 4-6.2）乃集詩為毛子水〔註256〕七十壽，詩曰：「溫溫恭人，秉心塞淵；德音孔昭，壽考萬年。」知交莫逆，祝嘏虔心，款文與詩文咸用方折之筆，相得益彰。

〔註253〕歐陽脩，〈石鼓文〉，《歐陽修全集・集古錄跋尾》，（北京：中國書店，1994 年 12 月），頁 1097。

〔註254〕徐寶貴，《石鼓文整理研究》，（北京：中華書局，2008 年 1 月），頁 8～9。

〔註255〕戴君仁，〈石鼓的時代文辭及其字體〉，《戴靜山先生全集》，（臺北：戴顧志鶼，1970 年 9 月），頁 1827。

〔註256〕毛子水（1893/2/25～1988/4/21），名準，浙江江山人，北京大學理育科、數學系畢業，留校任教，後考選赴德國留學，1949 來臺，為臺大中文系教授。性行溫厚，襟懷淡泊，思想通達，觀念新穎，涉獵廣博，學貫中西。

圖 4-6.1a　郭沫若〈作原〉復原寫本（局部）1932 年
圖 4-6.1b　羅振玉〈作原〉復原寫本（局部）1919/6

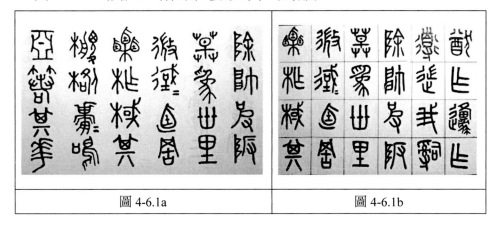

圖 4-6.1a	圖 4-6.1b

　　篆書而用方筆，最著者首推三國吳〈天發神讖碑〉，悍霸不群，亦與祝壽情調不協。漢代篆書刻劃金文與秦代權、量詔版刻劃銘文同屬於一個類別的作品形式，製作方法也相類似，大都在銅質器物上刻劃。但較之於秦代刻劃金屬銘文，漢代的刻工顯然更爲熟練和精細。〈嘉量銘〉強調工整和華貴風格，而且對小篆刻石「正體」的模擬也較突出，筆畫線條之間的銜接或轉折處「斷」的現象較少出現，即筆意的連續性得到較大程度的強調。〔註257〕

　　本作品用字多取自〈嘉量銘〉，如「重文符號」、「人」、「德」、「壽」、「萬」、「年」等，與〈嘉量銘〉文同；「塞」之左右垂線取意於銘文「受」之左右兩豎畫；「考」字左下空，亦取銘文「建」之結構、「水」、「子」偏旁亦取諸銘文且能靈活運用，是知戴氏對〈嘉量銘〉觀察入微，形神皆取的功力。

〔註257〕黎東明，《秦漢篆書》，（北京：北京圖書館出版社，1999 年 7 月），頁 108～110。

圖 4-6.2 戴君仁〈壽毛子水軸〉

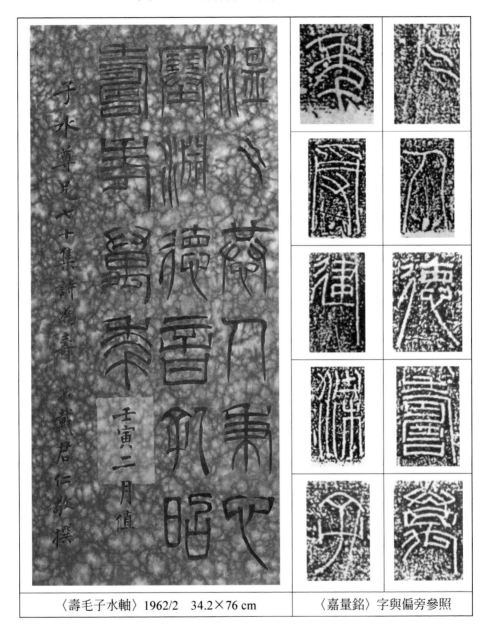

〈壽毛子水軸〉1962/2 34.2×76 cm	〈嘉量銘〉字與偏旁參照

　　觀其用筆，起筆多方而重，亦時有反之者；收筆幾乎尖而銳，又常有凝重堅實之筆來破其尖刻；筆畫多直線卻有輕重的變化，曲線弧度溫和緩慢卻不失婉轉；轉角多用重新起的接筆，接筆處虛實互用；字形長方而行列整齊，有端莊肅穆之風。我們可以從戴氏下筆的輕重，模擬其以筆使刀的千鈞之力，而刀

具是較〈嘉量銘〉所用者寬大而厚，斧鑿之痕歷歷在目，而壽如金石之願亦在其中汨汨而出。化用巧妙，得其神采卻更顯豐富多姿。

　　1967年新春的這兩件甲骨文條幅，款中自識取自丁仁《商卜文集聯（附詩）》且附釋文。分別為〈南風四月軸〉（圖 4-6.3a）「南風四月麥登初，為圃為農我不如；更望田禾占大有，年豐歲樂眾維魚。」和〈為圃林泉軸〉（圖 4-6.3b）「為圃林泉得百弓，高人樂亦在其中；朋來花下安尊席，大布之衣太古風。」

圖 4-6.3a　戴君仁〈南風四月軸〉／丁仁〈商卜文集七絕〉1

| 〈南風四月軸〉1967 新春 | 《商卜文集聯附詩》79 |

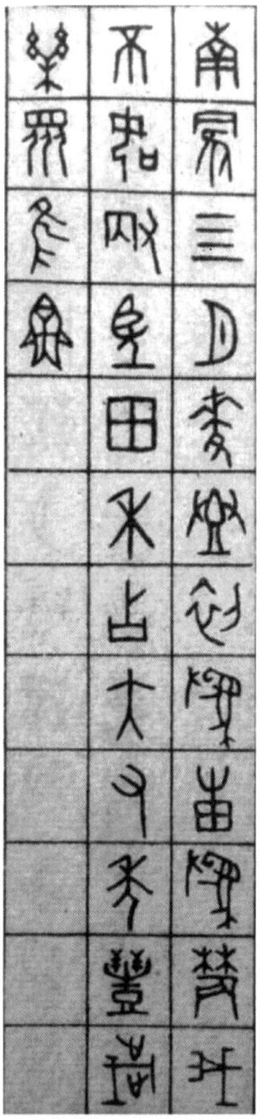

圖 4-6.3b　戴君仁〈為圃林泉軸〉／丁仁〈商卜文集七絕〉6

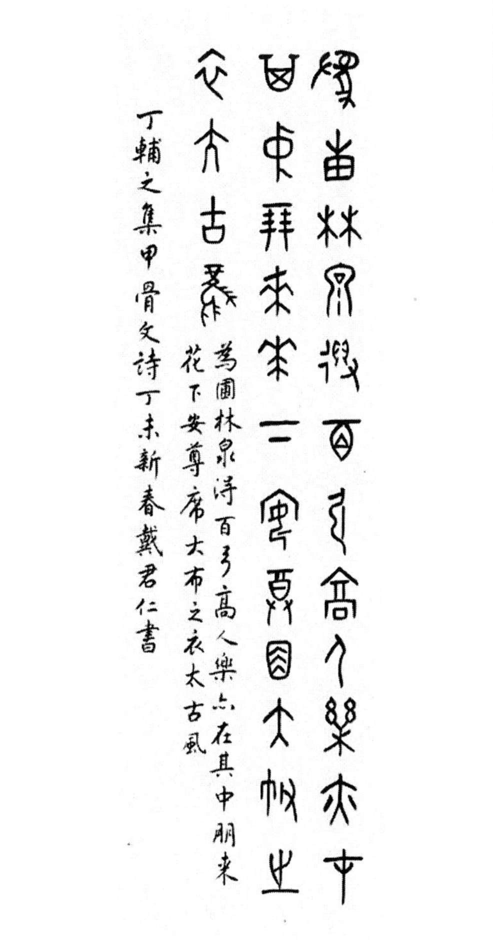

| 〈爲圃林泉軸〉1967 新春 | 《商卜文集聯附詩》76 |

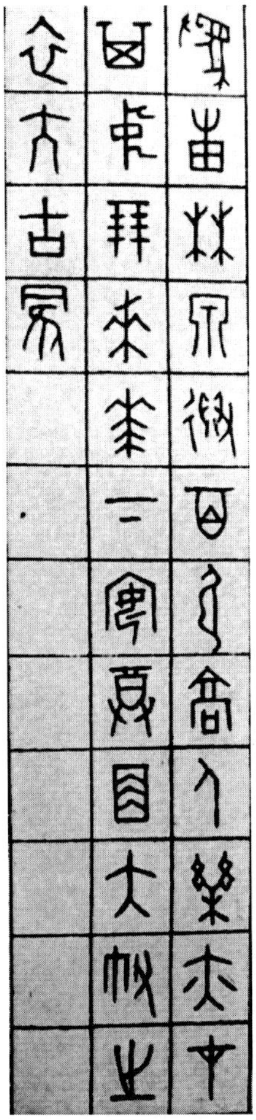

　　丁輔之的集詩聯著作，確實爲甲骨文書法愛好者提供了不少便利之處，但也存有不少缺點，沃興華對丁氏甲骨文書法如此品評：「首先，它們都是自己手寫的，字形大小、疏密、正側都被重新安排過了，修飾得過於整齊，尤其是丁輔之的集聯，簡直可譏作館閣體甲骨文。」〔註258〕馬國權先生說：「其用筆謹飾有餘，傷於纖弱。」〔註259〕林公武先生認爲：「他的甲骨文，於線條運筆上，

〔註258〕沃興華，《上古書法圖說》，（杭州：浙江美術學院出版社，1992 年 9 月），頁 21。
〔註259〕賈書晟、張鴻賓，《漢字書法通解‧甲骨文》，（北京：文物出版社，2005 年 2 月），頁 78。

更刻意纖細尖利，起筆收筆也顯見運筆如刀的技巧。但他反而將葉玉森的失誤強化爲長處，變成了甲骨文美術字。」〔註260〕作爲工具書、參考書，功能性是最主要的考量，明確、清晰是最基本的要求，重新安排而失去原來的自然天眞，固是事實；說是美術字也許差近，然而，這是丁仁在特定時、空背景下的創作。善學者取其字形，更應揣摩甲骨原跡，出以自己獨特的審美去取來完成作品，如此看待，丁氏功不可沒。

丁輔之將甲骨文壓成接近方塊字，筆畫平直，顯得呆板，是其所失。〔註261〕其取法鐵線篆，所作詩聯線條娟秀端麗、清新俊美、舒健嫺靜，用墨平和清雅。〔註262〕就頗有可取之處。

戴君仁此二作行列章法悉依丁氏，釋文附焉，免除望文而不知義的翻檢之勞，款文交代文句出處，不敢掠美前人。就筆調而言，戴氏較丁氏更強調毛筆書寫的特性，很巧妙的將纖細尖利的契刻感轉換成內斂中和的篆書婉轉，卻又不完全失去刻寫的方折接筆，方圓並用，寓刻於寫。就用字而言，〈南風四月軸〉中「南」、「爲」、「我」、「禾」、「魚」，〈爲圃林泉軸〉中的「爲」、「泉」、「亦」、「其」或改轉筆爲接筆；或改直線爲曲線；或取不同造型。丁書「風」、「百」、「華」字有誤，皆已改正，若非嫺習古文字，是不可能有這種信手拈來改正與變化的功力，一個古文字學者書家的風雅與專業，在此有深刻的展現。

〈石鼓文作原軸〉（圖4-6.4）未見年款，從款署「梅園」，而其《梅園論學集》序於1969年，復以《梅園詩存》前編（1970/9）手書行楷〈次韻彭醇老見贈〉（圖 4-6.5）參諸前二作品之落款，書寫風格有明顯從嚴謹精緻到自然渾樸的變化，當係更後來之作，應爲其晚年作品。而〈作原〉石曾見剮爲臼，文辭不全，若僅爲書法之美，大可集聯或以他鼓文辭齊全者爲之，故摹寫此石，或另有深意存焉？

〔註260〕賈書晟、張鴻賓，《漢字書法通解・甲骨文》，（北京：文物出版社，2005年2月），頁78～79。

〔註261〕賈書晟、張鴻賓，《漢字書法通解・甲骨文》，（北京：文物出版社，2005年2月），頁79。

〔註262〕池現平，《近現代甲骨文書法研究》，（河南大學碩士論文，2012年5月），頁30。

圖 4-6.4　戴君仁〈石鼓文作原軸〉

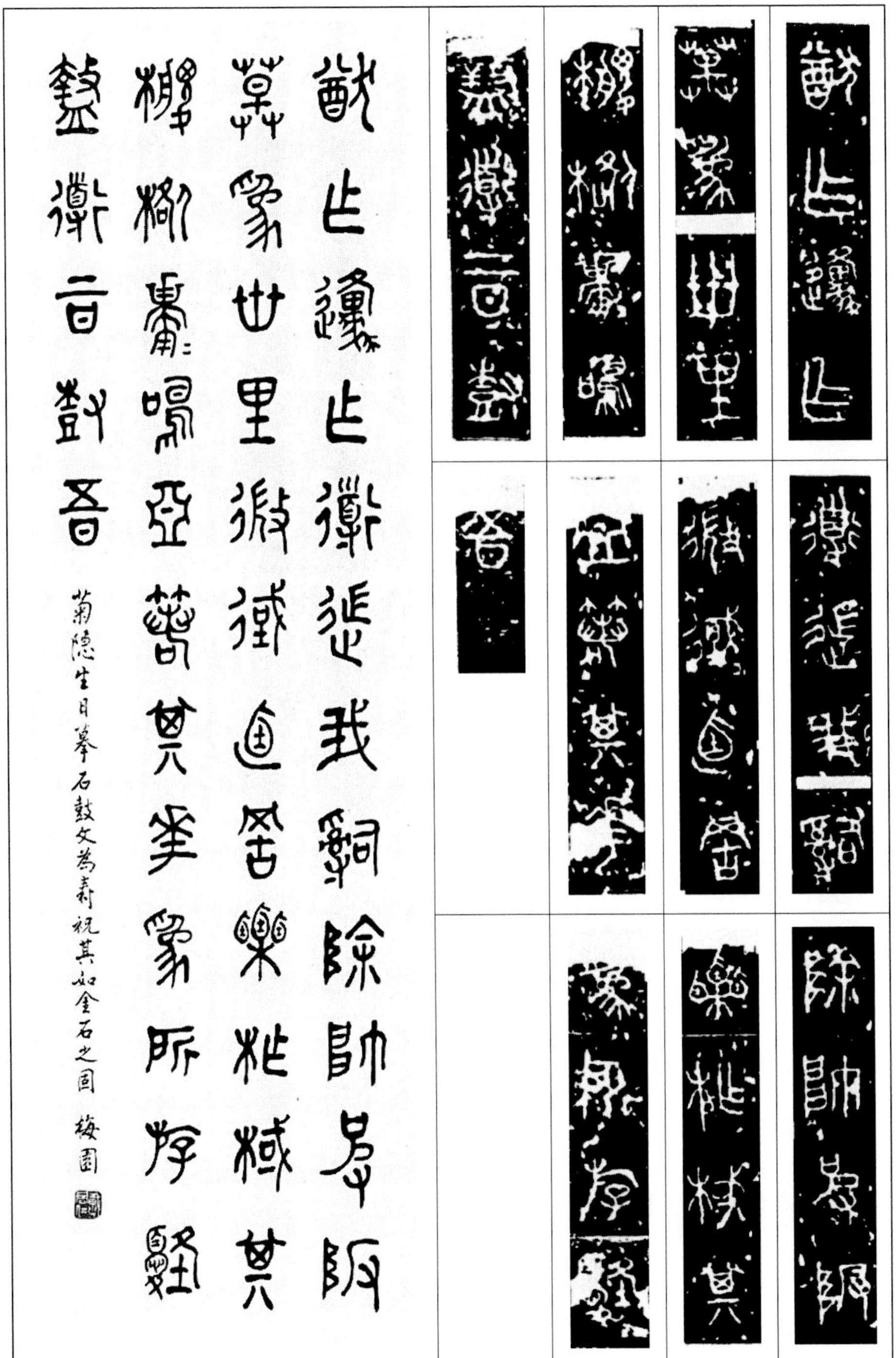

〈石鼓文作原軸〉22.5×70.2

圖 4-6.5　戴君仁〈次韻彭醇老見贈〉

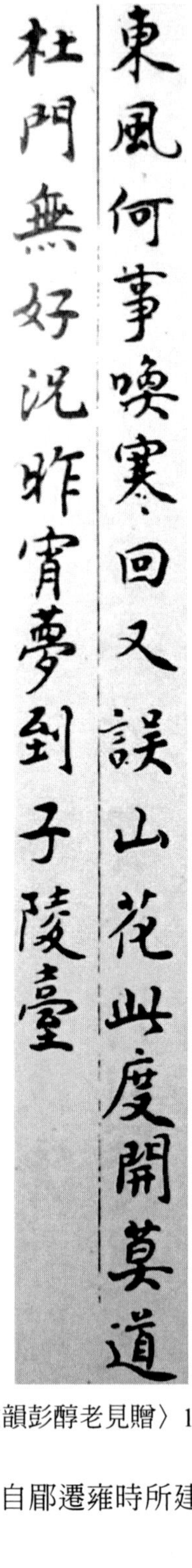

東風何事喚寒回又誤山花幽度開莫道
杜門無好況咋宵夢到子陵臺

〈次韻彭醇老見贈〉1970/9

戴氏考石鼓係秦德公元年自郿遷雍時所建立。鼓文十首，乃詠歌新邑之

詩篇。其中有記行旅、漁獵者、設圍、平治道路、田原者，而頗怪作原石敘開原植木，而不及農稼。豈秦人此時尚爲漁獵之族，而未能粒食乎？於是在1967/3作〈讀石鼓文作原篇〉，由鼓文「□□□猷，乍（作）原乍□。……，帥皮（彼）阪□，□□□草，爲卅（三十）里。」而曰「□□□草，爲卅里。」二語，即謂闢土畫田，以事稼穡也。爲卅里，句與周頌噫嘻之詩「駿發爾私，終三十里。」相類。而鄭箋謂爲卅里者，乃是體國經野，以畫井田也。草上所缺，當是薙蓐墾除之字，以言開闢草萊也。秦自襄公以降，周室東遷，遂有其土，承周遺制，沿用井田。則經營新都，自當首事。〔註263〕1971/12再發表〈再論作原石〉，讀《詩・大雅・公劉》「徹田爲糧」、〈崧高〉「徹申伯土田」、〈江漢〉「士辟四方，徹我疆土」毛傳、鄭箋皆訓「徹」爲「治」，而《詩》之「治」，即《石鼓文》之「爲」也。秦人遷雍，習周之法闢土而爲井田。秦本周地，承周遺制，不待教命而自爲之，亦事理之常也。世之疑井田者，得石鼓實物爲證，其惑當可解矣。〔註264〕

是知此石雖殘損，仍可得此深意者，而言不虛發，書無妄作，晚年有此二文之研究而書此以爲「菊隱生日，摹石鼓文爲壽，祝其如金石之固」，不亦宜乎，更具見學者學問與藝術相發的特質。

在「王室之器絕跡，差不多都是諸侯和王臣之器」〔註265〕的東周，秦人直接繼承了西周文字，後來又統一了全國，正是由於這些因素的存在，秦系文字也就理所當然地成爲了中國漢字發展的主流。在中國漢字發展史上佔據了正統的重要地位，對中國漢字的發展產生了巨大影響。因《石鼓文》的文字是春秋中晚期之際的文字，處在承前啓後的重要地位。因此，《石鼓文》無論對研究商周以來的古文字，研究籀文、大篆，還是研究《說文》等都具有非常重要的價值。〔註266〕

〔註263〕戴君仁，〈讀石鼓文作原篇〉，《戴靜山先生全集》，（臺北：戴顧志鵷，1970年9月），頁1396。

〔註264〕戴君仁，〈再論作原石〉，《戴靜山先生全集》，（臺北：戴顧志鵷，1970年9月），頁1398～1399。

〔註265〕郭沫若，〈古代文字之辯證的發展〉，《奴隸制時代》，（北京：人民出版社，1973年5月），頁257。

〔註266〕徐寶貴，《石鼓文整理研究》，（北京：中華書局，2008年1月），頁730。

此作品行列整齊，字距與行距約略相當，單字面積適中，有整飭清朗之感；〔註267〕用筆節奏緩而頓挫有致，線條提按分明，單字面積畫一之中而有因筆畫繁、簡而厚重、輕盈的對比現象，別有稚拙的美感。

《石鼓文》是描寫漁獵等情況的詩。詩是語言的藝術，文字是記錄語言的符號。如何將記錄這種藝術語言的符號能和這種藝術語言協調起來，使之成為從文字到語言高度統一的精美絕倫的藝術佳作，這確實需要有高度的文化修養和超凡的藝術才思。〔註268〕而身為古文字學者的戴君仁，以其專業之研究，國學領域的深厚修養，在行有餘力時書法創作，讓我們看到書法作品之外各種更為深層的表達；作品所承載的是文化的厚度、學者的高度。

第七節　商承祚——平實溫潤　學書相發

商承祚（1902～1991/5/12），字錫永，號駑剛、蠖公、契齋，六囧散人，室名決定不移軒、楚籥簃。民國十六年得春秋「古先」石磬（古先，後此作姑洗，為十二律中的第五位），慶得未曾有之器，遂以「古先」名其齋（三磬今藏故宮博物院），又名「鐵詔版室」〔註269〕，廣東番禺人，清光緒二十八年（1902）農曆正月二十八日出生於一個數代書香門第之家。父衍鎏（1875～1963）字藻亭，號又章，晚號康樂老人，為清末最後一科（1904年甲辰科）一甲第三名，曾任翰林院編修、國史館協修等職，長於詩文書畫。曾被派往日本留學，主張變法自強，與康有為、沈鈞儒等交善。後曾應聘德國，教授漢文，並建立了一座漢學研究中心。1917年後，曾擔任國民政府總統顧問咨議。1960年7月，為中央文史研究館副館長，撰有《清代科舉考試述錄》、《太平天國科舉考試紀略》等著作及《商衍鎏書畫集》。伯父衍瀛（1870～1960）字雲亭，亦為光緒二十九年（1903）進士。〔註270〕商承祚師承家學，深受其父和伯父影響，一生以治學為本，從事教育和學術研究。〔註271〕年未弱冠即

〔註267〕李蕭錕，《書法空間藝術》，（臺北：石頭出版社，2005年8月），頁6。

〔註268〕徐寶貴，《石鼓文整理研究》，（北京：中華書局，2008年1月），頁753～754。

〔註269〕商承祚，〈我的大半生〉，商志譚，《商承祚文集》，（廣州：中山大學出版社，2004年11月），頁521。

〔註270〕孫洵，《民國書法史》，（南京：江蘇教育出版社，1998年9月），頁219。

〔註271〕張文彬，〈商承祚教授百年誕辰紀念文集·序——紀念商承祚先生〉，《商承祚教授

嗜古文字之學，師從羅振玉，摩挲甲骨銅器，步入了學術的殿堂。1923 年，他出版了《殷虛文字類編》，時方二十一歲，可謂少年成名。在此後六十餘年的學術生涯中，他先後任教於東南大學、中山大學、北平女子師範大學、北京大學、清華大學、金陵大學、重慶大學等院校，1948 年秋復任中山大學教授以至逝世，共出版了 15 種專著，2 種書法作品集，發表了 60 餘篇學術論文，飲譽海內外。另長期兼任故宮博物院銅器專門委員會委員，廣東省文物管理委員會副主任。二十世紀 60 年代以來，他先後被推舉為廣東省語文學會會長，中國古文字研究會理事，中國考古學會名譽理事，中國語言學會理事，廣東省哲學社會科學聯合會顧問，廣東省書法篆刻家協會主席，中國書法家協會理事。〔註272〕

一、商承祚的古文字學成就

商承祚的學術成究，主要在古文字學方面，包含甲骨文研究、金文研究、及戰國和秦漢文字的研究，同時又兼具考古學家、收藏家、書法家的身分，各種領域重疊相生，堪稱一代大師。茲就其古文字學各領域成就分別述之：

（一）甲骨文研究之成就

商承祚自言「十歲，日附讀於鄰家，夜取家中書架上段玉裁《說文解字注》及阮元《積古齋鐘鼎彝器款識》反復檢閱，盡管對這書的內容不理解，還是愛不釋手。」〔註273〕民國七年（1918）往天津，住伯父家，拜羅振玉先生為師，學古文字學。他回憶說「羅師對好學的青年是無比愛護和獎掖的，如對唐蘭、對容庚兄弟等。對我更是愛護倍至，收藏的圖書資料等對我全部開放，并交代開「貽安堂」書店的長子福成說：『錫永需要什麼書，就給他什麼書。』因此，即使十分名貴的書籍，如《殷虛書契》、《殷虛書契後編》等等，我都可以從書架上取下拿回家中閱讀。羅師還把他作釋文和王國維先生作過眉批箋注的《殷虛書契考釋》、《殷虛書契待問編》交給我參考。我於是

百年誕辰紀念文集》，（北京：文物出版社，2003 年 9 月），頁 1。

〔註272〕陳煒湛，〈商承祚先生學術成就述要〉，《甲骨文論集》，（上海：上海古籍出版社，2003 年 12 月），頁 251。

〔註273〕商承祚，〈我的大半生〉，商志譚，《商承祚文集》，（廣州：中山大學出版社，2004 年 11 月），頁 523。

考慮先古後今，先難後易，以甲骨文爲主。白天在羅師家學拓銅器銘文，或雙鉤舊銘文拓本，入夜讀羅師的《殷虛書契考釋》，其書將文字納入六類之中：一、帝系，二、京邑，三、祀禮，四、卜法，五、官制，六、文字。檢閱起來不方便，於是我據《說文》爲之編次，并補入異體字，如對這個字有我的體會看法，則加「祚案」二字以示區別。每晚九時起，爲我的正式工作時間，一直寫到雞鳴始息，如是者期年，成《殷虛文字類編》十四卷，《待問篇》一卷，羅師的《殷虛書契考釋》一卷，共十六卷，呈視羅師，爲之軒顏首肯，欣後繼之有人，勉以再接再厲，切莫自滿。」〔註274〕，又說「我之《殷虛文字類編》是羅王二位共校，并加以增補評薦數十條，也刪去若干條誤錯，所以這本書也是在羅王兩位指導下完成的，也可以說是「羅王之學」的結晶。此外羅師又致書王先生，請其爲本書作序。」〔註275〕

《殷虛文字類編》（以下簡稱《類編》）一書，使先生少年成名，遂被馬衡薦入北京大學研究所國學門當研究生，尚未畢業，即被南京東南大學聘去當講師。《類編》題曰「上虞羅振玉叔蘊考釋，受業商承祚類次」。全書計正編十四卷、按筆畫爲序的《殷虛文字類編通檢》一卷、羅振玉《殷虛書契考釋》一卷、《待問編》十三卷。共收甲骨文單字1575字（其中正編790字，《待問編》785字），重文3340字。

《類編》自序云：「師之書既行於世，然數年以來，手自增訂之處，蓋不下數百科，而《待問編》中存疑之字，師與海寧王靜安先生又各有增釋，蓋幾近十分之一，師悉以授祚，祚亦增釋得若干字。又書契文字變化至繁，一字異形，動至數十，師書不過舉其大凡，祚亦增補得若干字，因用《說文》分部次序，將師書重行編次，而以鄙說附焉，凡諸說解並仍師舊，或有引申，則稱「祚案」以別之，書成質之於師，以爲便於初學。」〔註276〕誠如商先生所云，《類編》易檢，其有功於學林實非淺鮮。然若將一部業已出版十年的《殷

〔註274〕商承祚，〈我的大半生〉，商志覃，《商承祚文集》，（廣州：中山大學出版社，2004年11月），頁528。

〔註275〕商承祚，〈我的大半生〉，商志覃，《商承祚文集》，（廣州：中山大學出版社，2004年11月），頁529。

〔註276〕商承祚，《殷墟文字類編·自序》，（臺北：文史哲出版社，1979年10月），頁7～8。

虛書契考釋》僅僅簡單地「類次」一下，恐怕難以獲得王國維如此嘉許。士林之所以推重《類編》，究其原因在於「祚亦增補得若干字」，並「以鄙說附焉」。也就是說，「祚案」部分實際是全書的精蘊及其創新所在。故此，有必要對「祚案」略加分析。

《類編》中加「祚案」者多達 254 處。其中正編 179 處，《待問編》75 處。《類編》中還有一些字條作「祚疑」而不作「祚案」，實際是「祚案」的另一種形式。「祚疑」即商氏疑而未定之說。此類多次於《待問編》中（計 32 條），其中相當一部分今天看來是正確的。「祚案」內容大致可分以下四類：

1、引申師說，或加補正者：在「祚案」中有 49 例，占其總數的 20%。

2、徵引他說，會注文字者：旁徵博引，通核遍參，及時吸納學術研究的新成果是「祚案」內容的又一重要方面。《類編》廣采段玉裁、吳大澂、王國維、葉玉森等名耆宿儒之說，尤其重視王國維的意見，《類編》徵引他說共 50 條，而王國維說就占了 40 條（其中正編 31 條，《待問編》19 條）。王氏的考釋成果一些已經發表，如育、魚諸字，有的則未見刊布，這些全賴《類編》得以保存。

3、隱括甲骨契刻、構形條例，補充文字形體資料者：如卷二中「唐」、「德」字有缺刻筆畫者、有言二鹿與三鹿同者、有據唐碑楷書補充字形資料者。

4、考釋文字，擇思至審者：《類編》不僅具有易檢性、資料性，而且具學術性、典範性。王襄《簠室殷契類纂》出版早《類編》三年，全書共十八卷，分正編十四卷，附合文一卷，存疑一卷，待考一卷。共收錄甲骨文單字 2867 個，每字之下引有卜辭。一般認為，這是甲骨學發展史上第一部甲骨文字典。但摹錄文字，大多失真，所引卜辭，亦不完備。與之相比，《類編》摹寫精到，釋文審慎，故有學者認為「兩書相較，《類編》遠勝於《類纂》。」〔註277〕

受羅氏親炙的商承祚，對乃師「收集材料，則尤重於考釋也」的教導，默識弗忘，「頻歲奔走南北，搜求不遺餘力。凡估人所鬻，財力所及，必購得之。朋好弆藏，必借拓之」且「自念所藏甲骨，與夫墨本，扃吾篋笥，久不付印，又與散佚何異乎？」有鑒於此，他於 1933 年先後出版了《福氏所藏甲骨文字》（以下簡稱《福氏》）、《殷契佚存》（以下簡稱《佚存》）兩部著作，公布所得甲

〔註277〕常耀華，〈商承祚教授與甲骨學〉，《商承祚教授百年誕辰紀念文集》，（北京：文物出版社，2003 年 9 月）頁 50～54。

骨千餘版，並附考釋。〔註278〕此二書的出版，標志著商先生的學術又達到一種新境界，尤其是《佚存》，「洵爲商先生研究甲骨卜辭之代表之作也」〔註279〕。

《福氏》早《佚存》五個月出版，係墨拓影印，附有自序、考釋和董作賓跋。線裝一冊。計收甲骨 37 版，拓本 44 紙。此批甲骨是從美國福開森所藏的甲骨中選拓的（其中 6 片爲徐梧生枋舊藏，餘爲王懿榮舊藏）。所收甲骨不多，但多未發表過，其中不乏重要片子。

《佚存》連同考釋計二冊。第一冊是拓本，乃集八家所藏甲骨實物拓本及所集甲骨拓本而成，以徵得之先後爲次第，計北平孫氏壯甲骨墨本 193 紙，侯官何氏遂所藏 61 版，美國施氏美士 62 版，冀縣王氏富晉 27 版，丹徒陳氏邦懷 30 版，海城于氏省吾 7 版，江夏黃氏濬墨本 60 紙，益以自藏 77 版，墨本 483 紙，共得千版，合爲一編。

《佚存》甲骨拓本有三大特點：1、拓本拓印大多精美。大凡商氏所拓甲骨，都有拓印精細之特點。先生於傳拓之道，夙有幼工，技術精湛自不必說，更重要的是態度謹嚴。2、材料重要。3、顯晦拓本並著。有利於卜辭的正確校讀。《福氏》、《佚存》考釋的主要內容：（一）、考釋文字。這又包括兩個方面：1、隸釋文字，即對不難理解的刻辭只作隸定，以求行文之簡明。2、考索難字僻義，由此及彼，以洞其微。或會合傍旁之文，或剖析孳乳之字，或比校發凡造字條例，或剖析一形繁簡之殊。商氏此類考釋，精義披擷紛陳，每被後世視爲不刊之論。

（二）、攻究商代禮俗制度。兩書考釋以剖析文字爲主，間亦有涉及商代禮俗制度者。（三）、注明重片及藏家，以明甲骨收藏流傳之源流。〔註280〕

另有〈說文中之古文考〉，意在考證《說文》「古文」，但其中也保存了一些有關甲骨文的新看法；還有一些甲骨學的單篇論文，或考釋文字，如〈釋武〉、〈釋朱〉、〈玄字質疑〉、〈釋申〉、〈釋需〉；或探究曆象，如〈殷商無四時說〉等，皆以矜慎著稱，往往有新發明，每每被學者所徵引。

〔註278〕常耀華，〈商承祚教授與甲骨學〉，《商承祚教授百年誕辰紀念文集》，（北京：文物出版社，2003 年 9 月）頁 55。

〔註279〕陳煒湛，〈商承祚先生學術成就述要〉，《甲骨文論集》，（上海：上海古籍出版社，2003 年 12 月），頁 253。

〔註280〕常耀華，〈商承祚教授與甲骨學〉，《商承祚教授百年誕辰紀念文集》，（北京：文物出版社，2003 年 9 月），頁 55～65。

要之，商先生之於甲骨學的貢獻可歸納爲以下四端：一、編纂甲骨文字典，以便利讀者。二、搜集拓印甲骨，以廣流傳。三、考文釋字，擇思至審。隱括辭例，比校發凡。攻究制度，燭幽洞微。四、培養專業人才，建設學術基地。〔註281〕

（二）金文研究之成就

商承祚古文字學成就之第二組成部分，爲其金文研究。其自廿世紀二十年代末即致力於青銅器及其銘文之收集與研究，1929 年發表之〈評寶蘊樓彝器圖錄〉一文，爲商氏關於金文研究之首篇著述。此文評容庚編著之《寶蘊樓彝器圖錄》，主要在於辨僞。1933 年有《古代彝器僞字研究》，專就僞器、僞字進行研究，揭發作僞者之伎倆，去僞方能存眞；緣辨僞於古文字、古器物研究至關重要，其有功學林，自不待言。1935 年出版《十二家吉金圖錄》，集海內外 12 家所藏銅器 169 件編寫而成，大部份是商周之器，少數爲秦漢以後器。每器有圖版、銘文及花紋，並著其色澤，詳其尺寸，釋其銘文且加考證。卷中奇器異文甚爲豐富，特別其中有 21 件楚器，爲研究楚文字與楚文化之絕好資料。猶如《殷契佚存》爲治甲骨文者所必備，此書亦爲治金文者所不可或缺。1936 年出版了《渾源彝器圖》一書，著錄山西渾源（春秋時晉國重地）於 1923 年前後出土之銅器群 27 器；因該批器物出土後即散逸民間，全賴此書保存若干器之圖形花紋資料，爲研究春秋晉器提供了一批新材料。

（三）戰國及秦漢文字研究之成就

《類編》面世後，商氏便著手《石刻篆文編》的編輯，凡見到石刻文字的孤本和舊拓本，都不遺餘力地搜集所需的材料，用雙鉤加以摹錄，終在 1957 年寫定爲 14 卷出版。共摹錄碑刻、碑額、題銘等 95 種石刻篆文資料，計錄單字 1231 字，重文 1680 字，附錄 10 字，總共收入篆文 2921 字。除商代石簋斷耳 22 字，石磬 6 字及少量的魏晉石刻外，大部份爲戰國秦漢文字。每字之下皆注明何碑何石，並錄入有關此字的碑刻文句，於讀者查考極爲方便，爲迄今唯一的石刻篆文字典。在編撰過程中，擇其文字須說明者爲之說考，成《字說》14 卷，文編及字說對於小篆及小篆以前文字的研究，對於文字形體演變的研

〔註281〕常耀華，〈商承祚教授與甲骨學〉，《商承祚教授百年誕辰紀念文集》，（北京：文物出版社，2003 年 9 月），頁 66～68。

究，都是一份重要的參考資料。

《說文中之古文考》著手於 1934 年，1937 年 12 月完成於安徽屯溪，1940
年寫正於成都，1981 年彙集成冊。是書掇錄《說文》中之古文 597 字，以甲骨
文、金文、三體石經等資料考而證之，卷中對許說或印證，或批評，對吳大澂
之說亦多有訂補，於研讀《說文》者大有助益。

關於楚文字的研究，早在抗戰之前，商氏即注意收集楚器，抗戰期間，亦
十分關注長沙楚帛書的出土及流傳情況；1959 年，他得到帛書原大照片，遂克
服帛書因折疊存放二千餘年而造成的種種困難，反覆辨識，精心摹寫，使帛書
中部左右順逆兩篇文字及邊文之可確認部分大大增加，共可確認 854 字。後於
1964 年發表專論〈戰國楚帛書述略〉，此文是據原大照片進行研究的諸家論文
中創獲最大的一篇，在帛書研究中是承上啓下的力作。此外，還對楚懷王六年
所鑄鄂君啓節撰〈鄂君啓節考〉及〈談鄂君啓節銘文中幾個文字和幾個地名等
問題〉二文，在文字的詮釋方面多有創見，對節文的通讀貢獻良多。

另外，1950 年代起，湖南長沙、河南信陽、湖北江陵三地先後出土 7 批戰
國楚竹簡，在他領導下，中山大學古文字學研究室成立楚簡整理小組，開展楚
簡研究，以他原有的摹本、釋文為基礎，進行校讎、拼接、考釋。將八百餘枚
竹簡綴合為五百三十餘枚，除完成《戰國楚竹簡匯編》書稿外，還撰寫了一組
論文，陸續刊諸《文物》、《中山大學學報》、《古文字研究》等學術刊物。

再次，關於貨幣文字的研究，他積數十年之力搜集古貨幣實物與拓本，潛
心研究，80 歲後與王貴忱、譚棣華合作，編成并出版了我國第一部貨幣文字典
《先秦貨幣文編》，首次以字典形式總結了百餘年來貨幣文字的研究成果，對古
文字學和史學研究者都有參考價值。〔註 282〕

他的古文字學與考古學的研究常常結合在一起，互為表裡，他做學問，重
在研究，不爭天下先，要研究有得，才命筆為文；而著書立說，又力求平正，
不識之字不妄釋，不明之義不妄言，尤不輕言音韻。故他的學術論文或長逾萬
言，或短僅千字，然皆平正扎實，篇篇都有獨到的見解，篇篇都展示著他學術
研究的新成就。

〔註 282〕陳煒湛，〈商承祚先生學術成就述要〉，《甲骨文論集》，（上海：上海古籍出版社，
　　　　2003 年 12 月），頁 253～255。

二、商承祚的篆書表現

商承祚對篆書的喜好自幼便有顯露，他自述說「民國三年第一次世界大戰爆發，翌年，日本侵入青島，伯父率家屬避地青州，轉徙曲阜，在孔廟見到累累的漢碑及篆書〈祝其卿墳壇刻字〉等，愛好甚，開始學篆隸。」八、九歲時就已酷愛篆，「在曲阜，從勞健（篤文）學刻印，日摹漢印十餘方。復積一月早點錢（五十枚銅板）於街頭買得「緜通之印」銅印以示篤文，他查到了桂馥的《繆篆分韻》曾收入此印，乃懸諸腰間，以示慶幸。」〔註283〕繼而喜歡寫鐵線篆，致力甚勤且有所成。民國七年拜羅振玉爲師，學古文字學，目的終於實現，其喜可知。及見「殷禮在斯堂」所藏之甲骨文和累累的青銅器，眞如饞兒得餅，窮人暴富，使手足無所措。〔註284〕其學書歷程大致如上，以下略依書體學習之後先論之：

商氏自言：「我童年即喜歡書法，尤其是篆書。八九歲時，見書齋有孫星衍篆書聯，喜其筆勢繚繞，結體勻稱，在不斷瞻仰下，或以指劃肚，揣摩其文，或臨摹以肖其形。至親朋家見懸有篆書，字雖不識，必徘徊其下不忍去也。繼而喜歡寫鐵線篆，致力甚勤，期年之間，能作徑尺大字，結體用筆皆可觀。」在與勞篤文的互相探討中，勞氏建議：「我以爲鐵線篆寫得再好，不外結體勻稱，用筆平穩，如斯而已，氣韻風度，是無從體現出的，非漢篆可比，何不改途易轍，從大處著眼。」商氏認爲有至理，從此不再向這方面進取了。〔註285〕如其晚年所書〈鄭板橋詩〉（圖 4-7.1）線條纖勁有力，節奏平穩而呈現理性的分間布白，雖說「六十年後眼手不能及者遠甚。」卻可想見年輕時所作鐵線篆的風采。所作誠如其言：「鐵線篆筆畫如一，布白務極停勻，重在形體，僅以功力稱，不能以韻勝，浮薄而欠沉實，李陽冰城隍廟碑等是也。」〔註286〕

〔註283〕商承祚，〈我的大半生〉，商志覃，《商承祚文集》，（廣州：中山大學出版社，2004年 11 月），523。

〔註284〕商承祚，〈我的大半生〉，商志覃，《商承祚文集》，（廣州：中山大學出版社，2004年 11 月），頁 525。

〔註285〕商承祚，〈我的大半生〉，商志覃《商承祚文集》，（廣州：中山大學出版社，2004年 11 月），頁 548。

〔註286〕商承祚，〈說篆〉，商志覃編，《商承祚文集》，（廣州：中山大學出版社，2004 年

圖 4-7.1 商承祚〈鄭板橋詩〉

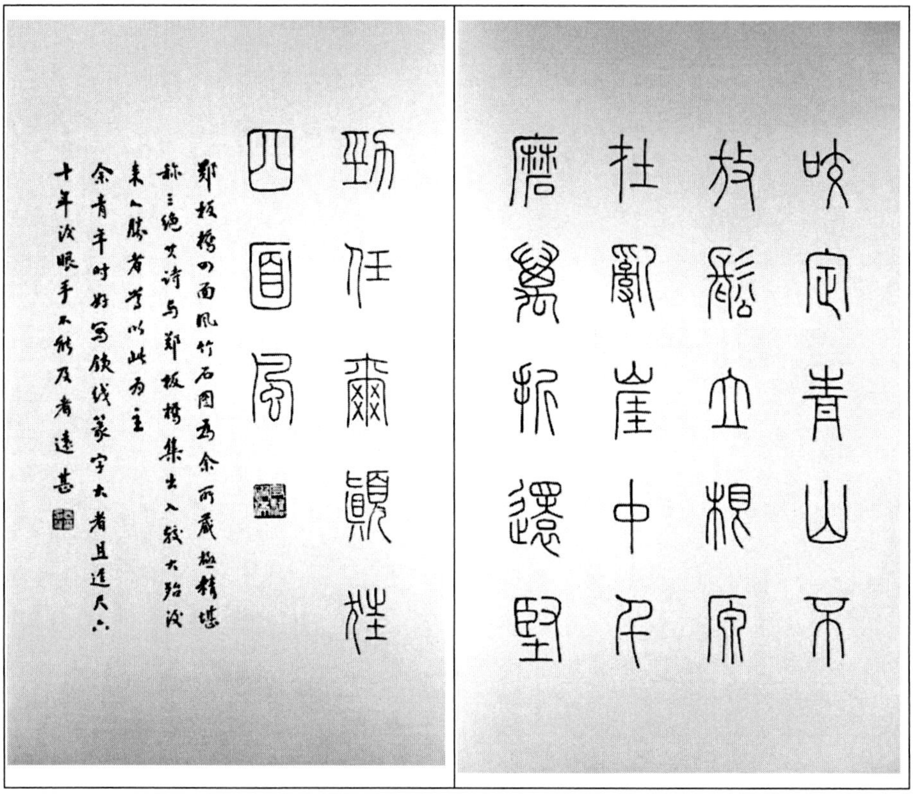

　　能如此得力，也與其勤於臨寫〈嶧山碑〉有密切關係，這是歷來學習篆書的根本，而他也對此深有體會，曾說：

> 篆書先寫繹山等碑……。如其能做到筆劃橫平豎直，停勻如一，圓
> 轉自如，道勁挺拔而不綿軟的過硬工夫，才能談轉入更古的篆體。
> 有人說，寫秦篆祇有「一法」，爲的用筆祇有一個「中鋒」，與寫楷、
> 行、草具有「八法」不同。這決非内行話，因他不知篆的轉折内蘊
> 而不外露，不僅使用中鋒，且有側鋒與「鋪毫」，任何書體皆是如此，
> 寫篆書的多從實踐中自能體會到。最後我還是那句話，要寫好篆書，
> 必須從秦篆入手，鍥而不舍地打好基礎，捷徑是沒有的。〔註287〕

---

11 月），頁 206。

〔註287〕商承祚，〈宋徐鉉臨秦繹山碑前言〉，商志譚編，《商承祚文集》，（廣州：中山大學
　　　　出版社，2004 年 11 月），頁 470。

篆書與其它書體用筆大同小異，楷書有「八法」，篆書亦有起、信、提、按、轉、折「六法」，不僅使用中鋒，還兼用側鋒及「鋪毫」。其停頓轉折是內蘊的，從表面看似是「轉來轉去」地轉而不停，其實不然。此可為知者道，非外行人所能理解的。無論哪種書法，在揮毫落墨時，每字皆有部份中鋒，而更多的是側鋒。縱觀古今名書家的字，其運筆多以側鋒取韻，鋪毫亦其中之一種筆法。何謂「鋪毫」？鋪毫不等於偏鋒，偏鋒是用鋒的一部份，鋪毫則是直立而下，使用毫的全部，所謂「萬毫齊力」者。寫篆書，特別是寫金文書體，多會出現此種筆法，而這種筆法，在石刻中是無法體現出來的。

　　初寫篆書，必須從平正方面打好基礎，與寫行草之先須由楷書入手同一道理。篆寫秦篆，可從宋徐鉉臨的嶧山碑入手，勤學苦練若干年後再寫其它篆體。寫過嶧山碑與未寫過嶧山碑，將來出手是大不相同的。〔註288〕

　　以 1965/2 所作〈毛澤東七律軸〉〔註289〕（圖 4-7.2）為例，正與其書學理論相發皇。詩云「鍾山風雨起蒼黃，百萬雄師過大江；虎踞龍盤今勝昔，天翻地覆慨而慷。宜將剩勇追窮寇，不可沽名學霸王；天若有情天亦老，人間正道是滄桑。」內容極為睥睨、雄豪；而其書作正與〈臨嶧山碑跋語〉相合：「橫平豎直，筆畫停勻，結構黑白相等，行筆柔而勁，從整體觀之，確臻妙境。」而復諄諄叮囑張守中「初學篆書，非過此硬功夫不可」〔註290〕以自己終身的實踐與理念善誘後學，後學者當有以啓悟也。

　　登高必自卑，築垣堅其基，習甲骨金文先小篆，其理一也。未聞舍卑下而可躋巔頂，基未堅而牆不傾圮；不由小篆以溯其源，而能得甲骨金文之法度者。〔註291〕

〔註288〕商承祚，〈商承祚篆隸冊前言〉，商志譚編，《商承祚文集》，（廣州：中山大學出版社，2004 年 11 月），頁 514。

〔註289〕本詩〈人民解放軍佔領南京〉，最早發表在人民文學出版社 1963 年 12 月出版之《毛主席詩詞》，為關於 1949/4/23 攻克南京的七言律詩。

〔註290〕張守中，〈懷念五舅二三事〉，《商承祚教授百年誕辰紀念文集》，（北京：文物出版社，2003 年 9 月），頁 25、26。

〔註291〕商承祚，〈說篆〉，商志譚編，《商承祚文集》，（廣州：中山大學出版社，2004 年 11 月），頁 203。

圖 4-7.2　商承祚〈毛澤東七律軸〉

〈毛澤東七律軸〉1965/2

　　有了小篆的基礎與踏實古文字的摹寫功底，加上親受業於羅振玉，「見其
書甲骨文及金文，樸質雍容，筆勢遒勁，心嚮往之，乃於暇時，亦在臨寫。」

〔註292〕其甲骨、金文書法在學術研究與羅氏書風的薰陶下，更加往剛勁渾厚、端莊平正的路子上走去。

圖 4-7.3　商承祚《殷虛文字類編》齒字及原拓對照

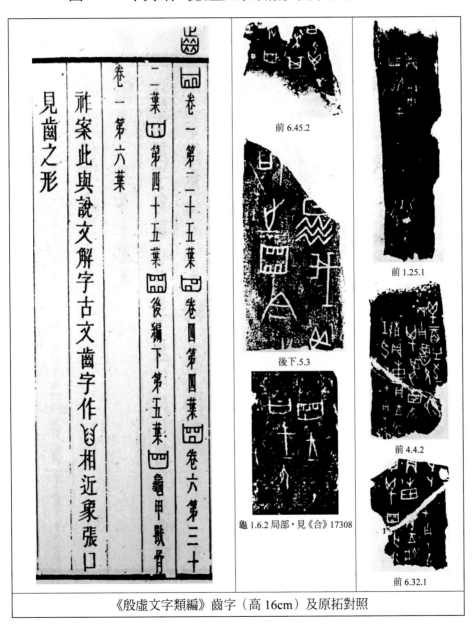

《殷虛文字類編》齒字（高 16cm）及原拓對照

〔註292〕商承祚，〈我的大半生〉，商志譚編，《商承祚文集》，（廣州：中山大學出版社，2004年 11 月），頁 549。

　　羅振玉認爲治古文字必須具有鑒別、墨拓、精摹的功底，俗稱「工欲善其事，必先利其器」，即利器爲先行，這三項也是商承祚的長處。他說「我生平治學自問還是比較謹嚴的。收集資料時，注意鑒別眞僞，或摹或拓，或照片，都是自己動手。後因年老，摹寫不得不由他人爲之，但必細對原件，細心觀看，再加以修正，如此反復多次，近原跡方罷，如戰國楚簡之摹本。對傳拓之事，仍必躬親。」〔註293〕商承祚極爲重視原材料的整理與摹寫，將摹寫工作視爲研究工作的第一步，愼之於始。因爲「如摹寫得不正確，牽動內容，影響第二步研究階段。」像他爲了研究楚帛書，從 1959 年秋開始至 1964 年整整摹寫了五年，爲的就是避免少犯錯誤。〔註294〕又如其成名之作《殷虛文字類編》，此書收字 790，重文 3340 字，雖爲刻本，但寫、刻俱極用心，可見其精到的摹寫工夫。茲以「齒」字爲例（圖 4-7.3）：此字如書中所言，象張口見齒之形。原拓口中齒形疏落，或缺上、下，或齒縫顯豁，具象而生動，而《類編》中對字形結構，筆畫相關位置之安排，莫不一一如之，且有如第二、五片中字畫裂損處均能準確的排除，如此的精密觀察和仔細摹寫，對甲骨字形的掌握，幾如銘刻在心；研究古文字離不開臨摹，自然與書法密切相關，一旦發於書法創作，則如心使臂，無不愜意了。

　　民國 17 年，商承祚應廣東第一中山大學之聘任教授。那時顧頡剛、傅斯年兩先生在中山大學成立了語言歷史學研究所，其中有考古組一門，令商氏擔任。〔註295〕19 年冬，應顧頡剛之請而作〈言行、文史八言聯〉〔註296〕（圖 4-7.4），聯云「言行中和用綏福祐，文史遊觀以遣歲年」。聯出於羅振玉《集殷虛文字楹帖》且結字形態少有更動，僅於「用」字上部小短斜線位置更動、「福」字改取繁形而已。用字方面，「妥」爲「綏」之古字，今本《說文》脫佚；「 𠂤 」從羅氏說解〔註297〕，頗有爭議，當以無疑義之卜辭「祐」從又，或

〔註293〕商志男、商志譚，〈記羅振玉先生繪《松壽》圖及其他〉，《商承祚教授百年誕辰紀念文集》，（北京：文物出版社，2003 年 9 月），頁 10。

〔註294〕吳慧，《商承祚文字學之研究》，（華中科技大學博士學位論文，2013 年 6 月），頁 190。

〔註295〕商承祚，〈古代彝器僞字研究〉，商志譚編，《商承祚文集》，（廣州：中山大學出版社，2004 年 11 月），頁 67～68。

〔註296〕本作品之上聯圖原本鏡像相反，經黃緯中教授於論文口試時點正，特識於此。

〔註297〕羅振玉，《增訂殷虛書契考釋》，（板橋：藝文印書館，1981 年 3 月），卷中葉 19。

用「又」爲祐之字爲佳；卜辭用「雚」爲「觀」；「以」字羅氏誤用「亘」字，實應作「ㄅ」；「秝」從年從堆、冉，《說文》所無，義與年同。〔註298〕「行」字本作「彳」，象四達之衢，人所行也，《石鼓》或增人，〔註299〕乃從「彳」而來，《說文》所無，可通。步趨羅氏書風有如此者。

圖 4-7.4　商承祚〈言行、文史八言聯〉

前 1.18.1	前 5.20.3
前 5.39.8	前 7.32.2 / 後 2.2.14
前 2.26.7	前 4.27.6
後 2.6.5	前 2.45.2
後 2.36.3	鐵 116.1
後 1.12.4	前 5.19.1
餘 1.1	前 4.23.5 / 林 1.19.14
前 6.64.1 / 前 3.1.2	後 2.21.4 / 後 1.20.13

〈言行、文史八言聯〉1930 冬　　　　　《集殷虛文字楹帖》47

〔註298〕以上綏、祐、觀、年之說解見孫海波，《甲骨文編》，（北京：中華書局，1965 年 9 月），頁 506、7、368、312。

〔註299〕羅振玉，《增訂殷虛書契考釋》，（板橋：藝文印書館，1981 年 3 月），卷中葉 7。

　　這段期間商承祚的甲骨文書法可以說是完全步趨於羅振玉之後，其以小篆的筆法、金文的筆意書寫甲骨文，不斤斤於甲骨契刻時鋒利瘦勁的線條，而以穩定等速的平動線條加入方折的接筆來表現契刻的折多於轉，扼要的表現出甲骨文剛硬的風神。整體看來古穆平實，雅韻獨幟，深得乃師精神，甚或置諸羅振玉書跡中，亦難分辨也。〔註300〕

　　商氏在序簡經綸的《甲骨集古詩聯上編》時說：「予於研究文字之暇閒，嘗集爲楹聯，書貽同好，媿弗工也」〔註301〕，說明他也繼承了乃師集聯的傳統。要想集甲骨文字爲聯能成功，必須具備兩大基本條件，一是文字學上的掌握，二是文學上的敏銳，缺一不可，可以說是高大的門檻；除此之外，商氏又兼書法家身分，若有所得，必有可觀。如 1949 年夏所書〈學如、言得七言聯〉（圖4-7.5），14 字中「學」、「言」重複，故實際只用 10 字，卻將學習的奧義與言說的究竟表現得極爲深刻，是很有哲理的思辨名言。

　　用字既不嫌重複，書法亦不憚雷同，意欲展現「學」、「言」二主旨的不可移易；起筆逆而略重，線條以纖勁爲主而帶有細尖的收尾，接筆處能表現契刻時刀序的合理性，故架構穩定而不空疏，整體看來精緻秀雅而堅毅內含。商氏以小篆爲本的篆書創作理念在此又得到成功的展現，我們可以以此與〈言行、文史八言聯〉比較，蓋以鐵線、小篆功底而加上各種不同書體特色，或是想要展現的不同風格，即能摹形取神，收發自如了。

　　與此聯筆調相近，理念相同的，還有臨寫青銅器銘文的〈臨沈子它簋軸〉（圖 4-7.6）。本作品節臨〈沈子它簋〉右 6 行。本器共 149 字，容庚以爲周成王時器〔註302〕；郭沫若謂此器亦作〈沈子簋〉，釋它爲也，「也」乃沈子名，字形象匜之平視，爲古文「匜」字。沈本姬姓之國，爲魯之附庸，以本銘考之，實魯煬公之後也，蓋煬公乃考公弟，伯禽之子，銘中之「吾考以」即煬公熙。本簋乃沈子於幽公時克蔑受封，因於封邑彌廟卲告其故考煬公。考其年代當周

〔註300〕姜棟，《20 世紀大陸地區甲骨文書法實踐狀況研究》，（北京：首都師範大學碩士學位論文，2006 年 5 月），頁 37。

〔註301〕簡經綸，《甲骨集古詩聯・商序》，（臺北：商務印書館，1970 年 12 月），全書未標頁碼。

〔註302〕容庚，《商周彝器通考》，（東京：汲古書院，1979 年 9 月），上冊頁 46。

昭王初年之器也。〔註303〕

圖 4-7.5　商承祚〈學如、言得七言聯〉

	前 5.20.3	鐵 157.4
	京都 2113	乙 92
	鐵 34.3	佚 54
	前 5.20.3	鐵 157.4
	前 5.30.3	前 5.30.4
	乙 7795	萃 597
	前 5.20.3	鐵 157.4
〈學如、言得七言聯〉　　　1949 夏		

〔註303〕郭沫若，《兩周金文辭大系考釋》，（北京：科學出版社，2002 年 10 月），葉 46～47。

圖 4-7.6　商承祚〈臨沈子它簋軸〉 /〈沈子它簋蓋銘〉

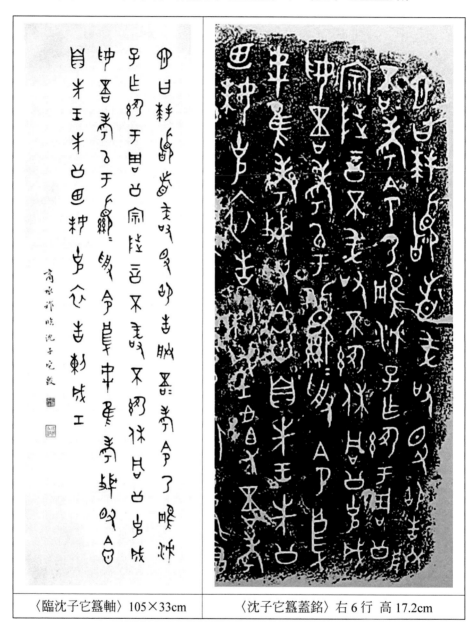

| 〈臨沈子它簋軸〉105×33cm | 〈沈子它簋蓋銘〉右 6 行　高 17.2cm |

　　西周早期，是商、周書法藝術的交匯、融合和發展階段，有商人書法的延續；有模擬商人的作品，象形裝飾文字的某些美的和規範的東西被借鑑於書寫性金文，原始象形符號的簡化與書體的規範在同時進行，發展「篆引」〔註304〕

〔註304〕篆代表大小篆書體線條的等粗、排列組合中的等距等曲等長、式樣的轉曲擺動之

的傾向剛剛出現，〔註305〕康王之世少數字還保留肥筆，其餘則整肅勻美，用筆平實凝重，線條帶有輕度修飾痕跡；昭王時期，帶有「篆引」特徵的作品所占比例明顯上升。〔註306〕進入西周中期，曲線美得以確認，「篆引」迅速成為普遍的風尚，出現了爲著字形整齊美觀的拖長線條，筆法也明顯的呈現出「中含內斂」、「力弇氣長」的特徵，注意行氣章法的風氣也隨之蔓延開來。「篆引」形式中的直曲方圓，是天地萬物的簡單概括，是象形符號形體象徵；「篆引」的屈曲圓轉，是周人精於陰陽之道、盛衰之理，深知物極而反、否極泰來的外柔內剛、負陰抱陽的展現；〔註307〕其排疊轉引，則成為體現「王者之風」與教化涵義的書體，以便和雍容矜持，繁縟文飾的西周貴族文化趣味相副，象徵著禮樂文化秩序。〔註308〕

從商代到西周中期，金文作品普遍存在著一種肥筆現象，呈遞減發展。它來源於兩個方面：一是對早期象形文字式樣的保留，如「王」字下端肥筆來自斧鉞的形象，以其代表王權與無上的尊崇，一直延續到西周中期，較其他字形的書體演進略為滯後，這是古老的觀念與積習之表現。二是受象形裝飾文字美化字形的影響，在正常書寫中加入個別的裝飾式樣，如常見的「又」字或偏旁下斜的「捺刀」形肥筆，可以視為一種文化現象的延續。肥筆現象很有規律地體現在某些字形上面，所占的比例極為有限，有時具有調節通篇氣氛的作用，或表示書體演進的程度，但不是判別作品風格的主要依據。

周人務實，崇尚文飾，多理性精神。他們所選擇的「篆引」及其典範美，是犧牲、掩飾了許多寶貴的東西之後，才換來的帶有普遍性、易於感知、滿足

類似圖案花紋的特徵，引代表書寫的轉引筆法。見叢文俊，《中國書法史先秦·秦代卷》，（南京：江蘇教育出版社，2002年6月），頁185。

〔註305〕叢文俊，〈商周金文書法綜論〉，《中國書法全集2商周·金文》，（北京：榮寶齋，1993年4月），頁6。

〔註306〕叢文俊，《中國書法史先秦·秦代卷》，（南京：江蘇教育出版社，2002年6月），頁197～198。

〔註307〕叢文俊，〈商周金文書法綜論〉，《中國書法全集2商周·金文》，（北京：榮寶齋，1993年4月），頁11。

〔註308〕叢文俊，〈商周金文書法綜論〉，《中國書法全集2商周·金文》，（北京：榮寶齋，1993年4月），頁7。

於視覺和一般性心理衝動及審美享受的典範性藝術創造，是體現法度與程式化傾向的藝術發展，是藝術社會化的產物。〔註309〕

然而，周人的篆書真貌為何呢？篆引的真貌如何呢？商氏言：

> 彝器經二三千年之沉埋，如遇土質鹹瀉，文字必有殘泐，碑刻因風雨而剝蝕，影響尤大。吾人習其斑剝者非也，從其光潤而無轉折者亦非也，然則何居？曰當追憶當日寫時之著墨，接折之筆迹，則庶幾乎。〔註310〕

〈沈子簋〉在郭沫若眼中是可據為周昭王初年斷代標準器的，其書法特徵亦與後世歸納之西周初期風格相類，從中可見的線條的均勻、運筆速度的和緩之外，上述肥筆特徵亦明晰可見，在商承祚的臨寫中，雖是寫得清雅娟秀，光潔內斂，卻是深刻了解出土青銅器因經過數千年水土自然侵蝕而鏽跡斑斑，銘文漶漫殘剝，形成所謂「金石氣」的假象而作出的反省實踐；這種借助時間和大自然的力量掩飾起真實的遠古風韻之後所產生的假象，這種殘缺的自然美、古樸美，在正、雅的典範美持續久了之後，人們會因為它的廣泛社會基礎而覺得其「俗」，人們把目光投象「奇變」、企圖通過「質拙」等渠道反璞歸真，以尋求藝術生命的本源，也是符合「肯定、否定、否定之否定」的藝術規律。自唐宋以降，尚古之風日盛，斯風至清代而彌勁，金石氣充斥整個書壇，影響並改造了人們的審美觀和批評標準。

商氏以其古文字學者、收藏家、書法家的多重身分，對金石銘文力圖恢復原貌的作法可以說是特具慧眼，深刻的體會到周人隨著政權的鞏固和理性精神的發展，找到禮樂文化精神和諧共振的象徵形式，找到貴族文化觀念、趣味和寄興之所在。昭王時期的金文書法正是在篆引成熟前的較鬆散的狀態，〈沈子簋〉的銘文呈現，商氏〈臨沈子它簋軸〉的表現形式，在在體現了郁郁乎文哉的周文化即將成熟的一面：「中和內斂」、「力弇氣長」；而其有行無列，隨字大小變化的素樸之美又尚未被整肅、齊正的理性統一，這是此作

〔註309〕叢文俊，〈商周金文書法綜論〉，《中國書法全集 2 商周・金文》，（北京：榮寶齋，1993 年 4 月），頁 9。

〔註310〕商承祚，〈說篆〉，商志䩱編，《商承祚文集》，（廣州：中山大學出版社，2004 年 11 月），頁 205。

也是商氏篆書書法的一貫理念。

　　除臨寫銘文之外，更能表現商承祚追求的，是他自運的金文作品，如 1944 年的〈正氣歌〉（圖 4-7.7），關於這件作品，他自述道：「1944 年我在貴陽，父親在成都來信令我寫金文體的〈正氣歌〉；他以正楷寫正氣歌單條一幅。文天祥的〈正氣歌〉在中國歷史上占很重的地位，我初寫時尚不感到，可是愈讀愈感到使人正氣凜然，氣貫長虹，愈寫愈感到軒昂紙上，如勇士赴疆場之勢。」〔註311〕

圖 4-7.7　商承祚〈正氣歌四屏〉

〈正氣歌四屏〉局部　1944 年　107×25cm　每格 6.7×5cm

〔註311〕商承祚，〈我的大半生〉，商志覃編，《商承祚文集》，（廣州：中山大學出版社，2004 年 11 月），頁 551。

〔註312〕《古文字詁林 8》，（上海：上海教育出版社，2004 年 10 月），頁 57。

　　這首作於南宋末年，共 300 字的文學作品，用字遣詞與小篆的時代已多橫隔，遑論更早的大篆時期；擇定書寫內容後，首先須面對用字配篆的問題，從前四句的對照中已可見梗概，再將全文中可注意者整理如下表（表 4-7.1）：

表 4-7.1　商承祚〈正氣歌〉用字分類表

用 字 類 形		例　　字
見諸甲骨文	從甲骨	雪 後 2.1.13、鑊 後 2.14.10、寧滬 3.63、乙 2762
見諸金文者	從金文	天、有、正、氣、為 散盤、維 虢季子白盤、夷 兮、甲盤、極（亟）、庭（廷）秦公簋、賊 散盤、史……
	而從小篆	然 者減鐘、河 同簋、狐 狐君壺、沮 ?卣
金文未見者	從小篆	嶽、雜 頌鼎、毛公鼎、他、送、稽……
	假借通同	磅（旁）、薄（溥）、冀（驥）、錘（椎槌桓）、展（展布之展）、仰（卬）、丂（巧）
	從石刻	地（墜）
失　誤　字	應作	闌 大徐、閾、、泖、擊、繫
重複字例	為：陳子匜、禹邘王壺、司寇良父壺、朱?鼎、郱公華鐘、散盤、雍伯鼎、臽鼎

　　當時最佳的金文字典，非容庚《金文編》莫屬，其摹寫精確，世所公認。商承祚〈正氣歌四屏〉中文字，見《金文編》所收集者大率從之，間有不從者，蓋以其不易分辨、賞讀或有通同字可用而從其他；金文無者，自《說文》小篆尋取，而以金文偏旁、筆意組寫，如「雜」從《說文》說解，從衣集聲，但不從其字形結構而取金文偏旁組字而更見佳勝。「遼」字中「寮」取〈毛公鼎〉中「寮」作「」，糾正了許慎从「寮」之誤〔註 313〕；另有從甲骨者，如「雪」、「鑊」；還有出自〈行氣玉銘〉的「地（墜）」等，用字配篆極其用心，

〔註 313〕商承祚，《殷虛文字類編》，（臺北：文史哲出版社，1979 年 10 月），頁 285～286。

更見其古文字學的非凡素養。儘管有些字或有失察，卻是瑕不掩瑜的。諸多風格不同的字型，鎔鑄在同一種書法風格上。

在用筆及筆畫表現上，其起筆時逆時露，藉以打破視覺上的重複，筆畫運行以等粗細及等速爲主，搭配以墨量將盡時的渴筆與稍快節奏的飛白，即使末尾收尖亦不顯乾澀、尖刻。這種筆法呈現與他篆法的主張完全相符：

> 起筆毋重，住筆毋尖，回環合抱，體態莊嚴。小篆之筆柔而勁，金
> 文之筆勁而柔。勁而柔易，柔而勁難。知運乎此，則篆書之能事，
> 可得其概。〔註314〕

「起筆毋重，住筆毋尖，回環合抱，體態莊嚴」，眞乃商氏用筆特色與寫照。本作品合大小篆爲一，而以金文風格爲主，相對於小篆線條屈曲，常突出長引下垂的「柔而勁」之筆；此作多具金文線條較短，節奏明快中蜿蜒迴護，故有「勁而柔」之效果。至於其字形結構，也可與其理論相合：

> 獨體字上疏下促則痿痹，合體字左傾右拒則懈馳。糾正之方，緊上
> 鬆下，左右相顧，匪惟挺拔，氣復貫注。轉處不可過圓，須加頓錯，
> 意到筆留，韻由是生。〔註315〕

觀其所書，在字形結構上，的確是上密下疏，這是和他學篆自小篆始的心得合拍的；而「轉」處和緩彎曲與「折」處的停駐與交錯接點的靈活運用，使得方圓相濟，韻致優雅。基調確立後，復加入周代早期金文中常有的「肥筆」，如天（及偏旁）、正、在、王（及偏旁）、山（及偏旁）、見、筆、古、又（偏旁）、土（偏旁）、火（偏旁）等共35處，以形成節奏與視覺效果的變化；文中重複之字甚多，如天、則、爲、在、或、陽、賊等各字均避免雷同，尤其「爲」字重出12次，商氏用八種不同字形，並儘量在根據明確之中擇其風格相類者，並以一貫筆法、筆調書之，極盡變化之能事，用心用力可見一斑。

商承祚的書法表現一直在實踐他的書法創作理念，也都能相輔相成，這是他的堅持與過來人之言：

〔註314〕商承祚，〈說篆〉，商志譚編，《商承祚文集》，（廣州：中山大學出版社，2004 年 11 月），頁 205。

〔註315〕商承祚，〈說篆〉，商志譚編，《商承祚文集》，（廣州：中山大學出版社，2004 年 11 月），頁 204。

> 我寫篆書，包括行書在內，力求剛勁渾厚，以端莊平正爲主，喜用
> 鋪毫。

> 中鋒側鋒，趁筆取勢，聽其自然，決不矯揉做作，須知「平正」才
> 見眞實功夫。「看似平常最奇崛，成如容易卻艱辛」，此可爲知者道，
> 難爲外行人言也。正因字形力求工整，寫時時還要注意直行的行氣
> 和橫排的橫氣互相呼應，這樣才能使整幅字的氣勢協調而不至於偏
> 離鬆懈。我在書法實踐中還考慮李白那句話：「清水出芙蓉，天然去
> 雕飾。」而向這方面的風格努力。至於「筆筆中鋒」之說，是欺人
> 之談。〔註316〕

此四屏所書之字形略小，結構精巧，間架嚴整，筆法規範。而整體風格以質樸
爾雅，筆勢勁健，得契刻之神，再雜金文渾樸，愈增神采；又用筆纖細，行筆
柔韌，寓剛毅於秀美之中，不失清新儒雅之精髓。〔註317〕力求剛勁渾厚，以端
莊平正的眞實功夫、字形力求工整、注意行氣與橫氣的相互呼應，並往「清水
出芙蓉，天然去雕飾」的風格目標前進，取與其作品驗之，若合符節。

　　1975 年 12 月，湖北省博物館在雲夢縣西郊睡虎地發掘戰國末至秦代墓葬
12 座，其中第 11 號秦墓出竹簡 1155 枚，〔註318〕在 32000 多字中除去半數以
上的重文，尚得萬餘獨體字，從此秦篆大顯於世。至於小篆與秦篆在當時的
使用情形，他說「秦隸生，小篆是否廢而不用？他認爲是不偏廢的。於公文，
呈上用篆，對下用隸，那級屬上級？那級爲隸屬？在當日各自有規定。《說文·
序》謂秦滅六國，「大發吏卒，興戌役，官獄職務繁，初有隸書，以趣約易」，
遂名此種專用於下屬的字爲隸書」，並認爲班固謂因「施之於徒隸」而謂爲隸
書之說不可信。〔註319〕實則，商氏所用的「秦隸」、「隸書」的名稱，是秦時
對日常使用的通行字體的通稱，在文字形態、字形特徵上，仍是篆書的範圍，

〔註316〕商承祚，〈我的大半生〉，商志驒編，《商承祚文集》，（廣州：中山大學出版社，2004
　　　　年 11 月），頁 547～548。

〔註317〕郁逸，〈忠義貫日月　翰墨寫春秋〉，《商承祚教授百年誕辰紀念文集》，（北京：文
　　　　物出版社，2003 年 9 月），頁 86。

〔註318〕王曉光，《秦簡牘書法研究》，（北京：榮寶齋出版社，2010 年 11 月），頁 13。

〔註319〕商承祚，〈商承祚秦隸冊前言〉，商志驒編，《商承祚文集》，（廣州：中山大學出版
　　　　社，2004 年 11 月），頁 516。

故宜名之爲「秦篆」以與「小篆」並列。

　　面對這種新出土的，可以補足篆書到漢隸之間隸變過程斷片的新書體，商氏取《睡虎地秦竹簡》反復讀之，經過研究，他說：

> 深知由小篆而漢隸其間的秦隸百分之九十未脫離篆體，亦有不少橫畫和擦筆已蓄挑勢，此後漢隸將之擴張，字形結構又追求方整，以致氣質日下至東漢而秦隸亡。〔註320〕

文字釋讀及書體特徵之關竅解開之後，商氏以其書法家之敏銳，很快的開創了秦篆的書法創作，在 1976/4 即有〈日本策彥上人詩軸〉（圖 4-7.8a）之作，特別標舉「擬孫臏兵法竹簡〔註321〕筆意書之」，並在 1982 年就完成《商承祚秦隸冊》之刊，融會湖北《雲夢秦簡》、山東臨沂《孫臏兵法》簡之體勢，以書古今之作，統名秦隸，此爲其晚年得意之筆。〔註322〕

　　從〈日本策彥上人詩軸〉與〈張問陶遣悶詩軸〉（圖 4-7.8b）來看，因早期漢簡與秦簡文字一脈相傳，故商氏融會而書之。從篆到漢隸，其間有個實用書體即「秦篆」，具有五成以上的篆書結構及篆書筆法，我們可從湖北雲夢睡虎地秦墓出土的秦簡窺其貌。但獨體字不多，在寫件上不敷用，必須創造。創造者不僅要懂《說文》，還要悉於古文字，在融渾中方能篆來得體。〔註323〕因字形結構多數未離篆體，因此商氏皆以略爲長方形的小篆體勢書之，且把握住「約易」的特徵，以小篆的筆法加入波磔之筆，而仍採用有行有列的章法，是其可惜處。不過，因爲線條的鍛鍊已達老練，所以再加入秦簡結字特徵後，取其內韻，得其神采，成爲秦簡書法引領風騷的人物。

〔註320〕商承祚，〈商承祚秦隸冊前言〉，商志䓪編，《商承祚文集》，（廣州：中山大學出版社，2004 年 11 月），頁 516。

〔註321〕1972 年 4 月，大陸山東省博物館和臨沂文物組在臨沂銀雀山發掘兩座漢墓，經過初步整理，計出土的竹簡有 4942 枚，絕大多數爲兵書。其中《孫子兵法》和《孫臏兵法》的同時出土，在中國史學界造成很大的震撼。簡文書體爲早期隸書，寫於西元前 140〜118 年（西漢文景時期至武帝初期。）

〔註322〕馬國權，〈商承祚〉，《宗陶齋主人藏近代名家楹聯》，（香港：翰墨軒，1998 年 5 月），頁 198。

〔註323〕商承祚，〈我的大半生〉，商志䓪編，《商承祚文集》，（廣州：中山大學出版社，2004 年 11 月），頁 549。

圖 4-7.8a　商承祚〈日本策彥上人詩軸〉
圖 4-7.8b　商承祚〈張問陶遣悶詩軸〉

| 〈日本策彥上人詩軸〉　1976/4 | 〈張問陶遣悶詩軸〉　1980/9 |

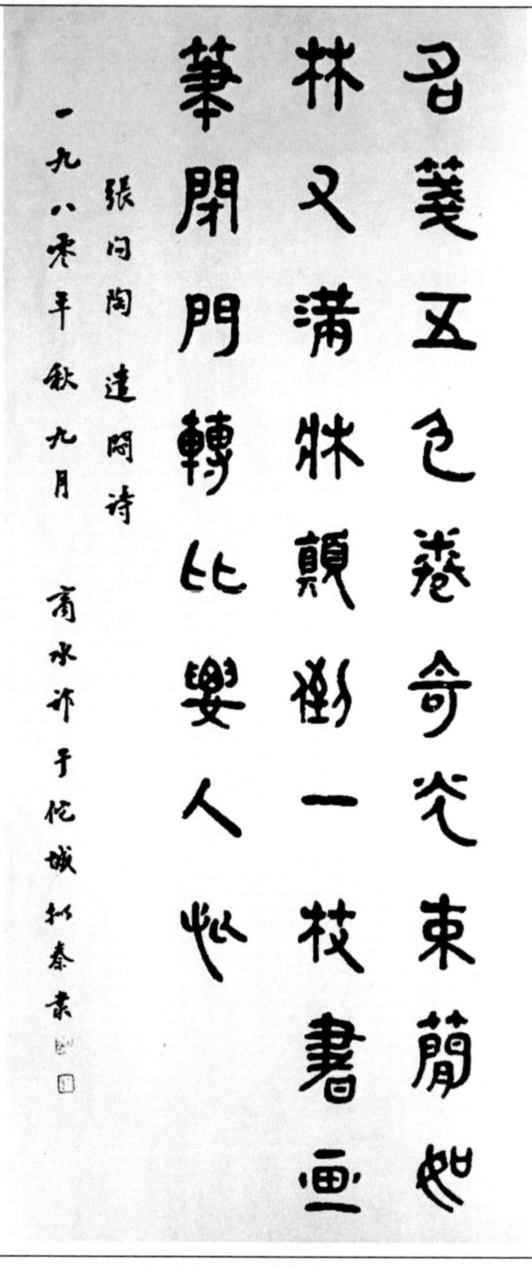

　　秦簡在用詞方面，若遇當日無其字時則用借字，如「眉、何、知、事，鄉」，
作「麋、可、知、吏、卿」，冊中用到這些字時皆照簡文書寫，不爲改易，以存

其眞，未有之字，則取偏旁相配合，兩者皆無始予創造，雖謹愼將事，恐仍不免有所訛誤。〔註324〕其古文字學家本色顯露無遺。

　　商氏嗜用古文筆法結構書寫古今詩詞。嘗云：「《說文》近一萬個字，漢代以後已不夠用，從當時來說，落後於形勢，現在更不用講了。可是有的人在寫篆時，死抱《說文》不放，認爲現代有而《說文》沒有的字，宜取音同義近的字來代替。……這種陳腐狹隘之見，必須清除，不足爲訓。」〔註325〕因爲他自己精通《說文》，對古文字的發展脈絡了解深透，故能運用自如。如《商承祚篆隸冊》中有「个」、「你」兩字，皆不見於《說文》，他則創爲「个」、「你」兩字；又如「尋」字篆本從工從口又從寸，彡聲，他則砍卻聲符，篆若今楷；「妙」字《說文》從弦省少聲、「啼」字《說文》從口聲，他均篆如今楷結構。類此構形，論者或謂古爲今用，易於辨識；然博古通今者，則謂渾淆古初，未足爲後學示法。〔註326〕雖然，終究爲秦篆書法的用字開啓可能的方向與學理基礎。2006年《篆隸冊》與《秦隸冊》合刊爲《商承祚書法集》，內有商氏改正原書之跡，從中可以看出一名學者和藝術家嚴謹的作風。〔註327〕

　　商承祚書法以氣韻爲其特色，觀其書法不僅筆氣旺盛，筆力遒勁，而且一氣呵成，故無論甲金文字，還是篆隸之書皆見之內秀外樸，具有古質之氣。〔註328〕他更主張書寫古文字，應有創新精神，在其晚年所寫〈論書法基礎問題〉說道，在寫秦隸過程，發覺「秦簡不多，字形小，就須創造。創造不是件易事。如不懂《說文》，則無法學秦隸；僅懂《說文》仍不夠，還要懂得秦以前的文字，否則無法創新」。〔註329〕

〔註324〕商承祚，〈商承祚秦隸冊前言〉，商志譚編，《商承祚文集》，（廣州：中山大學出版社，2004 年 11 月），頁 517。

〔註325〕轉引自馬國權，〈商承祚〉，《宗陶齋主人藏近代名家楹聯》，（香港：翰墨軒，1998年 5 月），頁 198。

〔註326〕馬國權，〈商承祚〉，《宗陶齋主人藏近代名家楹聯》，（香港：翰墨軒，1998 年 5月），頁 198。

〔註327〕商志譚編，《商承祚書法集‧按語》，（北京：文物出版社，2006 年 12 月），頁 189。

〔註328〕郁逸，〈忠義貫日月　翰墨寫春秋〉，《商承祚教授百年誕辰紀念文集》，（北京：文物出版社，2003 年 9 月），頁 86。

〔註329〕郁逸，〈忠義貫日月　翰墨寫春秋〉，《商承祚教授百年誕辰紀念文集》，（北京：文物出版社，2003 年 9 月），頁 86。

作為書法篆刻家的商承祚，不僅在創作中對篆隸下功夫尤深，能寫甲骨、金文，也能作秦篆、小篆，就連其不善草書這一點，也正體現的是他的「書」與「學」之不可須分離的相關性。在其關於書法的論述中，也多次申述書法、篆刻與文字學之間的聯繫：「寫篆而不讀篆書，猶童蒙離乎影本而不知著墨。……我國對於一切藝術，首重氣韻，讀多見多以孕育，下筆自有千古，而不流於凡庸。秀韻柔弱，筆墨不輟，猶可勉強，庸俗粗獷，無法救藥，蘇軾謂『百病有藥醫，惟俗不可醫。』至哉言乎！」〔註330〕這種「氣韻」，也正是商承祚平實溫潤的學術研究及其特點鮮明的「學者書法」所追求的境界。〔註331〕

據中國國家文物局「書畫作品限制出境標準」載：「根據目前國內近、現代著名書畫家作品的存量、藝術和藝術價值以及出境等情況，在進行了充分調查和研究，並徵求文物、美術界意見後，國家文物局日前頒發1949年後已故著名書畫家和1795至1949年間著名書畫家作品限制出境鑑定標準，以防止應得到國家保護的著名書畫家的作品流失出境，進一步加強我國珍貴人文藝術財產的保護工作。分為：作品一律不准出境（10人）、原則上不准出境（23人）和精品不准出境三類（107人）」〈1949年後已故著名書畫家作品限制出境名單〉（詳見附錄四），其中商承祚列於「精品不准出境者」，這本身已說明商承祚書法作品的珍貴。〔註332〕

第八節　顧廷龍——淳厚渾穆　神明內斂

顧廷龍（1904～1998），字起潛，室名晚成堂、淮吳精舍，晚號匋誃老人。江蘇蘇州人，生於1904年11月10日。〔註333〕1931年6月，持志大學畢業，

〔註330〕商承祚，〈說篆〉，商志罈編，《商承祚文集》，（廣州：中山大學出版社，2004年11月），頁206。

〔註331〕祝帥，〈書法篆刻家的古文字學視野〉，《東方藝術》2016：08，（河南省藝術研究院，2016年4月），頁130。

〔註332〕《1949年後已故著名書畫家作品限制出境鑑定標準（第一批2001年）頒布》，（國家文物局，2013年2月4日）文物博發（2013）3號。

〔註333〕杜澤遜，〈顧廷龍先生生平學術述略〉，《書目季刊》32：3，（臺北：書目雜誌社，1998年12月16日），頁1。

其時便從胡樸安、聞宥、劉季平學習古文字與書法。7 月，考入北平燕京大學研究院國文系，以容庚爲導師，治《說文》，次年 6 月以《說文廢字廢義考》獲文學碩士學位，受顧頡剛、容庚、郭紹虞等教授好評，旋任哈佛燕京圖書館駐北平釆訪處主任，再任上海私立合眾圖書館總幹事。1949 年後，歷任上海歷史文獻圖書館長、上海圖書館長，名譽館長等職。〔註334〕

　　1934 撰成《吳大澂年譜》，刊於《燕京學報》。留燕京大學圖書館工作期間，住在顧頡剛家中，既能讀到顧頡剛藏書，又能隨時請益，暇時與容庚、商承祚同研書法。1935 年，他與顧頡剛合著《尙書文字合編》，該書是研讀《尙書》文字的重要參考資料。爲確保唐寫本《尙書》的神韻，寫刻時，他特別鑽研了唐人寫經體的筆法，但令人遺憾的是當時未及完成。1937 年 7 月，正值蘆溝橋事變，在戰火瀰漫之中，又抓緊時間搶編了北京藏書家章鈺的《四當齋書目》，章氏在所藏書中，頗多批注，並涉及不少清末民初的一些文人學士，其在編目時，爲之一一考索注明歷略，用力之勤，可見一斑。〔註335〕

　　藏書家葉揆初、張菊生等合力創辦合眾圖書館，意欲聘請顧氏到上海主持，當時他雖明知合眾館尚在「空無一物，空無一人」的情況，但爲了我國的圖書館事業還是毅然南返，以不屈不撓的精神和踏實的工作作風，經過十多年時間的收集，藏書終達二十二萬冊之多，足以和當時以擁有丁氏八千卷樓善本著名的南京國學圖書館媲美。顧氏在合眾時，曾編寫了《海鹽張氏涉園》、《番禺葉氏遐庵》、《葉氏卷盦》三部書目。不但如此，又刊印成《合眾圖書館叢刊》三十餘冊，其中如丁晏的《論語孔注證僞》等書，至今不失爲有價值的學術著作，更爲難能可貴的是此書下冊是他手寫的，在此我們不但欣賞到他工整秀麗的行楷，如果我們知道先生所以要親自費時手寫，完全是由於合眾出不起影印工費的緣故，就更爲之感動了。如果我們再看到他手寫印行的石刻碑帖目錄《補藤花館石墨目錄》，就會明白他在書法上的深厚功力。1958 年合眾改名「歷史文獻圖書館」，直到後來籌建發展爲「上海圖書館」，顧氏始終是一心爲公，以館爲家，迄今上海圖書館藏書已達八百萬冊，成爲國內外聞名的大館，在其發展

〔註334〕孫亮球，《吳大澂古文字學與篆書書法研究》，（東吳大學中文系博士論文，2007年 7 月），頁 128～129。

〔註335〕柳曾符，〈揮毫餘事韋仲將——記顧廷龍先生和他的書法藝術〉，《柳曾符書學論文集》，（臺北：華正書局，1995 年 6 月），頁 207～209。

的道路上，無不留下其汗漬。即如此，晚年仍爲完成《全國古籍善本書目》而努力。〔註336〕1998 年 8 月 22 日因結腸癌病逝於北京第一人民醫院，享年九十有五。一生著著述甚豐，除《說文廢字廢義考》、《吳愙齋先生年譜》外，另著有《古匋文舂錄》、《章氏四當齋藏書書目》、《明代版本圖錄初編》（與潘景鄭合編）、《尙書文字合編》、《顧廷龍文集》，並主編《中國叢書綜錄》、《中國古籍善本書目》、《續修四庫全書》等書。

一、顧廷龍的古文字學成就

顧廷龍於 1924 年入上海南洋大學機械系就讀，因志趣未諧，次年轉入國民大學商科，再轉國文系，隨胡樸安、聞一多治小學，時校長爲章太炎；1926 年，該校因校務長殷定齡辦學不力改組，因休學返蘇州從王同愈〔註337〕習金石、目錄之學。1929 年春再入持志大學國文系，〔註338〕年冬，有纂輯「吳大澂年譜」之志。顧氏於金石文字之學，私淑吳大澂，影響終生。〔註339〕其撰吳氏年譜之機遇，實乃天作，兼及同鄉地利之便，更有戚友相勗之合，嘗自述云：

> 童年得《篆文論語》、《孝經》於家，喜而摹之，取以校讀本，奇其詰屈，迄未詳爲誰氏之手筆也。過庭請問，乃知吳愙齋先生集古文字以書者。先君子且告之曰：「是與吾家有連，昔先曾祖姑姊、妹歸韓氏桂舲（崶）、履卿（崇）先生昆仲，愙齋先生乃履卿之外孫，因爲中表親也。」廷龍於是識先生之名而惜不獲見焉。比長，從伯舅王董寀先生習古文字之學，繇秦篆而進窺古籀，遂讀先生

〔註336〕柳曾符，〈揮毫餘事韋仲將──記顧廷龍先生和他的書法藝術〉，《柳曾符書學論文集》，（臺北：華正書局，1995 年 6 月），頁 209～210。

〔註337〕王同愈（1855～1941），字文若，號勝之，別號栩緣，江蘇元和人。爲吳大澂親接弟子，光緒己丑（1889）進士，曾官湖北學政、總辦湖北學務，革新教育，辛亥革命後退隱於滬上。撰有《說文檢疑》（今名《小篆疑難字字典》）、《選硯臠言》、《栩緣詩文集》等。

〔註338〕孫亮球，《吳大澂古文字學與篆書書法研究》，（東吳大學中文系博士論文，2007 年 7 月），頁 128。

〔註339〕杜澤遜，〈顧廷龍先生生平學術述略〉，《書目季刊》32：3，（臺北：書目雜誌社，1998 年 12 月 16 日），頁 4。

> 所著《説文古籀補》、《古玉圖考》、《權衡度量實驗考》，於是於樵
>
> 習書法之外，更得研求先生之學術矣。〔註340〕

其先族因與吳大澂有中表親之關係，故得稱吳氏之嗣孫湖帆爲表兄；又爲大澂一生親接弟子王同愈之外姪孫。另外，顧廷龍與顧頡剛相差11歲，然於輩分乃爲頡剛之小叔；親友網絡與自身興趣相結合，得道多助，以發潛德之幽光；孜孜不倦，於學術中、書法中寢饋以求，終成大家。又言：

> 年來與先生文孫湖帆表兄過從甚密，得盡窺未刊之稿。旋假館槎南
>
> 草堂，侍外叔祖王勝之先生几席，外叔祖追隨先生甚久，暇陳前朝
>
> 掌故，述先生行誼，恍如隔宿事。於是更得於書法學術之外備聞先
>
> 生之爲人矣。〔註341〕

與吳湖帆過從，得盡見吳大澂未刊之稿；又親聞先生之行止於王同愈，既詳吳氏之行事，益以推見其用心，敬慕之情，匪可言喻。「自念與先生時既相接，居又比鄰，遺文墜墨，觸手紛如。海內外景行者雖多，而搜集之業皆不余便，竊不自揆，欲萃爲一編，顧猶未敢率爾操觚也。」〔註342〕1929年冬，顧氏將自槎西返吳門，微現纂輯之意，大受王同愈等嘉許；比歸又得顧頡剛函致云：

> 項方編輯《燕京學報》，擬請吾叔在半年內著成《吳愙齋先生年譜》
>
> 一篇，刊入第八期。以愙齋先生，吾叔既可在勝之先生前詢問，又
>
> 可到吳宅訪覓也。此公之學實開羅、王諸家之先，不應無一詳細之
>
> 紀錄。吾叔師淑其人，淵源有自，尤宜以表章之責自任。

訝顧頡剛此書函之深獲其心，心意遂決，乃在吳中收羅故實，到1934年6月22日吳大澂百歲誕辰，終於完成《吳愙齋先生年譜》，由哈佛燕京學社出版。

　　是編除記錄學業行事、師友往還、政治經濟外，於有關考據古文字、古器物之斷篇殘簡、題記隨筆，咸爲收采，而手札之議政、論學、談藝、紀游者，皆依時擴入。至於吳氏著述及收藏，別輯〈著述目〉、〈藏器目〉附刊於後。先生總結吳氏金石文字之學云：「綜先生之研討古文字、古器物，冥心遠紹，直接商周，凡其所戛然獨造者，今日以出土文物之繁，皆得證而成之，謂非繼往開

〔註340〕顧廷龍，《吳愙齋先生年譜》，（台北：文海出版社，1965年6月），敘例頁1。

〔註341〕顧廷龍，《吳愙齋先生年譜》，（台北：文海出版社，1965年6月），敘例頁1。

〔註342〕顧廷龍，《吳愙齋先生年譜》，（台北：文海出版社，1965年6月），敘例頁1。

來之一人乎！」推崇之至，蓋不啻爲楷模也。顧氏又謂，《年譜》之出「雖猶未能盡見先生之爲人，或可爲先生少洗過情之誣乎，是則廷龍纂述之志也。若夫讀而嚮往，聞之興起，以先生之心爲心，不介介於一時之毀譽，惟求心之所安，以撫育我黎民，保衛我家國，世將有其人乎，是又廷龍所馨香禱祝以求者也。先生之精神不死，諒不必索知己於千載後耳。」是則顧氏受吳大澂影響至深，非但金石文字之學，且於人格精神亦一脈相承也。〔註343〕

（一）編撰《古匋文香錄》

顧廷龍上大學時專攻文字、音韻、訓詁之學。文字學在當時是一門顯學，這領域的研究可謂盛況空前，但大體集中在殷商甲骨、周代金文、秦漢小篆方面。這些文字的確可以展示一代文字之體制，但是要搞清文字發展演化之軌跡，至爲重要的一環，就必須研究七國陶文。在某種程度上，陶文實處於樞紐地位。〔註344〕

自光緒初年，古陶陸續出土，藏陶最富的是陳介祺，而對古陶文最有研究的首推吳大澂。吳大澂每得墨本即加以考證，著有《古匋文字釋》四卷，可惜的是這部書並未刊行，後來原稿也不明下落，他還撰有《三代秦漢古匋文字考》，亦草創，末克完成。他在引言裡說：這些古陶文字，其價值非凡，足以與《說文》及吉金文字相互發明驗證；其中一些文字是向來金石家所沒有看到的，十分寶貴。吳大澂還有《藏拓題識》、《說文古籀補》，在陶文方面頗多創見，他可以說是治古陶文字的第一人。顧氏把陶文當作研究目標，或多或少是受到吳氏影響的。〔註345〕

在古陶文著錄方面，劉鶚的《鐵雲藏匋》，是第一部陶文專書。其他還有日本太田孝太郎的《夢庵藏匋》、黃賓虹的《陶鈢文字合證》，丁佛言、強運開的《說文古籀補補》、《三補》，日本高田忠周的《古籀篇》，這些書都有一個共同點，就是收錄不富。顧廷龍於是決心在吳大澂等的研究基礎上，對古陶文進行全面整理。從建德周進（季木）、吳縣潘承厚（博山）處見到大量陶

〔註343〕杜澤遜，〈顧廷龍先生生平學術述略〉，《書目季刊》32：3，（臺北：書目雜誌社，1998 年 12 月 16 日），頁 5。

〔註344〕顧廷龍，《顧廷龍學述》，（杭州：浙江人民出版社，2000 年 9 月），頁 161。

〔註345〕顧廷龍，《顧廷龍學述》，（杭州：浙江人民出版社，2000 年 9 月），頁 162～163。

文拓片，又悉心檢閱了劉鶚、太田孝太郎、黃賓虹所著印本，排次考釋，汰其偽作，共得 800 餘字，手自摹寫，撰成《古匋文香錄》一書，於 1936 年作為國立北平研究院史學研究會文字史料叢編之一影印出版。書分正編、附編兩部分：對於那些可確認的文字，依《說文解字》部居次第為序，又對兩旁可識而《說文解字》上沒有的字附列各部後面，這兩部分組成正編；凡圖像、文字偏旁不辨，或者一旁可辨而不審其音義者，略加編次為附編。不管是正編還是附編，所編文字都據墨拓或拓本影本。對雖有文字記載但未親見拓本者概不收入。書中文字考釋吸收不少吳大澂的成說；對不可從而改易之處也不少。陶的形制，因完器不多，很難詳辨，據印文所記、前人所述，參以己意，分為八種，一豆、二區、三釜、四簋、五盆、六缶、七罍、八埽。通過本書，可以看出陶文與鉥印文、泉文相同的很多，特別是與鉥印文相同的更多，從而確信這些鉥印文、泉幣文、陶文確屬一家。故聞一多在本書的序言中說：「泉文雖未有專籍，而鉥文則自羅氏書出，燦然已備，今又得起潛此編，異文益富，其有裨於時地異同之比較者至巨。」〔註 346〕

通過各體文字（如甲骨文、金文、陶文、鉥印文、泉幣文）的比較研究，不僅可弄清文字演化的軌跡，對於一些歷史問題的解決也是至關重要的。我們在對先秦實物的判斷上，借助於文字的比較「或足以明其地方性，或足以審其時代性，其事狀之明確，較之以詞例紋飾為準殆猶過之，斯誠比較古文字學上重要之史實矣。至於殊文異制，並罕見於他體者，則猶足以資多聞。」〔註 347〕

雖然顧氏自謙的說本書蒐羅不富，且附編所收字多於正編，仍有許多問題尚待解決，但誠如張政烺謂此書「搜羅最備，考釋最精，以專書形式問世的第一部成功的陶文字典……摹寫的準確，印刷的精工，絕非一般同類作品所可比擬。」〔註 348〕又，是書編次與體例一如吳大澂之《說文古籀補》，亦可見其步

〔註 346〕顧廷龍，《顧廷龍學述》，（杭州：浙江人民出版社，2000 年 9 月），頁 163～164。

〔註 347〕聞宥，〈古匋文香錄序〉，轉引自顧廷龍，《顧廷龍學述》，（杭州：浙江人民出版社，2000 年 9 月），頁 164。

〔註 348〕張政烺，〈讀《古匋文香錄》〉，轉引自顧廷龍，《顧廷龍學述》，（杭州：浙江人民出版社，2000 年 9 月），頁 165。

武前賢之一端。

（二）編集《尚書文字合編》

《尚書》先秦古本，經秦始皇禁毀和秦末戰火，亡散不少篇章。漢初，伏生傳授《尚書》，世稱《今文尚書》，共 28 篇（一說 29 篇）；武帝時，壞孔府宅壁，得《尚書》45 篇，世稱《古文尚書》。經西晉永嘉之亂，今、古文《尚書》相繼亡佚。東晉元帝時，梅賾上獻《古文尚書》，共 58 篇，其中 33 篇與《今文尚書》內容相同，另多出 25 篇。此書保存「隸古定」〔註 349〕字。唐玄宗時爲便於閱讀，改爲通行的楷體今字，這就是今字本，而《唐石經》即據此刊石。由於諸本流傳系統不同，無論內容和文字都有很大差異。就內容而言，有眞僞之別，經明、清兩代學者嚴密考證，揭露出今本 58 篇中 25 篇所謂「古文經」是僞作，此已成定論。就文字言，《尚書》歷代傳本頗多歧異，至今未能予以系統地整理，從而給研究工作帶來困難。《尚書》文字之所以產生歧異，除了傳抄中造成訛誤，以及漢代經師的訓讀造成異文等原因之外，歷代傳本的字體變遷也是重要原因之一。根據現存資料，《尚書》文字就有古文、篆書、隸書、隸古定和楷書等不同字體。字體的轉換，容易造成差錯，產生一系列文字問題，僅靠研究今本不足以解決。顧頡剛率先提出從研究歷代傳本的字體入手，來解決《尚書》文字問題。整理《尚書》文字，不僅有利於研究先秦政治、經濟、文化，而且對於弄清經學中今、古文問題也是必要的。

顧頡剛在 1931 年任燕京大學歷史系教授，講授《尚書》學，並有志對《尚書》進行綜合的整理和研究。計畫中有四個方面：第一，把各種字體的本子集刻成一編，看它因文字變遷而沿誤的文句有多少；第二，把唐以前各種書裡引用的《尚書》句子輯錄出來，參校傳本異同，以窺逸《書》的原樣；第三，把歷代學者討論《尚書》的文章彙合整理，尋出若干問題的結論；第四，研究《尚書》用字造句的文法，並結合甲骨文、金文作比較。最後，再下手去做《尚書》全部的考訂。〔註 350〕

〔註 349〕隸古定是用隸古字寫定的本子，是用隸書按照古字的筆畫寫的，不是把古字改爲隸書。

〔註 350〕顧廷龍，《顧廷龍學述》，（杭州：浙江人民出版社，2000 年 9 月），頁 165～169。

　　《尚書文字合編》屬顧頡剛計畫中的第一項，顧廷龍受邀參與編輯；然國難紛沓，從創議到竣事，超過 60 年的時間。

　　《尚書文字合編》雖只是搜集《尚書》文字資料，卻也並不容易，因大部分都是寫本、拓本，分藏各處。這些資料的來源有漢石經、魏石經、唐石經、晁公武刻《古文尚書》等 4 種；甘肅敦煌唐寫本、新疆吐魯番唐寫本、新疆和闐唐寫本、新疆吐魯番高昌地區唐寫本、日本藏各種寫本等 16 種；《書古文訓》（經文）刻本一種。本書是首次將今本版刻以前各種不同字體的古本彙為一編，是目前最齊全的《尚書》文字資料合集。是書所收漢魏石經《尚書》殘石。包括了 1949 後出土的殘石，較馬衡《漢石經集存》、孫海波《三字石經集錄》所收為齊全。所收唐寫本《尚書》，不僅包括敦煌卷子本的全部，而且還收入日本、德國所藏的新疆出土本。所收日本古寫本，有些還存全帙，可補唐寫本殘佚之不足，是研究《尚書》文字極可貴的資料。本書收錄了歷代出現的今文、古文、隸古定、楷書、今字等各種字體的《尚書》；將今本成型以前每種字體的所有古本均力所能及地搜括網羅，裡面包括不少孤本、珍本，具有較高資料價值。〔註351〕

　　廷龍始以《吳愙齋先生年譜》一著知名學界，然所精擅者實為文字金石、版本目錄之學，其《古匋文舀錄》一作為當代陶文字形工具書之權輿。又擅書，以篆書、行楷為長，俱私淑吳大澂，有《顧廷龍書法選集》、《顧廷龍書法展特刊》行世。

二、顧廷龍的篆書表現

　　顧廷龍嚴謹的治學之風，不但表現在他對圖書館的事業上，同時也表現在他的書法藝術上。青年時期，他的書法就已為當時在北京的老前輩，如張爾田、夏桐孫等所器重。顧氏擅寫金文大篆，並精於考釋，書風以豐茂雄渾、質樸古雅見長，他的作品為海內外所重，如復旦大學陳子展教授家藏歷代名跡甚多，而獨喜顧氏所書大篆「蓬廬長樂」橫匾，長年懸於書齋中。1961 年沈尹默倡建書法研究會於上海，選舉理事七人，顧廷龍居其一焉，餘者為沈尹默、郭紹虞、

〔註351〕顧廷龍，《顧廷龍學述》，（杭州：浙江人民出版社，2000 年 9 月），頁 179～184。

沙彥楷、潘伯鷹、朱東潤、王个簃。〔註352〕1963 年，他曾作爲中國書法家訪日代表團成員東渡訪日。〔註353〕

顧廷龍學字，由父親親自啓蒙，他也一直遵守庭訓：要勤習博覽，平淡中求出色。因爲父親跟他說「書法無他訣，惟橫平豎直，佈置安詳。」〔註354〕這也成了他學書要訣的基礎。二十多歲時又在善寫歐字的王同愈先生家做過幾年西賓，顧氏受其陶冶，講究字的骨力和結構，打下了紮實的楷書根基，現在我們看到顧氏的行書像是蘇體，但又比蘇字靈秀。他認爲臨帖要多臨幾種，才能出帖；沒有一種藝術，不經過長期琢磨會能成功的；又認爲楷書非皆館閣體；現代書家，亦宜注意研究。皆有識之見。〔註355〕

除了父親之外，對顧氏影響較大的就是吳大澂。他曾臨摹吳氏的篆書《論語》、《詩經》。吳大澂早年學六朝，後學黃山谷，擅長行書，篆書尤其精妙，對〈毛公鼎〉、〈秦詔版〉等古文字書法極爲致力。顧氏自敘對吳氏書法的傾心：

> 我最喜愛的是他的大篆，可謂婉暢穎奇、質樸古雅，我於此用力最
> 勤。那時侯，只要獲悉誰家藏有吳的墨跡，哪怕跑得再遠再累，也
> 總要前往一睹爲快。吳大澂對篆書有「患勻患弱，勻弱則庸」之說。
> 他的書法渾厚沉著，不嬌揉造作，天趣自然，似信手寫來，卻又儒
> 雅蘊藉，這與他淵博的學識及對書法藝術具有不同凡俗的理解有著
> 密切的關聯。〔註356〕

從他對吳大澂篆書的熱愛及精勤習仿，對吳氏篆書渾厚沉著、天趣自然還有學問與書藝相發的特點，可謂把握眞切。他還注意到吳大澂金文尺牘的成就，並曾刻意仿效：

> 吳大澂先生以金文結構書寫的篆書信札，勻稱方整，典雅脫俗，我

〔註352〕杜澤遜，〈顧廷龍先生生平學術述略〉，《書目季刊》32：3，（臺北：書目雜誌社，1998 年 12 月 16 日），頁 6。

〔註353〕柳曾符，〈揮毫餘事韋仲將——記顧廷龍先生和他的書法藝術〉，《柳曾符書學論文集》，（臺北：華正書局，1995 年 6 月），頁 210。

〔註354〕顧廷龍，《顧廷龍學述》，（杭州：浙江人民出版社，2000 年 9 月），頁 195。

〔註355〕柳曾符，〈揮毫餘事韋仲將——記顧廷龍先生和他的書法藝術〉，《柳曾符書學論文集》，（臺北：華正書局，1995 年 6 月），頁 210。

〔註356〕顧廷龍，《顧廷龍學述》，（杭州：浙江人民出版社，2000 年 9 月），頁 196。

　　刻意仿效，將金文法度的篆書取代易流入呆板的鐵線小篆，寫了一

些酷似行書的篆書信札。〔註357〕

亦步亦趨之外，且掌握住其篆書書札中有行無列的章法特徵，以金文取代小

篆用筆，可以說，全面的學習吳大澂，將吳大澂的書學、書藝完整消化、融

會。另外，他也喜歡錢坫的篆書，他的小篆平正中有創新，富於通融變化。

在練習篆書的過程中，顧氏還得到吳湖帆的指點，1924 年間，在上海曾和吳

大澂孫吳湖帆同客一寓，得以細細觀摩和體會他作篆之法，並得以盡觀他所

藏吳大澂所書碑記、石刻及墨跡，還臨其所書〈說文後序〉大幅屏條，興味

甚濃。〔註358〕

　　他說自己的習字經驗：「我寫篆字，長期學習臨摹金文，金文中愛好〈盂

鼎〉、〈虢季子盤〉、〈史頌簋〉、〈秦公鎛〉、〈墻盤〉等文字，這些字奇麗瑰偉，

神氣完足，結體婉轉，富於豪放之氣。我認為長期臨摹體會這些優秀作品，

可做到纖細而不寒磣，清癯而帶豐潤，凝重而不失活潑，沉著而不失自如，

豪邁不羈卻不失章法，跌宕曠達而充滿情致。」〔註359〕

　　1978 年 3 月所作〈朱德上東山詩〉（圖 4-8.1），詩云：「登峰直上畫樓臺，

春色滿城眼底開；四面青山圍屋海，華谿綠水向東來」。本作品可以說是顧氏

篆書書風的典型，首先是有行有列的章法，這種章法是從吳大澂寫金文大篆

的方式而來，整體觀照之下，顯現一種規矩有序及整飭清朗之美。本作字多

為長方形結構，視覺上縱向的速度感與行氣得以強化，條理分明；然因各字

字形長短不一，雖然行距大致上略寬於字距，卻有如「上」、「四」、「面」、「山」

等無垂腳或字形本身趨橫扁的單字穿插，致有行距窄於字距的橫向視覺伸展

感，對整體視覺協調不無干擾。

　　本作品用筆筆調非常一致，起筆率皆逆筆中鋒，含藏不露，圓厚雍容；線

條穩實內斂，速度均衡，且結字中密處的墨線與餘白產生強烈的緊張感，頗有

鄧石如所說「字畫疏處可以走馬，密處使不透風，常計白以當黑，奇趣乃出。」

〔註357〕顧廷龍，《顧廷龍學述》，（杭州：浙江人民出版社，2000 年 9 月），頁 196。

〔註358〕顧廷龍，《顧廷龍學述》，（杭州：浙江人民出版社，2000 年 9 月），頁 196～197。

〔註359〕顧廷龍，《顧廷龍學述》，（杭州：浙江人民出版社，2000 年 9 月），頁 197。

〔註360〕的效果，正如西方藝術理論中「圖」與「地」的巧妙運用，能使墨線有浮凸而出的立體感。接角處轉多於折，得圓融婉通的溫和含蓄。

圖 4-8.1　顧廷龍〈朱德上東山詩〉

〈朱德上東山詩〉1978/3

在用字方面，採大、小篆兼用，如對照表中所示可見，全詩 28 字，出於金文銘文者 14 字，如「登」、「晝」、「春」、「城」……等皆有明確之出處、來

〔註360〕吳育，〈完白山人篆書雙鉤記〉，穆孝天、許佳瓊，《鄧石如世界》，（台北：明文書局，1990 年 6 月），頁 254～255。

歷，且字形結構皆摹擬準確；銘文未見者 13 字，採用《說文》小篆字形，且有用古文如「開」字，或古文偏旁字形者：樓字用「廔」，《說文》廔云：「屋歷廔也」，段注曰：「麗廔讀如離婁二音。冏字下曰窗牖麗廔闓明也，〈長門賦〉、〈靈光殿賦〉皆作離樓……」〔註 361〕，字中「婁」（）的寫法採用的是古文，段氏曰：「按此上體當是从冏，即窗牖麗廔闓明之意也」〔註 362〕，如此更貼近於「樓」字之意；此外，雖是小篆字形，卻多用金文銘文風格書寫，如「直」、「色」、「滿」之「水」與「」符、「眼」（）、「底」、「屋」之「至」符、「谿」之「奚」符（）、「綠」的「糸」與「彔」（）等；「峰」說文無此字，顧氏取金文「山」、「夆」（）二字為偏旁，構成從山夆聲的合理造字原則以成新字，用大篆銘文構形及筆意，靈活運用而渾融一體，形成通篇西周中晚期書風的溫文儒雅風格。

　　濰縣陳簠齋（介祺）曾論寫金文之法說：

> 金文必講求篆法，一畫之兩端是法，一畫之中是力，力足則在下筆
> 時，提則用筆如錐，沉則如杵。作此畫不知第二畫，作此字不知下
> 一字，字字完全，筆筆完全，合成一字，雖屬整齊疏密，自然一氣。
>
> 〔註 363〕

我們看顧氏的篆書，正是如此寫法，筆筆不懈，如錐畫沙；雖是集字成篇，字字獨立，然而最終銷鎔為一融合的整體，大、小篆渾融無間，看似平淡，實蘊神妙。正如劉熙載所說的：「書能筆筆還其本分，不消閃避取巧，便是極詣。」〔註 364〕

　　又如 1986/12 所作〈人壽年豐軸〉（圖 4-8.2）亦係集字而統一於顧氏自己筆調風韻者，由對照圖中可見所根據之四字器源各異，時代不同，然顧氏以穩實均一的用筆，較為舒朗的字內布白，營造端整雅正的視覺效果，間以「壽」、「豐」二字右上角的渴筆飛白，讓整體的平穩節奏稍有變化，而款字

〔註 361〕段玉裁，《說文解字注》，（臺北：黎明文化事業，1991 年 8 月增訂八版），頁 450。

〔註 362〕段玉裁，《說文解字注》，（臺北：黎明文化事業，1991 年 8 月增訂八版），頁 630。

〔註 363〕轉引自柳曾符，〈揮毫餘事韋仲將——記顧廷龍先生和他的書法藝術〉，《柳曾符書
　　　　學論文集》，（臺北：華正書局，1995 年 6 月），頁 210～212。

〔註 364〕《歷代書法論文選》，（上海：上海書畫出版社，1979 年 10 月），頁 709，

安排略不對稱於主文各字的行列空間，更讓章法於整齊的基調中有變化的調整。

圖 4-8.2　顧廷龍〈人壽年豐軸〉

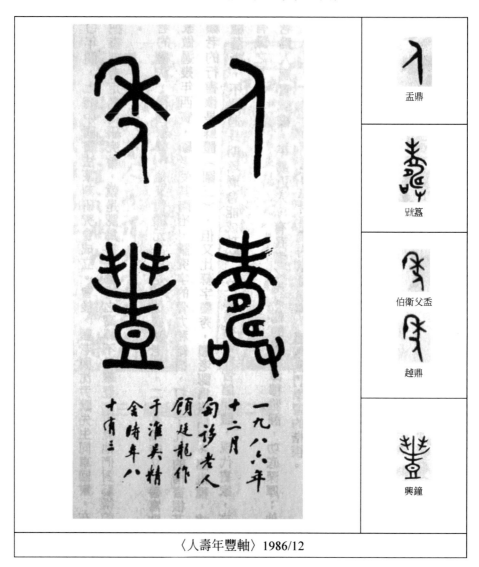

〈人壽年豐軸〉1986/12

同時期寫的〈摹契文軸〉（圖 4-8.3）係摹寫四則《簠室殷契徵文》之卜辭而來，內容分別是：1、〈人名〉5：「乙亥貞其又（侑）伊尹二牛」；2、〈人名〉1：「貞御隹牛三百」；3、〈歲時〉1：「壬戌卜賓貞我受年」；4、〈地望〉34：「貞史（使）人于此」。此四則隨意取之，而能清楚拓片中各辭而不相混，行文之

右行左行亦輕易辨別，實見其古文字涵養之不一般。然究非甲骨文專業，故有第一辭缺摹「又」字；第 3 辭之「壬戌」誤作「庚戌」者，各字之摹寫與原字多有差距，而近於金文了。

圖 4-8.3　顧廷龍〈摹契文軸〉

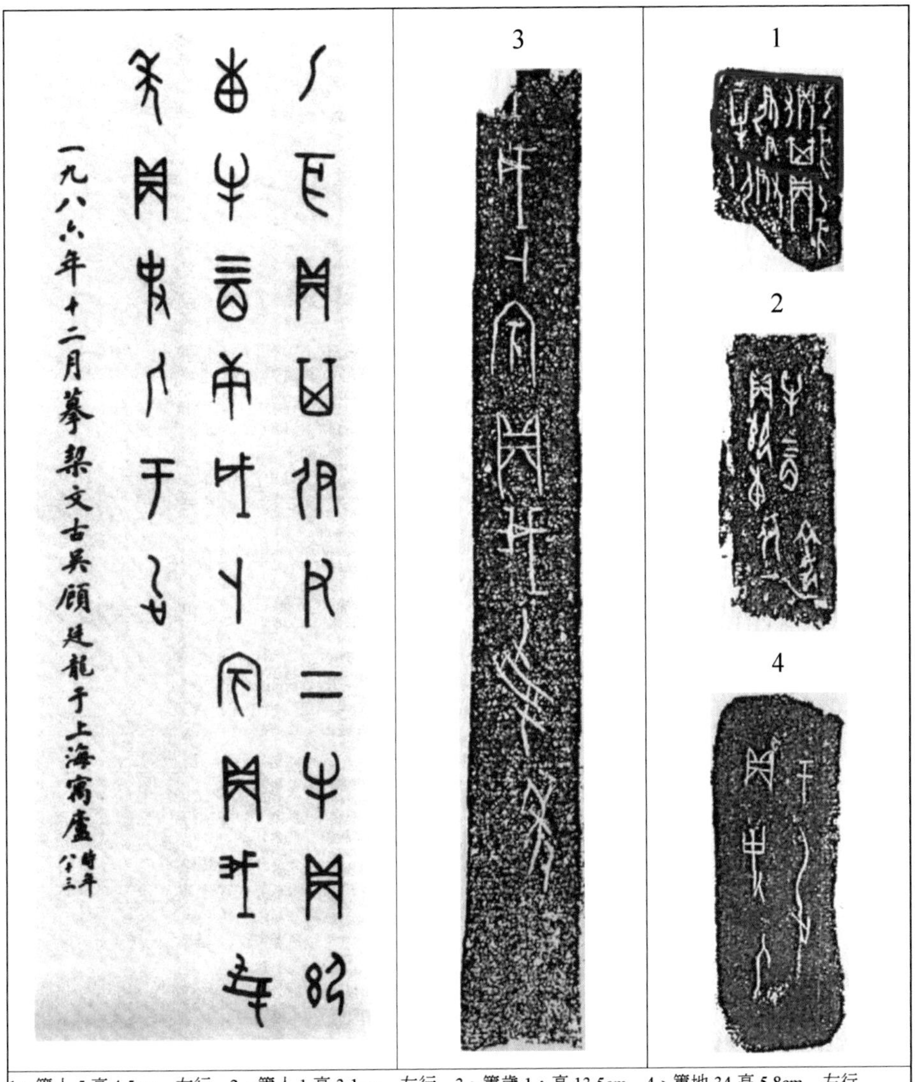

1、簠人 5 高 4.5cm　　右行　　2、簠人 1 高 3.1cm　　左行　　3、簠歲 1，高 13.5cm　　4、簠地 34 高 5.8cm　　左行

〈摹契文軸〉1986/12

此作用筆不取一般甲文尖起豐中銳末之態，反有類於羅振玉臨摹卜辭之風格，平入平出，佈字疏朗之局亦一似羅氏，唯稍減於羅氏之老辣勁健。相

較而言，則羅振玉所作，於平正中寓有一種乾烈爽利之氣，雖與殷商貞人尖起豐中銳末之契迥異，然神味自是洽合，頗令觀者思入上古。〔註365〕若顧氏之書因轉多於折，於甲骨的轉折處多斷而重起的折角接筆特徵較少顧及，是以稍顯柔靡。雖體裁內容取諸卜辭，章法佈局襲自振玉，然神理卻渾似吳大澂大篆書法之再現，誠可謂取雪堂之形式，藏愙齋之精神，殊堪玩味。〔註366〕

未署年款之〈濤捲、雲橫五言聯〉（圖4-8.4）同樣是用字非常靈活，「濤」用甲骨文；「海、門、石、天、山」用金文；「捲」用《說文》小篆，「捲、卷」之舒卷意皆爲引申，蓋「[印]」乃本字也；「橫、際」用《說文》小篆結構而參以金文偏旁；「雲」用《說文》古文。十字之中，甲、金文過半，復有小篆其形而取金文偏旁者，故以金文風格爲基調；又因係對聯形制，不取參差而重齊整。起筆皆逆，收筆齊截；筆畫勻一，「水」、「采」、「示」等偏旁構形中採用金文特有的短線條，使得齊整的節奏中產生輕快的韻律。

他自己曾說：「金文的書寫要求直筆、曲筆變化，字畫方圓兼備，布白配合呼應，呈現出一定的裝飾美。我力求於自然平穩中反映出這些藝術效果。」實際看來，的確是過來人之言。又說：「我的篆書取法金文較多，追求婉暢渾厚，韻味雋永的風格。」且「金文的書寫要求直筆、曲筆變化，字畫方圓兼備，布白配合呼應，呈現出一定的裝飾美。我力求於自然平穩中反映出這些藝術效果。」〔註367〕

顧廷龍一向認爲書法具有實用性，在實用的基礎上發展藝術風格，他說「書法作爲藝術，只講實用肯定不對，辯證地看『書法』與『實用』的關係，大概可以這樣說：脫離實用，趨於成熟；堅持實用，更趨成熟。字是寫給人看的，首先要使人看得懂，最重要的是要符合規範。」〔註368〕而他爲研究文字學學習寫金文、小篆，爲鑒定手寫經卷學習寫經體，爲研究版本目錄學，不得不學習

〔註365〕孫亮球，《吳大澂古文字學與篆書書法研究》，（東吳大學中文系博士論文，2007年7月），頁130～131。

〔註366〕孫亮球，《吳大澂古文字學與篆書書法研究》，（東吳大學中文系博士論文，2007年7月），頁131。

〔註367〕顧廷龍，《顧廷龍學述》，（杭州：浙江人民出版社，2000年9月），頁203。

〔註368〕顧廷龍，《顧廷龍學述》，（杭州：浙江人民出版社，2000年9月），頁198～199。

各體書法。〔註369〕又說「我寫字是爲了整理古籍的需要，我爲研究古文字學而學寫篆書，爲影寫敦煌本《尙書》始學漢魏眞書。……又爲愛好篆書而研究古文字學，爲愛好眞書，又讀了不少敦煌寫本。」〔註370〕體與用交互辯證，到最後做人與寫字相通。

圖 4-8.4 顧廷龍〈濤捲、雲橫五言聯〉

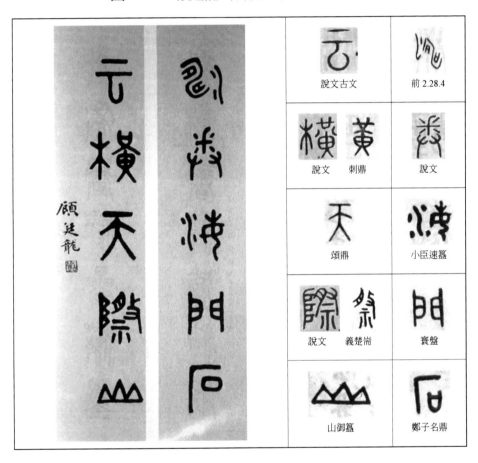

從 30 年代起，他題寫的書名超過 300 種，「別人找我題籤，說明他喜歡我的字，這對我來說是一種榮幸，同時，這也是我強調書法實用性的一種實踐。」〔註371〕除此之外，還應邀寫過不少匾額、題刻。如〈甲骨學小辭典書

〔註369〕顧廷龍，《顧廷龍學述》，（杭州：浙江人民出版社，2000 年 9 月），頁 198。

〔註370〕顧廷龍，《顧廷龍學述》，（杭州：浙江人民出版社，2000 年 9 月），頁 202。

〔註371〕顧廷龍，《顧廷龍學述》，（杭州：浙江人民出版社，2000 年 9 月），頁 200。

嵒〉（圖 4-8.5），爲符合本書甲骨學的特殊屬性，他在整體上採取方折簡勁的
用筆，十足表現甲骨文契刻時直線爲主、接角方折爲要的風格；筆畫仍是勻
整均一，然起筆較不逆筆，線條以短而直者居多，表現出契刻下刀時的力度
與節奏；和〈摹契文軸〉相比，反而更貼近於甲骨文書法，可見他在面對不
同作品時，不同的藝術思考及表現能力。用字方面，「骨」字用東周時《郭店
楚簡》，「辭」用西周〈毛公鼎〉，餘用甲骨文字，皆有所據，且都在依遵方整
風格的前提而下筆。六個字雖然出處各異，時代差距亦大，但在全幅創作的
觀照中，達到了融合無間的高完成度。

圖 4-8.5　顧廷龍〈甲骨學小辭典書嵒〉

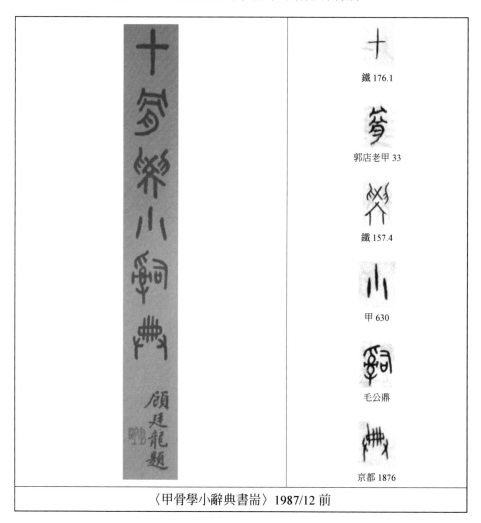

	鐵 176.1
	郭店老甲 33
	鐵 157.4
	甲 630
	毛公鼎
	京都 1876

〈甲骨學小辭典書嵒〉1987/12 前

　　對於篆書，作者自信可以算是「好之者」了。孔子說，「知之者不如好之者。」他自己說：「幾十年來，我從沒有厭倦，有時我感到篆書與我特別有緣，大概與我的性情特別契合，屬於性之所近，像我這樣的性格，學狂草如懷素、祝枝山斷不可能。」〔註372〕又說：「我的性格拘謹不化，說得好聽點，屬於父親說的『謹嚴、質樸』一類吧，不能『奔放』，也缺少『嫵媚』。我各種字體都有涉獵，因工作需要都下過功夫。但我最喜歡的是篆書，寫得較好的也算是篆書吧。」〔註373〕

　　或許他的字沒有龍飛鳳翥那種不羈的氣勢，不像現在有些書法家力求獨創的怪異，但卻有一種沖淡的勻稱，讓人看了心境平和，感到天清氣朗，麗日和煦，溫馨地親吻草原上款擺的牧草〔註374〕的感覺。他的篆書端莊大方，秀麗之中帶有剛毅遒勁之氣，有點像京戲〈群英會〉裡周瑜的英挺，卻又多幾分老成持重。結體嚴謹，在叱吒風雲之際，不失敦厚瀟灑的氣度。〔註375〕這樣的評價，可說相當中肯。

　　王元化評顧廷龍書法，特以「雅量」一語品題之：

　　……雅量之美，淳厚渾穆，神明內斂，氣靜機圓：書林中之諸葛孔

　　明、謝太傅是也。雅量之美，談何容易！融厚植之學養、博洽之聞

　　見、清澄之心地、沉著之幹才於一爐，全幅人格之呈顯，即《禮記》

　　所云：「清明在躬，志氣如神。〔註376〕

從氣質、學養、才能、人格綜合來說，「雅量」之評，顧氏之篆書誠克當之。

　　顧廷龍嘗謂吳愙齋「出其緒餘，從事書畫，亦卓然為一代大家，流播海內外，莫不與拱璧同珍。先生書擅各體，而尤長於篆籀，秦權在握，停勻多姿，以金文之嫺熟，大小參間，若以行楷出之。」實則，其書法亦如是。他嘗以「用筆蒼潤」、「端莊樸茂」描繪愙齋書法風格，亦為其書法所追求之境界。其於篆

〔註372〕顧廷龍，《顧廷龍學述》，（杭州：浙江人民出版社，2000年9月），頁202～203。

〔註373〕顧廷龍，《顧廷龍學述》，（杭州：浙江人民出版社，2000年9月），頁203。

〔註374〕鄭培凱，〈顧廷龍的字〉，（香港：《蘋果日報》，2013年7月28日），副刊。

〔註375〕鄭培凱，〈顧廷龍的字〉，（香港：《蘋果日報》，2013年7月28日），副刊。

〔註376〕王元化，〈《顧廷龍書法選集》序〉，顧廷龍，《顧廷龍學述》，（杭州：浙江人民出版社，2000年9月），頁206。

籀之外，復工楷書，源出晉唐寫經，自然端方，如其爲人。〔註377〕

　　他的金文篆書，豐茂雄渾，質樸古雅；甲骨文遒勁雄偉，亦爲藝林稱道。行、楷書嚴謹淳眞，別具特色。〔註378〕他爲人篤實誠樸，平易近人，有長者之風。他的書法渾穆雅靜，功底深厚；在治學方面，態度嚴謹，一絲不苟；還有對事業的獻身精神，都是我們學習的楷模。〔註379〕

〔註377〕杜澤遜，〈顧廷龍先生生平學術述略〉，《書目季刊》32：3，（臺北：書目雜誌社，1998 年 12 月 16 日），頁 6。

〔註378〕司惠國等編，《名家篆書楹聯集粹》，（北京：藍天出版社，2010 年 7 月），頁 157。

〔註379〕柳曾符，〈揮毫餘事韋仲將——記顧廷龍先生和他的書法藝術〉，《柳曾符書學論文集》，（臺北：華正書局，1995 年 6 月），頁 212。

第五章　現代古文字學者之篆書表現（二）

第一節　弓英德——精研六書　渾厚華滋

　　弓英德（1910～約 1984）字傑仁，山東觀城（今莘縣古雲鎮弓莊）人，畢業於國立山東大學中國文學系，曾任山東省立聊城師範學校國文教員、山東省政府秘書處秘書、山東省立第一聯合中學校長、山東省教育廳科長、部立濟南第四聯合中學校長。1948 年赴臺，先後任省立台灣師範大學教授兼頭份分部〔註1〕主任、國立台灣師範大學國文專修科主任、中興大學教授和中文系主任、文學院院長，著有《論語疑義輯注》、《詞學新詮》、《中國書學集成》、《國學概論》、《六書辨正》等。

一、弓英德的古文字學成就

　　從國家圖書館「中國文化研究論文目錄 1946～1979」中，搜尋關於弓英德古文字學研究論文，得有〈六書次第之商兌〉等十篇，可知其在古文字學

〔註1〕 1955～1964 年間，爲配合臺北市實施中等學校以上疏散作業，師大選定苗栗縣頭份鎮爲疏散地，分別與大成中學、斗煥國校、頭份國校與六合國校簽訂借用教室及空地合約，並將分部辦公室與教室設於大成中學後側。

研究領域是較爲偏向傳統「小學」中文字學的領域，以《說文》爲主。弓英德最重要的文字學研究專書爲《六書辨正》，出版於 1965 年 10 月，以書中章節與上述十篇文章比對、參照後，將各篇論文之發表刊物、時間與該書之關聯整理如下表（表 5-1.1）：

表 5-1.1　弓英德單篇論文資料表

論　　文	發表刊物	出版時間	頁　次	《六書辨正》章　　次
六書次第之商兌	師大學報 7	1962/6	171-182	第一章
論六書象形字之分類	大陸雜誌 25：12	1962/12	19-23	第二章
六書指事之界說及其分類	學粹 5：1	1962/12	18-23	第三章
六書會意之疑義及其分類	學粹 5：3	1963/2	20-24	第四章
論轉注及六書之四正二變	大陸雜誌 26：9	1963/5	11-17	第六章
六書假借釋疑	學粹 5：5-6	1963/8、10	共 9 頁	第七章
六書篆變釋例自序	中國一周 733	1964/4	1-2	
六書形聲字釋疑及其分類	大陸雜誌 28：12	1964/6	2-8	第五章
段注說文亦聲字探究	師大學報 9	1964/6	47-82	附錄
六書篆變釋例	學術論文集刊	1971/12	131-150	

是知《六書辨正》實爲有次第、步驟而完成的學術專著，具有完整之體系而循序完成者。茲將其內容之緊要處，約略述之於下，首先是「六書次第」問題：

> 揆於情理，證諸事實，以爲六書之次第可有可無。就文字之制造言
> 之，六書無所謂先後次第。然就文字之分類言之，則六書又應有其
> 先後之次第。〔註2〕

文字非一人所造，且逐漸增加，何由知其先後？六書乃文字造成以後之分類，非造之前，先規定此六種造字之方法，使造字者遵以造字。造字之先後，自爲一事；六書之次第，又爲一事。如執造字之先後，以求六書之次第，是緣木而求魚也，必無通理。六書應視爲我國文字之分類法，而非在造字之前所立之造

〔註2〕　弓英德，《六書辨正》，（臺北：臺灣商務印書館，1966 年 10 月），頁 13。

字法。〔註3〕

次論象形字之分類法，宗徐紹楨《六書辨》而完備其例，並增後面之形一類，曰：

　　第一類仰觀之形：如日月星雲雨氣電虹等字。

　　第二類俯察之形：如田疇文泉淵冰川行等字。

　　第三類正面之形：如山丘竹木心目口鼻等字。

　　第四類旁面之形：如魚龜鳥鳳犬馬虎豹等字。

　　第五類後面之形：如牛羊車軛蟲蛇燕矢等字。

　　上列例字，皆就甲骨、金文言之，小篆則或有變化，不足爲據矣。

　　然小篆與古文之不同，乃變也，非誤也；亦猶今之楷書與古文不同，

　　不得謂今之楷書皆誤也。〔註4〕

是能以新出土之甲骨、金文等古文字資料，求文字之本原而不泥於許愼《說文》，故能通古今之變而探原知類者。

論指事，則曰：「六書中指事一類，非以形意爲主，乃以事爲主。然離造字而言事，則人類之行爲動作，事也，人類之情感思維，亦事也；鳶飛魚躍事也，龍翔鳳舞亦事也；物之顏色數目，時之春夏秋冬，地之東西南北，莫非事也。此與以天地人物分象形者同，與造字之方法無關。」而分指事爲二類：（一）獨體指事。〈許敘〉之「視而可識」，己見之「因字見事」，亦即孔廣居所謂：「指者，指此事也，非加點畫以指其處」之類。此類文字，與依物製字之象形字不同，且不須就象形之字，另加點畫以指其處，除一畫之字，如一｜乙丿等之外，無論其筆畫多小，每一筆畫，或數筆畫，皆非單獨成字者，故曰獨體指事。例如一二三七八上下中卜乃厶入出乙齊亼乎兮至等字皆是。（二）複體指事。〈許敘〉之「察而見意」，己見之「以點畫指其處」使人察而知其意者，亦即黃以周等所謂：「凡指事者，先有象形之字，從而指之；指之者，非字也。」此類文字，乃合兩體以上而成字者；然兩體之中，一成字，一二點畫則不成字；且爲以一意成一字，與會意之兩體皆成字，合兩字

〔註3〕　弓英德，《六書辨正》，（臺北：臺灣商務印書館，1966 年 10 月），頁 14～15。

〔註4〕　弓英德，《六書辨正》，（臺北：臺灣商務印書館，1966 年 10 月），頁 34～35。

之意以成一意者不同。因名之爲複體指事，以別於合體。例如靁畺孕日甘尹牟豕本末朱臿刃牽亦等字皆是。〔註5〕解說〈許敘〉而明確之曰：「凡獨體之文，因字見事，視而可識者；及合體之字，一二畫不成字，且係以一意成一字，察而可見其所指之意者，皆爲指事。」〔註6〕

說會意，將〈許敘〉之說以今語言之，即「合併兩字以上之意義，從而見其意向，而另成一新字者，謂之會意。故合人言之意義而爲信，合止戈之意義而爲武。」〔註7〕而分會意爲三項七類：第一、同體會意：（一）合二同體以見意者，从林是也。（二）合三同體以見意者，秂森是也。（三）合四同體以見意者，茻田是也。第二、異體會意：（一）合二字以見意者，武信是也。（二）合三字以見意者，黍祭是也。（三）合四字以上以見意者，寒暴是也。第三、省體會意者，勞孝梟慶之類是也。〔註8〕

關於形聲之次序，弓氏取班固之說，而以爲形聲字乃一半音符，一半意符之文字。其音符意符筆畫繁多者，則酌予省減，乃必然之理也；其他枝節橫生之說，均屬蛇足。並分爲三類：第一、聲符意符俱完整者，江河之類是也。第二、省聲符者，營塋之類是也。第三、省意符者，壽考之類是也。〔註9〕

又考察許慎《說文》中關於解說文字之誤失問題，認爲「甲金文中本有其字，許氏因小篆之變，致令說解失眞，可以謂之誤也；如甲金文中，本無其字，乃小篆之後，新成之字，不亦得謂爲造字乎？此等字，說解有得，無違古文，則不得謂之誤矣。凡此後起之字中，尤多形聲，形聲之中，尤多省聲。此又不可不知，不可不爲許氏辯者。」例如木部榮字，甲金文中，本無其字，乃後起之字，許氏謂从木熒省聲；示部禖字，甲金文中，本無其字，許氏謂爲从示侵省聲。如此之類，不得謂許氏之立說不當也。〔註10〕

對於「六書，造字之本也」一語的意見：此語見於《漢書‧藝文志》，顏師古注曰：「文字之義，總歸六書，故曰立字之本焉。」以「立字之本」注「造

〔註5〕 弓英德，《六書辨正》，（臺北：臺灣商務印書館，1966年10月），頁55～56。

〔註6〕 弓英德，《六書辨正》，（臺北：臺灣商務印書館，1966年10月），頁53。

〔註7〕 弓英德，《六書辨正》，（臺北：臺灣商務印書館，1966年10月），頁57。

〔註8〕 弓英德，《六書辨正》，（臺北：臺灣商務印書館，1966年10月），頁72。

〔註9〕 弓英德，《六書辨正》，（臺北：臺灣商務印書館，1966年10月），頁86、90。

〔註10〕 弓英德，《六書辨正》，（臺北：臺灣商務印書館，1966年10月），頁81。

字之本」似有不妥，實最得其解。後世之治小學者，對於轉注是否爲造字之法，有相反之二說。弓英德認爲以造字言之，象形、象事，爲獨體之文，乃造字之第一階段。象意、象聲，爲孳乳之字。乃造字之第二階段。而轉注、假借，則爲文字之再生，稱爲「文字之孳乳」可也，乃造字之第三階段。文字兼備，子孫繁衍，以應於無窮者也。〔註 11〕並說解〈許敘〉之界說與例字，釋其定義爲「同族類之文字，建立一字爲部首；而其孳乳相生之字，凡承受部首之意義者，對部首而言，即爲轉注。如老爲部首，而考字孳乳於老，且受意於老者是也。」〔註 12〕

　　論假借，則曰：「假借一書，爲造字之變法，當造字之初，有其事而無其字，乃借聲於四象中已有之字以寄其意，如此者，方爲假借，非引申、通用之謂也。」〔註 13〕六書雖均爲造字，然非立於造字之前；乃造字既久，始根據造字之方法與道理，所有文字分爲此六類者也。故班氏謂六書爲造字之本，而不云造字之法也。且六書雖均爲造字，然四象之於轉假，確有不同之處。轉注假借之字，如老之爲象形，考之爲形聲，令之爲會意，長之爲象形，皆不出四象之範圍。故於論轉注曾謂四象爲造字之正法，轉假則爲造字之變法，轉注乃四象中本有之字，義嫌廣泛，於是取其廣義而詳察細分之，復用四象之法，另造一比較狹義之字。假借者，乃本無其字，而借用四象中他字之音，以表其意。轉注者，以彼注茲也；假借者，告貸於人也。如可久假不歸，則永無還期，成一字而兩義；或專行借義，反廢本義，而原有之古意反又另造一字。或已可獨立，別立門戶，則另造本字，歸還原借。皆爲字之孳乳，而非訓詁通假用字之法；亦非以轉注假借之法製字，一如四象之製字者然。〔註 14〕

　　歷來小學與近現代以來之古文字學皆注重《說文》之研究，雖然許書中所在文字或有詭更之失，傳衍至今又不無校改之訛，然誠如羅振玉謂：「然今日得以考求古文之眞，固非由許書以上溯古金文，由古金文以上窺卜辭不可

〔註 11〕弓英德，《六書辨正》，（臺北：臺灣商務印書館，1966 年 10 月），頁 98～102。

〔註 12〕弓英德，《六書辨正》，（臺北：臺灣商務印書館，1966 年 10 月），頁 111。

〔註 13〕弓英德，《六書辨正》，（臺北：臺灣商務印書館，1966 年 10 月），頁 137。

〔註 14〕弓英德，《六書辨正》，（臺北：臺灣商務印書館，1966 年 10 月），頁 133～134。

得而幾也。由是言之，則雖謂古文之真，因許書而獲存焉可矣。」〔註15〕弓英德綜研各家說法，從中提出許多關鍵之處予以梳理，並改正舊說，勇於發表修正及創新的意見，對後學者研習《說文》並據此以上窺商周甲金文字，厥功偉矣。

二、弓英德的篆書表現

弓英德生當國家危弱之際，國學凋敝之時，傾心國故，學養密邃，於書法一藝亦頗經心。嘗言「凡一國之人民，不能發揚其本國之文化者，其國必亡；各國文字，又為其文化之基礎，故愛國者，無不愛其本國之文字也。而我國文字，歷史悠久，舉世罕與倫比⋯⋯惜以近百年來，國勢不振，致使一般學子之心理，多鄙棄本國文化，因而厭惡本國文字，言之良堪痛惜。」〔註16〕而「我國文字，除其實用價值外，復有其藝術價值；除藝術價值外，且有其修養價值，故自古以來。即書畫並舉，尤為其他任何文字所不能望其項背。」〔註17〕最能體現我國獨有之文字、文學、文化、藝術者，非書法莫之能任。且「世運之隆替，人心之振靡，亦可於一代之書學中見之。」〔註18〕欲發揚文化，必須由此。1966 年 8 月著成《中國書學集成》，分三編，〈書法〉由執筆入，次論運筆，後講結構、臨摹、工具；〈書史〉則自唐虞以前，而三代，繼以歷代各朝而迄於有清，例敘各階段書跡特徵、流變、代表書家等；〈書評〉則有分品、分體、分人評書三章，提挈歷來關乎創作之批評、批評之依據，可見知歷代評書者，所見不同，立論各異，或以藻繪，或以品分，或按體而評得失，或因人、因時、因碑、因帖而論長短，紛然雜陳，各有孤詣；四章另立名論選要以備查考。縱觀歷代書法名著，摭其肯綮，述其要略，以類比附，詳其源委，文詞簡要暢達，意欲備學者之參考，作書學之梯航。

弓氏之書學造詣於此可見一斑，又因其為古文字學者，對篆書一藝尤為擅長，茲舉三例以明其學、藝相發之特色，首先是〈中興文苑書耑〉（圖 5-1.1）：

〔註15〕羅振玉，《增訂殷墟書契考釋》，（臺北：藝文印書館，1981 年 3 月），卷中葉 79。

〔註16〕弓英德，《中國書學集成》，（臺北：臺灣中華書局，1977 年 10 月五版），序頁 1～2。

〔註17〕弓英德，《中國書學集成》，（臺北：臺灣中華書局，1977 年 10 月五版），序頁 2。

〔註18〕弓英德，《中國書學集成》，（臺北：臺灣中華書局，1977 年 10 月五版）序頁 1。

圖 5-1.1　弓英德〈中興文苑書耑〉

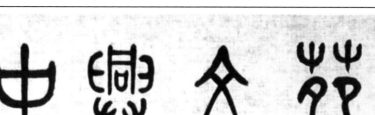

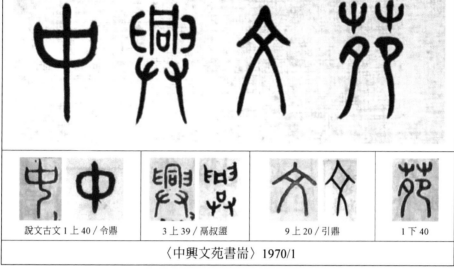

說文古文 1 上 40／令鼎	3 上 39／鬲叔盨	9 上 20／引鼎	1 下 40
〈中興文苑書耑〉1970/1			

　　《中興文苑》是由中興大學中國文學系的學生所主辦的刊物，一方面舉「中興」以標舉校名，同時兼取〈烝民〉「任賢使能，周室中興」之義。發刊詞中敘及「文苑」之義與出刊之期許云：「苑有薈萃的意思，古人以文人薈萃的地方，叫做文苑，故以文苑傳記能文之士。文人所萃，可以為文苑；文辭所萃，近世亦多名為文苑，也就是文集，或是文章園地的意思。中興大學國文系的師生，當然都是文人；所以國文系也可以說是文人薈萃的地方。發為文章，編成刊物，名為文苑，應當是非常適宜。至於說到中興大業，當非我輩所能獨任；然文化復興，人人有責，各盡所能，僅作中興之鼓吹而已。……本系學生所學的，不外義理、詞章、考據各方面的學術，經世濟民，承先啟後的道理。學到了什麼，學會了什麼，應當有地方去實驗一番，本刊就是他（她）們的實驗室。在實驗室中的實驗，不一定都是成功的，然而一切的成功，則莫不由實驗而來，希望好好利用它。」〔註19〕

　　在他的支持下，學生創此刊物，而由自道命名緣由，蓋深有期許，充滿教育之意義。而書法渾厚中有婉麗，實為不易。從點畫來看，總體上起筆的逆鋒

〔註19〕弓英德，〈中興文苑發刊詞〉，《中興文苑》創刊號，（臺中：中興大學中文學會，1970 年 1 月 1 日），發刊詞。

迴筆稍重而運筆過程穩健勻一，各字末筆收尖，還有緩收及逸出的變化。細看各字，筆畫少之「中」、「文」二字下筆凝重堅實，而最繁的「興」字，則轉以輕瘦而有提按，參以正始石經的古文蝌蚪式豐中銳末之態，上半與下半部的起收轉換甚爲巧妙；「苑」字上輕而下重，垂腳非爲對稱卻巍然而立。字形以小篆之頎長造形爲基調，收束在隱形界格之中，單字卻有「中」、「文」二字的內擫和「興」、「苑」二字外張的張力平衡，有如四大金剛並列而立，各具表情與姿態。能做如此的變化與安排，又與其字形選用以小篆爲主而參用大篆攸關，如「中」字用《說文》古文且參以清代各家中豎直下的寫法，「苑」字用小篆而下部參以金文，因爲熟悉各種筆法且靈活運用，成就此精巧的作品。

他的用筆有鄧石如、吳昌碩的特色，明顯是從清代後期篆書家筆法演化而來，深得方圓並用之道。他精研古文字學，對於選字用字了然於胸，不囿於《說文》小篆，展現了平正雍容的學者風範和專業書家的筆墨功力。

身負文化傳承的使命感，並願以此自任，執教上庠以播惠學子，正宜其大展身手。以下二件作品更可爲證：〈司馬、史魚八言聯〉（圖 5-1.2），聯云：「司馬有文顯揚君父，史魚在位用保邦家」，爲贈徐照華教授而作，全聯文字係集自〈毛公鼎〉，該鼎全文五百字，爲歷來青銅器銘之冠，出土後爲濰縣陳介祺所藏，現藏故宮博物院。文字古雅，集爲聯語而爲臨池之助者不下百數。而此聯爲自撰，並未見於前人所集；上聯用司馬遷繼志述作《史記》，終於「究天人之際，通古今之變，成一家之言」之故實；下聯則取史鰌秉直典故。《論語·衛靈公》中，孔子曾以飛矢之直讚許衛國的大夫史鰌的正直：「直哉史魚！邦有道，如矢；邦無道，如矢。」無論國家清明或危亡，史魚仍以一貫的正直以忠諫事君，即使到臨終，仍企以屍諫衛靈公任蘧伯玉而退彌子瑕。史魚入仕的哲學，在其正直性格的貫徹，政治清平時入諫言固不必論，政治黑暗時也不畏自身危難而勇於直言死諫，其充滿正義感，堅持不移的性格，即孔子所謂「直」的人格特質的展現。以史魚在其位則謀其政，司馬遷的史觀、史識、史德、史筆都不僅僅完成自己，也成就大眾，皆爲修齊治平的展現。綜合歷史名人事蹟、作爲以爲贈聯，有深意存焉；將此意涵籠絡於二句之中，可稱大手筆也。既嘉許門人爲學有成，才如馬、班，復勗勉其既任教上庠，對於傳道、授業、解惑之責不可或忘，於公務處理、領導統御之關竅，用典妥貼，充分表現了長者對後輩學者學研有成的嘉勉和殷殷諄囑、期許。

圖 5-1.2　弓英德〈司馬、史魚八言聯〉／〈毛公鼎〉銘對照

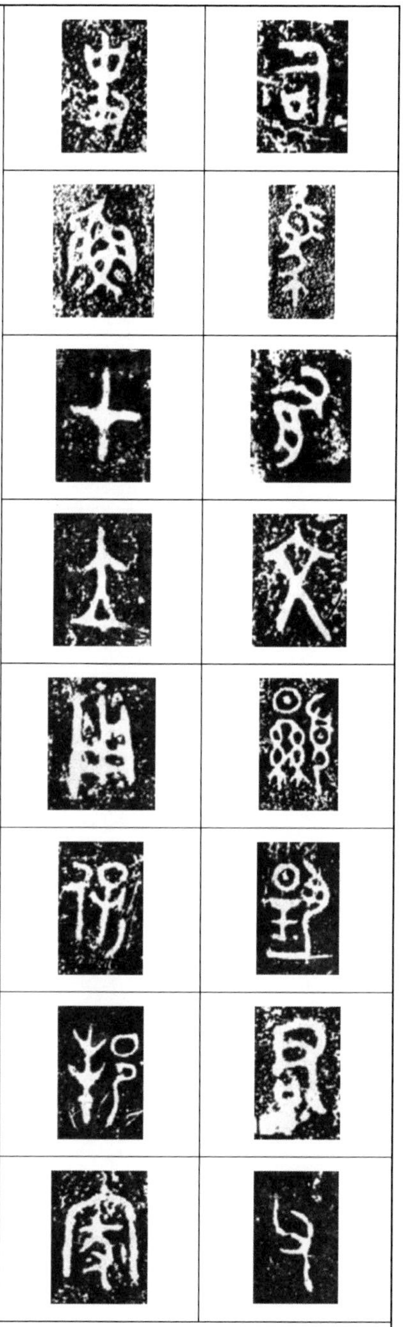

| 〈司馬、史魚八言聯〉132×21.5 | 〈毛公鼎〉銘拓片對照 |

從此聯用語，可見弓氏對毛公鼎銘文的熟稔及國學素養的沉厚，前者是對

鐘鼎銘文等古文字的學者專業，後者是浸淫國學，厚積而薄發的學者日常。

再就書法言，起筆凝重渾實，甚有吳昌碩式的樸茂，乍看各字有些頭重腳輕，卻又重心安穩；行筆過程間以緩速變化產生飛白效果，各字字形依照原拓而牢籠在對聯格式之中，在長方形字格中兼及原字的屈伸，如「馬」使短，「父」令長，「魚」變窄瘦，「位」轉寬厚，齊整中有精微的用意與巧思。通篇用筆穩建紮實，與聯語內容的堂皇正大作緊密的連結，文質彬彬，是極有君子風度的作品。

〈敏則、威而七言聯〉（圖 5-1.3），聯云：「敏則有功公則悅，威而不猛恭而安。」，作於 1980 年，係贈陳欽忠教授大學畢業之物，上聯典出《論語‧堯曰》：「寬則得眾，信則民任焉，敏則有功，公則說。」意爲寬厚就會得到大眾擁護，誠信就會得到百姓信任，勤敏就會取得功績，公平就會使人高興。下聯引用《論語‧述而》：「子溫而厲，威而不猛，恭而安。」〔註20〕意爲孔子溫和而又嚴厲，威嚴而不兇猛，莊重而又安祥。這是孔子的學生對孔子的讚揚。孔子認爲人有各種欲與情，這是順因自然的，但人所有的情感與欲求，都必須合乎「中和」的原則。「厲」、「猛」等都有些「過」，而「不及」同樣是不可取的。孔子的這些情感與實際表現，可以說正是符合中庸原則的。弓英德集此聯別有因材施教之意味，與前述〈司馬、史魚八言聯〉同爲贈學生以言，但方向、角度各異，但同樣的是師長的諄教與寄意。

本書作參合大、小篆書爲一，用字精采，大部分採青銅器銘文，餘用《說文》小篆，且往往以金文形符、偏旁組字：「敏」字金文從又，「則」字金文從鼎，而鼎符特意寫爲中空廣腹之形，寓鼎之爲器應深廣而能容物，以調合眾味；而爲人處世更當寬宏大度，乃爲楷則；雖此聯中二則字皆當虛詞用，然書之以此特殊造形，其言外之意，可以知矣。「功」之力旁採用金文寫法，「兌」通悅，《說文》：「兌，說也」，段注曰：「說者，今之悅字。」〔註21〕「而」字兩豎畫中加一短橫，常見於清人篆書中，「猛」之犬部、「恭」之心部、「安」之女部用金文，既見出處有本有源，又見活用古文字偏旁以構成整體書作的

〔註20〕威而不猛另見《論語‧堯曰》尊五美、屏四惡「君子惠而不費，勞而不怨，欲而不貪，泰而不驕，威而不猛。」，附記於此。

〔註21〕段玉裁，《說文解字注》，（臺北：黎明文化事業，1991 年 8 月增訂八版），頁 409。

和諧調性。

圖 5-1.3　弓英德〈敏則、威而七言聯〉

虢叔鐘	師反鼎
子禾子釜	齊侯壺／叩小子鼎
大豐簋	毛公鼎
說文 10 上 30	說文 13 下 50
說文 10 下 27	秦公簋
說文 9 下 34	鬲攸比鼎
安賽卣	元年師兌鼎

〈敏則、威而七言聯〉1980 年 116×21cm

　　本聯用筆輕重對比較爲懸殊，然重而不肥膩，輕而不瘠瘦，極有視覺上的塊面效果，多數字形上重下輕，雖是小篆結構常例，卻更進一步將下部筆畫刻意弱化，拙稚之趣橫生，創作意識明確。

　　弓氏的篆書用筆以「圓」爲其特色，深得「篆欲婉而通」之妙。當是其質性之所適且知篆書之所應然者。其《中國書學集成·運筆》引康有爲言曰〔註22〕：「書法之妙，全在運筆；舉其要，盡於方圓，操縱極熟，自有巧妙。」〔註23〕又論方圓用筆之道，仍引康氏之言曰：

> 方用頓筆，圓用提筆，提筆中含，頓筆外拓；中含者渾勁，外拓者雄強；中含者篆法也，外拓者隸法也；提筆婉而通，頓筆精而密。圓筆者，蕭散超逸；方筆者，凝整沈著。提則筋勁，頓則血融；圓則用抽，方則用挈。圓筆使轉用提，而以頓挫出之；方筆使轉用頓，而以提挈出之。圓筆用絞，方筆用翻；圓筆不絞則痿，方筆不翻則滯；圓筆出之險則得勁，方筆出於破則得峻。提筆如遊絲裊空，頓筆似獅狻蹲地。〔註24〕

康氏著重運筆，說書法的妙處，完全在運筆上。它的要點，不過方筆和圓筆兩種。操縱到了極熟的時候，自然會生出巧妙來的。方筆是用頓法，圓筆是用提法，提筆筆力含蓄，藏在畫的中間；頓筆筆力向四面開拓。中含的筆畫渾厚、勁健；外拓的筆畫雄偉、強硬。中含的是篆書的筆法，外拓的是隸書的筆法。提筆靈活圓通，頓筆深沉精密。圓筆蕭散、飄逸；方筆凝重、沉著。提筆則筋勁健，頓筆則血融和。圓筆用提，是抽其筆，力不向下按，方筆用頓，是牽其筆，力向下重按。寫圓筆字轉折的地方用提筆，而仍兼用頓挫，方筆轉折的地方用頓筆，而仍兼用提牽。圓筆用絞法，方筆用翻。圓筆因爲提起來了，不用絞法，則畫不得力而靡弱，方筆因爲向下頓，不用翻筆，則字會板滯而乏通暢，圓筆常常用險峻的筆，也就是快和猛，筆畫就會勁健，方筆常常用側勢，也就是黃小仲的方法，筆畫就駿利。提筆像遊絲在空中飄揚，頓筆像猛獸伏在地上。〔註25〕

〔註22〕弓英德，《中國書學集成》，（臺北：臺灣中華書局，1977 年 10 月五版），頁 20～21。
〔註23〕祝嘉，《廣藝舟雙楫疏證》，（臺北：華正書局，1980 年 5 月），頁 196。
〔註24〕弓英德，《中國書學集成》，（臺北：臺灣中華書局，1977 年 10 月五版），頁 20～21。
〔註25〕祝嘉，《廣藝舟雙楫疏證》，（臺北：華正書局，1980 年 5 月），頁 201。

弓英德認爲康氏反覆解釋，不厭求詳，學者深體其意，自可心領神會。〔註26〕體會到康氏所說的方圓並用之妙：

> 妙處在方圓並用，不方不圓，亦方亦圓，或體方而用圓，或用方而
> 體圓，或筆方而章法圓，神而明之，存乎其人矣。〔註27〕

妙處是在於方筆、圓筆兼用，不方不圓，也方也圓。或者是用方筆筆法寫圓畫圓體字，或者是用圓筆筆法寫方畫方體字（當然不是純方、純圓），或者筆畫方而結體圓，神而明之，是在各人自己了。〔註28〕

因爲是篆書，所以弓英德以「提筆中含」的圓筆篆法爲基調，寫出有「渾勁」、「婉通」、「蕭散超逸」、「筋勁」等視覺感受的線條、結字，完成其贈人以言的實用書作。從中看出了一個古文字學者在面對篆書創作時，其學養、襟懷、治學態度與自我要求的自然流露，雖然不以書法名世，僅僅是優遊翰墨，但所表現的，不僅止於視覺藝術的書法，更多的是文化傳統的精微體現。

第二節　孫海波——甲骨文編　純淨中和

孫海波（1910～1972），字涵溥，曾用名孫銘恩，河南信陽潢川人。1928年畢業於省立第七中學，1929 年考入北京燕京大學國文專修科，1931 年考入北京師範大學研究院，師從容庚從事甲骨文、金文的學習研究，編成《甲骨文編》。1934 年畢業後，被聘爲中央研究院歷史語言研究所助理員，繼續從事甲骨文、金文以及訓詁學、音韻學的研究，此間陸續發表〈卜辭曆法小記〉（1935/1）、〈讀王靜安先生古史新證書後〉（1935/6）、《古文聲系》（1935/1）等著作，其中《古文聲系》是他的第一部專著。1935 年 7 月，孫海波被聘任北平師範大學國文系講師，同時兼任東北大學中文系教授和北平研究院歷史學會編輯。1934～1937 年應聘參與《河南省通志稿》的編纂，負責主編《文物志‧吉金編》。這期間發表的論著有〈卜辭文字小記〉（1935/12）、〈甲骨文中說文之逸文〉、〈卜辭文字小記續〉（1936）、〈釋呂〉、〈簠室殷契徵文校錄〉（1937）、《新鄭彝器》、《浚縣彝器》（1937）、《魏正始三字石經集錄》（1937

〔註26〕弓英德，《中國書學集成》，（臺北：臺灣中華書局，1977 年 10 月五版），頁 21。

〔註27〕祝嘉，《廣藝舟雙楫疏證》，（臺北：華正書局，1980 年 5 月），頁 196。

〔註28〕祝嘉，《廣藝舟雙楫疏證》，（臺北：華正書局，1980 年 5 月），頁 201～202。

年考古學社專集第十七種）、《古器物拓片殘集》（1937）。1937/7，被聘爲北平
中國大學中文系教授。1937/12，日本在北平成立「中華民國臨時政府」，1938/8
～1942 年，孫海波在日僞東方文化委員會作《四庫全書》金石部分、雜物部
分提要考證，同時兼任國學書院第二院講師，其間曾領日本人岩間德野到河
南安陽發掘古物。1942/12 月，任北平師範大學代秘書長，後復任北平中國大
學中文系教授。1945 年日本投降後，仍任中國大學中文系教授，直至 1946 年
7 月，這段期間曾先後發表《甲骨文錄》（1938）、《河南吉金圖志賸稿》（1939）、
《誠齋殷墟文字》（1940）和〈評殷墟書契續編校記〉、〈評甲骨地名通檢〉、〈評
甲骨叕存〉、〈評殷契遺珠〉、〈評鐵雲藏龜〉、〈評金璋所藏甲骨卜辭〉（1940）
等。1946/7 至 1948/7，任長白師範學院文史系教授兼系主任。1946 年夏，孫
海波奔母喪回潢川，8 月 14 日在潢川專署大禮堂以甲骨文爲題做學術報告。
1948/8 至 1949/12，任雲南大學中文系教授，兼昆明五華學院歷史系主任。其
後入華北大學政治研究院學習，任西南師範學院圖博科教授兼主任、新鄉師
範學院歷史系教授、開封師範學院歷史系教授兼院學報和《史學月刊》編委、
河南省歷史研究所研究員。曾被劃爲右派，受「撤銷職務、勞動教養」處分、
批鬥等，直至死後的 1981/10 月，才由河南師範大學復審改正，撤銷右派結論。
〔註29〕1972 年 2 月逝世，享年 71 歲。家屬根據他的遺囑將他珍藏的甲骨文、
金文、考古、歷史等各類書籍 1710 冊，字畫 24 卷、文物圖片 416 張、文物
拓片一包、甲骨文殘片、古錢幣 170 件全部捐贈給河南省歷史研究所。〔註30〕

一、孫海波的古文字學成就

孫海波長於甲骨文、金石文字、目錄學，學術著作、出版物、學術論文數
十篇概如前述，茲就其研究大要說明之：

（一）甲骨文研究之成就

1934 年孫海波在北京與容庚、徐中舒、董作賓、商承祚、周一良等共同
發起成立「金石學會」，並創辦會刊《考古社刊》。他與容庚、唐蘭、于省吾、
徐中舒等同被選爲學會執行委員，成爲學會領導成員。學會的骨幹成員還有

〔註29〕http://hclyj.huangchuan.gov.cn/rwls/hcmr/2015FMPlZmoTHg.html，20170420 檢索。
〔註30〕郭勝強，《河南大學與甲骨學》，（開封：河南大學出版社，2003 年 3 月），頁 235。

劉節、魏建功、顧廷龍、邵子鳳、容肇祖、鄭師許等。數年之中，學會定期召開年會，經常組織各種學術活動、出版會刊，促進了學術事業的發展繁榮。〔註31〕這一時期孫海波從事甲骨學研究主要是進行文字的考釋，發表了〈釋眉〉（《行素》雜誌第 1 卷 4 期，1934 年）、〈甲金文中《說文》之逸文〉（《師大月刊》第 26 期，1936 年 4 月）、〈釋自〉（《禹貢》半月刊，第 7 卷 1～3 期合刊，1937 年 4 月）等文章。同時，利用卜辭資料研究商史，特別研究商、周民族關係，寫出了〈甲骨文中「周侯」辨論〉（與董作賓合作，《新晨報》，1930 年 8 月 6 日）、〈由甲骨卜辭推論殷周之關係〉（《禹貢》第 1 卷 6 期，1934 年 5 月）等論文，根據卜辭中「令周侯」和「寇周」的記載，說明殷強盛時對周發號施令，後殷衰，周漸強大不再聽命，故殷「寇周」，即征伐周，直至最後周人強盛取而代之。〔註32〕另有〈卜辭曆法小記〉、〈說十三月〉等對商代曆法的探討，他的觀點雖然未被學術界所接受，但對促進殷商曆法研究的深入，逐步建立正確的殷商曆法體系，還是有著一定的積極意義。〔註33〕

1. 甲骨文工具書的編纂

孫氏研究殷墟甲骨文的最著成果為《甲骨文編》，該書有新舊兩版。舊版 1934 年 10 月由哈佛燕京學社石印出版，線裝 5 冊，共 18 卷。正編 14 卷，收已識字 1006 個，其中見於《說文》者 813 字，依《說文》部次排列，以小篆為字頭；不見於《說文》者 193 字，以隸定字為字頭，附於各部之末。附錄一卷，收未識字 1110 個。兩者相加，共為 2116 個字頭。合文一卷，收合文 156 個。備查一卷，註明此書未收之相同字形的出處。檢字一卷，即索引。此書所收甲骨文字形體，僅限於 1933 年前能見到的甲骨著錄專書。所收各字及其異體均註明出處，同字同形者則不全收。並簡單註明或為「博采通人」，或為「以己意為斷」。〔註34〕其自序言：

> 自卜辭發現以來，書之刊布流傳者，其辭盈萬，字逾兩千名，體執

〔註31〕郭勝強，《河南大學與甲骨學》，（開封：河南大學出版社，2003 年 3 月），頁 225。

〔註32〕郭勝強，《河南大學與甲骨學》，（開封：河南大學出版社，2003 年 3 月），頁 226。

〔註33〕郭勝強，《河南大學與甲骨學》，（開封：河南大學出版社，2003 年 3 月），頁 231。

〔註34〕趙誠，《二十世紀甲骨文研究述要》，（太原：書海出版社，2006 年 2 月），頁 708～709。

> 詭變，每越常律，而解其文者各有異同，混淆澶漫不便比觀，學人
> 病焉。海波幼受小學，深憙金石契刻，稍壯就學燕京，從頌齋、栔
> 齋兩師旅，辯證問難，見聞較廣，端居課業，展覽前修，摘錄說解，
> 稽驗形體，殊多拘牽，私心憾之。于是總諸家之說，擇善用之，而
> 余以爲有未盡者，乃別記所見，既撰甲骨諸書釋文，復成《甲骨文
> 編》一書。〔註35〕

其所在意者，諸著錄書解文各異，混淆散漫不便比觀，於學習多所不便。故在
小學基礎穩固而從容庚、商承祚學習、問難之餘，對當時所能見的著錄書所收
字，分類並陳，考索諸家，擇善用之，深有助於學者、大眾。對此，商承祚之
言可爲的評：

> （孫海波）既成《殷虛書契》前、後編及《書契菁華》、《鐵雲藏龜》
> 等考釋，復摹寫其文，結構之大小，刀筆之粗細，一仍其舊，重文
> 異體，博採兼收，用《說文》之例，分別部居不相雜廁，爲《甲骨
> 文編》。其釋字既謹嚴，而商代用字之例，尤爲易檢，其有功于於學
> 人非淺也。〔註36〕

此書的特色，乃在對原版文字的摹寫十分精到，可觀字形變化之跡，亦免原
版捶拓損蝕、漶漫之弊。依《說文》部次排列更可便利考索，著其文字遞嬗
之跡。

新版即《甲骨文編》改訂本，是在舊版的基礎上，由中國科學院考古研
究所邀請唐蘭、商承祚、于省吾、張政烺、陳夢家、孫海波等共同商討改編
的體例，並參考郭沫若的書面指導意見，然後加以編纂。初稿完成後，曾經
過了一再的修訂，方始定稿，並作爲考古學專刊乙種第十四號，於 1965 年由
中華書局出版。新版正編收 1723 字（1～1723，見於《說文》的 941 字），合
文收 371 個（2001～2371），附錄收 2949 字（3001～5949），後附檢字即索引，
而無備查。體例大致同於舊版，小有改進處，書中〈編輯凡例〉已略作說明。
〔註37〕

〔註35〕 孫海波，《甲骨文編・自序》，（板橋；藝文印書館，1963 年 6 月再版），頁 34。

〔註36〕 孫海波，《甲骨文編・商序》，（板橋；藝文印書館，1963 年 6 月再版），頁 29。

〔註37〕 趙誠，《二十世紀甲骨文研究述要》，（太原；書海出版社，2006 年 2 月），頁 709。

當然這部書在考釋文字、引用資料以及編排體例上的缺點也是很明顯的，如考釋文字是經常把不同的文字放在一起，如山與火等，引起了一些不必要的麻煩。另外還把可以合併的異體字分成多個字。另外在解釋字義時，有的忽視了本義、引申義與假借義的區別。〔註38〕另外，金祥恒著有《續甲骨文編》，補充了《甲骨文編》舊版，1959 年由台北藝文印書館印行出版。金氏將許慎《說文》的小篆和解說，另立一行，放在每字之前。使得眉目更加清晰。這是和《文編》略有不同的地方，也是一種進步。因為《甲骨文編》出版較早，所收材料自然要少些，最好是將兩部書合起來看，比較全面。〔註39〕

2. 甲骨文的收集、整理和著錄刊布

1929 年至 1930 春，中央研究院歷史語言研究所在進行第三次安陽殷墟發掘時，河南省政府派河南省博物館館長何日章至殷墟小屯進行發掘，前後二次，為期 3 個多月，共出土甲骨文 3656 片。這批甲骨文資料，曾由關百益選拓部分為《殷墟文字存真》，共出 8 集，每集 100 片。後又由孫海波選編為《甲骨文錄》。〔註40〕《甲骨文錄》著錄甲骨拓本 930 片，1938 年 1 月由河南通志館影印出版，線裝二冊：第一冊包括作者 1937 年 10 月〈自序〉、〈例言〉6 條和拓本。第二冊包括釋文和索引。拓本依次編號，按干支、天象、卜貞、世系、征伐、畋游、奇字等類排列。索引將可以隸定的字和詞按筆畫順序編排，又將不能隸定的字和詞，按卜人、人名、地名、室名、方國等類編排。在各字、詞之下標出在本書中的拓片號，頗便檢查。1958 年 5 月台北藝文印書館改版重印，經綴合、去重，編為 907 號。增加嚴一萍〈序言〉；1971 年藝文印書館又依孫書原版重印。〔註41〕《殷墟文字存真》和《甲骨文錄》編纂時沒有甲骨出土編號，科學性遠遜於《殷墟文字甲編》和《殷墟文字乙編》。但由於戰亂之故，《甲編》和《乙編》遲至 1948 年以後才陸續出版，因此《存真》

〔註38〕朱順龍、何立民，《中國古文字學基礎》，（上海：上海社會科學院出版社，2004 年 12 月），頁 92。

〔註39〕朱順龍、何立民，《中國古文字學基礎》，（上海：上海社會科學院出版社，2004 年 12 月），頁 121。

〔註40〕郭勝強，《河南大學與甲骨學》，（開封：河南大學出版社，2003 年 3 月），頁 229。

〔註41〕趙誠，《二十世紀甲骨文研究述要》，（太原：書海出版社，2006 年 2 月），頁 709 ～710。

和《文錄》畢竟較早的公布了殷墟發掘所得部分甲骨文資料，滿足在殷墟科學發掘開始後，人們急於早日見到發掘所得甲骨文的願望，爲學者提供了新的研究資料。〔註42〕

《誠齋殷墟文字》1940年2月由北京修文堂影印出版，線裝一冊。孫海波〈自序〉云「民國二十八年春，冀縣孫實君（誠溫）南游滬瀆，得甲骨墨本數冊以歸，既啓監，乃楊天錫氏之所搜集，皆新出未錄之品，意甚珍惜，將謀梓板流傳，因屬予爲之，斥其重複，撮其菁英，得五百版，稍加編次著于篇。」所收拓本，依干支、農業、旬夕、天氣、祭祀、田獵、生育、人名、方國、貞人、卜王、其他等類排列，並逐片加以考釋。〔註43〕

3. 甲骨文的辨僞與校重

孫海波還進行了甲骨文辨僞校重工作。辨僞、校重、綴合，是甲骨文整理的三項基本工作。30年代以前，由於殷墟的非科學發掘、甲骨文的私掘濫挖、古骨商人的製假售僞，在輾轉收藏、拓摹著錄中，出現了不少僞片和重片。孫海波首先進行了《殷墟書契續編》的校重工作，校定其重複者在千餘版以上，並多與《戩壽堂所藏殷墟文字》和王襄的《簠室殷契徵文》相重，於是對《續編》的重片進行一次大清理。1939年曾毅公發表《〈殷墟書契續編〉校記》、1940年孫海波又發表〈評《殷墟書契續編校記》〉，1941年胡厚宣發表〈讀曾毅公君《殷墟書契續編校記》〉，繼續進行《續編》的校重。到最後，經《甲骨文合集》編輯組的最後審校，《續編》共計重1538片。〔註44〕

1925年王襄編纂出版了《簠室殷契徵文》，著錄拓片1125片。然他將拓片裁剪分割，有一分爲二者；有一分爲三、四者；有原骨邊沿不齊，被修剪整齊者；有字跡不清，則加以修飾者。故初時孫海波也有所懷疑，但到1930年見到原拓影印本，認定《簠室殷契徵文》拓片不是僞品。爲此撰寫了〈《簠室殷契徵文》校錄〉一文，發表於1937年6月的《考古社刊》第6期，肯定了書中資料的真實性，還指出此書拓片內容豐富，重要資料不少。尤爲可貴的是，王襄自

〔註42〕郭勝強，《河南大學與甲骨學》，（開封：河南大學出版社，2003年3月），頁229〜230。

〔註43〕趙誠，《二十世紀甲骨文研究述要》，（太原：書海出版社，2006年2月），頁710。

〔註44〕郭勝強，《河南大學與甲骨學》，（開封：河南大學出版社，2003年3月），頁228。

己所藏甲骨未曾倒手贈售過，故與本書出版前的著錄書無重片，〔註45〕參考價值極高。

　　孫海波還寫了不少有關甲骨學著作的評論和介紹的文章，其中主要有〈讀王靜安先生古史新證書後〉（《考古社刊》第 2 期，1935 年 6 月）、〈評鐵雲藏龜零拾〉（《中和》第 1 卷第 2 期，1940 年 2 月）、〈評《甲骨綴存》〉（《中和》第 1 卷第 2 期）、〈評《甲骨地名通檢》〉（《中和》第 1 卷第 1 期，1940 年 1 月）等。這些評介肯定了有關作者的學術成就，指出了存在的問題和不足，總結了甲骨學研究的階段性成果，加強了學術交流，促進了甲骨學研究水平的提高。〔註46〕

　　總之，在 20 世紀 30、40 年代，孫海波在甲骨學研究領域的許多方面，包括甲骨文資料的收集、整理和刊布，甲骨文的辨偽和校重，甲骨文的考釋和總結等，都取得了不少成就，在甲骨學史上占有一定的地位。1949 年之後，孫氏遠任雲南大學、西南師範學院，後調回開封師範學院，言傳身教，培養和造就了一批又一批的甲骨學者。〔註47〕在 20 世紀 50、60 年代的一些政治運動中，特別在文化大革命期間，遭到衝擊，受到不公正的待遇。晚年抓緊時間整理自己的論著，筆耕不輟。統計起來，他在甲骨學方面計有專著 5 部，論文 30 餘篇。在文字學、目錄學等方面也取得不少成果。〔註48〕

（二）甲骨文之外之古文字學成就

　　自漢武帝罷黜百家，獨尊儒術，專立五經博士後，遂使五經之業，天下風行。到了東漢末年，傳授儒家典籍者往往各依師法說經，於是經籍文字多謬，頗為混亂。面對這種情況，蔡邕與堂谿典、楊賜、馬日磾、張馴、韓說、單颺等人奏請靈帝正訂六經，帝乃命邕等校正經書文字，於洛陽太學刊立石碑，此為所謂「熹平石經」，又稱漢石經。此後，魏齊王芳正始年間又再刻石經立於洛陽太學漢石經之側，經文每字分刻有古文、篆書、隸書三種字體，

〔註45〕郭勝強，《河南大學與甲骨學》，（開封：河南大學出版社，2003 年 3 月），頁 229。

〔註46〕郭勝強，《河南大學與甲骨學》，（開封：河南大學出版社，2003 年 3 月），頁 231～232。

〔註47〕郭勝強，《河南大學與甲骨學》，（開封：河南大學出版社，2003 年 3 月），頁 232～233。

〔註48〕郭勝強，《河南大學與甲骨學》，（開封：河南大學出版社，2003 年 3 月），頁 235。

即所謂的「三體石經」〔註49〕。

魏三體（字）石經之著錄與研究，始於唐宋，至近現代則達到了極致，其中尤以王國維、章太炎、孫海波三家爲翹楚。

孫海波所著《魏三字石經集錄》一書，不惟印製考究精美，其所集石經殘石拓本及銘文之多，亦前人所不及。由卷首目錄本可知，是書所收石經殘石拓本囊括了當時河洛圖書館、馬衡、黃立猷、許光宇、周進、于省吾、白堅、山東圖書館、徐鴻寶、陳承修、柯昌泗、羅振玉、吳寶煒等十三家公私藏家藏品，銘文達二千四五百之數，可謂是集「三體石經」殘石文字之大成者。孫氏所考石經古文凡 380 字，數量超過王國維一倍以上。另據其研究所得，可知魏石經的種類有四種：一種爲前述三種字體直行相承而下的直下式；一種爲古文在上，篆書、隸書在下分居左右的品字式；一種爲古文、篆書直書而下的二體式；最後一種是古文一體式。〔註50〕

魏石經自刊立後，中遭西晉永嘉之亂，後又經東魏、北周、隋、唐幾經輾轉遷移，到最後遷回洛陽時碑石幾乎毀失殆盡。至宋朝陸續有出土消息，歷五次發現的石經殘石，共存字 3000 多，其中古文約有 1000 多字，據孫海波統計，清末以來發現的石經字數汰其重複者，共得 379 字，加上宋代所出，不重複之古文單字 55 字，1945 後兩次出土不重複者 6 字，共得古文 440 個單字。〔註51〕關於三體石經中「古文」的淵源，孫氏說：

> 按六經之書，刪自孔子。孔子之學，傳於齊魯，則孔壁中書，必齊魯後學傳抄之本無疑。孔子當春秋之末世，則孔門後學必戰國時人，其寫經自是當時通行之書體，是壁中書者，實六國文字，非商周之古文也。今欲知壁中書之眞僞，當於六國文字中求之。正始所刻古文，皆首足銳而中豐，與六國文字中之䣄公劍、吉日壬午劍、楚王酓盲盤等器極近似，自是一家眷屬，是壁中書即六國文字中之鳥篆，可斷言也。〔註52〕

〔註49〕王慧，《魏石經古文集釋》，（安徽大學碩士學位論文，2004 年 5 月），頁 1。

〔註50〕孫海波，《魏三字石經集錄》，（板橋：藝文印書館，1975 年 9 月），例言葉 1。

〔註51〕王慧，《魏石經古文集釋》，（安徽大學碩士學位論文，2004 年 5 月），頁 3～4。

〔註52〕孫海波，《魏三字石經集錄》，（板橋：藝文印書館，1975 年 9 月），古文葉 1。

他認爲三字石經所刻之古文當即本於漢時孔壁所出之古文經也，證以《汗簡》、《說文》古文及商周六國文字頗能脗合，則石經古文本於壁中書自無可疑。〔註53〕在其《中國文字學》中編還補充說「漢晉不知其爲鳥篆，而妄以科斗文呼之，又以當周之古文，傎（顚）矣。」〔註54〕

又，三字石經乃數次分刻，其續刊之古文經當時或有殘闕，故書石者往往於篆隸之外空其古文，抑或迻錄古篆而未暇注釋今隸，以此《尙書》、《春秋》經傳未能全刻之因。亦可知其時學人傳古態度之嚴謹，頗爲可風。而論者或以虛造譏之，不已過乎！〔註55〕

二、孫海波的篆書表現

孫海波致力於古文字研究，對各種新出土古文字資料皆有相當完整的掌握，亦能作篆書，然書作極少。民國23年編成的《甲骨文編》，歷時五年，在當時，所據材料，僅有《鐵雲藏龜》、《鐵雲藏龜之餘》、《鐵雲藏龜拾遺》、《殷虛書契前編》《殷虛書契後編》、《殷虛書契菁華》、《龜甲獸骨文字》、《戩壽堂所藏殷虛文字》等八種；至於王襄之《殷契徵文》，因尙未見原拓影本，故以爲眞僞雜廁，大小易位，因而不收；明義士之《殷虛卜辭》，乃摹本，難以徵信，亦不收。雖然，他所編《甲骨文編》對甲骨文字的摹寫精確，商承祚評曰：「摹寫其文，結構之大小，刀筆之粗細，一仍其舊，重文異體，博採兼收。」評價至高；近者，姚孝遂於〈《集殷虛文字楹帖》校記〉中提到甲骨文書法的學習，他說：

> 作爲高標準的要求，甲骨文書法應從臨摹甲骨原拓片入手。一般的情況下，也應參考一下《甲骨文編》，該書大體上還是摹寫較精的。
>
> 〔註56〕

顯見孫氏在編集此書的過程中，對原拓文字的用心摩寫程度與對字形掌握的功力。茲以初版之「牧」字爲例（圖5-2.1），一觀其梗概。

〔註53〕孫海波，《魏三字石經集錄》，（板橋：藝文印書館，1975年9月），自序葉1。

〔註54〕孫海波，《中國文字學》，（台北：學海出版社，1979年11月），頁66。

〔註55〕孫海波，《魏三字石經集錄》，（板橋：藝文印書館，1975年9月），自序葉1。

〔註56〕姚孝遂，〈《集殷墟文字楹帖》校記〉，《集殷墟文字楹帖》，（長春：吉林大學出版社，1985年3月），頁122。

圖 5-2.1 孫海波《甲骨文編》「牧」字例

  後下 12.15/ 合 20290	 後下 12.12/ 合 11400	 前 5.27.1/ 合 493	 餘 2.1/ 合 11400
 後下 12.16/ 合 20373	 後下 12.13/ 合 281	 前 5.45.6/ 合 11004	 餘 2.2/ 合 21069
 菁 1.1/ 合 6057 正	 後下 12.14/ 合 7343	 前 5.45.7/ 合 11398	拾 5.12/ 合 2840
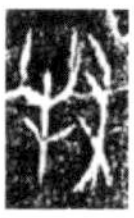 菁 1.1/ 合 6057 正	 後下 12.14/ 合 7343	 前 5.45.8/ 合 11399	 前 4.45.3/ 合 36969
 菁 2.1/ 合 6057 反			 前 5.7.3/ 合 3046

《甲骨文編》1934 年/原片對照

甲骨文字之埋藏於地下，土壓水漬歷三千年，出土之際鏟鋤擾動，碰損難免；搬運槌榻，敝壞不安。兼以契刻大小深淺不一，兆紋干擾，致使拓出文字多有漶漫不清者，經過學者之清理眉目，方能解字說文。面對種種狀況，孫海波一一排除之，分類排比，解說字形演化之跡。先列小篆字頭，下舉合乎《說文》牧字从牛從攴之構字原則，接著說明牧或從羊或從帚；牧養之牲畜不同，執以指揮之用具相異，然所爲爲一事也。其中 ▉ 拾 5.12 損缺嚴重；▉ 前 5.7.3 出處誤植且字畫干擾嚴重；▉ 前 5.45.6 字極細小不清，皆以其平素識別文字的深厚積累而一一攻克之。其後還有或從辵從彳相通者，仍前之作法，不清者以學養攻之，缺損者以他例補之，而構形肖似，大小如初；筆畫瞭然，線條剛勁有力，字較大者尤見提按頓挫，可以遙想殷人揮運之際的神采。

1938/7，孫海波有贈羅復堪 [註57] 〈摹甲骨文字扇面〉 [註58] （圖 5-2.2）一件，以扇面隔行長短相間的常例書寫卜辭數則，奇數行 10～11 字，偶數行皆 4 字，將扇形空間予以適當的配置。通篇行筆工穩不懈，一絲不苟；線條秀勁、結字工穩大方，節奏安詳閑雅，完全將他橅寫甲骨原跡、拓片的深厚功力展現出來。

細觀此作後七行（圖 5-2.2a），分別爲臨寫《殷契佚存》17（合 6297）、《鐵雲藏龜》244.2（合 6322）、《殷契佚存》21（合 6128）之三則骨臼刻辭，皆爲卜問征伐工方（或釋鬼方）相關事務者。原刻皆左行，第三辭末缺摹「其」字。從對照圖中可以看出，孫氏之臨寫有將各字稍加規整的情況，但仍相當程度的依遵原字，字形大小隨原字之繁簡而有自然的變化；小至筆畫起止的露鋒收尖

[註57] 羅復堪（1872～1955）名惇曧，字孝攲，又字子燮、季孺，號照岩、敷庵、復庵、復闇、復堪（一作復戡），別署悉檀居士、羯蒙老人、鳳嶺詩人，作畫署名曼淵，室號三山簃，廣東順德人，書法家、畫家、詩人，中華民國時期北京「四大書家」之一（其他三位是寶熙、邵章、張伯英）。他是羅癭公的從弟，康有爲的弟子。羅復堪早年曾就讀於廣雅書院，後從京師大學堂譯學館畢業。12 歲開始學習歐體書，15 歲開始學習顏體，18 歲之後臨習漢魏碑以及各家草書，最終以章草在書法界聞名，被稱爲「現代章草第一人」。他還帶動了王秋湄、余紹宋、卓君謀等南方書法家開拓章草書法。早年北京出版的《藝林月刊》、《藝林旬刊》的刊名常爲羅氏所題。晚年，羅復堪曾長期在北平國立藝專及北京大學文學院教授書法。1949 年後，受聘爲第一批中央文史研究館館員。

[註58] http://view.ig365.cn/zhysj/3f/3f26e1418c914543e168aefe8b52d9aa.jpg，20170407 檢索。

與否，大至字形結構，都如摹本一般的周全畢至，如第一辭之「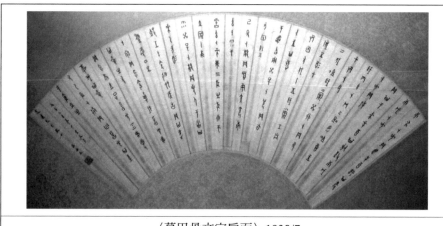」與「」之稚拙；「」與「」之逼肖；「其」字畚箕把手的一高一低，若非用心觀察、仔細揣摩，是絕不能達到這種程度的。

圖 5-2.2　孫海波〈摹甲骨文字扇面〉

〈摹甲骨文字扇面〉1938/7

圖 5-2.2a　孫海波〈摹甲骨文字扇面〉局部／合 6297 ／ 6322 ／ 6128

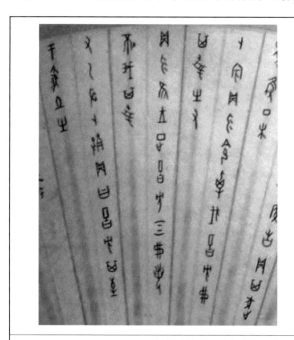

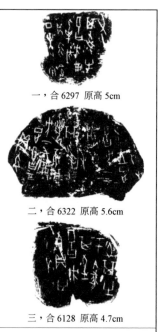

一，合 6297　原高 5cm

二，合 6322　原高 5.6cm

三，合 6128　原高 4.7cm

〈摹甲骨文字扇面〉局部　1938/7

　　1937/5，孫海波撰成其《魏三字石經集錄》，作書耑（圖5-2.3）於首，此書耑以小篆結字，形體脩長，是秦刻石以來的傳統樣式表現，結字挺拔勁健、卓然岸立。線條上並非全然鐵線篆式，而是加入清人篆書筆法，著意於起筆的變化而收筆斬截，戛然而止。行筆有提按輕重的變化，分間布白也是疏密有致，甚有安定感，大有向鄧石如看齊之態。結字的間架取方框折角之勢，接角用折，故平穩莊重，四平八穩。在用字上悉遵《說文》小篆之形，其中「魏」字取本應作「巍」之字，段玉裁曰：「（巍）本無二字，後人省山作魏，分別其意與音，不古之甚。」〔註59〕；集：「🐦，群鳥在木上也，從雥木。🐦，雥或省」〔註60〕，此取或省之形，亦可見其對傳統《說文》之學的充分掌握。

圖5-2.3　孫海波〈魏三字石經集錄書耑〉

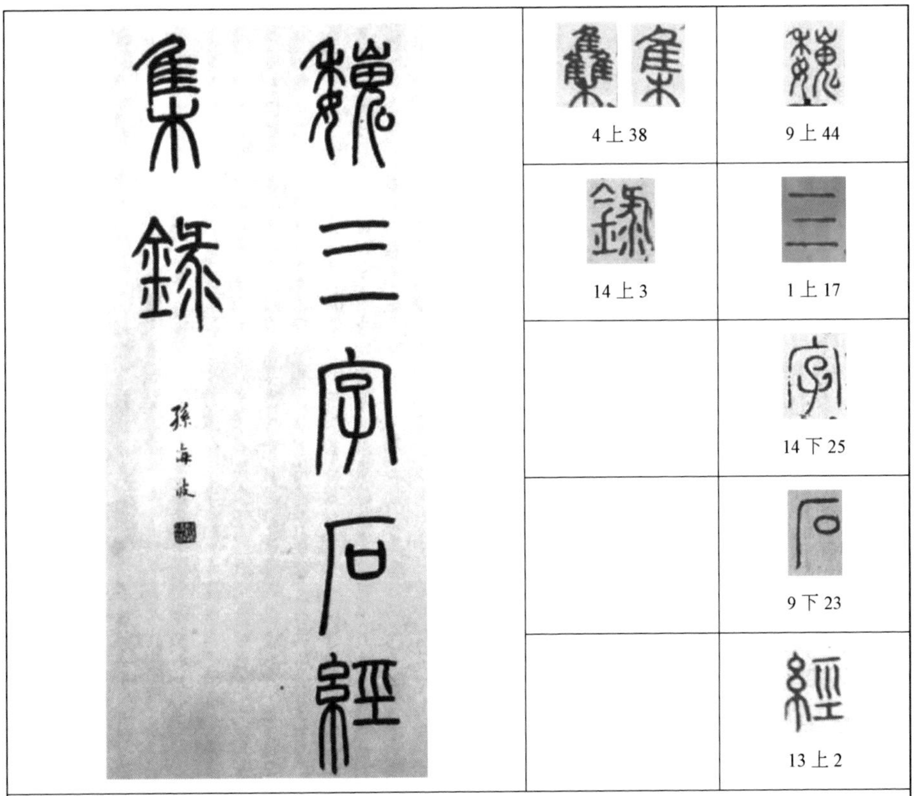

	4 上 38	9 上 44
	14 上 3	1 上 17
		14 下 25
		9 下 23
		13 上 2

〈魏三字石經集錄書耑〉1937/5

〔註59〕段玉裁，《說文解字注》，（臺北：黎明文化事業，1991年8月增訂八版），頁441。

〔註60〕段玉裁，《說文解字注》，（臺北：黎明文化事業，1991年8月增訂八版），頁149。

相較於此作之瘦長嚴謹，作於 1939 年冬的〈河南吉金圖志賸稿書耑〉（圖 5-2.4）則有傳統鐵線篆的婉通之意，起收筆皆含藏不露，字內空間疏朗而不緊迫，行列整齊；接角處方折中寓圓曲之意，秀雅平和之氣盎然。在用字方面，「吉」、「金」分別選用「吉齊鎛、金弔朕盨」的字形；而「賸，物相增加也。」段注云：「以物相益曰賸，字之本義也；今義訓爲贅疣，與古義小異而實古義之引伸也。改其字作剩而形異矣。」〔註61〕合用小篆、金文而相融無間，堪爲書耑題詞作品與書籍內容相應的契合之作。

圖 5-2.4　孫海波〈河南吉金圖志賸稿書耑〉

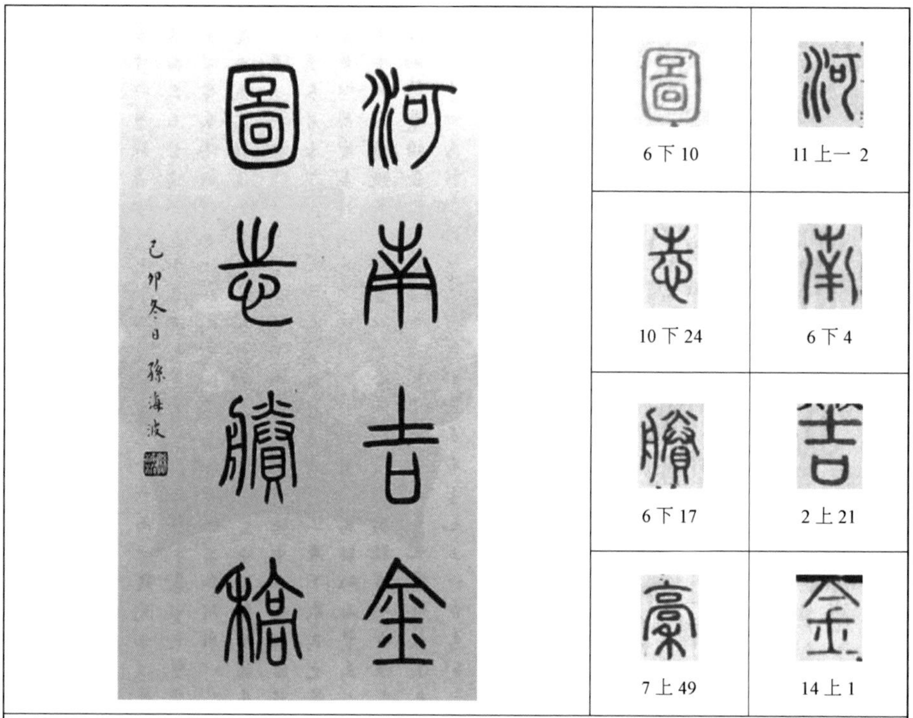

圖 6 下 10	河 11 上一 2
志 10 下 24	南 6 下 4
賸 6 下 17	吉 2 上 21
稿 7 上 49	金 14 上 1

〈河南吉金圖志賸稿書耑〉1939 年冬

1941 年，孫氏手寫完成其《中國文字學》並付印。該書繼承清末以來以金石學補苴《說文》學的傳統，特重新出土古文字資料的呈現，分爲三編：上編敘論文字學之名稱、意義、效用與研究方法；中編探討文字之發生及其演變，析分文字之起源、形態，列敘商周、六國、嬴秦、兩漢之文字；下編

〔註61〕段玉裁，《說文解字注》，（臺北：黎明文化事業，1991 年 8 月增訂八版），頁 283。

論文字之構成，針對六書之起源、文字演進之條例、六書名義及例字解說。可視爲羅振玉、王國維——容庚、商承祚以至孫海波這一系學術傳衍的代表性著作。

〈中國文字學書耑〉（圖 5-2.5）諸字依遵《說文》，「中」字取甲骨、金文字形而不見扞格，並適度補足小篆字形可能的空疏。線條起筆含藏且具方圓變化而收筆斬截，行筆流暢，乾淨俐落；接角處或方或圓，然方折處不露圭角，圓轉處不顯柔弱，對稱的結構、上密下疏的小篆造型特徵與字內空間的疏密對比，加以修長的外廓，整體看來如玉樹臨風之佳公子。處處顯示出孫海波對篆字造型的掌握能力，並能落實於書法表現之中。

圖 5-2.5　孫海波〈中國文字學書耑〉

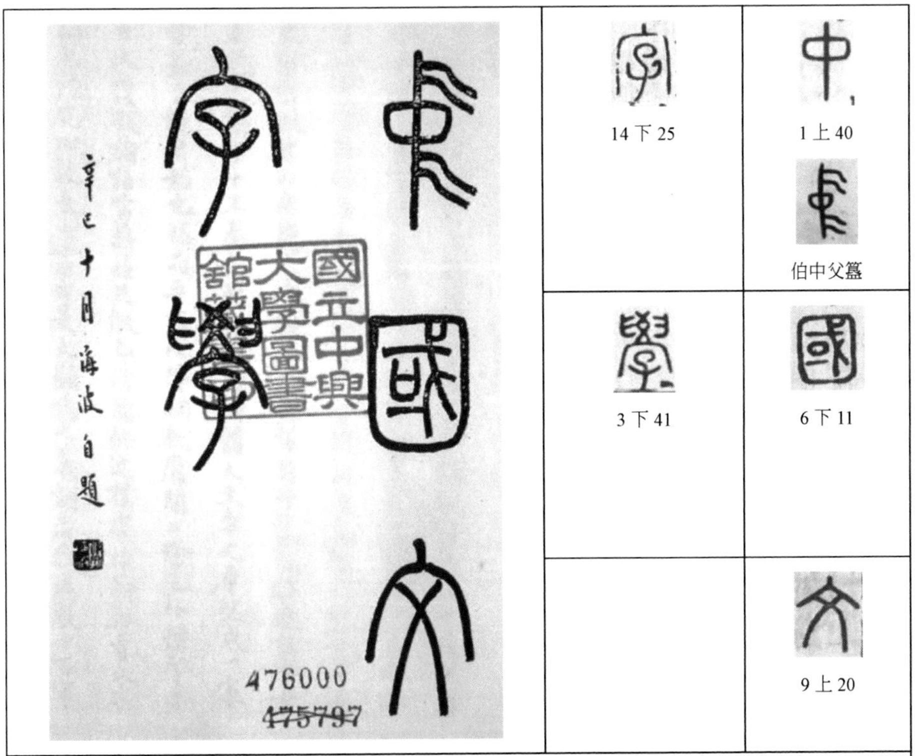
辛巳十月海波自題
國立中興大學圖書館
476000
475797
14 下 25
1 上 40
伯中父簋
3 下 41
6 下 11
9 上 20

〈中國文字學書耑〉1941/10

孫海波書法作品十分稀見，雖如此，從中仍可看出其作品「純淨中和」的風格特徵，對「不癖金石而癖甲骨」的孫海波而言，甲骨文字的研究才是他情之所鍾，即使旁及金文、石刻文字，也是旁通延伸，而書法更只是餘事寄興；

然而，研究過程中的觀察、摹寫，反覆摩娑之餘，著實練就了堅實的書法功力。他的小字甲骨文清新雅緻、小篆婉通脫俗，配以內斂中和的落款文字，從心所欲而不踰矩的學者書風也足以讓許多專業書家難以望其項背了。

第三節　胡厚宣——甲骨商史　駸駸四堂

胡厚宣（1911/12/20～1995/4/16）〔註62〕，出生於河北省望都縣大王莊，幼名福林。〔註63〕1916 年入國民小學讀書，1924 年考入河北保定培德中學，受業繆鉞門下。繆鉞授國文、國學概論、中國文學史等課程，並據梁啟超所開書目，指導學生課外閱讀。在四年中學期間，為國學研究打下了深厚的基礎。1928 年以優異成績考入北京大學預科。在北大本科學習期間，曾與楊向奎、高去尋、張政烺、王樹民等人組成「潛社」，編輯出版學生學術刊物《史學論叢》兩期，發表〈楚民族起源於東方考〉等論文。1934 年北京大學史學系畢業後，入中研院史語所考古組，先從梁思永在河南安陽參加侯家莊西北岡王陵和同樂寨三層文化的發掘，繼又作《殷虛文字甲編》的釋文，並協助董作賓整理《殷虛文字乙編》的甲骨文字。1940 年任成都齊魯大學國學研究所研究員、教授主任、歷史社會學系主任。自 1944 年至 1946 年，陸續完成享譽海內外的甲骨學名著《甲骨學商史論叢》四集 9 冊，共收入論文 33 篇。1947 至 1956 年，執教於復旦大學，任中國古代史教研室主任、教授。在此期間完成出版《古代研究的史料問題》、《五十年甲骨文發現的總結》、《五十年甲骨學論著目》、《殷墟發掘》等專著和甲骨著錄《戰後寧滬新獲甲骨集》、《戰後南北所見甲骨錄》、《戰後京津新獲甲骨集》、《甲骨續存》等著作。1956 年調北京中國科學院歷史研究所（現屬中國社會科學院），任先秦史研究室主任、研究所學術委員、《甲骨文合集》總編纂。在六十多年的學術生涯中，胡厚宣先後出版論文、專著 160 多種，成為在海內外享有盛譽並受尊敬的甲骨學一代宗師。〔註64〕

〔註62〕胡振宇，〈甲骨學商史論叢初集・前言〉，胡厚宣，《甲骨學商史論叢初集》，（石家莊：河北教育出版社，2002 年 11 月），前言頁 1。

〔註63〕趙誠，《二十世紀甲骨文研究述要》，（太原：書海出版社，2006 年 2 月），頁 646。

〔註64〕王宇信、魏建震，《甲骨學導論》，（北京：中國社會科學出版社，2010 年 6 月），頁 301～302。

一、胡厚宣的古文字學成就

胡厚宣在甲骨學和殷商史研究方面的主要成就和貢獻如下：

（一）集中、整理和刊布甲骨文資料超越前人

在集中、整理和刊布甲骨文資料方面，胡厚宣作出了超越前前人的成績，推動了甲骨學研究的發展。在抗戰時期所搜集，共著錄拓本、摹本 670 片的《甲骨六錄》。所謂六錄，即表明該書著錄甲骨的六個來源：中央大學、華西大學、清暉山館（陳中凡）、束天民氏（束世澂）、曾和窖氏、雙劍誃。前五家甲骨均先刊拓本、摹本，再附考釋，于氏雙劍誃所藏僅有摹本。中央大學、陳中凡、束天民所藏均爲劉鶚舊藏。于氏所藏 3 片龜腹甲，爲武丁時期物，可能出自 YH127 坑。《甲骨六錄》編排拓本、摹本的原則與此前的著錄書有所不同，即先將甲骨分爲四期，每期再按天象、祖先、祭祀、征伐、田獵、人物等事類排比，即先分期再分類，從而開創了甲骨著錄編纂的新體例。胡氏以後的甲骨著錄書，以及集大成的《甲骨文合集》等，均按此方法著錄甲骨。此外，《甲骨六錄》在每家甲骨的考釋部分，還詳細注出每版是甲還是骨，是腹甲還是背甲以及文字的行款、時代、是否塗朱塗墨、是否記事刻辭等，這表明胡氏對甲骨文例和記事刻辭研究的重視。

抗日戰爭勝利後，胡厚宣往來於南北各地，購買、墨拓、摹錄了大量甲骨材料，先後編成《戰後平津新獲甲骨集》、《戰後寧滬新獲甲骨集》、《戰後南北所見甲骨錄》、《戰後京津新獲甲骨集》、《甲骨續存》等五部專著，別出重複，共著錄甲骨 13814 片左右，減去重片 2889 片、僞刻 1 片，實得 10924 片。上列幾部書著錄有很多重要材料，在甲骨學史上有重要地位。〔註65〕

由郭沫若主編，胡厚宣總編輯的《甲骨文合集》，由中華書局 1979 年至 1982 年間陸續出版，圖版部分 13 冊；與其配套的《甲骨文合集釋文》由胡厚宣主編，王宇信、楊升南總審校，共 4 冊，1999 年由中國社會科學出版社出版；《甲骨文合集材料來源表》亦由胡厚宣主編，3 冊，1991 年由中國社會科學出版社出版。《合集》的甲骨分期暫時採用董作賓五期分類的學說，只是將董氏認爲是第四期的所謂「文武丁時代之謎」的卜辭，集中附在武丁期後

〔註65〕王宇信、魏建震，《甲骨學導論》，（北京：中國社會科學出版社，2010 年 6 月），頁 200～201。

邊，以供學者進行討論研究。每期之內，再按卜辭內容分為四大類二十二小類。著錄甲骨 41956 號，是學者們全面集中、整理、刊布甲骨材料所取得的豐碩成果。〔註66〕

對散見於國外的甲骨，胡厚宣也利用學術交流和出訪的機會進行觀察、摹寫，有《蘇德美日所見甲骨集》（1988）等專著。〔註67〕

（二）把商史研究推向「發展時期」〔註68〕的高峰

胡厚宣撰有《甲骨學商史論叢》初、二、三集，是 20 世紀 40 年代利用甲骨文研究殷商史和甲骨學研究的論文集，初集共四冊，1944 年齊魯大學國學研究所出版。第一冊論文包括〈殷代封建制度考〉、〈殷代婚姻家族宗法生育制度考〉、〈殷非奴隸社會論〉、〈殷代焚田說〉。二冊有〈殷代工方考〉、〈殷代之天神崇拜〉、〈殷代年歲稱謂考〉、〈「一甲十癸」辨〉、〈甲骨文四方風名考證〉、〈論殷代五方觀念及中國稱謂之起源〉等。三冊收入〈卜辭下乙說〉、〈殷人疾病考〉、〈殷人占夢考〉、〈武丁時五種記事刻辭考〉等，四冊收入論文有〈殷代卜龜之來源〉、〈卜辭地名與古人居丘說〉、〈釋死〉、〈廈門大學所藏甲骨文字〉、〈廈門大學所藏甲骨文字釋文〉、〈讀曾毅公君〈殷虛書契續編校記〉〉、〈甲骨文發現之歷史及及其材料之統計〉、〈引用甲骨文材料簡名表〉等，共 20 篇 40 萬言。《論叢》二集上冊收入〈卜辭中所見之殷代農業〉。下冊收入〈氣候變遷與殷代氣候之檢討〉、〈甲骨學緒論〉、〈甲骨學類目〉等，共 26 萬字。〔註69〕《三集》為《甲骨六錄》。

《甲骨學商史論叢》初、二、三集，是胡厚宣徹底整理殷墟甲骨文，擬撰

〔註66〕 王宇信、魏建震，《甲骨學導論》，（北京：中國社會科學出版社，2010 年 6 月），頁 221～222。

〔註67〕 王宇信、魏建震，《甲骨學導論》，（北京：中國社會科學出版社，2010 年 6 月），頁 302。

〔註68〕 王宇信把百年甲骨學研究分為革創時期（1899～1928）、發展時期（1928～1937）、深入時期（1949～）。見其《甲骨學通論》，（北京：中國社會科學出版社，1989 年 6 月），頁 91～102。

〔註69〕 《論叢》中各篇精要及影響，可見胡振宇，〈甲骨學商史論叢初集·前言〉，胡厚宣，《甲骨學商史論叢初集》，（石家莊：河北教育出版社，2002 年 11 月），前言頁 8～11。

寫《甲骨文字學》及《商史新證》等一系列專著的「軔始之工作」〔註70〕。他認為研究甲骨文「倘欲免斷章取義、穿鑿附會之嫌，則所見材料必多。於是乃發奮蒐集所有國內外公私已否著錄之材料，先作一總括之研究。十年以來，凡已出版之書，必設法購置；其未出版之材料，知其下落者，必輾轉設法，借拓鉤摹。國內國外公私所藏，雖一片不遺，雖千金莫惜，而中央研究院先後發掘所得大版碎片近三萬，以工作關係，玩之尤為熟悉。迄今總計所得見之材料，約七八萬片，以視全部材料，所差者不過十之一二或二三而已」〔註71〕。《論叢》不僅材料齊備，而且引用了不少當時罕見的科學發掘材料，是一部集當時甲骨文之大成的巨著。

《論叢》對甲骨學與商代社會歷史文化進行了系統探討，內容涵蓋出土甲骨及相關問題、商代社會整體面貌、商代經濟發展狀況、商代社會風俗和宗教崇拜、商族歷史、商代天文曆法氣候。可以說，涉及了商代政治、經濟和文化的各個方面，是一部百科全書式的著作。書中許多真知灼見，都是在研究大量甲骨材料的基礎上得出的。書中糾正了前人許多錯誤說法，在甲骨學與商史研究方面提出許多新見解，推動了甲骨學殷商史研究的新發展；依據對甲骨文的整理研究，還證實了我國古書有不少是可信的。〔註72〕誠所謂「皆所思者深，所見者正，所徵者詳，所論者確，而非偶拾孤證，妄加射覆，臆想其事，強牽其辭，曲會其說，武斷其案，自詡創獲者也。」〔註73〕

胡氏總結自己研究卜辭的經驗言：「余治卜辭，期能綜合歸納，分析疏通。著筆之前，必先將有關材料，網致無遺，悉參於前人之說，通其辭例，考其字源，驗以金文，證以小篆，然後旁印之史乘舊說，固不敢妄比時賢，蓋自求能免穿鑿附會而已耳。」〔註74〕。胡氏治甲骨學的經驗，對我們今天的甲骨學研究，仍具有很大的啟發意義。

〔註70〕胡厚宣，《甲骨學商史論叢初集・自序》，（臺北：大通書局，1972 年 10 月），頁 26。

〔註71〕胡厚宣，《甲骨學商史論叢初集・自序》，（臺北：大通書局，1972 年 10 月），頁 25～26。

〔註72〕王宇信、魏建震，《甲骨學導論》，（北京：中國社會科學出版社，2010 年 6 月），頁 275～278。

〔註73〕胡厚宣，《甲骨學商史論叢初集・高序》，（臺北：大通書局，1972 年 10 月），頁 16。

〔註74〕胡厚宣，《甲骨學商史論叢初集・自序》，（臺北：大通書局，1972 年 10 月），頁 29。

（三）甲骨文例的深化

胡厚宣在甲骨學本身的規律，諸如卜龜來源、卜法文例、卜辭同文、卜辭雜例、記事刻辭、分期斷代、殘辭互補、辨偽綴合等方面，或有所發明，或有所匡正，或有所補苴。如其《卜辭同文例》，《卜辭雜例》等文，對同文卜辭文例和同事多卜文例進行了比較系統的研究。也對卜辭文例進行過系統總結：「寫刻卜辭，皆有定制。大體言之，除一部分特殊情形者外，皆迎逆卜兆刻辭。如龜背甲右半者，其卜兆向左，卜辭則右行；左半者，其卜兆向右，卜辭則左行。龜腹甲右半者，其兆向左，卜辭則右行；左半者其兆向右，卜辭則左行。惟頭尾及左右兩橋邊緣上之卜辭，則恆由外向內，即在右者左行，在左者右行，與前例相反。牛胛骨，左骨其卜兆向右，卜辭則左行；右骨其卜兆向左，卜辭則右行。惟近骨臼之一端，則往往兩辭，由中間起，一左行，一右行，不拘前例。又龜腹甲背甲及牛胛骨，凡字多或字大者，往往不合文例，蓋卜辭占地既多，情勢使之然也。」〔註75〕

殷人占卜有一事一卜者，也有一事多卜者。一事多卜，「又有在不同甲骨上為之者，則同一卜辭，常刻於每一甲骨，即今所謂卜辭同文之例也」〔註76〕。除同文卜辭外，一事多卜還產生了成套卜辭。對成套卜辭的認識，有助於卜辭文例的深入研究。釋讀卜辭，不僅要掌握一般文例，而特殊文例也應引起我們足夠的重視。

首先對同文卜辭進行研究的是胡厚宣，他比核同事異版同文卜辭文例及其間的互聯關係，對同文卜辭作出歸納：「兩版或兩版以上之甲骨，有一辭相同者，有二辭相同者，有三辭相同者，有四辭相同者，有五辭相同者，有六辭相同者，有八辭相同者，有多辭相同者，有辭同卜序相同者，有同文異史者，有同文而一事之正反兩面者。」〔註77〕所謂「一辭同文」，就是同一件事情在不同的甲骨上反覆卜問，不同甲骨上所刻的卜辭問句完全相同，只不過

〔註75〕 胡厚宣，〈甲骨學緒論〉，《甲骨學商史論叢初集》下，（臺北：大通書局，1972 年 10 月），頁 920。

〔註76〕 胡厚宣，〈卜辭同文例〉，《史語所集刊》九本二分，（中央研究院，1947 年 9 月），頁 181～183。

〔註77〕 胡厚宣，〈卜辭同文例〉，《史語所集刊》九本二分，（中央研究院，1947 年 9 月），頁 181～183。

兆序有別而已。其中有二卜同文、三卜同文、四卜同文、五卜同文等，每塊甲骨上分別署一、二、三、四、五之類的卜數。「二辭同文」，即在不同的甲骨上，所卜二事相同，但所卜次數不一。「三辭同文」，即在一塊甲骨上卜問三事後，又在另外的甲骨上繼續卜問上版之三事，而類推至「多辭同文」。「同文正反」就是在不同的甲骨上占卜某事，有的甲骨刻辭爲正問，有的甲骨刻辭爲反問；通常由不同貞人完成，因此又稱「同文異史」。通過甲骨卜數和序數的系聯，胡厚宣把卜辭文例的研究從甲骨定位研究法及同版同文卜辭系聯關系拓展到異版同文卜辭系聯方面，把甲骨文例的研究推進到一個新的階段。同文卜辭的整理與研究，有助於殘缺不全的卜辭相互補足；爲研究甲骨卜辭的固有系聯關係和甲骨卜辭材料整理與定位復原，以及商代卜法制度開闢了一新途徑。〔註78〕

　　胡厚宣將自己畢生的精力都奉獻給了甲骨學殷商史的研究，他以豐富的著述和總編輯集大成式的著錄《甲骨文合集》一書，成爲「中國甲骨學研究的第一人」〔註79〕，被海內外學術界譽爲繼羅振玉、王國維、董作賓和郭沫若等前輩大師之後的又一位甲骨學一代宗師。〔註80〕

二、胡厚宣的篆書表現

　　胡厚宣的甲骨文書法與其師董作賓一脈相承，筆鋒挺勁、神情俊朗，天趣盎然、古風猶存。胡氏存世書法作品不多，在他眾多著作中，也沒有專門關於甲骨文書法的論述，只能在散見的序文見到，這不能不說是一種遺憾。〔註81〕

　　胡厚宣曾用甲骨文風格爲《重訂六書通》（圖 5-3.1）寫下書耑。他在進行書法創作時，對各種古文字的使用，採取比較開放的作法，書名中五個字有三個不見於甲骨，於是他用「合用」的方式，將小篆、金文、甲骨三種古文字書

〔註78〕王宇信、魏建震，《甲骨學導論》，（北京：中國社會科學出版社，2010 年 6 月），頁 107～110。

〔註79〕松丸道雄，〈日本現存的殷墟甲骨文〉，《朝日新聞》，（1981 年 8 月 21 日），第 5 版。

〔註80〕王宇信、魏建震，《甲骨學導論》，（北京：中國社會科學出版社，2010 年 6 月），頁 302～303。

〔註81〕王寶林，〈丹甲青文彌復光——偶得胡厚宣甲骨文書法贊言〉，http://blog.sina.com.cn/s/blog_620312b10102w9cr.html，2017/2/10 檢索。

於一件作品中，統一在甲骨文風格特徵之下。

圖 5-3.1　胡厚宣〈重訂六書通書耑〉

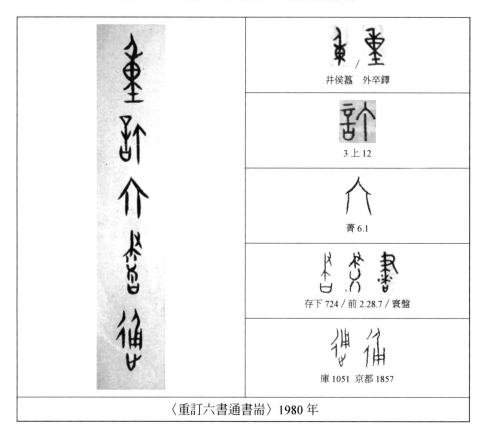

	井侯盨　外卒鐸
	3 上 12
	菁 6.1
	存下 724 / 前 2.28.7 / 寰盤
	庫 1051　京都 1857
〈重訂六書通書耑〉1980 年	

「合用」這種方式由來已久，特別是在篆書創作之中。何崝說：「在進行
書法篆刻創作時，各種古文字可以單獨使用，也可以合用。許慎在《說文解
字》一書中就以篆文（小篆）爲主，合用了古文和籀文。歷代書家合用古文
字主要有兩種情況：一種情況是該體中本有其字，爲使用字形結體有所變化
而合用其他字體。鄧石如的小篆書中即每每合用古、籀，吳讓之的小篆書合
用古、籀、石鼓。合用的這些古、籀、石鼓文都是小篆本有其字的。另一種
情況是該體所無的字在別的古文字字體中有，用合用的方法把所無的字補
足。如商承祚書于謙〈石灰吟〉是以金文爲主，合用了甲骨、楚簡、小篆等，
這些是一般金文所無的。」〔註82〕書耑中「重」用金文；「訂」依小篆；「六」

〔註82〕何崝，〈談書法中的古文字使用問題〉，《書法》1990：1，（上海：上海書畫出版社，

從甲骨；「書」則照从聿者聲的條例，以見於甲骨而未見《說文》的兩字拼合；「通」則活用「辵」之从止與否皆可的原則，寫成一個完全合理的新造形。用字的難關解決之後，接下來是書法風格統一的問題，何崝又說：

> 應該注意的是合用的字應該與原書體風格統一，合用只是用其字
> 形，並非將各種字體的風格雜湊在一起。如鄧石如、吳讓之的小篆
> 書中合用的古、籀文完全是小篆的風格、商承祚的金文書中合用的
> 小篆、竹帛書、甲骨文完全是金文的風格，胡厚宣的題簽，則為甲
> 骨文的風格。〔註83〕

胡厚宣此作抓住甲骨文契刻的特徵：入刀（起筆）、出刀（收筆）往往帶有尖鋒，但著重輕重程度的差別；不管直畫與彎畫都保持線條的挺拔勁健，筆畫交接會合處刀序（筆順）的黏搭合理；並把握住大多數甲骨字重心居上，差不多在高度的 2/3 處，也就是在接近黃金分割點 0.618 處的特徵。他的〈重訂六書通書耑〉為我們做了一個用字合理、書法風格統一的絕佳示範。

在古文字書法創作中，因為古文字字數少，常會遇到沒有相對應的古文字，因此如何正確與變通的使用古文字，就是必須解決的問題。古文字書法並不等於古文字學，古文字學家研究古文字，對人和一個古文字的點畫結構都不能隨意增損改變，而書家書寫古文字乃是依傍古文字進行藝術創作，在一定的情況下對古文字的形體是可以適當變通的。當然，這種變通不僅應該符合文字發展規律，也應該符合約定俗成的習慣，不能任意杜撰。

1984/6，胡厚宣為劉興隆的《甲骨文集句簡釋》作序，寫書耑及題辭，此書是一部包含甲骨文字解釋、甲骨文書法、篆刻的專集，編入用甲骨文字集成的成語和短句 143 條，唐詩選 7 句，集聯 25 幅，刻印 43 方。書中所集甲骨文字均有出處，釋文採眾家之長，簡明扼要，形象生動，通俗易懂，並有一定創見。〔註84〕序文中胡氏對書寫甲骨文聯句提出切要的看法：

> 甲骨文字數總計可達五千，但能確識者不過一千多字。書寫甲骨聯

1990 年 1 月），頁 6。

〔註83〕何崝，〈談書法中的古文字使用問題〉，《書法》1990：1，（上海：上海書畫出版社，1990 年 1 月），頁 6～7。

〔註84〕劉興隆，《甲骨文集句簡釋》，（鄭州：中州古籍出版社，1986 年 11 月），內容提要。

句，所識之字，必須比較可以信從，劉君之書，頗注意這一點，這
是本書可取的地方。〔註85〕

甲骨文字數雖達五千，但能確釋者僅一千有餘，欲集爲聯語，用字必須「可
以信從」，他認爲劉氏此書頗注意此處，爲可取之處。因爲文字是書法的根本，
這是一個古文字學者最在意也最堅持處。在劉氏另一部甲骨文集句書序中，
他說：

> 甲骨文集聯集句除了釋字之外、還有一個甲骨文寫刻乃是相當高度
> 的藝術問題。臨摹甲骨文的書法，一方面要注意釋字的比較正確，
> 另一方面還應該學習殷人書刻甲骨的高度藝術精神。〔註86〕

反覆強調釋字正確的重要性之外，還提出了要學習殷人書刻甲骨在藝術方面的
高度精神。無疑的，重視甲骨文寫與刻的藝術性表達，如何達成刀意與筆意的
協調，是胡氏甲骨文書法創作中，最值得注意的部分。

〈學無止境題辭〉（圖 5-3.2）辭曰：「學無止境」，款曰：「1984 年 6 月 5
日在北京，宣」。全部以甲骨文書寫，文詞與此甲骨文集句專書內容搭配無間，
頗能相互輝映，並足以嘉勗後學。文與款字皆有出處和根據，最值得注意的
是「境」字甲骨文缺，金文中有以「竸」借爲「境」者，胡氏迺以初文之「竞」
爲之。而款中「6 月 5 日」之「日」顯然應作「⊖」，雖卜辭中文字偶有缺
刻，依文義而仍可判定其爲日者如「▢ 佚425」，寫爲書法實不宜蛇足至此。

就書法方面來看，此作用筆極爲輕鬆自在，自然的出鋒及收筆加上線條
的輕重變化，也在看似不經意中傳達了體現契刻之神味，從「學」的看似不
羈到「無」的遲緩滯塞，轉而爲「止」的從容秀雅，行氣在左斜而下中最後
在「境」的牽引中拉回，配以接筆處黏搭的效果，彷彿是看到甲骨片上常有
的順應刻辭位置欹側的實況；而款字亦可作如是觀。胡氏雖然不以書法聞名，
但這種從心所欲不踰矩，這種成竹在胸，這種和殷商史官們氣息相通的境界，
絕非僅僅專注於技法的專業書家所能想像。

〔註85〕 胡厚宣，〈《甲骨文集句簡釋》序〉，劉興隆，《甲骨文集句簡釋》，（鄭州：中州古
籍出版社，1986 年 11 月），序頁。

〔註86〕 胡厚宣，〈《甲骨文集聯書法篆刻專集》序〉，劉興隆，《甲骨文集聯書法篆刻專集》，
（北京：北京日報出版社，1989 年 5 月），序頁。

圖 5-3.2 胡厚宣〈學無止境題辭〉

鐵 160.3	鐵 148.1	乙 753
前 7.26.4	後 2.13.9	寧滬 1.49
掇 2.31.3	甲 297	乙 3797
後 1.24.7	甲 318	甲 916
	萃 121	
	菁 1.1	
	萃 230	
	鐵 247.2	
	佚 425	

〈學無止境題辭〉1984/5

同樣連落款都用甲骨文的，還可以 1987/8 所作的〈臨《合》630 卜辭〉
（圖 5-3.3）爲例，內容是「癸酉卜，貞多姆虩小臣卅、小母卅于帚。」款：
「1987 年 8 月 23 日在北京，胡厚宣」。款中「七」字尤須注意：「七」的甲
金文於橫畫中加一小豎，會切斷橫畫之意。本象當中切斷形，自借爲七數專
名，不得不加刀於七以爲切斷專字。〔註 87〕甲骨中「十」作「│甲 870 朱書」，
後漸訛爲「❘大鼎」、「│秦公簋」，又易與「甲」作「十甲 870 朱書」相混，其中

〔註87〕方述鑫等，《甲骨金文字典》，（成都：巴蜀書社，1993 年 11 月），頁 1146。

的分別在於「七」的橫畫長於豎畫;「甲」字橫豎相當,「十」之橫畫作肥筆
狀或極短。胡氏深明其中奧妙,絕無失差。原片中「帚」上豎畫《摹釋》作
「十」〔註88〕,則不成文句;此處乃「于」字缺刻,而「于帚(婦)」是卜辭
中常有的詞語,胡氏在此亦直接改正。「甗」是陶製炊具,分上下兩部分,下
層燒水,中間有箅子,上層蒸飯。甗由姚姓發明,產生於大汶口文化早期。
卜辭中出現了眾多的小臣和小女(母),他們的具體職務還說不清,大概是在
祭祀活動中擔當農業、手工業、養殖、園藝、山川、教育、衛生、禮儀、貞
卜等方面的神職,扮演各方面的神祇。

　　原片中刀痕俐落、鋒芒畢顯,下刀的方向、順序十分清晰,而且幾乎都
是短的直線條,轉彎連接處重新下刀而接續密邇,節奏輕快而果斷。胡氏此
作字形求其正確而不求肖似,似乎是用背臨的方式,故於「卜」的末筆方向、
「母」的腳掌位置有明顯出入;筆法則金文、甲骨特徵兼具,將原刻的短直
線出鋒、接筆頻密轉為含藏的渾勁的短曲線,兼以鋒芒較不顯露的起收筆,
如「癸」字線條穩實;「酉」字婉曲流動;「甗」、「母」字圓轉遒麗,大異於
原拓,形成類似甲骨上墨跡的樣態。甲骨中有少量寫而未刻甚至只寫不刻的
字跡,也常見雙刀刻成的卜辭,都能透露出殷商時代書寫文字的原貌,董作
賓深識於此,故其甲骨文書法得兼筆刀意趣;而胡氏師從董氏,所見甲骨更
多,其不泥於單刀刻畫之銛勁而加入墨書的圓轉與線條厚度之表現,並非偶
然。此外,其有行無列的章法,年款較低且另起一行,名款更低而再加一行
且較年款為大,錯落而分明,猶如一整塊甲骨上順其卜刻規律的多條卜辭,
在章法形式上較前人又更進了一步。

〔註88〕姚孝遂主編,《殷墟甲骨刻辭類纂》,(北京:中華書局,1989年1月),頁1062。

圖 5-3.3　胡厚宣〈臨《合》630 卜辭〉／歷拓 6636 ／《合》630

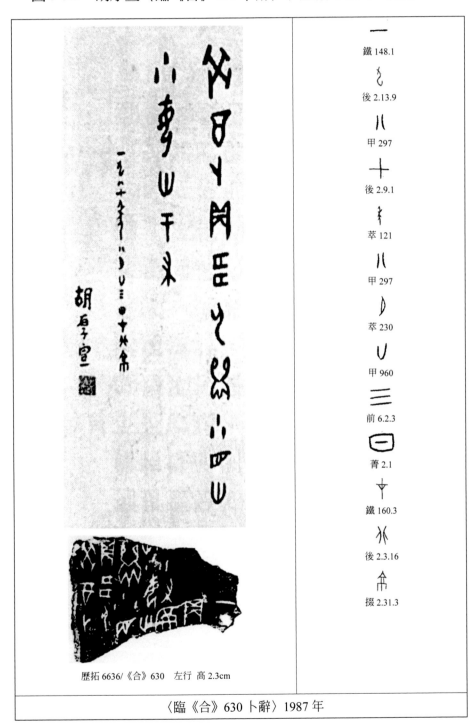

歷拓 6636／《合》630　左行　高 2.3cm

〈臨《合》630 卜辭〉1987 年

又有未記年之〈農業卜辭〉〔註 89〕（圖 5-3.4）一則，係贈香港許禮平者，此作乃摹自王襄《簠室殷契徵文．歲時》5（合 1），此片後亦收錄於羅振玉之《殷虛書契續編》。王襄在選編拓片時對完整的拓片進行了裁剪，或分爲兩片，甚至三四片。揣度王襄的本意，大概是因爲一片卜辭上有幾種不同的內容，剪裁後易於分類。這樣做固然起到分類排比一目了然的效果，但是卻破壞了拓片的完整性，而且也不利於通過語境從總體上把握卜辭的意義；另一方面，使人懷疑其眞實性，造成了《徵文》問世多年而少人問津的尷尬局面。同時，王氏將拓片進行修改：在王襄選編的拓片中，大部分甲骨的形狀都是不規則的，因此，在收錄這些甲骨時，他將原骨邊沿不齊的修剪整齊，並且對字跡不清者加以手摹。〔註 90〕我們可以從對照中清楚的發現王襄將原片修剪的程度，並察覺其中的弊病。再者，原片有缺損，並無「乙巳卜，殼，貞王」的刻辭，胡厚宣從其「同文卜辭」的研究，在〈卜辭中所見之殷代農業〉中，引武丁時（前 7.30.2、續 2.28.5、粹 866）諸辭，而斷定此三片卜辭爲同一事，從而知悉完整的卜辭是：「乙巳卜，殼，貞王大令眾人曰，劦田其受年，十一月。」

「劦」者，葉玉森、柯昌濟、及徐中舒先生並釋「協」，胡氏謂即《說文》之「劦」字，蓋卜辭文字從口與否每相通。《說文》「劦，同力也」，字從三力，正示合力之義。田者用爲動詞，義爲耕田。劦田者，言合力以田。此言王大令眾人曰，合力以田，乃可以受年也。〔註 91〕於是辭意完整，敘事顯豁。甲骨文的「年」字是這樣寫的「」：先寫上面的「禾」（）字，再寫底下的「人」（）字，上「禾」下「人」，兩字合在一起，有如「人」背負著穀物（禾），表示「年穀豐熟」之意。所以商王常常卜問農作物是否能「受年」（豐收）。從此組卜辭可知殷人已步入農耕階段，並見其時之農業技術也。

〔註 89〕本作品見 2012/10/12 香港蘋果日報副刊，作品名係筆者參考卜辭內容所加，特識於此。http://hk.apple.nextmedia.com/supplement/columnist/15982986/art/20121012/18038320，2017/3/12 檢索。

〔註 90〕盧燕秋，《王襄甲骨文論著研究》，（重慶：西南大學碩士學位論文，2007 年 5 月），頁 10～11。

〔註 91〕胡厚宣，《甲骨學商史論叢初集》，（石家莊：河北教育出版社，2002 年 11 月），頁 714～715。

圖 5-3.4　胡厚宣〈農業卜辭〉／續 2.28.5、合 5、2、1

此與《合》1 爲同片，
然割裂至此。

簠歲 5/續 2.28.5　高 11cm

前 7.30.2/《合》5　高 15cm　　粹 866/《合》2　高 7.2cm　　《合》1　高 14.5cm

　　胡氏臨寫甲骨必寫完整文句，蓋與其學術研究關係至密，也可具見其深厚的學養；所臨又不完全與原刻相同，亦與熟悉字形有關，如「受」字用他

形；「令」字腳板方向；合文「十一月」配置等，或取習見者，然皆不違辭意。原刻單刀，左行，筆畫細勁有力、果決俐落，結構以方折爲主；此作仍從甲骨墨跡與金文取法，蓋商時金文亦與甲骨墨跡同調者也。尤可注意者爲作品中「乙」、「人」、「其」三字雖筆畫少簡，但行筆反較其他字爲重，形成數個視覺上的重量感區域，在有行無列的行氣中造成閱讀節奏的停駐；落款正亦其特色，依年月句讀而將短句分行書寫而不避各行的上下空白，是巧思也是對甲骨卜辭章法觀察入微心得的呈現。

另有 1992/8〈武丁甲卜辭〉〔註92〕（圖 5-3.5）一件，係臨自羅振玉《殷虛書契菁華》片 2 裡其中一辭，胡氏〈卜辭中所見之殷代農業〉徵引此辭，辭中之「沚」字在早期卜辭中常見，或言「傳沚」，或言「沚來」，則沚者必爲殷之屬地可知。或言「方來于沚」，方即方夷，亦在殷之西北。或記沚或來告工方及土方寇邊之事。〔註93〕此作正是臨寫「沚或來告工方及土方寇邊之事」之部分內容，整辭曰：「癸巳卜，㱿，貞旬亡禍。王占曰，有祟，其有來艱（艱）。三至五日丁酉，允有來艱自西。沚或告曰，土方正（征）于我東啚（鄙）戈二邑。工方亦侵我西啚（鄙）我西啚（鄙）田」。沚爲地名，或爲人名，或受封于沚，而爲沚地之長，故以沚或稱之。有來艱自西，而沚或告；又工方土方者，皆武丁時西北方之兩大勁敵。則沚者亦必在殷之西或西北明矣。〔註94〕經胡氏論述，則此辭之內容明矣。

董作賓曾說「第一期卜辭書體多雄健宏偉；而大字代表作品，收集最多者爲《殷虛書契前編》卷七，及《殷虛書契菁華》一至八葉。如果你仔細欣賞過一遍，你就可以相信殷高宗的幾位史官他們的筆力是如何的雄健？如何的宏偉？」〔註95〕，此片正在其中。其字寬博大度，刀法乾淨俐落，以折爲轉卻又

〔註92〕此作品圖取自王寶林，〈丹甲青文彌複光——偶得胡厚宣甲骨文書法贅言〉，http://blog.sina.com.cn/s/blog_620312b10102w9cr.html，2017/3/12 檢索。

〔註93〕胡厚宣，《甲骨學商史論叢初集》，（石家莊：河北教育出版社，2002 年 11 月），頁654～655。

〔註94〕胡厚宣，《甲骨學商史論叢初集》，（石家莊：河北教育出版社，2002 年 11 月），頁655。

〔註95〕董作賓，《甲骨文斷代研究例》，《董作賓先生全集甲編》，（台北：藝文印書館，1977年 11 月），頁 461。

不露短直線的接筆稜角，行氣中充滿素樸的「奇異連結」現象，欲深入甲骨文書法堂奧，捨第一期甲骨末由。胡氏晚年此作在字形上雖不盡形似，卻有更多以筆爲刀的傾向，起收筆與線條中段常有懸殊的粗細變化，如「巳」、「卜」、「凶」、「于」等尤爲明顯，不避鋒芒，如輕入刀後重沖刀而順勢出刀的絕佳控制能力，毫無遲疑；又有如「旬」的帶筆使轉；「酉」、「自」、「征」等字細而折的連續筆畫，同時營造畫面的輕重及墨韻的乾濕對比；「至」、「有」中對稱性兩筆作出一筆完成的姿態；而行氣竟也有如原拓中的左右擺動現象，對比前面作品，胡氏甲骨文書法不僅有刀味筆意的追求，在行氣、章法、整體視覺效果上都有隱然的美學思考在其中，若非書法只是他學術研究之餘的遊藝之事，若他能留下更多的書法作品，其篆書表現必在其堅實學問的支撐下，蔚爲大家。

　　胡厚宣對甲骨文書法有嚴謹的堅持：「甲骨文既是我國最早的成文之作，他的藝術性又是很高，體會並模仿他的結構筆法，寫爲集詩集詞集聯和集句，清新典雅，詞書並茂，這本是一件很好並很有意義的事情。但可否要注意兩點，第一是甲骨文字約有五千，認識的字，不到一半，這公認的一千多字，應用到詩詞楹聯和吉語裡邊，就遠遠不夠，如何採用借字，應該要慎重。要借得合理，不能亂借，更不能亂拼亂湊，亂造古字。第二是既然稱甲骨文書法，結構筆法就應該像甲骨文，至少也應該近似甲骨文，不能以甲骨文爲名而自逞才華，把甲骨文寫爲自己的另一種流派。」〔註96〕

　　胡厚宣精研甲骨學，深識甲骨之源流，其書作筆中見刀、刀中見筆，線條勁挺、神韻清朗俊逸；融合甲骨、金文的刀法與筆法，得厚實壯觀之貌；借鑑行草筆法，具有墨韻上的乾濕、輕重、粗細、疏密的對比；並在行氣、章法上自然的暗合了甲骨文順勢自然的特徵，是深得殷商書法三昧的。

〔註96〕胡厚宣，〈甲骨文字的藝術與書法〉，《中國書法》，（北京：中國書法雜志社，1994年第 1 期），頁 11。

圖 5-3.5 胡厚宣〈武丁甲卜辭〉／菁 2／《合》6057 正

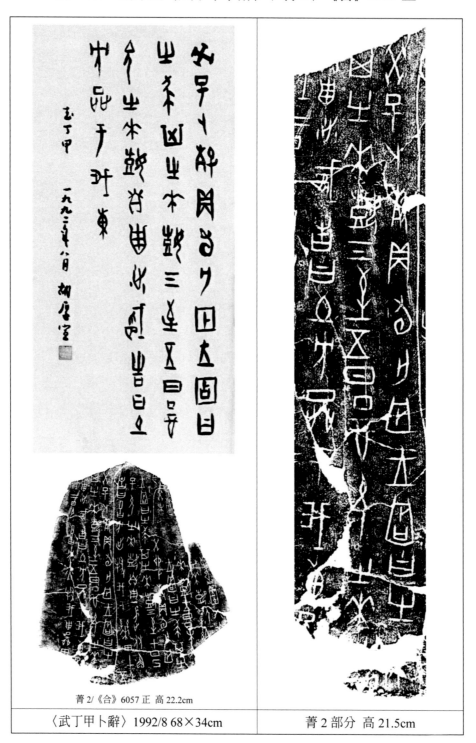

菁 2／《合》6057 正 高 22.2cm

〈武丁甲卜辭〉1992/8 68×34cm	菁 2 部分 高 21.5cm

第四節　張政烺——眞誠求實　謙謙儒者

　　張政烺（1912～2005），字苑峰，1912/4/15 生於山東省榮成縣崖頭鎮。1936 年畢業於北京大學史學系，同年進入中央研究院歷史語言研究所，歷任圖書管理員、助理研究員、副研究員。1946 年應聘任北京大學史學系教授。1954 年參與籌建中國科學院歷史研究所，並兼任研究員。1960 年被任命爲中華書局副總編輯，並繼續兼任中國科學院歷史研究所研究員。1966 年調離中華書局，專任中國科學院歷史研究所（今屬中國社會科學院）研究員。曾先後擔任物質文化研究室主任、古文字古文獻研究室主任；考古研究所學術委員、歷史研究所學術委員；中國社會科學院研究生院教授、博士生導師。曾先後被聘任爲國務院古籍整理出版規劃小組成員、顧問；中國歷史博物館學術委員會委員、國家文物事業管理局文物諮詢委員會委員、文化部中國文物委員會委員、國家文物鑒定委員會委員；中國古文字研究會理事，中國考古學會常務理事，中國史學會理事等。2005/1/29 在北京逝世，享年 93 歲。

　　2004 年 4 月，在張夫人傅學苓女士的多年推動和學術界的通力協助下，彙編張政烺一生主要學術成果的《張政烺文史論集》由中華書局正式出版。張氏去世後，傅學苓繼續蒐集遺稿，委託李零主持整理張氏研究易學的有關資料，編爲《馬王堆帛書〈周易〉經傳校讀》（中華書局，2008 年）和《張政烺論易叢稿》（中華書局，2011 年）；委託朱鳳瀚主持整理張氏對《兩周金文辭大系考釋》所作批注，編爲《張政烺批注〈兩周金文辭大系考釋〉》（中華書局，2011 年）。2011 年初，張政烺的哲嗣張極井約請朱鳳瀚、李零、林小安啓動《張政烺文史論集》的增補、修訂和重編工作；將蒐集到的張氏存世的各類研究文字進行分類重編，成《張政烺文集》五卷。〔註97〕

一、張政烺的古文字學成就

　　張政烺說，他對古文字學的愛好，緣於少年時所受啓蒙教育。12 歲時，在家鄉讀家塾，就從伯父藝芸先生習文字訓詁之學。伯父好書法，尤善篆書，他在讀書之餘，常仿效之，亦以臨摹秦《石鼓文》爲樂。但當時所有者，僅坊間影印的徐坊舊藏所謂宋拓本及尹彭壽《石鼓文匯》而已，拓本既不精，加之對

〔註97〕張政烺，《張政烺文集》，（北京：中華書局，2012 年 4 月），出版說明 1～2。

石鼓文字不能遍識，所識者不過十之三四而已。伯父偶見之，時加指正，指導書法外，間或亦解說文字。1932 年考入北京大學史學系，從馬衡學習金石學、從唐蘭學習甲骨文、金文。〔註98〕大學三年級時，和楊向奎、胡厚宣、王樹民、高去尋等同學組織了「潛社」，出版了兩期《史學論叢》，他在《論叢》上先後發表了〈獵碣考釋初稿〉（1934）和〈平陵陳得立事歲陶考證〉（1935）兩篇文章。〈獵碣考釋初稿〉一文逐字考釋了《石鼓文》，除引用《說文》等字書外，還廣泛徵引甲骨文、金文，尋其字源，釋其詞義，對《說文》的錯誤和前人考釋中的不妥之處多有匡正。文章發表後，引起郭沫若的注意，郭還曾給張氏寫信，對一些學術問題往還切磋。〔註99〕先秦陶器文字，自清末發現後的半個世紀中，有關學者只注意考釋其文字，而張氏的這篇〈平陵陳得立事歲陶考證〉，開拓了用陶文結合銅器銘文來考證歷史的途徑。進入中研院後，發表在歷史語言研究所集刊上的學術論文，有〈邵王之諻鼎及簋銘考證〉、〈六書古義〉、〈䵼字說〉、〈說文燕召公史篇名丑解〉、〈說文敘引尉律解〉等涉及甲骨、金文、陶文、碑刻等之研究文字。〔註100〕

（一）甲骨文字學之成就

　　表面看來，張政烺在甲骨學方面發表的論文書量並非龐大，但若深入分析，便會發現其文不苟作，厚積而薄發，且責任心甚強，絕不肯輕心率意拿出作品匆匆發表；文章寫出來，總是要放一放，修改再修改。因此，凡發表的論文都十分嚴謹，為學者所推重；他的研究具有系統化特徵，如關於商代的氏族、農業、祭祀等方面，其精深的研究程度均超越前人。

　　張政烺一方面博極群書，國學的功底極深，所研究的范圍很廣；另一方面，他又不同於舊派學者。他具有科學頭腦，學習歷史唯物主義理論，並不斷地吸取新知，善於分析問題和解決問題。表現在甲骨學研究上，他擅長將分散的卜

〔註98〕張政烺自述，朱鳳瀚整理，〈我與古文字學〉，2016/12/13 檢索自 http://book.ifeng.com/xinshushoufa/n001/detail_2012_04/19/14005795_1.shtml

〔註99〕孫言誠，〈他把一生獻給了學術——記張政烺先生的學術生涯〉，《揖芬集——張政烺先生九十華誕紀念文集》，（北京：社會科學文獻出版社，2002 年 5 月），頁 27～28。

〔註100〕謝桂華，〈張政烺先生傳略〉，《盡心集——張政烺先生八十壽慶論文集》，（北京：中國社會科學出版社，1996 年 11 月），頁 406～407。

辭，加以貫串，與古文獻的探賾索隱相結合，深入地研究古史問題，然後再以精煉的文字寫出論文。所做的論文大都發前人所未發，顯示出其過人的學識。其名作〈古代中國的十進制氏族組織〉、〈卜辭裒田及其相關諸問題〉等早有定評，都反映出他治學的特點，可爲代表作品。

在甲骨文釋讀上，張氏也有許多成績。對於單字考釋的處理方法，他與單純釋字的古文字學者有所不同。因爲精研六書，於甲骨文、金文、戰國文字均做過深入研究，熟悉偏旁分析法及縱向、橫向字形比較，特別是極重視分析一字的不同用法，必與典籍相互印證而通其讀，才算解決問題。例如甲骨文「裒」字，學者或釋爲聖（墾）、甕等，均可備一說，然該疑難字的釋讀，此前還不能說徹底解決；直到他的〈卜辭裒田及其相關諸問題〉釋之爲「裒」，舉出此字三種不同用法，一一與典籍相印證，並多方深入揭示「裒田」的內涵。諸說之中，其「裒田」爲墾荒說的優長之處十分明顯，因而得到學者的普遍認可。又如甲骨文「肖田」的「肖」字，學者中有「屎」、「徙」等多種說法，有的說法有相當的影響力；不過諸說均未涉及此字的不同用法，唯有張政烺的〈甲骨文「肖」與「肖田」〉、〈關於「肖田」問題——答張雪明同志〉更加深入研究，而釋此字爲從「人」、「小」或「少」聲，認爲即肖字；並舉出此字在卜辭中的不同用法，用典籍加以詮釋。他的「肖田」說在訓詁上是有說服力的。〔註101〕

再如他發表〈釋甲骨文俄、隸、蘊三字〉（《中國語文》1965：4），其中蘊字，甲骨文原形作「茻」，在卜辭中很常見，舊或釋囚，字形雖像，但於辭義不通。或釋死，辭義雖通，但字形上又說不過去，且甲骨文自有死字。所以多少年來此字未得其解，研究甲骨文商史的學者因不識此字，多以己意揣測之，使同一卜辭解釋各異，成爲甲骨學中一懸案。張氏則注意到《說文》有「盅」字，他指出《說文》以「從皿以食囚」〔註102〕會意解說盅十分牽強，此字實是從皿囚聲，「囚」當從甲骨文「茻」演化來，不是今囚字，由此可推知甲骨文「茻」字的讀音也是盅。張政烺進一步根據此字在卜辭中的用法推定「茻」字可讀作《說文》的「薀」字，古書上也寫作「蘊」，是埋葬之義，

〔註101〕劉桓，〈張政烺先生對甲骨學的重要貢獻——師從先生問學憶往〉，《揖芬集——張
　　　　政烺先生九十華誕紀念文集》，（北京：社會科學文獻出版社，2002 年 5 月），頁 35。
〔註102〕段玉裁，《說文解字注》，（臺北：黎明文化事業，1991 年 8 月增訂八版），頁 215。

當然也有死亡之義。此字考釋至此，從形、音、義三方面來看，本已釋通，但他以其素有的對學術問題一絲不苟的態度，仍覺有繼續深入考證與說明之必要，於是，事過二十年後，又在〈釋因蘊〉（《古文字研究 12》，1985/10）一文中，將「茵字釋蘊」代入目前所見的諸多卜辭辭例中，一一檢驗，詳加疏解，並不因卜辭辭義的艱深而迴避，同時又列舉文獻典籍中此字用法作為旁證，遂使這一難字讀「蘊」更加信而有徵。「蘊」本意為藏，引申有埋義，再引申又有死亡之義，於是眾多的過去因有此字之障礙難能理解的卜辭，其義均得以明瞭。此文中還附帶考釋了卜辭中「因」字，說明此字出現次數少，在卜辭中皆屬早期，用法與「茵」同，且二字聲母相同，韻部相近，聯結起來恰好是漢代文獻中的「絪縕」一詞，由此進而發揮古漢語中的聯綿字問題。古漢語中有聯綿字，過去雖有學者指出，但數十年來從未有人利用甲骨文來說明這一點。張氏則舉出卜辭中因、茵二字為例，說明此二字各包含兩個音（絪縕），是一個詞的兩種不同寫法，正是聯綿字。〔註103〕

張政烺治學多能從大處著眼、小處著手，也就是宏觀上加以把握，微觀上也十分留意。在甲骨學研究上有一些長期眾說紛紜、令學者困惑的疑難問題，有時表現在某一單字釋讀上，看似一個小問題，實則關係到某一類卜辭的理解。他對這類問題也十分留意，認真予以解決。例如甲骨文習見「示……屯」之辭，「屯」前多為數量，這是關於甲骨管理的記載。這個「示」如何釋讀，學者中或以為義為鑽鑿，或讀「眡」以為檢視、驗收，這些說法當時雖可備一說，然「示」字實未能通其讀。惟有先生讀「示」為「置」，既合乎先秦訓詁，又能切合用法，正確地說明了「示」乃放置之義，揭示出「示……屯」乃是保存甲骨的記錄。他嘔心瀝血所取得這些寶貴成果，對於我們今後的研究仍然具有指導意義，並且將成為進一步鑽研的基礎。

張氏治學時時關注新的考古資料的發現，用來研究並解決一些疑難問題。例如當婦好墓考古發掘資料見於報導之後，他就先後在《考古》上發表了〈帚好略說〉、〈帚好略說補說〉兩文；參考《周禮》的有關記載，從典章制度上進行探索，認為「婦」實原於《周禮》的「世婦」，至於有些「婦」何以成為商王

〔註103〕朱鳳瀚，〈張政烺先生在甲骨文金文考釋的成就〉，《盡心集——張政烺先生八十壽慶論文集》，（北京：中國社會科學出版社，1996 年 11 月），頁 397～398。

的配偶，則結合上古歷史做了恰當的說明。〔註104〕

（二）金文文字學之成就

　　《張政烺文集》中第一卷為「甲骨金文與商周史研究」，除收錄張政烺甲骨研究 18 篇，還有關於金文研究商周歷史的論文及書信共 18 篇，內容涵蓋彝器銘文的考釋、辨偽、歷史相關問題，都有很高的研究質量。

　　對於青銅器銘文的考釋和年代考訂，如〈利簋釋文〉、〈何尊銘文解釋補遺〉、〈周厲王胡簋釋文〉、〈王臣簋釋文〉等，皆考釋其文字，論證其年代，關涉史事，務求明白易曉。〔註 105〕最著者為考釋著名的「中山三器」文字：中山三器皆有長銘，為研究戰國文字最重要的資料之一，但戰國時代文字每每簡化，與六書之義漸遠，難以認識，銘文中多使用同音假借，又由於語義分化，語音分歧，頗多新造形聲字，通讀其銘實非易事。張氏所作〈中山譽壺及鼎銘考釋〉、〈中山國胤嗣奸蚉壺釋文〉皆是古文字學家們公認的佳作，內中見解常為學者們所引用。如以義近形旁通用規律釋出「信」；由形體訛變角度釋出「允」、「殺」字；以形體簡化規律讀「杢」為「野」；以形聲字原則讀「嚳」為「數」，以同音假借原理讀「坴」作「即」，皆為精當之論。特別是中山王鼎銘中有「毋竝厥邦」句，學者多釋「竝」為「並」，但張氏觀察精細，指出此字雖從二立，但非並字，因二立字左大右小，左下右上，遂引《說文》：「替廢也，一偏下也，從竝白聲」，定此字為「替」之異體。又指出甲骨卜辭中有同形字，亦應為替字。卜辭「其替御」、「其引御」恰可與《詩經‧小雅‧楚茨》：「子子孫孫，勿替引之」（傳：替，廢；引，長也。）相印證。接著張氏又引《尚書‧康誥》：「勿替敬典」、〈召誥〉：「式勿替有殷歷年」，證明鼎銘「毋替厥邦」句法確為古書之所常見。我們看到在此一字之考釋中，張先生亦是嚴格地遵循考釋古文字的科學途徑的；他由辨析字形入手，與《說文》與其他古文字形體相比較，確定其音義，並廣泛聯繫時代相近之文獻典籍，說明銘文字義與句式，進一步驗證文字考釋之結論。由於考證嚴謹，觸類旁通，

〔註104〕劉桓，〈張政烺先生對甲骨學的重要貢獻——師從先生問學憶往〉，《揖芬集——張政烺先生九十華誕紀念文集》，（北京：社會科學文獻出版社，2002 年 5 月），頁 35〜36。

〔註105〕謝桂華，〈張政烺先生傳略〉，《盡心集——張政烺先生八十壽慶論文集》，（北京：中國社會科學出版社，1996 年 11 月），頁 409。

遂使替字之釋成爲令人信服的不易之說。〔註106〕

《張政烺文集》第三卷中〈試釋周初青銅器銘文中的易卦〉一文，成功地釋出古代筮占符號。正是由於這篇重要論文「導夫先路」，才引起學者對甲骨卜辭中易卦的研究，從而對易卦的起源和發展、殷人易卦的形態等一系列問題，均有了新的認識。〔註107〕

他對各種的出土史料，從舊的金石學著作到田野發掘報告都非常的熟悉。20世紀50年代北大院系調整前，他在系裡開三門課。除通史外即古文字和古器物學。古文字學主要講甲骨文和金文。古器物學的內容很豐富，從商周到秦漢的青銅器、還有歷代的度量衡器和銅鏡、符牌、錢幣等，此外尚包括簡牘、石刻等。從這兩門課顯示出先生學問的淵博和精深。特別是經常將自己的見解和發明介紹給大家。〔註108〕

張政烺一生精研古文字和考古學，但他首先更是一位歷史學家，他對甲骨刻辭和商周銘文的考證與釋讀，主要目的乃是解決上古史研究中的問題。他在北京大學多年講授中國通史課程中的先秦史，已有1952和1959年的《先秦史講義》兩種，雖須體現50年代主流史學觀點，帶有一定的時代烙印，未必與張氏自己的學術主張一致，但是這兩份珍貴的講義，畢竟從多方面體現了張氏的治學成果和學術造詣，精義疊見，讓我們想見當時張政烺等名師爲本科生（相當於臺灣之大學生）講授基礎課的風采。

同時，先生曾爲北京大學考古專業（相當於臺灣大學院校之科系）講授「中國考古學史之金石學部分」。課程分爲緒論和五個單元，其中一、二、三單元當時有油印本講義，再加上王世民自己上課筆記，補足爲《中國考古學史講義》。1959年北京大學在中文系成立了古典文獻專業，設有「中國文化史」講座課程，由陰法魯主持，邀請名師開設專題講座，其中的古器物學專題是由張政烺講授的，首次授課在1962年11月。其中〈中國古代的禮器和日用

〔註106〕朱鳳瀚，〈張政烺先生在甲骨文金文考釋的成就〉，《盡心集——張政烺先生八十壽慶論文集》，（北京：中國社會科學出版社，1996年11月），頁399～400。

〔註107〕劉桓，〈張政烺先生對甲骨學的重要貢獻——師從先生問學憶往〉，《揖芬集——張政烺先生九十華誕紀念文集》，（北京：社會科學文獻出版社，2002年5月），頁36。

〔註108〕吳榮曾，〈張政烺先生與古史研究〉，《揖芬集——張政烺先生九十華誕紀念文集》，（北京：社會科學文獻出版社，2002年5月），頁22。

物〉，就是由向仍且根據張氏的授課記錄整理的講義。〔註 109〕

　　張政烺一生踐行「真誠求實是為人為學之本」的信條，學問淵博，識見卓越，道德文章，人所共欽。在中國古代史、古文字學、考古學、古器物學、古文獻學等諸多學術領域都做出了具有開拓性的重要貢獻，在海內外學術界產生了廣泛和深遠的影響。〔註 110〕

二、張政烺的篆書表現

　　張政烺自幼即從伯父處接觸到《石鼓文》，並引發了他對古文字學的興趣，其初試啼聲的〈獵碣考釋初稿〉，創始於他少時習書石鼓之情結。入北大後因從馬衡處得知坊間影印之明安國舊藏十鼓齋中甲本（即後勁本，故圖 5-4.1a 取以為對照）為傳世碣文善本，往昔拓本所未見之文字於此本多為明晰，於是購得以修訂舊稿，日有箋記，舊稿文字竟至塗抹亦盡，遂成此文，並請唐蘭先生審閱一過。因此他對《石鼓文》文字考釋頗有見地。〔註 111〕這件〈臨石鼓文軸〉（圖 5-4.1）正好可以印證其學術研究與書法創作的關聯，首先從文意來看：

　　「汧殹沔沔」：汧，水名。殹，語助詞「也」。沔沔，張政烺說：《詩・新臺》「河水瀰瀰」、「河水浼浼」皆訓盛貌。沔沔與之音義並近。「丞皮淖淵」：丞為拯之本字，張氏訓承；郭沫若訓烝，進也。皮，假借為「彼」。淖淵，章樵說：「水之深處也。」張燕昌說：《水經注・汧水篇》「其水東流，歷澗，注以成淵」，正合「丞皮淖淵」之文；又云「潭漲不測，出五色魚」，正合下「鰋鯉處之」、「帛魚鱳鱳」、等語。「鰋鯉處之」：《說文》「鰋，鰋或從匽」，《本草綱目・鮧魚》：「魚額平夷低偃，其涎黏滑。鰋，偃也；鮎，黏也。古曰鰋，今曰鮎；北人曰鰋，南人曰鮎。」；「處」，鄭樵讀作「居」，意為生活。「君子漁之」：「漁」，殷商文字人名用從水從魚；作捕魚者從「廾」或從「寸」。「瀂又小魚」：瀂字見殷甲骨文與戰國楚帛書，羅振玉言「瀂即砅，砅或作瀨」而「瀂」「瀨」、「瀨」為淺水，故有小魚。「又」，讀為「有」，甲骨文「有」字皆作「又」；金文、侯馬盟書、古璽文等古文亦多如此，古文獻中也有此例。「小魚」二字合書，石鼓文二字合

〔註 109〕張政烺，《張政烺文集》，（北京：中華書局，2012 年 4 月），出版說明 2～4。

〔註 110〕張政烺，《張政烺文集》，（北京：中華書局，2012 年 4 月），出版說明 1。

〔註 111〕張政烺自述，朱鳳瀚整理，〈我與古文字學〉，2016/12/13 檢索自 http://book.ifeng. com/xinshushoufa/n001/detail_2012_04/19/14005795_1.shtml

書不加合文符號；春秋中期以前的古文字二字合書不加合文符號；春秋晚期，特別是戰國時期二字合書多加合文符號。「其斿趣趣」：「斿」今作「游」，此字於〈作原〉、〈車工〉亦見，石鼓文的刻寫者在保證所刻寫的文字風格大體一致的情況下，也有意追求些變化。「趣趣」，張氏曰「從走，散聲。當訓行貌。趣趣與跚跚當音義同。《說文》：汕，魚游水貌。從水，山聲；朱駿聲云：罩罩、汕汕皆重言形況字，魚游水貌。，則碣文趣趣又汕汕之叚借矣。」〔註112〕「帛魚鱳鱳」：羅振玉言古文白、帛同字。鱳即鱳字。潘迪說：鱳字音鱳，言魚鱳鱳然潔白。「其盗氐鮮」：此盗字從竹從枚，從皿，蓋盗之異文，意謂魚在水中盗食，狀甚鮮明，乃游魚之樂。自滿又小魚起四句別寫淺水中的小魚游水的情狀和潔白的白魚在水中盗食的活動，在意義上是並列的。

〔註112〕張政烺，〈獵碣考釋初稿〉，《史學論叢》第一冊，（北京大學潛社，1934 年 7 月）。

圖 5-4.1 張政烺〈臨石鼓文軸〉

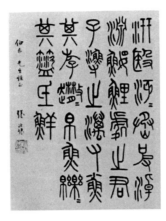

圖 5-4.1a 《石鼓文・汧殹》拓本

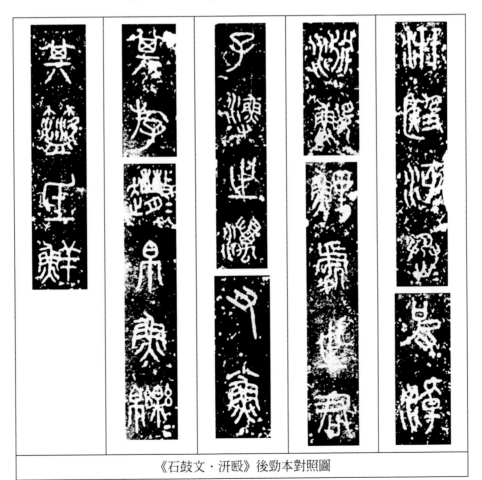

《石鼓文・汧殹》後勁本對照圖

從現今公認的詞義解說來看，張政烺對《石鼓文》研究是極有見地的，尤其在字詞考釋及歷史文化的綜合研究，已是突出於前人。就用字而言，基本無誤，唯「氐（氏）」字，晚近之研究已與《睡虎地秦墓竹簡・日書乙種》98、馬王堆帛書《老子》乙前古逸書、西陲簡之字形排比並觀，下橫上須有一小橫；〔註113〕書作之時尚未能有足夠條件作以上之判斷。

就〈臨石鼓文軸〉來看，張氏對《石鼓文》的研究與學習的確互為表裡。他對臨寫的文句是完整的段落且充分理解的，他所用的範帖是當時較新且最佳的「後勁本」（圖 5-4.1a），而且他能吸收清代鄧石如以後各家篆書用筆的長處。字形結構肖似，起筆皆逆，或正或側、或重或輕，變化豐富；行筆有頓挫提按，線條勁力內含，自成節奏。章法上行列分明，改以字距行距都較緊湊，營造出整體中有輕有重的塊面視覺效果。在民國初期《石鼓文》書法大行其道的龐大隊伍中另樹一幟，展示出個人的特色來。

1984 年 10 月，河南建立安陽殷墟博物館，首屆國際性的「安陽殷墟筆會」、「甲骨文還鄉書法展」召開，來自中國大陸及美國、日本、英國、法國、新加坡、韓國、加拿大和港、澳、臺的甲骨文學者、書法家 500 餘人歡聚安陽，考察殷墟、交流書法藝術。張政烺參與其中，留下集甲骨文字書法數件，如贈吉德煒〔註114〕教授的〈集甲骨文橫幅〉（圖 5-4.2）與贈艾蘭博士的〈甲骨集詩軸〉（圖 5-4.3），兩作品內容相近，僅有整簡之別而用字小異。先就 1984/10/25 的〈集甲骨文橫幅〉來看，其詞曰：「洹水朝雨，太行秋星；嘉賓雲集，新乍（作）風生。龜文射采（彩），商史啟明；我來學習，益智得朋。」四言八句，嘉會風生，共研得益，切中宗旨，頗有〈蘭亭集序〉之況味。

〔註113〕徐寶貴，《石鼓文整理研究》，（北京：中華書局，2008 年 1 月），頁 767～770。

〔註114〕吉德煒（David N. Keightley）（1932/10/25～2017/2/23），出生於倫敦，後移居美國。他是甲骨文研究在西方的先鋒，在商周兩朝歷史研究領域亦是西方漢學界的巨擘。他對中國古代占卜術中有「習卜」與「三卜」制更具有自己獨特的見解，其所撰寫的享有盛名的甲骨學專著《商代史料》一書中的見解對研究甲骨學殷商史學科具有特殊的貢獻。

圖 5-4.2　張政烺〈集甲骨文橫幅〉

鐵 233.4	菁 2.1	前 2.3.5	京津 228	前 5.4.4	後 1.12.12	粹 112	林 2.23.7
前 5.17.3	佚 281	前 7.1.3	乙 3612	鐵 81.3	後 2.16.8	河 434	鐵 14.3
京都 2113	鐵 157.4	後 2.12.14	燕 90	拾 7.9	摭 2.55	甲 3642	庫 1025
甲 777	明 715	前 7.32.4	前 4.45.4	乙 7396	前 5.37.1	乙 1877	摭 2.1　鐵 238.3

〈集甲骨文橫幅〉1984/10/15

圖 5-4.3　張政烺〈甲骨集詩軸〉

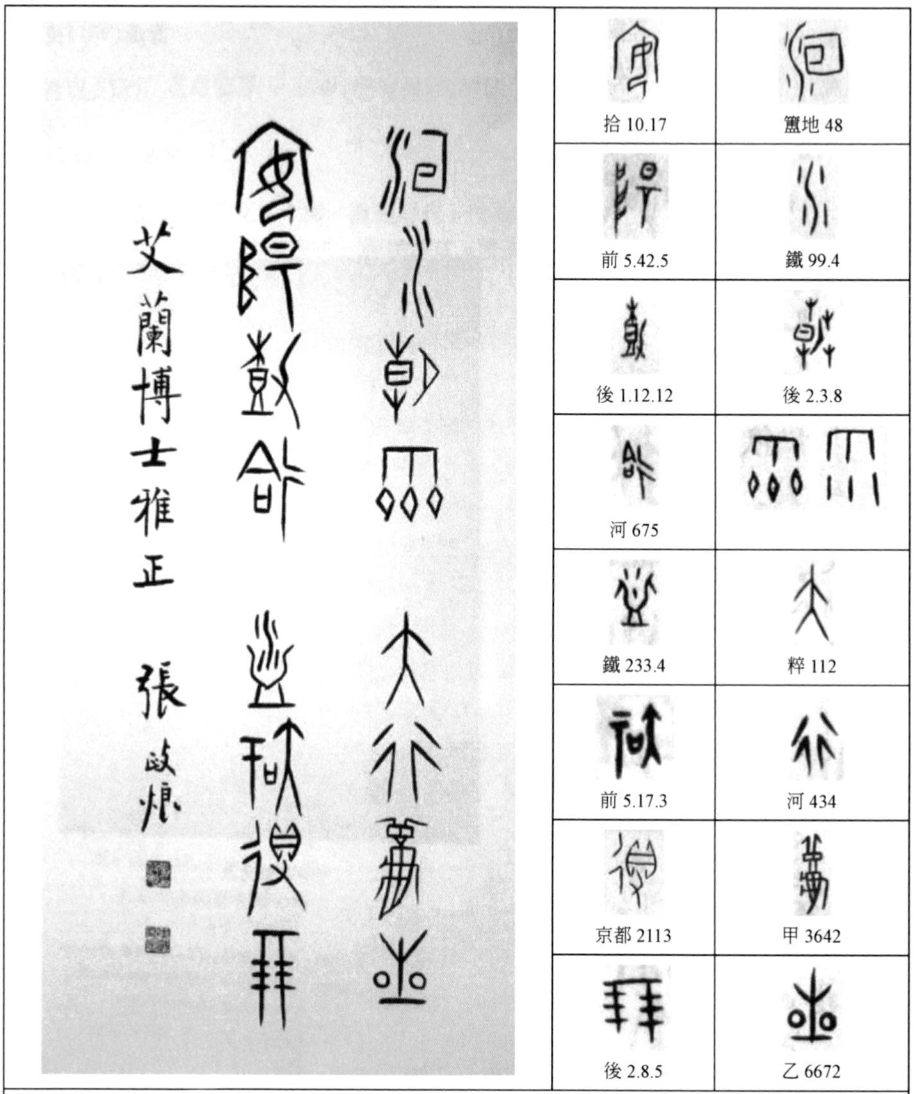
艾蘭博士雅正
張政烺
拾 10.17
寷地 48
前 5.42.5
鐵 99.4
後 1.12.12
後 2.3.8
河 675
鐵 233.4
粹 112
前 5.17.3
河 434
京都 2113
甲 3642
後 2.8.5
乙 6672

〈甲骨集詩軸〉1984 年

本作的用字有很高程度的摹擬原跡傾向，如「水」、「行」、「秋」、「星」、「雲」、「集」、「風」、「明」、「學」等，可見刻意求似之跡，其他字雖不盡逼肖，也都在字形的正確上有嚴謹的要求；唯「雨」字應作「 」，所作之「 」字，歷來有釋「霝」、「霽」、「雹」等說，以釋「雹」爲宜。〔註 115〕線條以短

〔註 115〕《古文字詁林 9》，（上海：上海教育出版社，2004 年 10 月），頁 339～345。

直線爲主，隨線條長短轉折產生頓挫的節奏感；起筆不求尖利，似下刀時之重，收筆或尖或齊，能得收刀輕起之趣；結字多取修長，小篆書法的根柢與慣性自然顯露；章法則於有行有列中間有參差錯落，字距緊密，行氣下貫，條理分明。唯「雲」、「集」、「風」、「射」、「采」諸字取用了較多婉曲線條的字形，且集中在 2～4 行處，在整體的嚴整、理性之風中略有不諧，然瑕不掩瑜，允爲合作。

　　同時期贈艾蘭〔註116〕博士的〈甲骨集詩軸〉內容較爲精簡，文曰：「洹水朝雨，太行秋星；安陽嘉會，益智得朋。」與前作創作方式大體相同，唯於斷句處虛位空格，使四句自成段落，各自獨立又相互映襯，清朗秀勁，呼之欲出；於條幅中行對聯之形式，也能將其擅長的小篆基本功作更好的發揮。線條有短、長直線與緩曲線的合理搭配運用，行筆果斷、出鋒銛利，酣暢痛快。

　　張政烺的公子張極井回憶說：「父親的書法在學術界有一定的名氣，但他從來沒有主動給我寫過一個字。我去澳洲工作之後，經過多次要求，父親才前後給我寫過三個條幅：一幅是《周易》上的「天行健，君子以自強不息」；一幅是宋人張載的「爲天地立心，爲生民立命，爲往聖繼絕學，爲萬世開太平」；還有一幅是《荀子‧勸學篇》中的「無冥冥之志者，無昭昭之明；無惛惛之事者，無赫赫之功」。我想，這些除了是父親對自己兒子的期許之外，也許還代表看他們那一代傳統知識份子的精神追求和揮之不去的家國情懷。」〔註117〕從家人對張政烺書法的回憶，可以窺知張氏書法的流傳，集中在學術圈中，多爲同道間的「感惠徇知」之作，因此即便是家人也極少擁有。再者，所書內容率皆正面意義並與其學術研究相關者，又說「父親最愛書寫的一句話是『眞誠求實是爲人爲學之本』。我以爲，這是他對自己一生的要求。因此，

〔註116〕 艾蘭（Sarah Allan），生於美國，先後在加利福尼亞大學洛杉磯分校和柏克萊分校學習中文，1974 年獲博士學位。1972 年始在英國倫敦大學亞非學院任教，1995年夏始任美國達特默思學院教授。她研究甲骨文，青銅器，竹簡，在亞非學院長期教授中國古代哲學文獻，對先秦的文獻、考古、思想和文化頗多涉獵，她從哲學史出發而著重於哲學問題的探索。

〔註117〕 張極井，〈回憶父親二三事──代《張政烺文集》編後記〉，《張政烺文集》，（北京：中華書局，2012 年 4 月），頁 399。

我選擇把這句話刻在了父親的墓碑上,陪伴他到永遠。」〔註118〕從晚年的這件〈嘉言軸〉(圖 5-4.4)來看,即使是心餘力絀,仍是一以貫之的實踐了他一生的要求,達到了人書合一的境界。

圖 5-4.4　張政烺〈嘉言軸〉

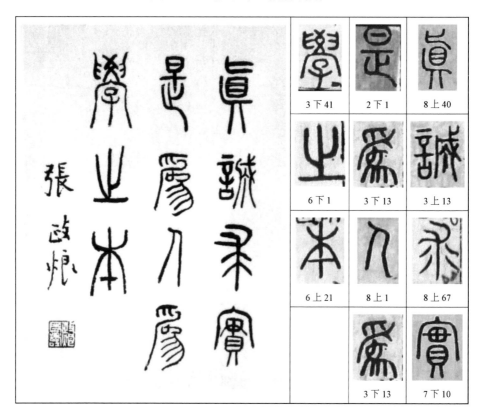

第五節　魯實先——古倉今魯　超越前儒

魯實先(1913～1977),譜名佑昌,以字行,晚號瀞廎,湖南寧鄉人,民國 2 年 3 月 12 日生於邑之傅家灣,逝世於民國 66 年 12 月 19 日,享年 65。

魯氏夙慧,過目成誦,韶齔能文,即已驚動耆宿,12 歲手批荀子,後撰成札記,是未就傅,已昂昂若千里駒矣。年 15,入長沙明德、大麓兩中學,以志有定,尤不樂課程之淺易,瑣規之羈絆,遂謝而請退,購前四史,鍵戶自求,

---

〔註118〕張極井,〈回憶父親二三事——代《張政烺文集》編後記〉,《張政烺文集》,(北京:中華書局,2012 年 4 月),頁 399。

寢饋其中，如是朞年，覃精太史公書，實基於此。後數年，竟閱畢二十四史矣。17歲，篤志治學，而有遠遊之思，蓋恐囿於閭巷，瞽盲見聞，無魁儒長者之啟發，而遭汩沒。幸得太夫人周氏之資助，夫人陶氏之鼓舞，乃得毅然出行。首之杭州，讀文瀾閣藏書凡三年，非祕藏絕世者，不閱也。後往北平，於北大等名館昕夕恣覽，間詣大學聽碩儒講論，如是數年，而以沈潛思索，遠搜旁求者為獨多。尤夜以繼日，兀兀窮年，竭盡涵泳藏脩之功，非當時上庠諸生可比數也。

　　復訪求公私祕笈於洛陽、開封，學益大進，真積力久，神悟貫通，停蓄有得，遂成《史記會注考證駁議》。先是，日人瀧川龜太郎成《史記會注考證》，號稱嚴整有法，以獲文學博士；既慨日本軍閥之逼侵，復恥其學者之董治，遂發憤成篇，搜閱史記書類，凡千六百餘種，躡瑕抵隙，跡堅成通，諟正其訓解謬誤，體例乖舛，凡二十餘萬言，一氣盤旋，精於考據訓釋，而人不覺也。批論其七失：曰體例未精，曰校勘未善，曰采輯未備，曰無所發明，曰立說疵謬，曰多所剿竊，曰去取不明。不惟瀧川之訛謬，昭昭若揭，而魯氏之學殖淵博，閎識孤懷，驚才絕調，有以見矣。長沙宿儒楊樹達見之，詫嘆其精博閎通，大聱敬之，是為其著述之始，年方24耳！乃益加修正擴充，不惟詳徵博引，義證確切，尤於史事年時之差舛，指論特詳，蓋非精於曆法籌算者，不能置一辭也。越三年書成，高霽雲老人捐金萬餘助其付梓，不惟震驚士林，日本學者亦為卷舌緘口矣。楊樹達特為作序，推崇備至。爰薦其入川，越次而為復旦大學教授，時年方28耳。衡山張智得窺其之史記廣注及曆表諸稿，嘆而讚之曰：「自古學無師承，能自樹立，年少而有大成者，未有如君者也，或以王輔嗣方之，非其倫矣。」蓋魯氏如豪傑士，如孟子所云，雖無文王猶興。

　　迄日寇敗降，乃移講席於江西中正大學。37年回湘，邑人推聘為靳江中學校長，旋遭世亂，三湘易幟，幾罹不測，乃星夜倉皇，隻身走香港，事勞役而力不勝，遂匿名鬻文以活，並樽節生生所資，迎養尊翁，隨侍至臺。

　　抵臺之初，就聘嘉義中學，先後任教臺中農學院（中興大學）、東海、臺灣師範大學，所至因材成就，備受學子敬欽，雖流移不定，典籍喪亡，而撰作不輟。魯氏初掌教師大時，甫有碩、博士班之設，凡治曆術、金文、甲骨、文字學、尚書者，幾無不敦請其為指導師。益以經濟發皇，文獻日出，魯氏奉父之

外，閉門索居，悉殫力於精研深究，左圖右史，堆几盈案，撰稿山積，既盡停蓄涵泳之功，又極思索貫通之效，曩之所攻習者，如海納淵貯，茫無涯涘，漸臻於大成。

魯氏之授課，旁聽者竟數百人，即艱澀之文字學亦然，蓋以深明義例，精研六書指歸而確分其類別，不惟綱舉目張，而又援證古今，出入金甲，聽者興味盎然，而得其樂覺其易矣。授課之際，必早至校，凝神端坐，鐘始鳴，即振衣急起，健步而前，率常餘音裊裊，已登臺矣，故諸生悚敬之，無敢遲後。復以學術為天下之公器，不宜受執教院校之限，故於週末假師大開金文班，不惟臺北公、私立大學學子麕集，即教授多有至者；〔註119〕即百里外亦慕名而來，雖寒風盛暑而莫輟，如是者逾三載，於商周彝器之銘文，釐析字形，明其音讀，考其文義，出入百家，爐錘往哲，歸於至當，自名物訓詁以至史事典章，明白曉暢，雖句讀韻腳之微，無幽不燭，旁證引文之細，有錄必徵，當理愜心，莫不拱手敬服。臺圓數十年講學之盛，莫能如也；而裁成多士，宣明國學，提升水平，復莫如也。

魯實先嘗自述其學之淵源曰：「余十七歲始志于學，竊以牢籠六合，含蓋百家，經義叢林，詞章淵海，莫過于太史公書。」故而專心致志，燭究淵幽，自《駁議》之後，用功尤為兢兢，雖輾轉播遷，而寒暑未廢紬索，雖敝脣課藝，而籌讀或至終宵。以天官律曆，冠冕百代，故據而精求，遂覃精曆術；究〈扁鵲傳〉而博讀醫書，其所徵引析說，名醫為之咋舌；研〈殷本紀〉而治甲骨，竟為絕世之權威；求史實訓詁，而攻鐘鼎銘文，遠邁前人之境域；更精許氏《說文》，使其義例大明，缺誤悉見，上庠之授文字者，無不宗之，門人私諡曰：「功並史皇」，殊非誇言也；由史公義法，以探文苑玄珠，邃工古文，雖擯絕應酬之作，而顯其法度雅妍於論著疏箋，經指授者為文悉有法度可觀。徐復觀以史記、文字學、曆算學為先生擅長之三絕。復曰：「文章典雅，可推為現代中國第一人而無愧。」故先生之根柢史學，而戞戞獨造，成就多方。

晚年究心文字，根源許書，出入金、甲，深得六書義例，與乎文字蛻變運用之理，以《說文解字》為字書之祖，蓋能據中國文字形音義三要以為釋

〔註119〕如本節所舉魯實先〈出山、在野七言聯〉，即贈予當時已為淡江大學副教授的門人廉永英，廉氏師大求學時，魯先生尚未任教於此，後忻慕而來，從學古文字也。

說，《爾雅》、《方言》之屬，非其倫也；然未憭然形義相合之怡，故有釋形、釋義之誤，而滋生分部、類例與乎屬入之誤；復有闕其部，闕其字，闕其形，闕其音，闕其義之五闕；良由許慎沿襲經傳，所解多非初形本義之故。時鼎彝初出，所徵引僅二十餘字，為眞古文，餘皆戰國俗體，誤闕由茲而生，不亦宜乎！於是成《說文正補》。許氏之釋六書，四文為句，義界難明，復以例證有失，故文字之學，蒙覆千載，而戴、段「四體二用」，學者奉為圭臬者，不足以明六書之眞諦，故撰《假借遡原》，《轉注釋義》，主「四體六法」：四體者，所造之字為象形、指事、會意、形聲也。六法者，六書皆為造字之法也。象形、指事、會意、形聲為造字之根本，轉注、假借為造字之輔助。由聲義同源之理，證成形聲之字，聲必兼義，其不示義者，曰狀聲之字、識音之字、方國之名、假借之文。進而析明用字之假借，形聲造字有形文假借、聲文假借、形聲皆假，會意亦有假借者，且分有本字之假借，無本字之假借。轉注造字，則分音轉、義轉，蓋本劉向以轉注為造字之本而論之。許書之誤，千秋之蒙，抉而發之，理足而證確，文字之學，土宇大闢而一新矣。其甲骨之作則有《卜辭姓氏通釋》、《卜辭講疏》、《殷契新詮》，金文則有《周金疏證》、《彝銘通釋》等，此古文字之學，荒榛初闢，他人得數字之考明，即相標榜證慰，而魯氏所得則以千計，誠震鑠古今之宗師也。

　　魯氏誠學界之振奇人也，蓋無師承指授，而斐然有成，為國初以來之儒林冠首，其專精孤詣，有遠駕段玉裁、汪曰楨、羅振玉而上之者，信如楊樹達之言曰：「超越前儒，古今獨步」，夐乎不可及也。〔註120〕

一、魯實先的古文字學成就

　　魯先生勤治文字之學，嘗以為文字學之宗旨，以洞明文字蛻變遞遭之跡為首要，於是專精致志，探本窮源，眞積力久，終悟轉注、假借造字之理，以是推陳出新，創通義類，著書立說，以為六書之「四體六法」張本。所撰《說文正補》、《轉注釋義》、《假借遡原》、《周金疏證》、《殷契新詮》等，要皆戛戛獨造，自成一家之言，其所未竟者厥為《文字析義》，亦綴辭有年，幾

〔註120〕魯實先之生平資料取自杜松柏，《魯實先先生全集·序》，（臺北：黎明文化事業股份有限公司，2003年1月），頁4～11。為行文之順暢故，頗有刪削、權錯位置之舉，幸諒之。

近全功。以下就甲骨學、金文學、《說文》學三方面綜述之

（一）魯實先治甲骨文之成就

魯實先有關甲骨學之著作，有《卜辭姓氏通釋》、《殷栔新詮》、〈殷栔新詮引言〉、《甲骨文講稿》等。

《卜辭姓氏通釋》係魯氏於東海大學課藝之餘，次第寫印，分期刊載於《東海學報》、《幼獅學報》者。其〈後記〉云：「凡本文論證，取證雖貴周賅，而陳義力避重複，以此詳略互見，學者苟生疑滯，是宜觀其會通。」〔註121〕

《殷栔新詮》全文專取殷墟文字難釋之字，予以重新詮釋。每字必探索其初形本義與變遷之跡，並言其於卜辭中之異體及含義。民國 49 年至 52 年間，魯氏完成《殷栔新詮》初稿，凡 49 篇，分六期相繼發表；民國 60 年間，續有增訂，共 24 篇，仍名《殷栔新詮》。此書之撰作，各篇都在詮釋殷栔文字，示人以考釋古文字的方法，說出某字在甲骨文中有若干用法和意義。嘗謂：「其方法乃綜合卜辭全文與經傳之有關資料，予以闡發，對於前人所釋經傳之誤，與所釋卜辭及金文之誤者，皆一一屬之辨駁，決無一字拾人唾餘，亦不故為立異。要之必求其文從字順，陳義當理為準，以是每篇皆有新義。」〔註122〕晚年著〈殷栔新詮引言〉，總揭《新詮》要旨，作為全書總序；又撰〈殷栔新詮引言摘要〉以發凡起例。〔註123〕

魯氏於 1960 年開授以甲骨文字為主的「古文字研究」課程，先輯 674 片甲骨編成《殷栔類選》一書作為課本，分征伐、祭祀、方國、游畋、天象、稼穡、征令、雜事、紀貢物等九大類，授課法則必先認字，次教字用法，其後方解文辭與涵義，每講皆為精闢卓絕之創見，無論解字釋辭，頗能博徵旁引，理真證足，發前人所未發，達前人之所未達。該課程延續四年，內容不但不重複，且繼續增益新教材，為後學引導學習坦途，開啟學術大門。〔註124〕

〔註121〕陳廖安，〈「師大‧大師」魯實先先生的學術貢獻〉，《漢學研究之回顧與前瞻國際學術研討會論文集》，（臺北：國立臺灣師範大學，2006 年 4 月），頁 14。

〔註122〕陳廖安，《殷栔新詮‧出版說明》，（臺北：黎明文化事業股份有限公司，2003 年 1 月），頁 12～13。

〔註123〕陳廖安，〈「師大‧大師」魯實先先生的學術貢獻〉，《漢學研究之回顧與前瞻國際學術研討會論文集》，（臺北：國立臺灣師範大學，2006 年 4 月），頁 15。

〔註124〕王永誠，〈重讀甲骨文筆記緬懷瀞廬師〉，《魯實先教授逝世三十周年學術研討會論

另有未刊之《甲骨文講稿》12 行紙抄本，乃據《殷契類選》著錄之骨版，依序逐片考釋而成，對於卜辭字例多所闡發，精義迭見。〔註125〕另有王永誠編輯之《甲骨文考釋》，係魯實先講授甲骨文課程時所錄之筆記，標舉甲骨文一字多形、一字多義、一字多形又多義之特色與難處；索求文字本原、尋求經傳正詁、擴展古史資料等功用和價值〔註126〕，讀之能見魯氏治甲骨文的成就。

（二）魯實先治金文之成就

彝器銘文，對博識古文，考索文字源流，探究文字孳乳，助益甚大。魯實先應學生之切請，於民國 56 年暑假選錄鐘鼎盤盂等五百餘器，橅寫成《殷周金文會纂》，另編著《金文著錄書目》，以此二書為教本，自 56 學年度起，在台灣師範大學「殷墟卜辭」課程後，接續講授金文，而一仍《殷契新詮》之例，講授內容不相重複為《周金疏證》達五年〔註127〕之久。

魯氏之講授金文，其內容有二：其一為銘文解詁；關於銘文解詁，分為三類，所謂三類者：1. 器迹，器之出土地點與時間以及轉徙收藏之經過。2. 器形，每類之器形及所講該器之器形，包括花紋、重量與大小。3. 器銘，釋其文字及其含義。第二部為書目解題；自宋以來，凡關於金文箸錄之書籍，以及考釋金文之文獻，逐一為之提要介紹，並評騭其是非。〔註128〕其所講授金文，乃綜合卜辭彝銘，貫攝先秦經傳，索理字形，詮釋文義，莫不字明義通。學者不僅窺見先民造字之旨，且也頗能探悉古人所以製器撰銘之意。〔註129〕

文集》，（臺北：萬卷樓圖書公司，2007 年 12 月 15 日），頁 36。

〔註125〕陳廖安，〈「師大・大師」魯實先先生的學術貢獻〉，《漢學研究之回顧與前瞻國際學術研討會論文集》，（臺北：國立臺灣師範大學，2006 年 4 月），頁 14。

〔註126〕魯實先講授，王永誠編輯，《甲骨文考釋》，（臺北：里仁書局，2009 年 2 月 25 日），頁 1～2。

〔註127〕據《周金疏證・序》則言歷時七年。魯實先講授，王永誠編輯《周金疏證》，（臺北：臺灣商務印書館，2011 年 4 月），序 2。

〔註128〕魯實先講授，王永誠編輯《周金疏證》，（臺北：臺灣商務印書館，2011 年 4 月），頁 7。

〔註129〕王永誠，〈魯實先先生金文治學要旨與貢獻〉，《魯實先先生學術討論會論文集》，（臺北：國立台灣師範大學國文系，1993 年 5 月 8 日），頁 13。

（三）魯實先治《說文》學之成就

魯實先認為《說文》雖是中國第一本字典，而為讀書人不可不讀；但對於尊《說文》為「經」，則不以為然。因為那是一本「不是很靠得住之字典」。解字釋義，「許慎並沒有把握得住形義相合之原則」，以及「文字蛻變之道理」。尤其對六書之釋義，因陳義不明，舉例欠當，導致異說紛陳。〔註130〕他認為《說文》有五闕五誤，五闕者：謂闕其部、闕其字、闕其形、闕其音、闕其義；五誤者：謂分部之誤、釋形之誤、釋義之誤、類例之誤、屬入之誤。因此根據甲骨文、金文及造字之義例，作《說文正補》〔註131〕，以正《說文》之誤，補《說文》之闕。全書正補《說文》凡 63 字，每字單篇成文，皆為運用近世出土之殷周古文，以嚴密之方法，做新穎之論證者。

《假借遡原》一書，係其稽尋文字孳乳演進之迹，根源於聲義同源之理，倡言形聲必兼會意之說，探究其聲不兼義之底蘊，以明假借為造字之法。1970年，魯氏稽尋殷契、彝銘，籀繹經傳字義，條次部居，完成本書初稿。1971 年，分期發表於《大陸雜誌》，越明年，將續修之作印行。

1976 年完成《轉注釋義》一書，提出轉注有義轉、音轉之別，並指出轉注是初文轉迻而續構新字的造字之法。其後續有修訂，凡九易其稿，主張轉注為造字之法；轉注是承一文而孳乳之精義，盡見於此書中。

魯實先究心文字之學，析形說義，正訛補闕，有《說文正補》之作；詳徵博考，創通義例，首標「四體六法」之說，爰撰《轉注釋義》，《假借遡原》，以明六書皆造字之本。至於融萃精論，語多創闢，以正許氏《說文》釋形之誤與釋義之謬，使學者資以悉究文字之初形本義，進而詳明文字蛻變演進之迹者，厥在其《文字析義》之遺稿。其書廣徵博引，旁蒐遠紹，通考求精。從書中經常使用「某之從某猶某之從某」的形式，或糾正許慎《說文》釋形、釋義之謬誤，或縱觀文字蛻變演化的過程，對研究文字學、金文學、甲骨學，

〔註130〕吳璵，〈魯實先先生與其文字學〉，《中國語文通訊》17，（香港：香港中文大學，1991 年 11 月），頁 23。

〔註131〕《說文正補》原作有三編，民國五十五年至五十七年間，受國家科學委員會人文及社會科學甲種補助。自民國五十七年起，分六期發表於《大陸雜誌》。民國六十三年九月，魯先生修訂《大陸雜誌》刊載諸作，彙整為《說文正補》一書，由台北黎明文化事業公司印行，與段玉裁《說文解字注》合刊。

實有莫大之啓示與助益。〔註132〕

　　《文字析義》、〈殷挈新詮引言〉二作，爲魯氏晚年得意之作。他在〈殷挈新詮引言摘要〉中嘗謂其研究之目的：

（甲）解釋所有甲骨、金文未經解釋，或解釋不正確之文字。

（乙）在探求文字之初形本義，及文字之孳乳，與字形之演變。

（丙）由明文字之初形，以糾正《說文》釋形之誤。

（丁）由明文字之本義，以糾正《說文》義訓之誤。

（戊）由明文字之本義與引伸義，以糾正前人釋經之誤。庶於殷周古史有一正確之認識。

（己）由文字之構形，考其本義，可以考見古人重實證、尚人本之思想。

　　而述其研究成果，自謂「本文於釋字釋義，必綜合甲骨、鐘鼎、刀布、古璽，及經傳有關之資料，俾學者能於古物及載籍，得溝通互證之效。此爲前人及近人凡釋殷周古文者所未有之新穎方法。」，言其研究成果對學術之貢獻，充滿自信云：

（甲）本文所釋殷周疑難之字，估計在三百字以上。凡其所釋之字，無不義證通明，決非任情臆測，亦決非拾人牙慧。

（乙）本文糾正《說文》釋形釋義之誤者，凡百二十餘字，別釋本義者凡八十餘字。蓋於文字之探求初形本義，自宋至今，以本書所得爲多。

（丙）轉注、假借，自古至今，無一通解。本文則謂二者皆造字之法，多舉實例說明，解說甚詳，一掃千古闇昧之惑，此爲本文之貢獻者三也。

（丁）本文於經傳，多有新解，其證明漢唐諸儒之誤解者，不一而足。俾學者於經傳及殷周古史，有一正確之認識，此爲本文之貢獻者四也。

（戊）自宋迄今之釋彝銘者，自晚清迄今之釋甲骨者，其誤釋文字，誤解文字者，不勝縷數。本文所釋甲骨彝銘，約六百條，其駁正前人及近人誤解者，其數與此相埒。俾學者不致誤解文義，而濫予徵引，此爲本文之貢獻者五也。〔註133〕

〔註132〕陳廖安，〈「師大・大師」魯實先生的學術貢獻〉，《漢學研究之回顧與前瞻國際學術研討會論文集》，（臺北：國立臺灣師範大學，2006 年 4 月），頁 17〜19。

〔註133〕陳廖安，〈「師大・大師」魯實先生的學術貢獻〉，《漢學研究之回顧與前瞻國

綜上所述，可以知魯實先先生之古文字學研究，植基於《說文》而正、補之，爲明古文字之初形本義，上溯甲金，旁通經傳，甲文學、金文學、《說文》學實三而一，融會貫通，研究目的的明確與成果的堅實，足成一家之言。

二、魯實先的篆書表現

魯先生於 1960 年開授以講授甲骨文字爲主的「古文字研究」課程，先輯 674 片甲骨編成《殷契類選》一書作爲課本，分征伐、祭祀等九大類，然內容及分類並非絕對，而是以各類文字之多者爲準。〔註 134〕是書甲骨摹本悉由魯氏手橅，實爲見其甲骨文書法學習過程與日常鍛鍊的絕佳參照。另於 1967 年編《殷周金文會纂》手橅鐘鼎盤盂等五百餘器，同樣可以看到在學術研究過程中，和篆書創作所產生的密切聯繫。

以下各舉《殷契類選》與《殷周金文會纂》之一例以見其摹寫的樣貌：

從〈摹《前編》7.31.4〉（圖 5-5.1a）和〈摹宗周鐘〉（圖 5-5.1b）來看，對字型的正確掌握是基本的，對其中風化、銹蝕、殘損的情況也都能一一判斷與排除，這當然是基於對古文字的熟稔方能竟其功；畢竟是教學所需，故爾存其眞貌以示後學。其用筆也都能兼顧甲骨契刻與金文用筆的不同特徵，線條隨各字原樣或轉或折，而且始終保持充滿力度的勁力。相較於〈摹《前編》7.31.4〉的疏散自然，〈摹宗周鐘〉的嚴整密緻，更充分體現了魯實先對各片各器文字風格的確實掌握。摹寫文字雖不等同於書法表現，但其以毛筆仔細心摹手追的踏實積累，對他偶有篆書創作時的能量積累，不難想見。又，摹甲骨一片恰與董作賓初學甲骨時所摹（圖 4-3.1）相同，其中「䍃」字之從「日」之精確和「彳」、「中」二字的忠實程度，皆勝於董氏所摹；而用筆、筆力則董氏爲優，亦可見摹寫之難於全備與書法技巧之鍛鍊無不在涓滴寸進之功了。

際學術研討會論文集》，（臺北：國立臺灣師範大學，2006 年 4 月），頁 19～20。

〔註 134〕魯實先講述，王永誠編輯，《甲骨文考釋》，（臺北：里仁書局，2009 年 2 月 15 日），頁 2。

圖 5-5.1a 魯實先〈摹《前編》7.31.4〉

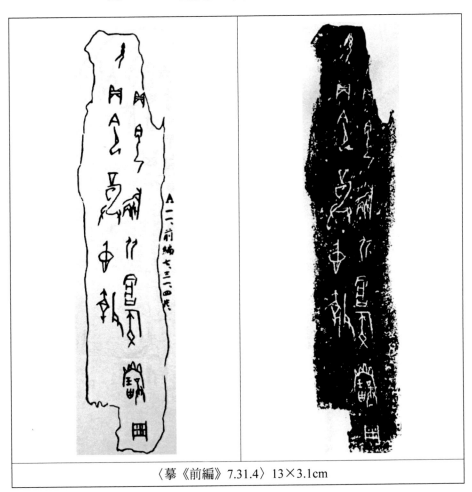

〈摹《前編》7.31.4〉13×3.1cm

圖 5-5.1b　魯實先〈摹宗周鐘〉（局部）

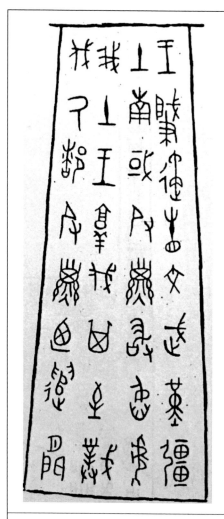

〈摹宗周鐘〉（局部）拓本原高 21.1cm

　　1960 年《殷契類選》既成，乃作書耑（圖 5-5.2）於封面，以此四字皆未見於甲骨文，乃以小篆為之。其中「栔」字，《說文》：「刻也。」段注曰：「釋詁：栔，滅殄絕也；唐韻引作契。郭云：今江東呼刻斷物為契斷。按古經多作契，假借字也。大雅：爰契我龜。毛曰：契，開也。……」；《說文》「契，大約也。」段注云：「經傳或叚契為栔，如爰契我龜。毛曰：契，開也。」〔註 135〕

〔註 135〕段玉裁，《說文解字注》，（臺北：黎明文化事業，1991 年 8 月增訂八版），頁 185、497。

是「挈」爲「契」、「鍥」、「楔」之本字。知乎此，則魯氏之用「挈」字之意瞭然；其他三字較爲常見，無庸多言。

圖 5-5.2　魯實先〈殷挈類選書耑〉

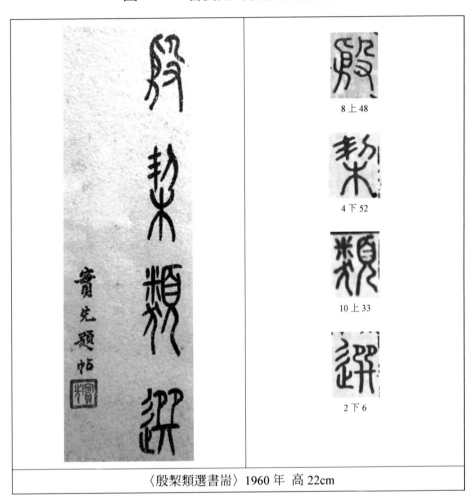

8上48

4下52

10上33

2下6

〈殷挈類選書耑〉1960 年　高 22cm

書籍是殷挈文之類選而以小篆構字書寫，故除小篆本身勻一婉通之用筆、線條外，又加入一些契刻特有的樣式，如「挈」中「刀」符、「類」中「米」符的短豎畫、「犬」符之左下斜畫、「選」之「卩」符垂腳，都呈收尖的爽利感；細察其線條，還有「殷」字中「殳」符上半、「挈」中「刀」符、「類」中「犬」符與「頁」符右下引曲線條的輕重變化，營造出小篆爲體，契文爲用的融合現象。綜合用筆式樣、書體選擇、筆墨功力、古文字學涵養的這件小作品，其實代表了傳統書法所承載的諸多深刻的文化意涵。

1966 年五月，作〈諦觀、釐正七言聯〉（圖 5-5.3），款中詳言聯語內容和造語之由曰：

> 明心從余習殷契卜辭及漢三統、四分曆，撰《漢朔閏考》，精覈過于劉義叟、汪曰楨。爰集殷虛文字作「諦觀龜甲三千歲，釐正曆編四百年」一聯以嘉之。丙午夏五，實先。

圖 5-5.3　魯實先〈諦觀、釐正七言聯〉

〈諦觀、釐正七言聯〉1966 年夏

魯實先精研歷代各朝曆法，而王甦〔註136〕隨其治甲骨文字與三統曆、四分曆，撰述有成，乃於 1966 年夏集殷虛文字作此聯以嘉之。款文與主文內容密合相發，上聯言王甦從其學載於龜甲、卜骨之殷契卜辭，能上溯三千年前之文字源流，一解商代各種文化、生活樣貌；下聯嘉勉他學三統曆、四分曆有成，且所著《漢朔閏考》精密有據，已然勝過宋代劉羲叟〔註137〕、清朝汪曰楨〔註138〕，將漢代曆法諸多問題釐清。喜見受業門人之能立能破，欣悅之情溢於言表。〔註139〕自撰聯語，為受業生之成就量身鑄詞，僅此對句誠已不朽，況以甲骨文字親書之，可謂書法、文學雙絕矣。

在用字方面，首字從帝從丌，《說文》所無，此叚為「諦」。「蘿」，甲骨用為「觀」。「釐」為後起字，甲骨文「𢼨」象手持來麥以杖擊之而脫粒之形，以示有豐收之喜，引申為福祉之義，為釐之初文。〔註140〕從止從秝之甲骨文「𣥂」，在金文中或增厂作「歷」，或省止作「秝」，《說文》「歷，過也、傳也。」段云：引申為治秝明時之秝，〔註141〕為今「曆」之本字。甲文「𤲷」從糸從冊，會以絲次第竹簡而排列之意，與《說文》「編，次簡也」義正合，當為編之初文；若作為祭名，則義與冊同。以上諸字，運用自如，非嫻熟古文字而於字之初形本義了然於胸者，絕不能到此。用字率有依據，的確有古文字學者之本色。

本作用筆以小篆為主，起筆並不刻意模擬下刀時或輕或重的銳與鈍，中段線條勻整，速度平穩，但在收筆時常顯露出鋒的尖利起刀，並配合齊收的變化；接角處多重新起筆，故多方折，間以和緩之曲線，所以也有圓轉的流動感；字

〔註136〕王甦（1930～），江蘇漣水縣人，臺灣師大國文研究所碩士，《漢朔閏考》為其碩士論文，1969 年 8 月由嘉新水泥文化基金會出版。

〔註137〕劉羲叟（1015～1060），字仲更，北宋澤州晉城人。精算術，兼通《大衍》諸曆，修《唐史》時，專修〈律曆志〉、〈天文志〉、〈五行志〉。

〔註138〕汪曰楨（1813～1881），字仲雍，一字剛木，號謝城，又號薪甫，浙江烏程人。精於史學，兼通數學、天文、曆法，有《二十四史日月考》50 卷，上起西周共和元年，下接清欽天監《萬年書》，另有《歷代長術考》。

〔註139〕曾見施伯松，《近現代甲骨文入印的篆刻藝術發展研究》碩論，言此「若以對聯文意而言，乃魯先生表現出治曆學的心情寫照。」實大謬。蓋因其所見圖版將上款略去故也。

〔註140〕方述鑫等編，《甲骨金文字典》，（成都：巴蜀書社，1993 年 11 月），頁 101。

〔註141〕段玉裁，《說文解字注》，（臺北：黎明文化事業，1991 年 8 月增訂八版），頁 68。

形偏長方，以配合對聯之章法。整體來看剛正方嚴中有流美的筆意，雖不具搶眼的個性張揚，卻可感受到其閎深雅健的內蘊。

　　1967 年作〈殷周金文會纂書耑〉（圖 5-5.4），在手橅鐘鼎盤盂等五百餘器後，這件小品正可見其對金文書法的體悟。此六字中僅「纂」字未見於金文，段玉裁曰：「纂，釋詁曰：纂，繼也，續之叚借也。近人因用爲撰集之稱。」〔註 142〕作繼續之義時，纂爲「續」的假借。近人作撰述意時用「纂」，故此書名用纂字；「會」字作「㑇」，〈戌甬鼎〉：「王命宜子㑇西方于省。」當讀作會。《說文》：會，古文作「㑇5下17」（㑇），从彳與从辵同義。〔註 143〕此處自《說文》會之古文上溯至金文中之㑇字，於字義更爲貼切。

圖 5-5.4　魯實先〈殷周金文會錄書耑〉

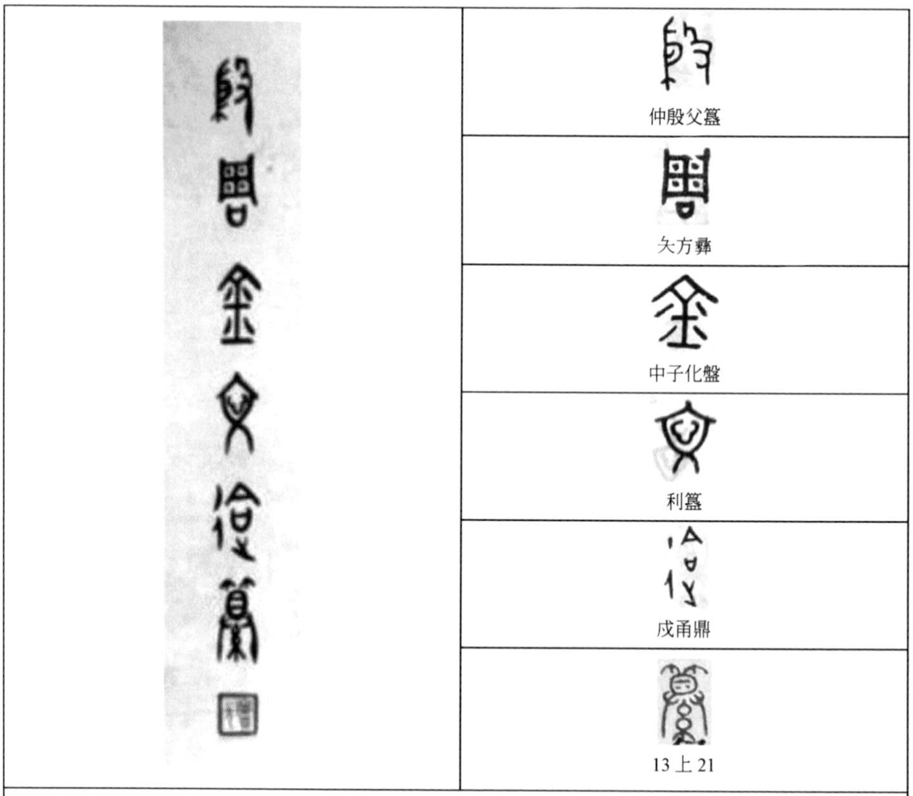

〈殷周金文會纂書耑〉	仲殷父簋
	矢方彝
	中子化盤
	利簋
	戌甬鼎
	13 上 21
〈殷周金文會錄書耑〉1967 年	

〔註 142〕段玉裁，《說文解字注》，（臺北：黎明文化事業，1991 年 8 月增訂八版），頁 660。

〔註 143〕容庚，《金文編》，（臺北：弘道文化事業，1970 年 10 月），頁 77。

此作以西周早期金文風格為主，線條較為圓勁渾厚，起收筆有刻意強調的出鋒，並在出現「又」符處施以肥筆，且著重金文在澆鑄和剔洗時會使線條的轉折和相交處出現的黏合，從而產生之圓渾蒼潤的美感。筆畫密處的白地小於黑線，產生圖與地間的空間感，疏處則清朗寬裕，而「文」字內部交會空間中之筆畫，捨均布而造險絕，頗有鄧石如所言「疏能走馬，密不透風」的況味，也因此產生畫面塊狀的輕重對比，結字中宮緊縮，內聚力強；構形在生疏與熟稔之間，滋味越玩越出，實為不易。

1968 年夏所書〈出山、在野七言聯〉（圖 5-5.5），款中詳釋文句，並落永英賢弟名款。此係書贈從學十年之門人廉永英者，廉氏時已為淡江大學副教授，為魯氏弟子中首先於大學中開金文課程者。聯云：「出山君定為霖雨，在野人先識鳳麟。」上聯謂廉氏才高而出任淡大，定能春風化雨，霑蓋一方學子；下聯頗有感喟其未能留任母校之意；然以其才學英茂，終如錐處囊中，早獲賞識，鳳麟之材，其可掩乎？用字遣辭俱自出機杼，可一窺古文字學大家、國學大師的全方位才學器識。

本聯用字頗有特色，「君」、「在」字所用字形與一般習見者不類，「君」字蓋出於其撰述之得。《說文》口部云：「君，尊也，從尹口，口以發號。◨古文，象君坐形」[註144]魯實先曰：

> 案君、尹古音同為溫攝，考之經傳，君氏亦作尹氏，君疇亦作尹壽，棠君亦作棠尹。可知君尹同音古相通作，則君之為字，乃從尹聲，許氏塵以會意釋之，其說非是。徐鉉本《說文》載古文作◨，徐鍇繫傳作◨，與魏三體石經之◨，白者君盤之◨，夜君鼎之◨，廊侯簋之◨，叔單鼎之◨，邾公鐘之◨，番君簋之◨，形俱相近；殷契卜辭作◨或◨、◨，其上之尹或從◨作◨者，則以從又從◨俱示以手持物之義，故相通作，是猶從◨之尊，或從寸作尊，亦示以手舉酒器之義也。[註145]

據此可知《說文》之「◨」乃「◨」或「◨」之譌易，三體石經之「◨」，

〔註144〕段玉裁，《說文解字注》，（臺北：黎明文化事業，1991 年 8 月增訂八版），頁 57。

〔註145〕魯實先，《說文正補》，與段玉裁，《說文解字注》合刊，（臺北：黎明文化事業，1991 年 8 月增訂八版），頁 47。

金文之「」，其上並爲「尹」之變體，卜辭之「」，其上亦「尹」之異文，許氏未知「」爲後世之譌易，乃曰「象君坐形」，是悖於古文之臆說也。〔註146〕

圖 5-5.5　魯實先〈出山、在野七言聯〉

甲 2908	拾 14.15
鄴三下 38.4	甲 3642
甲 854	林 1.27.1
甲 3521	前 6.24.6
京津 4301	乙 1049
前 3.29.2	前 4.47.2
存下 736	
前 4.47.3	鄴初下 40.3

〈出山、在野七言聯〉1968 季夏　135.5×21.5cm

〔註146〕魯實先，《說文正補》，（臺北：黎明文化事業，1991 年 8 月增訂八版），頁 47～48。

「在」字爲配合對聯書法中各字所占空間均等的要求，取此較爲少見的字形，然正足以伸展線條，完足通篇章法；「霖」字將原本滴瀉於林木間的水滴挪至樹梢、空中，既不妨初文之構造，又能拉長字型，「野」字「土」本置中，此處下移，同樣有巧妙的效果。所有用字均有本有原，或出研究之獨到，或採甲骨之原跡而能不悖造字之合理性，非深識古文字者不能到此。

本作字距寬綽，布列清朗，線條瘦勁，逆鋒起筆而稍駐即行，垂筆下引多作細尖之收筆，有契刻用刀的巧妙；接角方折有直角、鈍角、銳角的變化，且隨順字形而有「定」字內部、「鳳」字「凡」符的方形；銳角的「山」、倒銳角三角形的「止」符、「君」的「口」符等幾何樣式，也有圓轉的「口」符底部，加上時直時曲的線條搭配，整個作品意態豐富而方圓曲折各盡其妙，眞是不作則已，一書驚人。

魯實先以其精深弘博之學識、拔萃卓然的著述、傲岸不群的直率名動學界，然對高名厚譽不忮不求；對學生無私無我傾囊相授，對是非擇善固執而不假辭色；受有「古聖倉今聖魯」的推尊，也見有「書生意氣狂傲不馴」的譏諷。事實證明，魯氏實爲一代振奇人物，而識得其才的楊樹達言曰：「超越前儒，古今獨步。」實克當之。其篆書則甲骨、金文、小篆皆能，以謹而不肆，秀雅端嚴爲其風貌；以學術研究之餘事而臻此境，令後學小子歎服不已，僅就所見所知，略述於此。

魯實先另有〈金文甲骨合軸〉（圖 5-5.6）贈予廉教授，惜圖版不清，且原作已由廉公子攜至美國，尚無法取得清晰圖片。以魯氏作品珍稀，故仍附於文末，以俟將來。

圖 5-5.6　魯實先〈金文甲骨合軸〉／〈小臣宅簋〉、〈合 6484 正〉

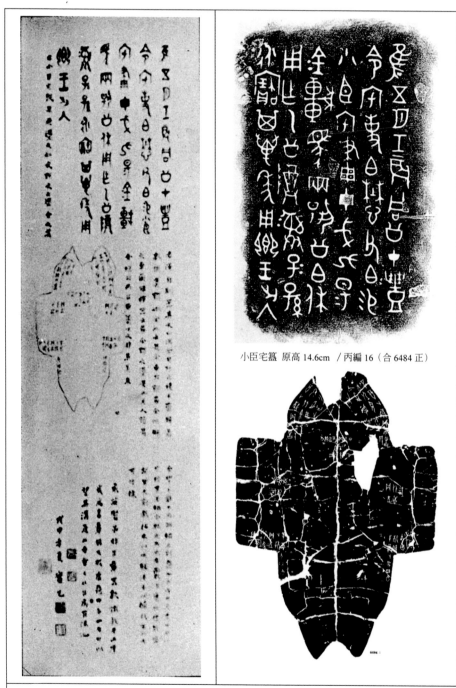

小臣宅簋　原高 14.6cm　／ 丙編 16（合 6484 正）

〈金文甲骨合軸〉1968 季夏

第六節　金祥恆——續甲文編　精思探奧

　　金祥恆（1918～1989），浙江省海寧縣人。1918/8/29 生於勤儉務農之家庭。幼而穎悟，尊人器愛之，爲籌糧集資送往硤石鎮就學，抗戰軍興，隨學校顛沛流徙，至龍泉，考取浙江大學師範學院國文系，師事鄭奠、夏承燾二先生。民國 35 年畢業，旋應山東大學之聘，任中文系助教並兼辦教務一年。

　　民國 36 年 8 月，應聘爲臺灣大學中文系助教，43 年升任講師，49 年升任副教授，55 年 8 月升任教授。59 年 8 月系主任屈萬里赴新加坡講學，乃代理之。金氏於臺大中文系任教先後達 42 年，授文字學、古文字學、甲骨學、說文研究等課程，至 78 年屆齡退休。其間自 74 年起，還應聘爲輔仁大學中文研究所兼任教授，講授甲骨文研究。栽成桃李，多能紹述其學。

　　金祥恆晚年，一心從事《甲骨綜錄》之編纂，然驟辭人世，而事業未竟，齎志以終。身後，諸弟子以名山大業不可無傳，乃將其遺著手稿彙輯成卷，付梓問世，名之曰《金祥恆先生全集》。書凡六冊，收單篇論文 111 篇，《續甲骨文編》、《匋文編》二書亦羅列其中，數十年研究心血，大抵薈萃於斯。

一、金祥恆的古文字學成就

　　金祥恆素以治學嚴謹著稱。早歲，傾慕鄉先輩王國維之爲學，對王氏所謂之二重證據法，深體於心；來臺後，復從戴君仁治小學，又從董作賓治甲骨學，集三大家之長於一身，業益精邃，造詣淵深。其常於臺大中文系第十研究室研讀故籍，董理資料，鉤稽甲骨，描摹鐘鼎，忻然忘倦，達旦始歸，用力之勤，勝於常人。其治文字學，最重《說文》，以《說文》上達金文、甲骨，旁及古璽、匋文、簡牘、帛書；而終以甲骨學名家，戛戛獨造，卓然有成，海內外學者莫不推重。故臺大中文系第十研究室（古文字研究室）亦因之成爲研究甲骨學之重鎮。

　　其所撰《續甲骨文編》一書，爲研治甲骨所必備。該書一函四冊，手寫線裝，分正文十四卷，附錄一卷，合文一卷，檢字一卷，於民國 48 年 10 月由臺大文學院影印出版，另又由哈佛燕京社出版，台北藝文印書館影行。〈續甲骨文編·編輯凡例〉云：

　　　此編繼之（孫海波《甲骨文編》）輯錄，凡孫氏已輯之書，除今所據

各書未有其字者重行摹錄，其餘概不收入，以免重複。

摹寫之字，以拓片覆印爲準，寫本等書，雖摹寫清晰，究不如原物拓片之可信，故不予收錄。

拓片覆印模糊之字，概不摹錄，以免謬誤。〔註147〕

先是，孫海波在民國 23 年編成《甲骨文編》，歷時五年，所據材料，僅《鐵雲藏龜》、《鐵雲藏龜之餘》、《鐵雲藏龜拾遺》、《殷虛書契前編》《殷虛書契後編》、《殷虛書契菁華》、《龜甲獸骨文字》、《戩壽堂所藏殷虛文字》等八種。至於王襄之《簠室殷契徵文》，孫氏以爲眞僞雜廁，大小易位，因而不收；明義士之《殷虛卜辭》，乃摹本，難以徵信，亦不收。〔註148〕治學雖日嚴謹，然遺漏不少眞實材料，未免可惜。金氏之《續甲骨文編》乃繼孫氏《文編》而作，自孫書之後，至先生《續編》問世，其間 25 年，新出材料書籍，比起孫氏當年，不知增加幾許。故除孫氏所採八種資料外，又選用二十餘種新出土、新流布而可徵信之甲骨材料編纂而成。〔註149〕《續編》體例，大致與孫書相同。其異者，乃將許氏《說文》之小篆與解說，另立一行，置於每字之前。〔註150〕眉目清晰，便於比對檢索，則又尤勝於《甲骨文編》。《續編》所收甲骨文字，凡五萬餘，皆經其剔抉精鑒，手自摹寫，先後歷時十年，董作賓嘆爲「修萬里長城」之巨構及不朽之志業。書成後，日本漢學家如樋口隆康、林巳奈夫、松丸道雄等抵臺之際，往往求見問難；至於澳洲國立大學之巴納博士亦如是。金氏之學養，由是聞知於海峽兩岸及國際之間。

本書所收資料爲 1934 年至 1959 年間著錄的甲骨文書刊。據統計，此書正編收 1048 字（條），重文 59。附錄爲《說文》所無的 1585 字。共 2574 字（條）。《甲骨文編》誤摹、誤釋之字，皆一一爲之糾正。隸定比《甲骨文編》

〔註147〕金祥恆，〈續甲骨文編・凡例〉，《金祥恆先生全集》，（板橋：藝文印書館，1990年 12 月），頁 1799～1802。

〔註148〕金祥恆，〈續甲骨文編・凡例〉，《金祥恆先生全集》，（板橋：藝文印書館，1990年 12 月），頁 1799。

〔註149〕金祥恆，〈續甲骨文編・凡例〉，《金祥恆先生全集》，（板橋：藝文印書館，1990年 12 月），頁 1802～1806。

〔註150〕金祥恆，〈續甲骨文編・凡例〉，《金祥恆先生全集》，（板橋：藝文印書館，1990年 12 月），頁 1800。

多 300 餘字。〔註 151〕所以有學者稱金書爲孫書之增訂本。值得注意的是：

  （1）金書所補的字形，有的實著錄於孫書出版的 1934 年之前，如《佚》即《殷契佚存》，1933 年 10 月出版。

  （2）金書補收了一些詞語（見附錄一），如東室（588）、南室（590）、大室（591）、白兕（599）、白牛（600）、白犬（601）、白馬（602）、白豕（603）、白鹿（604）等等，數以百計，頗便讀者。但所釋也有不確，如將白狐誤釋爲白狼（606）、將南室誤釋爲室南（589）等等，不過，這一些並不影響此書的貢獻。

    由於金書的這一些優長，所以在一段時期裡，和孫書相輔而行，成爲學者必用的工具書。1965 年出版的增訂本《甲骨文編》，基本上吸收了金書的研究成果。但個別的未被採用，如白狐、白馬（0984 號白字頭下有白犬、白牛、白兕、白豕，而無白馬、白狐，顯然不足）。按理應該採用，以便讀者。由於補收詞語，使《文編》的體例趨於完善，應有金氏的作用，也當是功績。〔註 152〕

    金祥恆又摹寫先秦古匋拓本二十餘種，汰其重複，依《說文》部首次第排列，爲《匋文編》一書。該書一函二冊，手寫線裝，於民國 53 年 9 月由藝文印書館影印出版。匋文單獨成篇，成爲工具書者，濫觴於顧廷龍之《古匋文舂錄》。其後未見有用心於斯者，唯其獨具慧眼，用力蒐羅，勤於排比，在物力艱難、資料取得不易之下，獨力完成。

    金氏所撰論文百餘篇，以考釋甲骨文及古文字者爲多，如〈卜辭中所見殷商宗廟及殷祭考〉、〈殷商祭祀用牲之來源說〉、〈殷人祭祀用人牲設奠說〉、〈甲骨文射牲圖說〉、〈甲骨文出日入日說〉、〈甲骨文無十四月辨〉、〈甲骨卜辭「月末閏旬」辨〉、〈讀京都大學人文科學研究所所藏甲骨文字〉、〈加拿大多侖多博物館所藏一片骨柶銘文的考釋〉、〈加拿大多侖多大學安達略奧博物館所藏一片牛胛骨刻辭考釋〉、〈輔仁大學所藏甲骨文字及後言〉、〈甲骨文中的一片象肩胛骨刻辭〉、〈從甲骨卜辭研究殷商軍旅制度中的三族三行三師〉、〈甲骨文通假字

〔註 151〕孟世凱，《甲骨學小詞典》，（上海：上海辭書出版社，1987 年 12 月），頁 187。

〔註 152〕趙誠，《二十世紀甲骨文研究述要》，（太原：書海出版社，2006 年 2 月），頁 754 ～755。

舉隅〉、〈甲骨文假借字續說——比母〉……等 29 篇甲骨學專論；〔註153〕〈略述我國文字形體固定之經過〉、〈長沙漢簡零釋〉〉……等 20 篇金文、簡帛文字、小學等相關論文；〔註154〕〈釋虎〉、〈釋龍〉、〈釋鳳〉、〈釋車〉、〈釋牛〉、〈釋羊〉、〈釋生——止之〉、〈釋月〉、〈釋赤與幽〉、〈釋廄〉、〈釋牝牡〉、〈釋后〉、〈甲骨文屮字音義考〉……等 62 篇或釋單字，或釋形似字的單篇論文。〔註155〕約一百五十萬言。論文多以甲骨、金文之素材，貫串三禮，旁及出土實物，皆能直探幽奧，精思獨闢，甚為學界推重。自 49 年至 63 年間，主編《中國文字》凡 52 期，蜚聲海內外。

二、金祥恆的篆書表現

　　金氏於學問用力既勤且深，故於資料至熟。講課之際，常不假思索，即能指出某片甲骨居某書某卷某葉，甚至第幾片。而治學每遇問題，往往與同道或學生討論再三；有朋自海外來，必詢大陸出土實物近況。凡此，均可見先生實事求是之治學精神。其手摹甲骨達數十年，摹過之拓片數以萬計，直至晚年，仍以細筆松墨，一一臨摹。興致來時，偶或以契文書寫古典詩詞，筆墨爛熟，頗富雅趣。其甲骨法書，於董作賓之後，亦為臺大一絕。〔註156〕

　　所謂「興致來時，偶或以契文書寫古典詩詞」者，檢閱《金祥恆先生全集》第一冊，有「遺墨」57 頁，依題耑云：「摹簡經綸琴齋集契。二十五年六月番禺簡經綸序於莫干山上頤居」〔註157〕者可知，係金祥恆摹簡經綸《甲骨集古詩聯》全本者，雖未記摹寫時間，然以古文字學者而摹此完整之本者，亦可見其

〔註153〕據金祥恆，《金祥恆先生全集》，（板橋：藝文印書館，1990 年 12 月），目錄頁 1 ～3 統計。

〔註154〕據金祥恆，《金祥恆先生全集》，（板橋：藝文印書館，1990 年 12 月），目錄頁 3 統計。

〔註155〕據金祥恆，《金祥恆先生全集》，（板橋：藝文印書館，1990 年 12 月），目錄頁 4 ～7 統計。

〔註156〕金祥恆之生平、著述資料參考自徐富昌，〈金祥恆先生傳〉，國立台灣大學中國文學系網站：http://www.cl.ntu.edu.tw/people/bio.php?PID=139#personal_writing，2015/11/24 檢索、〈金祥恆先生傳略〉，《金祥恒先生全集》。兩文詳略互見，爰採錄而刪削改寫之。

〔註157〕金祥恆，《金祥恆先生全集》，（板橋：藝文印書館，1990 年 12 月），遺墨頁 2。

於書法一道頗爲關注矣。

對於甲骨文字集聯成篇的困難，商承祚所言最爲篤論：「殷虛甲骨文字經諸家考釋，其可識者才千百，顧此千百字中，人名、祭名、地名及不適用于今者又居十之三四，今就此有限之文集而爲聯，袤然成帙，不其難乎。」，而簡氏「曾未匝月，集詩三十餘首，聯語百又四十餘。其集詩成聯、集句成章，對偶用韻，獨具匠心，有爲儕輩所不逮」〔註158〕，雖然簡經綸自言「余從海外時，即嗜篆刻，攻究古籀文字，殆亦將三十年矣，比歲重讀殷商貞卜鍥文，喜其刀筆出自天然風趣」，也與甲骨學者商承祚友善，且「相見白門，對談竟日，稍明甲骨精蘊。因審尚未有以甲骨文字入印者，每欲一試刀筆，輒患文字捍格，乃披求各家詩文，擇其字句完具者，因而採□，歷半載才得千言，蓋爲字所限，適於用者十無一二也。」〔註159〕 在用字上，簡氏以其對古籀文字將近三十年的學習心得和與商承祚的問疑，當然是有所根據，只是，畢竟不是專業學者，在用字的選擇上，較容易有失誤的情形出現。如其〈萬物、天下四言聯〉（圖 5-6.1b）中「爲」字，將大象的長鼻特徵及身軀形象摹失；「並」字應作二人立於同一平面如「𓎤」，而非作二立「𓎤」字，蓋二立分立則易與「替」之本字「𓎤鐵45」相混，實則卜辭中並作「𓎤」形占極大多數，不必故爲瓜田李下也。

此聯章法有行無列，卻又能將對聯格式照顧周全，首尾齊平而在有限空間中，對大小、長短不一的各單字予以自然、巧妙的安排。所用鈍嘴鋼筆，亦能將甲骨契刻時起、收刀的力度、輕重作適切的再現，線條運行模擬毛筆用筆與宣紙交互作用的厚度與節奏感，筆畫的控制能力經過相當程度的鍛鍊。從中可以體會簡氏「攝於眼而蓄於心」〔註160〕 的企圖心與創發力。

簡經綸的書風簡潔怡淡，造型上空闊疏朗，這與前人迥異。他試圖再現甲骨文所特有的瘦硬的特點，他在工具採用鈍嘴鋼筆（見《近代印人傳》），也是

〔註158〕 簡經綸，《甲骨集古詩聯・商序》，（臺北：商務印書館，1970 年 12 月），全書未標頁碼。

〔註159〕 簡經綸，《甲骨集古詩聯・自序》，（臺北：商務印書館，1970 年 12 月），全書未標頁碼。

〔註160〕 簡經綸，《甲骨集古詩聯・商序》，（臺北：商務印書館，1970 年 12 月），全書未標頁碼。

一種很大的冒險。爲了適應自己的書風，他將甲骨文的某些字形進行了加工和改造。造險、挪位等藝術方法大量出現在同樣是集聯的《甲骨集古詩聯》（上編）中。

圖 5-6.1a 金祥恆〈摹萬物、天下四言聯〉
圖 5-6.1b 簡經綸〈萬物、天下四言聯〉

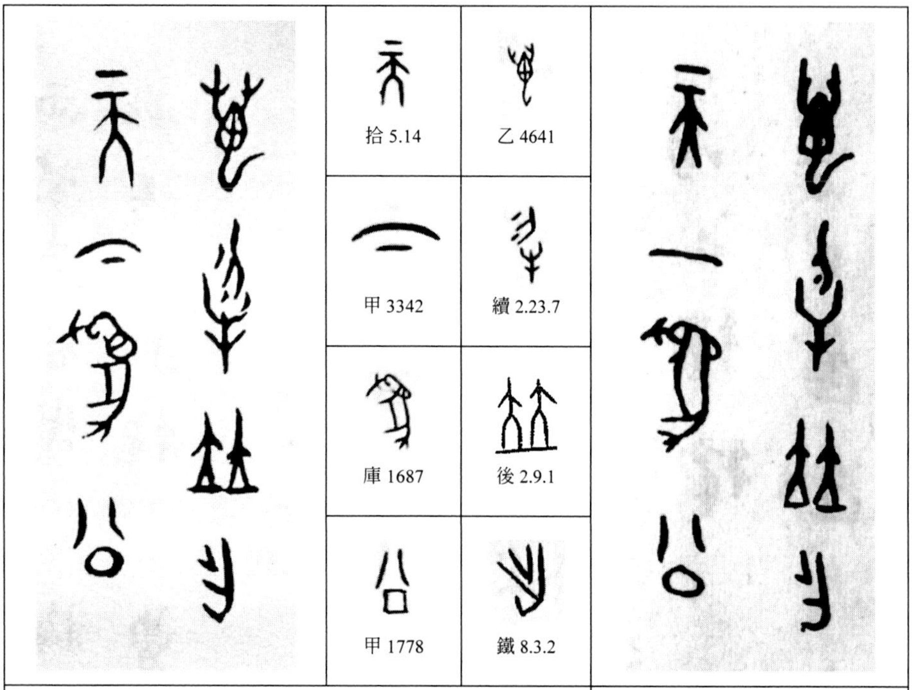

| 圖 5-6.1.a | 圖 5-6.1.b |

有時候爲了章法的需要，簡經綸可以更自如地對字形進行改造和變化，且保持原字字形和「味道」不變。在這一點上，他的成果是高於葉玉森的。

簡經綸是較早的以一個藝術家的眼光去看待甲骨文並進行他的藝術加工的人。這與羅振玉、丁佛言、葉玉森諸人都有不同。但簡氏在他不懂甲骨的情況下進行創作，這有著很大的冒險性。雖然他在甲骨文書寫上顯得頗有新意，但是今天看來，彼時所評價他的「摹寫之工，後來居上」，大多是因爲他用鋼筆寫出了契刻的那種瘦硬感，加之其筆法的簡淨、線條的勻淨、結體的變化等方面，都體現出一個「簡」化形象，讓人耳目一新，可若和董作賓的比較起來，無論是從筆意，還是從象形意味上，都要稍遜一籌。董作賓主張

甲骨文風格向原始刻寫回歸的理念和他從臨摹到創作的方法在甲骨文書法史
上所產生的深遠影響，是簡經綸無法比擬的。〔註161〕

　　金祥恆所摹（圖 5-6.1a）在字形上比簡經綸更接近甲骨原刻，如天」、
「下」字形同摹寫，還改正「為」字之誤失，使之更為具象；也補上「下」
字短橫。加上以毛筆來步趨鋼筆展現的筆調則更顯難能可貴，須知毛筆的彈
性與書寫者的書法功夫要達心手相應殊非易事，而金氏臨摹本中筆畫轉折分
明，線條提按節奏明晰，接筆處頗能慮及甲骨文契刻時奏刀的方向與順序，
輕重得宜，不僅在契刻韻味更勝於簡氏，更能顯現筆書的韻致，更多的在用
字上體現出一個古文字學者在書法表現上的文化涵養、學問氣息，之所以能
得甲骨文字神采，是與其長久的學術研究相結合的。金氏自言：

> 少治六書，篤嗜契文。十載以來，在彥堂師指導之下，籀讀拓本。
> 夙夜摹寫，樂在其中。……爰據過去二十五年間新出土新流布之甲
> 骨文字，賡續孫書，輯為此編。凡孫氏誤摹誤釋之字，皆於編中糾
> 正。計字二千五百餘文，共錄五萬餘字。〔註162〕

金氏自少治古文字學，朝夕摹寫，對甲骨原跡的觀察與體會不言可喻，我們可
以見到《續甲骨文編》、《匋文編》（圖 5-6.2a、b）中以毛筆摹寫之巨量單字，
進行研究同時也在進行篆書的臨寫，同時對前人的誤摹誤釋有所匡正，並且樂
在其中，偶有涉於書法創作，能力與實力就自然的展現出來。

〔註161〕姜棟，〈從形到意：二十世紀甲骨文書法實踐譾論〉，《東方藝術》2007 年 16 期，
　　　　（鄭州：河南省藝術研究院，2007 年 8 月 16 日），頁 79。

〔註162〕金祥恆，〈續甲骨文編・自序〉，《金祥恆先生全集》，（板橋：藝文印書館，1990
　　　　年 12 月），頁 1796～1797。

圖 5-6.2a　金祥恆《續甲骨文編》3.3「古」〔註163〕字例
圖 5-6.2b　金祥恆《匋文編》「南」字例

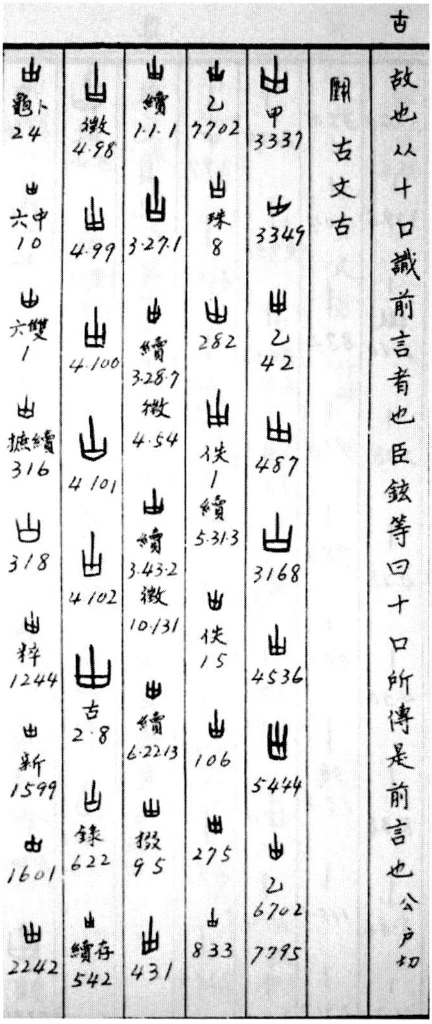

圖 5-6.2a	圖 5-6.2b

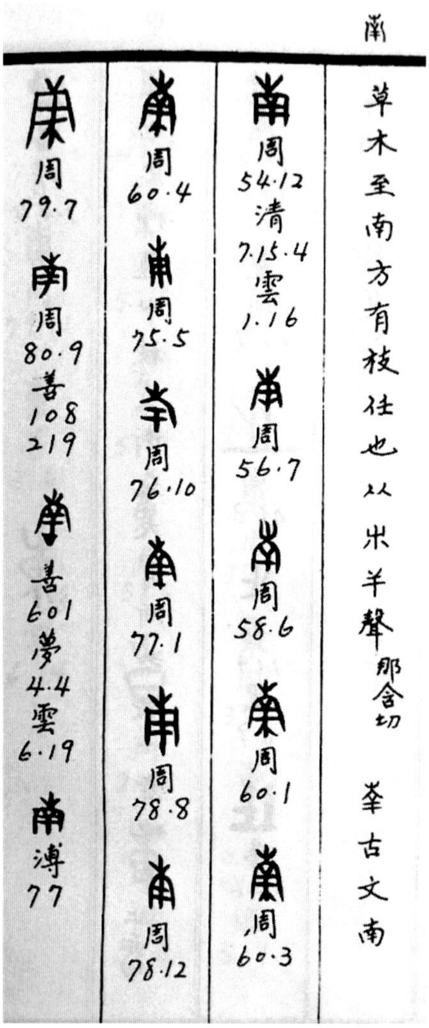

　　作於 1986 年中秋的兩件作品，可以概見金祥恆篆書奧妙：〈裴迪輞川詩軸〉（圖 5-6.3a）款云：「唐裴迪輞川詩句：結廬古城下，時登古城上；古城非疇昔，今人自來往」。在款文中書寫出處、釋文，對古文字書法來說是非常必要的，也

〔註163〕金祥恆所列此字形在于省吾〈釋甾〉中讀爲「載」，釋爲「甾」爲「甾」之初文，《古文字詁林 9》，頁 1035～1036。

是董作賓甲骨文書法的特色之一，金氏親炙於董氏，深受其影響，自然也是深深贊同並切實實踐此舉的。

圖 5-6.3a　金祥恆〈裴迪輞川詩軸〉
圖 5-6.3b　嚴一萍集契〈孟城坳〉

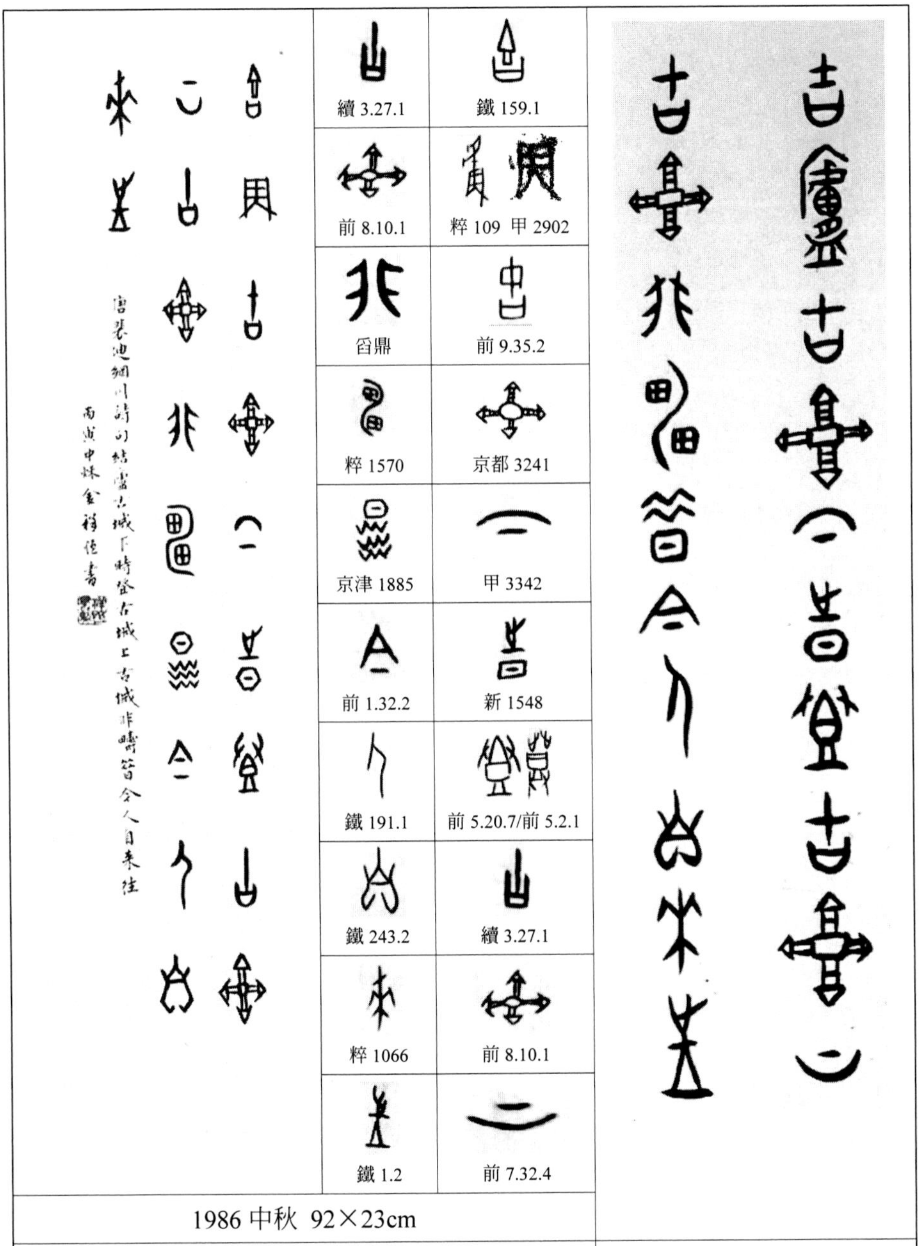

續 3.27.1	鐵 159.1
前 8.10.1	粹 109 甲 2902
舀鼎	前 9.35.2
粹 1570	京都 3241
京津 1885	甲 3342
前 1.32.2	新 1548
鐵 191.1	前 5.20.7/前 5.2.1
鐵 243.2	續 3.27.1
粹 1066	前 8.10.1
鐵 1.2	前 7.32.4

1986 中秋　92×23cm

圖 5-6.3a

圖 5-6.3b

　　此軸爲集裴迪〈輞川詩・孟城坳〉，乃嚴一萍所集（圖 5-6.3b）。嚴氏與金氏同爲董作賓弟子，亦有好於甲骨文書法。嚴氏在其《甲骨學》一書的第八章〈甲骨文書法〉中，談到自己「偶然也作一點集契工作，祇是在讀書時，看見前人的成語成詩，可以用甲骨文寫的，便把它錄下來，說是甲骨集契的另一個方向，有時也很有趣味。」〔註164〕書中舉所集衆多各種詩文對聯之 11 例，可見其對甲骨文字之熟絡，腦中的甲骨文資料庫隨時開啓；然未見全部，殊爲可惜。此作可見金、嚴二人學出同源，交流之密切；然從各個角度來看，更可見金恆祥對專業的堅持。

　　在用字上，將「吉」叚爲「結」；「盧」用《殷墟文字甲編》2902 中「□」、「□」形，此字形與「□粹 109」下部形同，爲「盧」之初文。而嚴一萍所集用金文，未見高明；古，故也，《甲骨文編》中「古」（□前 9.35.2）與〈盂鼎〉之「□」係方框與塡實之別，後來上方「十」符作一豎加小短橫或小點；而嚴氏所用則爲〈牆盤〉「古」來以迄小篆的用法；「時」字係《說文》古文「□」之所由來，也與《汗簡》、《古文四聲韻》所載字形雷同；「昔」字依遵原拓而嚴書取小篆字形；「疇」從《續甲古文編》「□粹 1570」形，則較《甲骨文編》僅列「□前 1.8.5」之類的字形更進一步，且論斷爲「疇」字；「登」，應作「□」，《續編》中亦然，此作中所從之「□前 5.20.7」係「饔」之本字，《說文》饔之重文「□」當即此「□」字所衍成，卜辭諸「□」字則讀如廾，蓋供給之義。〔註165〕我們可以看到，在像金祥恆這樣的古文字學者，在研究的進展中，是很能將新成果應用到書法之中的；然而，此作中也有依嚴一萍所集而未察所致之誤，這些狀況，說明了在依前人集字作書法時，很自然的相信原作的傾向，即使是古文字學者亦然，也提醒了我們盡信書不如無書的道理。

　　在書法表現上，金氏用筆有一明顯特徵，即著重甲骨文墨書書寫時的筆趣，往往是下筆重而收尾略尖，展現了毛筆側壓而後輕出的節奏；起筆略重，緩而不逆，收筆自然上提，以尖細收尾。這是董作賓觀察了甲骨文中墨跡而得的體會，並非一般「豐中銳末」一語可概括，自然也不同於摹寫失眞的蝌蚪文式機械線條。爲避節奏之複沓，較長的筆畫收筆往往較鈍而含蓄，筆畫相接處也都

〔註164〕嚴一萍，《甲骨學》，（板橋：藝文印書館，1991 年 1 月），頁 1363。

〔註165〕孫海波，《甲骨文編》，（北京：中華書局，1965 年 9 月），頁 237

能黏搭穩實，因而各字看來皆是有血有肉，無有枯澀之感。章法採有行有列之形式，整飭清朗，惟字距與行距甚大，整體較為空疏，疏朗感增加，頗有〈虢季子白盤〉的點狀或塊狀的漂浮之感。落款字末行於主文之外更出一行，足知其非以書法家身分名世者，是專心學術之外偶一為之的遊藝之作。

〈甲骨集聯軸〉（圖 5-6.4a）改動丁輔之《商卜文集聯》「林泉高士樂，風雨故人來」（圖 5-4.4b）的聯語格式而為一條幅，對於其中誤字已經逕行改易，同時也避免了丁氏所書方塊程式化的弊病。

本幅作品用字皆極精確，字字來歷清楚，將「風」字改正，因丁氏所用乃天象之字，相當於「霧」一類的天氣，學界雖未確定為何字，但作「風」顯然是不對的；「泉」字丁氏所摹未盡確當，而「古」字用〈牆盤〉；金氏也作更佳的調整；唯「士」字誤作「土」字，實為失察。從甲骨原拓的小字到書法作品大字的轉換頗為成功，筆畫雖以方折為主，但因接角處理較為柔順，故有圓融之感；線條內斂溫雅，柔而不媚，字距較前作為密，故行氣順暢。雖隱有界格規範存在，但「士」之三角結構與「風」之寬展，打破了其他字採小篆式頎長、齊整的形態。落款雖分錯為二行，顯較前作有整體布局的認識，整體欣賞起來，一種溫文秀雅的文人學者之風撲面而來。

金祥恆的古文字學造詣精深，甲骨文研究成果豐碩，栽培後進，成材甚眾，影響廣遠。其篆書表現中規中矩，然以其學問與創作相發，雖為學者之餘事，也足以啟發後學，金針度人了。

圖 5-6.4a　金祥恆〈甲骨集聯軸〉
圖 5-6.4b　丁輔之《商卜文集聯》

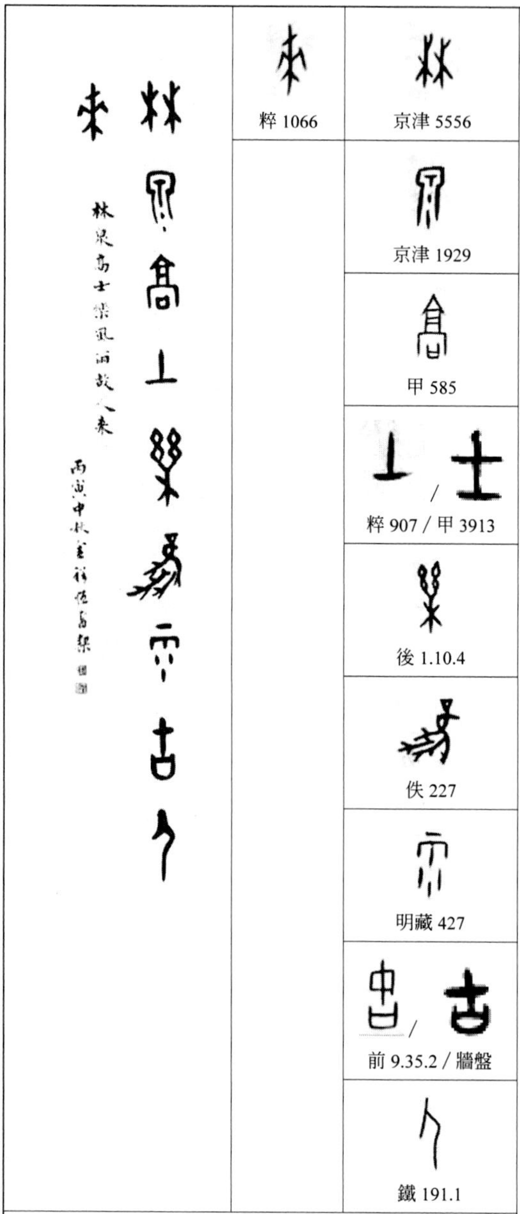

	粹 1066	京津 5556
		京津 1929
		甲 585
		粹 907 / 甲 3913
		後 1.10.4
		佚 227
		明藏 427
		前 9.35.2 / 牆盤
		鐵 191.1
1986 中秋　84×19cm		
圖 5-6.4a	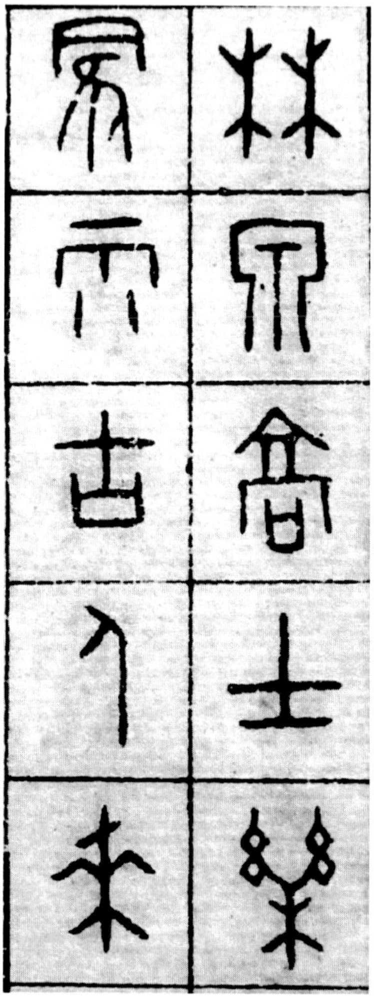	圖 5-6.4b